H

Franziska Fischer

HIMMELHOCH

Alles wegen Isa

Foto: © Angelika Censebrunn

DIE AUTORIN

Franziska Fischer, geboren 1983 in Berlin, studierte Spanische Philologie und Germanistik an der Universität Potsdam. Heute arbeitet sie als freie Lektorin und Autorin für Gegenwartsliteratur und Jugendbücher. Reisen nach Mittelamerika und Mexiko haben sie zu ihrem Debütroman »Das Meer, in dem ich schwimmen lernte« inspiriert. Derzeit lebt sie in Klagenfurt am Wörthersee.

Von Franziska Fischer ist bei cbt erschienen:
Himmelhoch. Alles neu für Amelie
(Band 1, 31050)

Mehr zu cbt auf Instagram
@hey_reader

Franziska Fischer

Himmelhoch

Alles wegen Isa

cbt

Dieses Buch ist auch als E-Book erhältlich.

MIX
Papier aus verantwortungsvollen Quellen
FSC® C014496

Verlagsgruppe Random House FSC® N001967

1. Auflage 2018
Originalausgabe September 2018

in der Verlagsgruppe Random House GmbH,
Neumarkter Str. 28, 81673 München

Dieses Werk wurde vermittelt durch die
Literaturagentur Scriptzz, www.scriptzz.de.
Umschlaggestaltung: Geviert, Grafik & Typografie
Umschlagmotiv: © Gettyimages (Hero Images);
Shutterstock (Irtsya, Ksenia Lokko, vso)
MI • Herstellung: eR
Satz: KompetenzCenter, Mönchengladbach
Druck und Bindung: GGP Media GmbH, Pößneck
ISBN: 978-3-570-31051-9
Printed in Germany

www.cbj-verlag.de

Sonntag, 19. Februar

Amélie

»Wie siehst du denn aus?«

Ich streiche mir über die fettigen Haare. »Bei uns ist heute Familienentlausung. Und bei dir so?«

Isa verzieht das Gesicht und weicht einen Schritt zurück. »Wie, Entlausung? Wascht ihr euch nicht?«

»Das hat damit nichts zu tun. Grundschule, Hort, viele Kinder, viele Haare, abendliche Familienkuschelstunde. Ein Paradies für Läuse. Kommst du rein? Es ist nämlich ziemlich frisch draußen und ich würde gern die Tür wieder schließen.«

Isa schlüpft an mir vorbei, bewahrt aber einen Sicherheitsabstand. Wenn man keine kleinen Geschwister hat, vergisst man solche Kindheitsplagen wahrscheinlich schnell. Für uns ist es schon die zweite Entlausung in diesem Schuljahr, wenn auch die erste, die gleich die komplette Familie erwischt hat. Sogar Papa. Dabei hat er beim ersten Mal geprahlt, auf seine Halbglatze würden sich die Viecher nicht verirren. Man darf sie eben nicht herausfordern.

»Und was genau ist das, was du in den Haaren hast?«, fragt Isa, nachdem sie ihre Schuhe ausgezogen hat. Sie riecht nach Winter und Meer und ein bisschen nach Pferdestall, aber sie lächelt nicht so wie sonst.

»Anti-Läuse-Lotion aus irgendwelchen Ölen. Noch fünf Minuten, dann kann ich das Zeug auswaschen.«

Gemeinsam betreten wir das Wohnzimmer, wo ein gemütliches Ferienfeuer im Kamin knistert und der Rest der Familie mit ebenso fettigen Haaren wie ich auf dem Sofa kauert und in Büchern und Zeitschriften blättert.

»Isa, ich habe Läuse«, ruft Paul und springt auf, um meine Freundin zu umarmen, wie er das immer macht. In letzter Sekunde kann meine Mutter ihn zurückhalten, bevor er auch Isabellas Klamotten mit dem Öl vollschmiert. Wir anderen haben unsere Ladung bereits erhalten.

»Habe ich schon gehört. Herzlichen Glückwunsch, alle zusammen.«

Meine Mutter lächelt, während sie aufsteht und Richtung Küche geht, wo noch ein Rest heißer Schokolade im Topf zurückgeblieben ist. Mit einer Tasse in der Hand kehrt sie zurück.

»Setz dich, Isabella. Es ist auch noch Kuchen da, wenn du magst.«

»Danke, nein. Ich habe immer noch Weihnachten auf den Hüften.« Sie schaufelt sich trotzdem Sahne in ihre Schokolade, so viel, dass Paul ganz große Augen bekommt. Bevor er jedoch um eine zweite Tasse Kakao betteln kann, schickt meine Mutter ihn zusammen mit meinem Vater nach oben ins Bad. Hinter meinen Ohren und im Nacken kribbelt es immer noch, obwohl das Läusemittel längst die gesamte Kolonie ausgerottet haben müsste.

»Wie geht es Manuela? In letzter Zeit habe ich sie kaum gesehen.«

»Ach, okay, denke ich. Sie ist selten zu Hause, das neue Friseurgeschäft läuft noch immer nicht so wie erwartet.«

Meine Mutter nickt nachdenklich, als wäre das etwas,

das sie vorausgeahnt hat. Dabei kennt sie Isas Mutter erst seit einem halben Jahr, seit wir hier, im Haus neben dem von Isas Familie, eingezogen sind.

»Grüß sie mal von mir.« Damit geht meine Mutter ebenfalls nach oben, um zu überprüfen, ob die beiden Männer allein zurechtkommen. Vermutlich nicht. Das Badezimmer wird bereits überschwemmt sein.

»Ehrlich, ich hätte auch gern so eine Mutter wie du«, meint Isa seufzend und rührt in ihrer halb vollen Tasse. »Meine hat mir schon seit Ewigkeiten keinen Kakao mehr gemacht. Falls sie das überhaupt jemals getan hat, ich kann mich nicht daran erinnern.«

»Ach komm, sei nicht so ungerecht. So schlimm ist sie doch gar nicht.«

»Na ja.« Isa rollt mit den Augen, dann trinkt sie in einem Zug die restliche Schokolade aus. »Du hättest das Theater gestern Abend erleben sollen, als ich sie gefragt habe, ob Salim mal bei mir schlafen kann. Sie soll froh sein, dass ich sie überhaupt frage und ihn nicht einfach in mein Zimmer schmuggle, wenn sie nicht da ist. Gelegenheit dazu hätte ich allemal.«

»Oh.« Ich zögere. Manche Fragen drängen sich einem einfach auf, auch dann, wenn man sie gar nicht beantwortet haben will. Zum Beispiel, ob der älteste und allerbeste Freund schon mit der Nachbarin und besten Freundin geschlafen hat. Nicht dass ich das nicht wüsste, Isa erzählt einem solche Sachen quasi direkt nach dem Geschehen. Wenn man Glück hat, hat sie sich wenigstens vorher angezogen. Trotzdem, vielleicht irre ich mich auch. Vielleicht würde sie mir das doch nicht erzählen, nicht einfach so, und vielleicht würde Salim das auch nicht tun. Nicht mehr.

Ich atme tief ein und wieder aus. Mama meinte, es wäre normal, eifersüchtig zu sein. Bisher musste ich Salim mit niemandem teilen. Und ich hatte nie eine beste Freundin, die ich mit jemandem hätte teilen müssen.

»Du hast auch noch nie bei ihm übernachtet, oder?«

Isa schüttelt den Kopf. »Wann denn, du weißt doch, wie es bei denen zugeht. Ingo ist den ganzen Tag zu Hause und arbeitet, und weil Noemi fast immer unterwegs ist, nervt Alessia dann uns, wenn ihr langweilig ist. Also eigentlich immer. Sobald ich den halben Nachmittag dort bin, will ich nur noch in mein Zimmer.«

»Hm, kann ich verstehen.« Zumal die Wohnung, in der die Familie lebt, nicht gerade groß ist und fast komplett von Alessias Spielzeug belagert wird.

Isa kratzt die letzten Schokoladenreste aus ihrer Tasse, sagt aber nichts mehr. Es kommt selten vor, dass ihr die Worte fehlen.

»Ich gehe schnell duschen, du kannst oben in meinem Zimmer warten, wenn du willst.« Bevor sie antworten kann, bin ich bereits ins Treppenhaus verschwunden. Wenn ich ihr Zeit lasse, verabschiedet sie sich vielleicht. Ich würde das jedenfalls so machen. Jetzt kann sie nicht einfach gehen, jetzt kann sie nur oben auf meinem Bett oder in meinem Lesesack sitzen und warten und sich überlegen, weshalb sie eigentlich gekommen ist, ob es da noch mehr gibt, das sie mir erzählen möchte.

Das Bad gleicht, wie erwartet, einem Tropenhaus, und Paul kräht in seinem Zimmer herum. Vermutlich wird er gerade mit dem Läusekamm traktiert und bereut mittlerweile, dass er lieber als Prinz Eisenherz herumläuft, anstatt sich regelmäßig die Haare schneiden zu lassen.

Ich dusche so schnell, wie es eben möglich ist, wenn man sich eine halbe Flasche öliger Läuselotion aus den Haaren waschen muss, kämme selbige eilig mit Bürste und Läusekamm durch, ohne die toten Tiere zu zählen, die darin hängen bleiben, dann gehe ich nach oben in mein Zimmer.

Isa hat tatsächlich gewartet. Sie blättert in dem Buch, das auf meinem Bett lag. Salim meinte, ich solle unbedingt einmal etwas von Salman Rushdie lesen, und jetzt arbeite ich mich durch die *Satanischen Verse,* weil man mit diesem Roman von ihm anfangen muss. Sagt Salim. Und dann erzählte er mir die gesamte Lebensgeschichte des Autors, und ganz ehrlich, wegen eines Buches für ein Kopfgeld von über drei Millionen Dollar gesucht und mit dieser Gefahr den Rest seines Lebens verbringen zu müssen, das ist schon ziemlich wild.

Isa klappt den Wälzer zu und legt ihn auf mein Bett zurück. »Und, noch Krabbelviecher in den Haaren?«

»Ich hoffe nicht.«

Sie zieht die Füße hoch auf den Sitzsack, als wolle sie sich für längere Zeit darauf einrichten. Ich warte ein paar Sekunden lang, doch da sie immer noch nichts sagt, frage ich schließlich: »Weshalb bist du eigentlich gekommen?«

»Nur so.« Nachdenklich starrt sie auf ihre Zehen, und ich muss unwillkürlich an Alessia denken, die häufig in genau dieser Haltung dasitzt, wenn sie tödlich beleidigt ist.

»Wenn du nur so vorbeikommst, redest du normalerweise

mehr.« Langsam setze ich mich auf das Bett und wippe etwas auf und ab.

»Ja, okay, du hast recht.« Endlich sieht sie auf. Sie lächelt, allerdings nur kurz, dann trübt sich ihr Blick, und für einen Moment glaube ich tatsächlich, sie würde anfangen zu weinen. Ich kann mir nicht vorstellen, wie es aussieht, wenn Isabella weint. Als wäre das unmöglich. Als könne sie niemals traurig sein. »Es ist nicht nur Alessia. Salim hat fast nie Zeit für mich, und wenn, dann verlaufen unsere Treffen so, wie ich es vorhin beschrieben habe. Wir sind nie wirklich irgendwo allein. Wir gehen ins Kino, oder wir essen im Restaurant seines Vaters, ansonsten sind wir meistens bei ihm zu Hause. Um diese Jahreszeit kann man ja nicht mal eben mit dem Motorroller irgendwo hinfahren und zum Ausreiten hat er keine Zeit. Außerdem mag es Ramona nicht so, wenn Leute auf den Hof kommen, die dort nicht regelmäßig sind und die die Tiere nicht gut kennen.«

»Ehrlich? Aber Salim geht doch nur mit dir ins *Tierparadies*, nie allein, oder?«

»Ja, schon. Trotzdem.«

Ramona gibt alles für ihren kleinen Hof, sie liebt ihre Tiere und achtet darauf, dass sich die Reitschüler gut um die Pferde kümmern, dass sie zueinanderpassen. Solche Dinge sind ihr wichtiger als die Einnahmen, die Gelegenheitsreiter wie Salim einbringen würden, sosehr sie sie auch braucht. Dominik, der Besitzer von Isas Reitpferd *Wolfsblut*, würde das vermutlich anders sehen, weil hungernde Pferde auch keine glücklichen Pferde sind. Nur denkt Ramona nicht in Zahlen.

»Was meinst du?«

»Wie bitte?« Irritiert sehe ich Isa an. Eigentlich will ich mich schon seit Längerem mit ihr über das *Tierparadies Waldtümpel* unterhalten, daher sind meine Gedanken so sehr an dem Thema hängen geblieben, dass ich nicht mitbekommen habe, was sie danach gesagt hat.

»Hast du gar nicht zugehört?«

In manchen Momenten würde ich gern lügen können. Richtig lügen, ohne rot zu werden, ohne herumzustammeln, aber normalerweise geschieht beides, falls mir überhaupt so etwas wie eine Alternative zur Wahrheit einfällt. »Tut mir leid, ich habe nur gerade über den Hof nachgedacht. Was hast du gesagt?«

Sie seufzt, scheint aber nicht wirklich sauer auf mich zu sein. »Ich habe dich gefragt, ob du glaubst, dass Salim und ich überhaupt zusammenpassen.«

Die Frage erschreckt mich fast noch mehr. Ob Salim und Isa zusammenpassen. So etwas sollte man seine Freunde nicht fragen. Salim ist nicht irgendein Typ, niemand, vor dem ich Isabella warnen müsste, niemand, über den ich keine Meinung habe. Wenn deine beiden besten Freunde eine Beziehung miteinander anfangen, kannst du nur hoffen, dass sie glücklich sind. Alles andere bedeutet, dass man zwischen ihnen stehen wird, unweigerlich, und dass man sich irgendwann entscheiden muss. Vor einem halben Jahr noch, selbst vor vier oder drei Monaten wäre das ganz leicht gewesen. Aber heute nicht mehr. Heute habe ich zum ersten Mal eine beste Freundin, eine, die ich mitten in der Nacht angerufen habe, als ich nicht schlafen konnte und draußen diese Art von kalter Dunkelheit herrschte, die mir Angst macht. Eine, die einfach so herüberkommt, nur um einen Tee mit mir zu trinken und über alles Mögliche zu reden oder gar nichts.

»Also?«

»Ich weiß nicht, Isa. Ich weiß es nicht. Und ich will mich nicht in eure Beziehung einmischen. Salim kann sehr schwierig sein. Er entscheidet alles für sich allein. Er kennt viele Leute, aber es gibt nur wenige, die ihm nahestehen. Ich glaube schon, dass du zu diesen Menschen gehörst.«

»Das ist alles?«

»Das ist eine ganze Menge.«

Sie spielt mit dem Ärmel ihres Pullovers, der schon ein bisschen ausgeleiert an ihrem Arm herunterhängt. »Trotzdem hast du mir meine Frage nicht beantwortet«, sagt sie schließlich. Ihre blauen Augen glänzen.

»Habt ihr euch gestritten?«

Mit einem merkwürdigen Laut, der wie eine Mischung aus Seufzen und Schluckauf klingt, lehnt sie sich zurück und starrt an die Decke. »Natürlich haben wir uns gestritten. Wir streiten uns ständig, wenn wir uns sehen, das ist schlimmer als mit meiner Mutter. Und jetzt weiß ich einfach nicht, ob wir diese ganze Sache nicht ein bisschen zu schnell angegangen sind. Mir kam das letztes Jahr nicht so vor, weil ich ewig dachte, dass Salim sowieso nicht auf mich steht. Und außerdem war ich so sehr in ihn verliebt, dass ich nur an ihn denken konnte, und natürlich habe ich mich dann voll reingestürzt, als er endlich mal reagiert hat.«

»War?«

»Na ja, du weißt doch, wie das ist. Alles ist schön, jeder gemeinsame Moment macht einen glücklich, und ich dachte eben, dass er der Richtige ist. Jetzt sind wir seit bestimmt drei Monaten zusammen, und ich habe das Gefühl, dass gar nicht wirklich etwas zwischen uns passiert. Eigentlich müsste es doch irgendwie weitergehen, oder?«

Ich zögere einen Moment, unsicher, ob ich überhaupt mehr wissen will. »Wie meinst du das?«, frage ich, nachdem ich zu dem Ergebnis gekommen bin, dass mir Isa ohnehin alles erzählen wird, was sie loswerden will, wenn nicht heute, dann an einem anderen Tag.

»Ach, keine Ahnung. Manchmal ist die gemeinsame Zeit wirklich schön, aber an anderen Tagen hocken wir nur zusammen und machen Hausaufgaben oder so öden Kram. Es kommt sogar vor, dass wir gar nicht wirklich miteinander reden.«

»Man muss doch nicht immer reden. Schweigen kann auch sehr verbindend sein.«

»Kommt auf das Schweigen an.«

Ich quetsche mich neben sie auf den Sitzsack und sie lehnt den Kopf gegen meine Schulter.

»Beziehungen sind einfach nur anstrengend«, sagt sie dann. »Keine Ahnung, wieso ich das unbedingt wollte.«

»Ich glaube, das, was man will, ist nicht die Beziehung, sondern einfach nur seine Zeit mit einer bestimmten Person zu teilen. Der Großteil dieser Zeit heißt nur leider Alltag.«

»Okay, und wie ist das mit dir und Brar? Wie viel Zeit willst du mit ihm teilen?«

Ehrlich gesagt hatte ich gehofft, sie würde nicht danach fragen. Seit meinem Geburtstag, auf dem Brar und ich uns kennengelernt und in betrunkenem Zustand ziemlich intensiv … nun ja, uns nähergekommen sind, sind mittlerweile vier Monate vergangen. Auch wenn wir uns in der Zeit häufig getroffen und uns auch ein paar Mal geküsst haben, kann ich nicht gerade sagen, wir wären wirklich vorangekommen. »Ich weiß es nicht«, antworte ich daher wahrheitsgemäß. »Ich weiß es wirklich nicht.«

»Ach Amy, du machst es dir selbst echt schwer. Brar ist ein netter Typ und er bemüht sich ernsthaft um dich. Kein Prinz würde so lange seine Prinzessin umwerben, wenn sie sich dermaßen ziert. Spring einfach rein, dann wirst du schon sehen, was dabei rauskommt.«

Spring einfach rein. So ist sie, Isabella, aber ich springe nicht, ich renne nicht, ich stehe immer am Rand und versuche im Voraus zu erahnen, was passieren wird. Eine Beziehung, das ist dermaßen viel Wasser, dass man auch ertrinken könnte.

»Hast du mir nicht gerade erzählt, dass du es bereust, einfach so reingesprungen zu sein?«

»Nein, ich habe dir erzählt, wie doof ich es finde, dass die Gefühle nicht mehr so intensiv sind wie am Anfang. Und dass Salim und ich kaum Zeit füreinander haben. Trotzdem würde ich immer wieder reinspringen. Sonst fängt man doch gar nicht richtig an.«

»Ach so. Na dann fange ich wohl völlig falsch an.«

»Endlich verstehst du das mal.« Isa stößt mir freundschaftlich in die Seite. »Wann seht ihr euch das nächste Mal?« Nun rückt sie ein Stückchen von mir weg, sofern man auf diesem Sitzsack überhaupt irgendwohin rücken kann, um mich anzusehen.

»Morgen. Wir sehen uns morgen.« Ich seufze leise. Auch wenn mir inzwischen nicht mehr jedes Mal schlecht wird, bevor Brar und ich uns treffen, habe ich immer noch das Gefühl, lieber nicht zu einer Verabredung gehen zu wollen.

»Lass einfach los, Amy. Du solltest nicht immer vor allem so viel Angst haben.«

»Gut. Habe ich nicht. Aber dann versprich mir, dass du und Salim euer Problem in den Griff kriegt, okay? Ich kann nur einen Scherbenhaufen aufsammeln und ich will mich nicht entscheiden müssen.«

Sie lächelt, auf diese sanfte, strahlende Art, in der nur Isa lächeln kann. »Okay. Abgemacht. Ab morgen führen wir beide die glücklichsten Beziehungen, die man in unserem Alter haben kann.«

»Abgemacht.«

»Gut. Aber jetzt sind wir einfach nur Mädchen, plündern deine Schokovorräte und gucken *Downton Abbey*.«

Also machen wir das so. Denn Schokolade und Period Dramas sind das beste Mittel gegen jede Art von Sehnsucht. Das haben wir statistisch bewiesen.

Montag, 20. Februar

Amélie

Der erste Montag nach den Ferien fühlt sich immer anders an als die anderen Tage. Alle Schüler scheinen es eiliger zu haben, das Schulgebäude zu verlassen, als könnten sie noch gar nicht wirklich glauben, dass die freie Zeit bereits wieder vorüber ist.

Ich wickle mir den dicken, petrolfarbenen Schal um den Hals, den meine Mutter für mich gestrickt hat. Eines meiner Weihnachtsgeschenke. Isa meint, er würde mir gut stehen, nur beim Fahrradfahren schwitze ich damit.

»Ich kann dir den Campbell ja mal ausleihen«, sagt Linus gerade. Sein komischer Freund André, der kaum mehr als zwei zusammenhängende Sätze hintereinander rausbringt, ist bereits verschwunden.

»Ja, klingt gut. Das Bio-Buch ist total unlogisch aufgebaut, ich blicke darin gar nicht durch, und die Abbildungen sehen auch nicht besser aus als die Bilder, die Paul malt.«

»Deshalb habe ich mir ja den Campbell gewünscht.«

Vermutlich ist Linus der einzige Sechzehnjährige, der sich ein Biologielehrbuch zu Weihnachten schenken lässt, während andere Smartphones und Netflix-Abos haben wollen. Oder, wie Isa, eine neue Reitausrüstung und einen Gutschein für *Stoffe fürs Leben*, ein Stoff-, Schnittmuster- und Nähzubehörgeschäft in Lübeck.

Salim wünscht sich immer Bücher, genau wie ich, oder CDs. Manchmal auch Schallplatten.

Wenn ich genauer darüber nachdenke, habe ich schon merkwürdige Freunde.

Gemeinsam verlassen Linus und ich den Bioraum und dann das Schulgebäude. Draußen scheint die Sonne, die Luft ist so klar wie nach einem Regenguss, aber kalt, voller Wind. Ich bleibe stehen und atme sie tief ein. Selbst mitten in Wismar riecht es frischer als in Berlin, nach Meer und Salz und Winter.

»Wie lange dauert es eigentlich noch, bis du dir das abgewöhnst?«, fragt Linus. Er grinst und kneift das rechte Auge dabei ein bisschen zusammen, wie er das häufig tut. Ich frage mich, ob der das selbst überhaupt weiß.

»Ein paar Jahre vielleicht.« Nebeneinander laufen wir zu den Fahrradständern.

»Stimmt, du lernst ja eher langsam.«

Obwohl ich weiß, dass er das nicht ernst meint, verursacht seine Aussage ein kurzes Ziehen in meinem Bauch. Noch einmal atme ich tief ein, dann ist es schon wieder verschwunden. Vielleicht habe ich doch nur etwas Komisches gegessen. »Nicht immer«, sage ich schließlich, während ich mein Rad von Linus' und Isabellas befreie. Wenn er könnte, würde Linus vermutlich alle auf dem Schulhof parkenden Fahrräder aneinanderschließen, mit seinem in der Mitte, nur damit es auf keinen Fall gestohlen wird.

»Fahren wir zusammen zurück?«

»Heute nicht. Ich bin noch verabredet.«

»Oh, ein Date?« Wieder grinst er auf diese Art, doch ich zucke nur mit den Schultern.

»So was in der Art.«

»Na, dann viel Spaß!« Er zögert einen Moment, als wolle er noch etwas sagen, doch dann verabschiedet er sich und fährt davon. Sogar den Helm hat er aufgesetzt, was er meistens vermeidet, aber seit Anfang des Jahres ein Junge aus unserer Schule von einem Auto angefahren wurde und nur wegen seines Helmes keine bleibenden Kopfverletzungen davongetragen hat, sind viele Schüler ein bisschen vorsichtiger geworden. Zumindest für eine Weile.

Ich schiebe das Rad über die Straße und durch die Fußgängerzone. Eigentlich bin ich schon ziemlich spät dran, allerdings ist Brar auch nicht gerade der Pünktlichste. Vermutlich werde ich immer noch vor ihm an unserem Treffpunkt im Park ankommen.

Um diese Jahreszeit ist wenig los auf den Nebenstraßen. Ich laufe durch Seitengassen, durch kühle Stille hindurch, und unwillkürlich habe ich Lust darauf, Salim anzurufen und mit ihm eine heiße Schokolade trinken zu gehen. Es ist so eine Minute, die ich gern teilen würde, diese Ruhe in meinem Inneren, der Geruch der frischen, kalten Meeresluft, die Klarheit des Himmels. Doch noch während ich nach dem Handy in meiner Jackentasche taste, verfliegt das Gefühl, und nichts bleibt als das Geräusch meiner Schritte auf dem Pflaster und das leise Bimmeln der Fahrradglocke immer dann, wenn das Rad über einen Absatz holpert.

Wenig später komme ich am Park an. Brar wartet bereits an einen kahlen Ahorn gelehnt, zumindest glaube ich, mich zu erinnern, dass es sich um einen Ahorn handelt. Im Winter, ohne Blätter, kann ich Baumarten kaum voneinander unterscheiden.

Brar grinst, dann kommt er auf mich zu, umarmt mich kurz und nimmt mir das Rad ab.

»Schön, dass du da bist«, sagt er, während er es neben mir herschiebt.

»Ja, finde ich auch.«

Der Park ist leer und still, nur ein, zwei Hundebesitzer führen ihre Vierbeiner spazieren.

»Was machen wir hier?«

»Ich habe ein Picknick vorbereitet.« Er sieht so stolz und fröhlich aus, dass ich die dumme Bemerkung, weshalb wir denn mitten im Winter ein Picknick veranstalten wollen, hinunterschlucke. Er wird sich schon etwas dabei gedacht haben und irgendwie ist die Idee ja ganz süß.

Brar parkt das Rad neben einer Bank, dann setzt er sich auf selbige und sieht mich erwartungsvoll an. Vielleicht hat er sich diesen Blick in den letzten Jahren angewöhnt, seit er in Bands spielt und Liveauftritte absolviert. Ich schätze, auf viele Mädels wirkt er verführerisch und geheimnisvoll. Mein Herz beschleunigt seinen Rhythmus, als ich mich neben ihn setze. Er legt den Arm um meine Schultern und zieht mich dichter an sich und ich rieche das Shampoo in seinem Haar und ein bisschen Zigarettenrauch.

»Also?«, frage ich nach einer Weile.

»Also was?«

»Wo ist das Picknick?«

Er lacht und lässt mich los, um in seinem Rucksack herumzuwühlen. »Alles hier, Puschel, alles hier.« Neben einer blauen Tupperdose befördert er zwei Bananen aus seinem Rucksack. »Käsetoast. Sehr viel mehr kann ich nicht. Auf die Hälfte habe ich extra keine Salami gemacht.«

Ich nehme mir einen Toast aus der Box. Weißbrottoast mit Käse, Ketchup und einem Salatblatt. »Danke«, sage ich und beiße davon ab, obwohl ich gar keinen Hunger habe. In den Winterferien hat meine Mutter damit begonnen, sich mit dem Backen von Brot zu beschäftigen, und nach den ersten nicht besonders überzeugenden Versuchen kriegt sie mittlerweile ein wahnsinnig leckeres Dinkelvollkornbrot mit gerösteten Kürbiskernen hin. Wenn es noch warm aus dem Ofen kommt, essen wir immer gleich die Hälfte auf.

»Wie waren deine Ferien?«, fragt Brar. In den letzten beiden Wochen haben wir uns kaum gesehen und uns nur ab und zu SMS geschickt, weil bei ihm Intensivproben mit seinen Jungs anstanden. Für das Frühjahr haben sie tatsächlich ein paar Auftritte und Konzerte ergattert, für die sie sogar Geld bekommen, und seitdem nimmt Brar die Sache mit der Musik noch ernster als vorher. Im Gegensatz zu seinen Eltern, die ihm für die restliche Ferienzeit Mathenachhilfe und einen Online-Englischkurs aufgebrummt haben, damit die Schule nicht zu kurz kommt.

»Ganz okay. Viel habe ich nicht gemacht. Die Tage, die Paul nicht in den Hort wollte, habe ich auf ihn aufgepasst, ein paar Mal war ich mit Isa auf dem Reiterhof, einmal mit Linus und Isa im Kino. Sehr viel mehr ist nicht passiert.« Mir kommt mein Bericht selbst furchtbar langweilig vor, aber ich kann mir ja auch nicht einfach irgendetwas Wildes ausdenken, nur um Brar zu unterhalten.

»Cool.« Er nimmt sich seinen zweiten Salami-Käse-Toast. »Klingt doch so, als hättest du auch Spaß gehabt.«

»Ja. Klar. Und du?«

»Weißt du ja. Musik, Mathe, Englisch. Bescheuerte Kombi, echt. Meine Mutter versteht einfach nicht, dass ich mich viel mehr reinhängen muss, wenn ich später Gitarre studieren will. Die nehmen ja auch nicht jeden und die Aufnahmeprüfungen haben es in sich.«

»Schon, aber dafür muss man sicher auch einen guten Abidurchschnitt haben. Und der Englischkurs hilft bei den Songtexten.«

»Kann sein.«

Ich beobachte die wenigen Spaziergänger. Eine junge Frau mit Kinderwagen und roten Handschuhen sieht so aus, wie ich mir meine Mutter in einer jüngeren Version vorstelle, vor siebzehn Jahren etwa, als ich das Baby war, das im Kinderwagen lag. Die Frau hat so ein Gesicht, in dem immer ein Lächeln liegt. Bei solchen Menschen sieht Glück so einfach aus.

»Wie stellst du dir denn deine Zukunft vor?«, frage ich leise.

»Was? Meine Zukunft? Keine Ahnung, wie kommst du denn darauf? Wegen dieser Mathesache? Am liebsten würde ich halt richtig geil Gitarre spielen können und als Solokünstler berühmt werden. Ich könnte ständig unterwegs sein. Stell dir vor, du reist durch die ganze Welt und bist jeden Tag woanders. Das wäre doch cool, oder?«

»Hm, ja, wahrscheinlich. Aber es wäre dann ziemlich schwierig, eine Familie haben.«

Er schweigt und runzelt die Stirn, als würde er sich nur schwer vorstellen können, wie das mit der Familie aussehen könnte. »Die bleibt dann halt zu Hause oder ich nehme sie mit. Es gibt Künstler, die machen das so, wenn sie auf Tour gehen.«

»Und wenn deine Kinder in die Schule kommen?«

»Dann reisen sie halt nicht mehr mit. Keine Ahnung, darüber muss ich mir jetzt echt noch keine Gedanken machen. So was wie Kinder kommt doch erst viel später, auf jeden Fall will ich erst mal ganz viel reisen. Stell dir mal so eine riesige ausverkaufte Konzerthalle vor. Das wäre so geil.«

Am Ende des Parks betritt ein Junge mit einem mittelgroßen, strubbelig wirkenden Hund den Park. Sie laufen beide recht langsam und trotz der Winterkleidung sieht der Junge schmächtig aus. Erst nach einer Weile erkenne ich, dass es Melvin aus meiner Schule ist. Der schwarze Mischling trippelt ganz ruhig neben ihm, bleibt ab und an stehen, um einer Spur hinterherzuschnuppern. Melvin blickt nur einmal kurz in unsere Richtung, doch als ich grüßend die Hand hebe, schaut er gleich wieder weg.

»Irgendwie ist es ja noch ein bisschen früh, jetzt schon über solche Dinge nachzudenken, oder?«

»Weiß nicht. Nächstes Jahr machen wir Abi. Meinst du nicht, wir sollten bis dahin wenigstens ein bisschen wissen, wie wir uns unser Leben vorstellen?«

»Ach, das ist doch noch ewig bis dahin.«

Ich schiebe die Hände unter den Po, da sie trotz der Wollhandschuhe eisig geworden sind. Wenn man so still herumsitzt, kriecht einem die Kälte langsam durch die Kleidung bis auf die Knochen, und irgendwann hat man dann das Gefühl, gar nicht mehr aufstehen zu können.

»Willst du noch was?«

Ich schüttle den Kopf.

Brar packt die Picknicksachen wieder ein. »Ist dir kalt?«

»Ja, ein bisschen.«

»Wenn du magst, können wir zu mir gehen. Dann spiele ich dir den neuen Song vor, den ich am Wochenende geschrieben habe. Er ist noch nicht ganz fertig, ich habe ihn bisher nicht mal den Jungs gezeigt. Du bekommst also so eine Art Premiere.«

»Okay«, sage ich ganz ruhig, obwohl mein Herz schon wieder eine Spur schneller schlägt. Ich war noch nie bei Brar zu Hause. Meistens hatte er keine Lust darauf, dass ich seine Eltern kennenlerne, und die arbeiten beide nur halbtags und sind deshalb schon relativ zeitig zu Hause. Wenn nicht, hängt noch mindestens einer seiner Brüder, die beide jünger sind als er, bei ihnen herum. Heute scheint ihn das nicht zu stören, zumindest schiebt er mein Rad gut gelaunt neben uns her. Er wohnt in einer Parallelstraße einen Block weiter, wo er das Fahrrad vor dem Haus anschließt.

»Meine Eltern sind bei meinen Großeltern«, erklärt er, als hätte er meine Gedanken gelesen. Er öffnet die Wohnungstür und ein Schwall Heavy Metal, der vorher nur als unförmiges Brummen in den Hausflur drang, schlägt uns in voller Lautstärke entgegen. »Jonte scheint aber zu Hause zu sein.«

Wir streifen die Winterjacken und Stiefel ab, dann folge ich Brar in das angrenzende Wohnzimmer. Es riecht nach Rauch, auf dem Couchtisch liegen verschiedene Zeitschriften, dazwischen steht eine Vase mit blassroten Tulpen. An den Fenstern hängen altmodische, leicht vergilbte Gardinen, die das dämmrige Winterlicht noch mehr filtern. Und mitten im Zimmer hüpft ein ziemlich dürrer Junge, fünfzehn Jahre alt, unkontrolliert im Rhythmus der Musik herum.

Vielleicht leidet er auch unter irgendwelchen Zuckungen, die dringend ärztlich untersucht werden sollten.

»Bin zu Hause«, brüllt Brar in den Raum, doch bevor sein Bruder darauf reagieren kann, hat er die Wohnzimmertür wieder geschlossen. »Komm«, sagt er und zieht mich den Flur entlang zu einer anderen Tür, der letzten.

Sein Zimmer ist nicht groß, vielleicht vierzehn Quadratmeter, an der Wand hängen Poster von *The Kills* und *System of a Down* und Autos, auf dem Bett und dem Schreibtischstuhl verteilt liegen Klamotten. »Sorry, ich habe nicht daran gedacht, wie chaotisch es hier aussieht.« Eilig sammelt er ein paar Sachen zusammen und wirft sie auf einen Haufen in einer Ecke neben dem Schreibtisch. Unschlüssig bleibe ich stehen. Die Tür hat Brar hinter uns geschlossen.

»Okay, also, es ist noch nicht so richtig fertig, an der Melodiesequenz muss ich noch feilen.«

»Ja, hast du gesagt, aber das ist doch egal. Spiel einfach.«

Brar nimmt die Gitarre aus dem Ständer und setzt sich auf seinen Schreibtischstuhl. Ich lasse mich ihm gegenüber auf dem Bett nieder, weil das der einzige nicht mit irgendwelchem Kram belegte Sitzplatz ist, und er beginnt zu spielen. Für einen Moment befürchte ich, der Song könnte mir nicht gefallen, und dann müsste ich lügen, aber nach einigen Takten findet Brar den richtigen Rhythmus und fängt an zu singen, ganz anders als sonst. Auf der Bühne klingt seine Stimme kräftiger und rauer, aber dieser Song ist sehr ruhig, fast zerbrechlich leise und traurig, und genau so verwandelt sich auch Brars Stimme, als gehöre sie zu einer anderen Version von ihm.

Er spielt ein Liebeslied, vielleicht handelt es auch von

Freundschaft, ganz sicher bin ich mir nicht. An einigen Stellen ist die Melodielinie tatsächlich noch nicht ganz harmonisch, manchmal verhaspelt sich Brar, als wüsste er nicht, welche Noten als Nächstes kommen, doch der Song hat eine für ihn ungewöhnliche Wärme und Tiefe.

Die letzten Töne verklingen. Brar stellt die Gitarre zurück und blickt mich erwartungsvoll an.

»Wunderschön«, ist alles, was ich sage, und er lächelt stolz, fast glücklich.

»Ich habe es für dich geschrieben.«

Augenblicklich wünsche ich mir, ich hätte noch besser zugehört, noch mehr auf die Feinheiten der *lyrics* geachtet.

»Danke.«

Er stellt die Gitarre in den Ständer zurück und setzt sich neben mich auf das Bett. Mit einem Mal ist er unglaublich nah, näher als alles andere, selbst die hämmernde Musik aus dem Wohnzimmer wird zu etwas in einer fernen Welt.

Natürlich ist es nicht das erste Mal, dass wir uns küssen, doch nie war es so wie jetzt. Nie lange, nie mit dieser Nähe. Ich versuche, mich seinen Vorgaben anzupassen, aber ich komme nicht dahinter, weshalb er manchmal die Zunge benutzt und manchmal nicht, und dann spüre ich seine Hand unter meinem T-Shirt, eine raue, forsche Hand.

Isa sagt, ich solle mich einfach fallen lassen. Nichts ist für immer, schon gar keine Beziehungen, die man in unserem Alter beginnt, also sollte man sich einfach nehmen, was einem guttut, und nicht so viel darüber nachdenken, ob es einen verletzen könnte. Aber Isa ist Isa und ich bin ich. Vielleicht ist jetzt der Moment, jemand anderes zu sein.

Dabei ist es schon spät, es wird bereits dunkel, und im

Dunkeln fahre ich die Strecke nach Hause nicht gern mit dem Rad, wenn die Schatten aus den Wäldern kriechen, wenn es anders riecht als tagsüber, schwer und feucht. Bald schon wird auch meine Mutter aufbrechen, und wenn ich noch mit in ihr Auto schlüpfen will, muss ich demnächst los, in einer Viertelstunde oder einer halben, ich sollte sie anrufen vorher, ihr Bescheid geben.

Brar hat mit einer Hand meinen BH geöffnet und knetet an meinen Brüsten herum, als wären sie Hefeteig. »Nicht so doll«, sage ich, und augenblicklich wird er sanfter, wandert hinunter zu meiner Jeans und öffnet erst den Knopf, dann den Reißverschluss.

Meine Mutter hat schon häufiger mit mir über Verhütung gesprochen, und ich war immer diejenige, die die Pille nicht nehmen wollte, weil ich nicht wusste, weshalb, auch in den letzten Monaten nicht, seit ich mit Brar befreundet bin. Oder zusammen. Oder irgendwas dazwischen. Ich sollte etwas sagen, als er mich sanft aufs Bett legt und mir die Hose herunterzieht und mich dort unten zu küssen beginnt. Es kribbelt ein bisschen, ich muss kurz kichern, doch als er mir den Slip abstreifen will, richte ich mich ruckartig auf.

»Lieber nicht«, sage ich, stehe auf und ziehe die Jeans wieder hoch.

»Wieso nicht? Habe ich etwas falsch gemacht?« Er wirkt mehr erschrocken als wütend.

»Ich bin gerade nicht so in der richtigen Stimmung. Außerdem muss ich los, meine Mutter fährt gleich nach Hause.« Eilig schließe ich den BH, zupfe die Kleidung zurecht und verlasse Brars Zimmer. Er folgt mir in den Flur und schaut mir schweigend dabei zu, wie ich in meine Stiefel schlüpfe und die Jacke überstreife.

»Wir sehen uns aber bald wieder, oder? In zweieinhalb Wochen haben wir unser nächstes Konzert. Wirst du kommen?«

»Ich denke schon.« Es fällt mir schwer, ihm in die Augen zu blicken, die groß sind und glänzend vor Enttäuschung. Am liebsten würde ich noch etwas sagen, ihm etwas erklären, doch ich weiß selbst nicht, was denn eigentlich.

»Okay.« Er lächelt, dann umarmt er mich kurz. »Ich ruf dich an.«

»Ja. Mach das.«

Eilig laufe ich die Treppenstufen hinunter und vergesse fast, mein Rad mitzunehmen. Unterwegs rufe ich meine Mutter an und treffe mich mit ihr vor Pauls Schule, wo ich auch das Fahrrad abstelle. In unseren Golf passt es nicht rein.

»Hattest du einen schönen Nachmittag?«, fragt sie und lächelt dabei, so wie schon seit Wochen, seit ich ihr das erste Mal von Brar erzählt habe.

»Ja, danke. War okay.« Ich schlüpfe auf den Rücksitz, neben Paul. Unterwegs werden wir noch meinen Vater aufsammeln und hinten habe ich meine Ruhe. Wenn ich hier sitze, wird sie keine weiteren Fragen stellen. Nur Paul wird reden, die ganze Fahrt über, und seine Worte reichen für uns beide. Mindestens.

Freitag, 20. Februar

Linus

Das Erste, das mir entgegenschlägt, sobald ich die Tür öffne, ist diese Leere. Wenn sich das Haus so anfühlt, ist nicht mal Saphir da, aber die wohnt mittlerweile schon mehr drüben als bei uns. Amy hat mir vor zwei Wochen gestanden, dass sie beinahe ein Katzenklo gekauft hätte und das nur deshalb nicht getan hat, weil sie mir meine Katze nicht wegnehmen will. Sehr großzügig. Bringt nur leider nichts. Katzen sind einfach undankbar, meine ganz besonders.

Niemand zu Hause bedeutet aber auch: Ich schmeiße meinen Rucksack direkt auf den Boden und die Winterschuhe gleich dazu. Wer braucht schon ein Schuhregal? Ich kann sie ja später noch wegräumen. Oder meine Mutter. Oder wer halt als Erster darüber stolpert.

Das Kühlschrankinnere starrt mir erschreckend kahl entgegen. Wochenendeinkauf war offenbar noch nicht. Ein paar Möhren, ein Broccolo, wie meine Mutter das seit unserem letzten Italienurlaub nennt, mehr ist da nicht. Von Fleisch weit und breit keine Spur. Ich nehme mir die letzten beiden Scheiben Schinkenwurst, einen Käsekanten und eine schrumpelige Mini-Tomate und mache mir daraus ein Sandwich. Toast ist zum Glück selten alle. Schokoaufstrich auch nicht.

Mit dem Essen und einem Glas Orangenlimo gehe ich nach oben in mein Zimmer, was sich aber auch nicht viel besser anfühlt als der Rest des Hauses. Überall ist es kalt, weil tagsüber, wenn niemand da ist, natürlich nicht besonders viel geheizt wird. Das Radio nervt mich schon nach zwei Minuten. Wenn Isa zu Hause wäre, würde ich sogar lieber mit ihr ihre nächste Shoppingtour besprechen, als allein in meinem Zimmer herumzusitzen. So langweilig ist mir. Das ist mal echte Verzweiflung.

Ich könnte ja draußen ein bisschen herumkurven, aber die Fahrt nach Hause war schon so anstrengend, dass ich nicht mal Bock auf einen Fahrradausflug habe. Der Wind weht echt eisig und außerdem ist es schon fast dunkel. Winter ist einfach mal ätzend.

Svea hat nie in den richtigen Momenten Zeit. Und ich sollte dringend anfangen, auch freitags zum Taekwondo-Training zu gehen, um nicht gelangweilt zu Hause festzuhängen, während sich der Rest der Familie sonst wo vergnügt. Manchmal komme ich mir vor wie ein alter Mann.

Ich checke das Fernsehprogramm für unseren Familienabend, auch wenn mein Handy ewig an den Seiten herumlädt. Kommt aber eh nichts Spannendes, wie immer. Andrés Vater hat ihm ja zu Weihnachten ein Abo bei einem Streamingportal geschenkt. Da können wir auch nachmittags nach der Schule *The Walking Dead* gucken, ohne dass unsere Eltern das mitkriegen. Langweilig wird einem so jedenfalls nie. Auf diese Weise könnte ein ganzes Leben draufgehen, wenn man es darauf ankommen lässt. Jedenfalls bequatschen sowohl Isa als auch ich regelmäßig unseren Vater, bisher hat er aber noch nicht nachgegeben. Mama brauchen wir gar nicht erst zu fragen, in letzter Zeit sagt sie zu allem Nein, obwohl es viel aufwendiger ist, in Wismar DVDs auszuleihen, und auch nicht gerade billiger.

Ich esse mein Brot auf und surfe noch ein bisschen im Internet, bis endlich Isas »BIN DAHA« durchs Haus tönt.

»Unglaublich«, schimpft sie, während sie die Treppen heraufstapft, und diesmal tue ich ihr den Gefallen, an die Tür zu gehen und zu warten.

»Was ist denn?«, frage ich, als sie oben angekommen ist.

»Das Finanzamt. Echt zum Kotzen!«

»Aha.« Ich wusste nicht, dass Isa irgendwas mit Finanzämtern zu tun hat. Bisher war ich der Meinung, dass solche Angelegenheiten in die Kategorie »Nur für Erwachsene« fallen.

»Die haben Ramona eine Steuernachzahlung aufgedrückt, und sie weiß gar nicht, wieso. Sie verdient doch mit ihrem Reiterhof quasi nichts und hat auch keine Reserven mehr. Das sind bestimmt dreitausend Euro, die das Finanzamt haben will, und das so kurz nach dem Wasserschaden. Gleichzeitig hat sie sich gerade erst eine Biokläranlage bestellt. Das kann sie jetzt nicht mehr rückgängig machen und abbezahlt ist die natürlich noch längst nicht. Jetzt kriegt sie vermutlich nicht mal mehr einen Kredit dafür. Dominik ist voll am Durchdrehen, er ist sofort nach der Arbeit auf den Hof gekommen, um sich die Unterlagen anzusehen.«

»Und was heißt das?«

Isa quetscht sich an mir vorbei und lässt sich auf mein Bett fallen. »Das heißt, dass sie mindestens ein paar Pferde verkaufen muss, wenn nicht von irgendwo ganz schnell Geld kommt. Im schlimmsten Fall muss sie den Hof aufgeben. Stell dir das mal vor. Ramona ohne Hof, das geht gar nicht.«

»Für dreitausend Euro?«

»Das ist für manche Leute eine Menge Geld, Linus. Erst recht, wenn man die anderen Sachen dazurechnet.«

Mit einem verärgerten Brummen lasse ich mich auf meinen Schreibtischstuhl fallen. »Dreitausend Euro sind für alle Leute eine Menge Geld. Aber der Hof ist bestimmt viel mehr wert, irgendwas wird man doch machen können.«

»Ja, irgendwas. Das versuchen sie gerade.« Isa setzt sich auf und starrt eine Zeit lang an die Wand, als könnte dort in den nächsten Sekunden die Lösung für alle Probleme auftauchen. Funktioniert aber nicht, ich habe das selbst schon ein paar Mal probiert.

»Wo sind eigentlich unsere Eltern?«, fragt meine Schwester schließlich. »Mum hat Karla angerufen, damit sie uns vom Hof abholt, weil sie es nicht geschafft hätte. Warum, wusste Karla auch nicht genau, und ich habe nur eine kryptische WhatsApp-Nachricht bekommen.«

»Immerhin etwas, bei mir hat sich niemand gemeldet. Müsste Papa nicht auch längst zu Hause sein?«

Wir blicken beide gleichzeitig auf meinen Wecker auf dem Fensterbrett. Fast sechs. Keine Ahnung, wohin die letzten vier Stunden verschwunden sind.

»Eigentlich schon.« Für einen Moment sehen wir uns an, dann holt Isa ihr Handy aus der Hosentasche und ruft unseren Vater an. Er geht ziemlich rasch ans Telefon und ziemlich rasch ist auch das Gespräch wieder beendet.

»Und?«

»Er muss noch arbeiten, sagt er, und geht später mit

einem Kollegen essen. Kann sein, dass er erst gegen Mitternacht nach Hause kommt.«

Dazu fällt mir jetzt auch nichts weiter ein. Seit unsere Mutter den Familienabend eingeführt hat, wird die Freitagszeremonie mit gemeinsamem Abendessen inklusive Nachtisch, Unterhaltungen und anschließendem Film oder Brettspiel ziemlich ernst genommen. Dass sowohl Mama als auch Papa erst spät nach Hause kommen und keinem von uns Bescheid gesagt haben, ist schon mehr als merkwürdig. Geradezu verdächtig.

»Vielleicht wollten sie sich einen gemeinsamen Date-Abend erschleichen«, fasst Isa meine Gedanken zusammen.

»Ja, vielleicht. Aber die viel wichtigere Frage ist doch: Wer kocht jetzt das Abendessen? Es ist ja nicht mal Brot da. Geschweige denn was zum Drauflegen.«

In Amys Zimmer brennt nur schwaches Licht. Sie steht auf Kuschelstimmung mit kleinen, bunten Lampen, Kerzen und anderem Dekozeugs. Höchstwahrscheinlich will sie nicht gestört werden. Kann ja auch sein, dass Brar heute da ist.

»Meinst du, sie sind schon fertig mit dem Essen?«, frage ich.

»Ruf doch mal an, dann wissen wir es.«

Also tue ich das. Ich rufe drüben an und frage Amy, ob sie schon gegessen haben, und falls nicht, ob wir vorbeikommen können. Fünf Minuten später steht sie vor unserer Haustür, die Arme vollgeladen mit Gemüse.

»Meine Eltern gehen heute Abend ins Theater und Paul übernachtet bei einem Schulfreund«, erklärt sie. »Wir können also gern bei euch kochen.«

»Du hast heute sturmfrei und wolltest uns nicht zu dir einladen?«, fragt Isa gespielt entsetzt.

»Ihr habt doch freitags immer euer Familiendingens. Ich wusste ja nicht, dass ihr allein völlig gelangweilt und halb verhungert hier herumhockt und als Ausgleich nicht mal ein Date mit euren Liebsten zustande bringt.« Dabei grinst sie vor allem mich an, streift ihre Gartenclogs ab und läuft an uns vorbei in die Küche, um dort die Lebensmittel abzuladen.

»Salim kommt auch gleich vorbei.« Isa hilft ihr dabei, das Gemüse auszubreiten. Amy sortiert gern alle Zutaten vor dem Kochen, um sich einen Überblick zu verschaffen und nichts zu vergessen. Sie hat echt viele merkwürdige Angewohnheiten.

»Was gibt's denn?«

»Keine Ahnung, ich habe einfach die Sachen mitgebracht, die meine Mutter nicht schon für das Wochenende verplant hat. Wie wäre es mit Gemüsecurry?«

Eine halbe Stunde später stehen wir zu viert in der Küche, Salim, Isa, Amy und ich. Svea ist mit ihrer Familie übers Wochenende zu ihrer Oma gefahren und hat bisher nicht einmal zurückgeschrieben, obwohl ich ihr ein erstaunlich verlockendes Foto von dem Gemüseberg geschickt habe, der jetzt nach und nach von uns zerschnippelt wird. Ich meine, Gemüse. Das muss man erst mal verlockend hinkriegen.

Isa stöpselt ihren MP3-Player an die Stereoanlage und holt aus dem Keller eine Flasche Rotwein, die, nach der Staubschicht zu urteilen, schon eine ganze Weile dort unten lagert.

»Ewig kann man den ja auch nicht aufheben«, behauptet sie. »Also, auf uns!«

Sogar Salim trinkt mit, da er drüben bei Amy schlafen wird. Oder bei Isa. Das scheint noch nicht geklärt zu sein, zumindest wirkt meine Schwester so, als würde sie kräftig Pluspunkte für ihr Bett sammeln wollen. Wenn unsere Eltern schon nicht zu Hause sind und eh nichts mitkriegen. Davon mal abgesehen, ist es ja auch ein bisschen merkwürdig, den eigenen Freund bei einer Freundin übernachten zu lassen. Also ich fände das komisch, wenn Svea beispielsweise mit zu Salim gehen würde. Falls man das so vergleichen kann.

Anderthalb Stunden später sieht unsere Küche schlimmer aus als nach den Festessenvorbereitungen für die jährliche Familienweihnachtsfeier, dafür hat jeder von uns eine riesige Portion Gemüsecurry mit Basmatireis auf dem Teller und mindestens die dritte Rotweinfüllung im Glas. Zumindest die anderen. Ich habe von meiner ersten Ration erst die Hälfte getrunken. Unsere Eltern haben einen ziemlich unübersichtlichen Vorrat an Alkoholika, was Isa schon das eine oder andere Mal auszunutzen wusste. Sie findet immer die Flaschen, die niemand vermisst.

Das Curry ist wirklich lecker geworden, und zum Glück ist so viel da, dass ich locker drei Portionen wegfuttern kann, ohne dass es auffällt. Zumal die anderen auch schon ein bisschen durch sind.

»Also«, surrt Isa in ihrer matschigen Betrunkenenstimme, »wir müssen uns dringend was für Ramonas Hof überlegen. Vielleicht 'ne mega Frühlingssause mit Kuchen und Spielen für die Kids. Bei so was kommen immer 'ne Menge Spenden zusammen.« Sie pickt die letzten Reiskörner von ihrem Teller, und wie jedes Mal frage ich mich, wie sie die winzigen Dinger auf ihre Gabel bekommt. Und das in dem Zustand.

Amy murmelt etwas, das man mit viel Fantasie als Zustimmung deuten kann.

»Und was willst du da veranstalten? Goldkuchen verkaufen? Mit so einem Fest nimmt sie doch höchstens ein paar Hundert Euro ein. Außerdem dauert es noch, bis es warm genug dafür ist.«

»Du bist so ein Spielverderber, Salim.« Beleidigt gießt Isa ihr Weinglas randvoll. »Bis jetzt waren die Hoffeste immer toll. Zumindest, wenn Mum mitgeholfen hat.« Ohne weiter nachzudenken, kramt Isa auch schon ihr Handy hervor und ruft unsere Mutter an, die aber glücklicherweise nicht rangeht. Bestimmt hätte sie gemerkt, wie viel Isa intus hat, und das hätte dann wiederum lautstarke Diskussionen zur Folge gehabt. Plus Hausarrest oder Wäschedienst oder so. Wenn die beiden streiten, will man eigentlich nur noch nach Timbuktu auswandern. Für immer.

»Wie wäre es mit Crowdfunding?«, schlage ich vor, nachdem schon seit bestimmt zwei Minuten niemand mehr etwas gesagt hat.

Amy blickt mich ratlos an.

»Was für 'n Ding?« Isas Blick wirkt bereits verschwommen, sie kann sich kaum noch konzentrieren. Ich sollte wirklich besser auf meine Schwester aufpassen. Die acht Minuten Altersunterschied merkt man immer wieder.

»Crowdfunding. Es gibt Websites für so was. Da kann man sein Projekt vorstellen, und andere Leute spenden dafür, wenn sie das spannend finden.«

»Wer findet denn Finanzämter spannend?« Salim ist wirklich ein Spielverderber. Sonst denkt er nicht so langsam.

»Doch nicht das Finanzamt. Aber die Bioklärанlange klingt doch innovativ, damit kann man bestimmt Leute gewinnen, und wenn wir das nicht nur übers Internet organisieren, sondern auch vor Ort Spenden sammeln, kriegen wir bestimmt genügend zusammen. Vielleicht bleibt sogar etwas übrig. Falls mal der Rasenmäher den Geist aufgibt.«

Auf einmal ist Isa wieder hellwach. »Mann, Bruderherz, dass du mal für etwas gut sein kannst, hätte ich wirklich nicht gedacht.« Fröhlich klopft sie mir auf den Rücken. Ich gebe das nur ungern zu, aber für ein Mädchen hat sie einen echt festen Schlag, der mir fast die Lunge rauskatapultiert. Mit einem verlegenen Hüsteln lässt sich das aber geschickt überspielen. »Darauf trinken wir einen. Wer will was von Papas Kräuterlikör?«

Eine halbe Stunde später ist sogar Amy so betrunken, dass sie nichts gegen den Horrorstreifen sagt, den Salim für einen spontanen Filmabend mitgebracht hat. Auf dem Tisch liegen mindestens vier Entwürfe für Spendenaufrufe, die allesamt so schlecht sind, dass ich sie später heimlich vernichten werde. Immerhin, die Idee kam auch in den benebelten Köpfen gut an, und später, bei klarem Verstand, kann man sie sicher besser durchplanen. Oder Isa kann das machen. So was ist mehr ihr Ding, organisieren und so. Jedenfalls solange es nichts mit aufräumen zu tun hat.

»Gruselfilme sind perfekt, wenn man bei einem Mädchen nicht weiterkommt«, flüstert mir Salim zu, während Amy und Isa aus Decken und Kissen gemütliche Liegeplätze auf dem Wohnzimmerboden bauen und Chips und Schokolade in Glasschälchen füllen.

»Ich habe schon eine Freundin. Und eine von den beiden Mädchen hier ist mit dir zusammen, und im Übrigen meine Schwester.«

»Ja, aber nur eine.« Er grinst, dabei wird er sonst nie anzüglich. Eigentlich ist er eher der zurückhaltende Typ, was machomäßige Äußerungen angeht. Papas Kräuterlikör hat es echt in sich.

»Danke. Kein Bedarf.«

»Schade. Möchtegern-Rockstars sind einfach nicht das Richtige für sie.« Er geht zu den Mädchen hinüber und lässt sich auf den Kissenberg fallen, von dem ihn die beiden mit ausführlichem Gekreische und Gekichere wieder hinunterschieben. Hoffentlich bekommt er von Isas Geschubse blaue Flecken.

Amy bunkert die Schokolade bei sich, ich schalte den DVD-Player ein, und Isa und Salim rücken so eng zusammen, dass ich mich wirklich nicht mehr traue, in ihre Richtung zu gucken. Es gibt Dinge, die will man einfach nicht sehen.

Wir wachen erst wieder auf, als unsere Mutter nach Hause kommt. Keine Ahnung, wer von uns zuerst eingeschlafen ist. Für glaubhafte Erklärungen ist es jedenfalls deutlich zu spät. Zwei Wochen Putzdienst und ein Sicherheitsschloss für den Alkoholschrank im Vorratskeller. Danke, Isa.

Amy und Salim verschwinden rasch nach drüben, während wir das Chaos beseitigen und völlig fertig nach oben gehen.

»Müssen die Wechseljahre sein«, meint Isa gähnend, bevor sie ihre Zimmertür öffnet. »Früher war sie nicht so.«

Früher haben wir auch keinen Alkohol getrunken. Aber darüber muss ich jetzt wirklich nicht diskutieren.

In Amys Zimmer ist es dunkel, die beiden schlafen vermutlich schon. Komischer Abend, irgendwie. Und wo unsere Mutter jetzt eigentlich war, hat sie uns auch nicht gesagt.

Freitag, 3. März

Linus

Svea flasht mich wie immer total. Sie trägt einen neuen Mantel, knallrot mit eng geschnittener Taille, und ihre blonden Haare fallen offen bis unter die Schulterblätter. Es gibt einfach mal kein hübscheres Mädchen als sie.

»Sorry«, sagt sie und gibt mir einen raschen Kuss. »Wir haben heute den Mathetest wiederbekommen und den wollte ich noch mit einer Freundin besprechen. Ich dachte wirklich, diesmal haue ich mehr raus als eine Drei.« Sie verzieht die Mundwinkel, was sie aber nicht wirklich verärgert wirken lässt. Ein so schönes Gesicht wie ihres kann einfach nicht hässlich sein, das ist unmöglich.

»Du musst ja nicht überall gut sein.«

»Hm, so ein Spruch hilft mir jetzt auch nicht weiter. Isa ist auch überall gut.«

»Entschuldige.«

Sie lächelt kurz, dann hakt sie sich bei mir unter. »Du kannst mir ja helfen. Ich verstehe dieses Exponentialfunktionszeugs einfach nicht. Wofür braucht man diesen Schwachsinn überhaupt?«

Eigentlich hatte ich für diesen Nachmittag andere Dinge vor als Mathenachhilfe, aber andererseits ist jeder Nachmittag toll, den ich mit zu ihr gehen kann. Seit ihre kleine Schwester Mila da ist, ist bei Svea noch mehr Chaos als sonst, obwohl die Geburt schon über drei Monate her ist. Meistens hat sie keine Lust, mich mit zu sich zu nehmen, nur kann man bei der Kälte auch nicht ewig draußen herumhängen. Und Cafés sind auf Dauer echt Luxus. Selbst mit großzügigem Taschengeld.

Als wir das kleine Reihenhaus am Stadtrand von Wismar betreten, in dem sie mit ihren Eltern und nun auch ihrer Schwester lebt, kommt uns wie immer ein Wirrwarr an Gerüchen entgegen. Nach Baby, nach gebratenem Fleisch, nach Regen, nach Shampoo, nach frisch gewaschener Wäsche. Keine Ahnung, wie sich derart viele Gerüche in einem Haus ansammeln können. Bei uns riecht es immer nur langweilig sauber und manchmal nach Heizungsluft. Nicht mal Papas Lasagne kann sich da geruchsmäßig durchkämpfen.

Bei Svea kommt heute noch der Duft von Schokokuchen hinzu. Ich muss mich echt zusammenreißen, nicht sofort in die Küche zu stürmen. Ihre Eltern machen nämlich den besten Schokokuchen überhaupt und frisch aus dem Ofen, wenn der Schokoladenkern in der Mitte noch heiß und flüssig ist, schmeckt er am besten. Besser als der von Amys Mutter, in dem immer ein bisschen zu wenig Zucker drin ist, aber das sage ich ihr lieber nicht.

Tatsächlich verteilt Sveas Mutter gerade Kuchenteller auf dem Wohnzimmertisch, von dem sie drei Paar Babysocken, ein Kuscheltier und einen Stapel Zeitungen einfach runterwischt, sodass das ganze Zeug auf dem Boden landet. Meine Mutter würde durchdrehen, wenn sie das sehen würde.

»Perfektes Timing.« Angela lächelt uns zu, und in genau

dem Moment, in dem Svea das Zimmer betritt, fängt Mila zu quaken an. Das macht sie häufig so, bestimmt ist das eine Art Begrüßung.

Sofort hebt Svea das Baby aus dem Stubenwagen, während ich Angela in die Küche folge, um den Kuchen zu holen. Oder, in dem Fall, die Muffins.

»Die sehen toll aus.« Ich schnuppere an den Kuchenstücken, die Angela mitsamt den Förmchen aus dem Backblech hebt.

»Mit Schokolade kann man dich immer bestechen«, meint sie und grinst.

»Oh, oh! Was ist denn diesmal kaputt?«

»Gar nichts. Aber wir haben einen neuen Spiegelschrank für das Bad gekauft. Der alte war einfach zu winzig, schließlich wohnen jetzt drei Frauen in diesem Haushalt.«

In Sveas Familie hat niemand handwerkliches Geschick, das merkt man schon an dem schief angebrachten Küchenregal und den quietschenden Türen, und in den letzten Monaten hat Angela vermutlich eine umfangreiche Liste meiner Lieblingsspeisen angelegt, die sie mir immer vorsetzt, bevor sie mich um Reparaturarbeiten bittet. Ich komme bei dem Geschäft trotzdem noch ziemlich gut weg. Vor allem, wenn ich die Reste mit nach Hause nehmen darf.

»Alles klar. Mach ich gleich.«

Die Muffins sind eher eine Schokoladenexplosion, und sosehr ich auch mindestens die Hälfte von ihnen essen will, nach zwei Stück bin ich so voll, dass mir fast übel wird. Den Spiegelschrank anzubringen, ist mit der Elektrik für das Licht dann doch etwas komplizierter, aber mit der Hilfe von Sveas Vater, der meistens gegen vier nach Hause kommt, schaffe ich auch das ganz gut. Trotzdem ist es schon ziemlich spät, ehe ich mich endlich im Zimmer meiner Freundin verkriechen kann. Svea sitzt schon mitten bei den Matheaufgaben und belagert mich gleich mit Fragen. Außer ein bisschen Küssen ist vor dem Abendessen nichts weiter drin.

Manchmal frage ich mich, ob all die Beschäftigungen im Haushalt nicht eine subtilere Ablenkung von Zweisamkeit sein sollen als das einfache Übernachtungsverbot, das meine Mutter verhängt. Für Salim. Svea darf bei mir schlafen. Mama ist halt manchmal komisch.

Obwohl die Küche nicht besonders groß ist, ist Kochen hier immer eine Familienangelegenheit. Irgendwer schnippelt Gemüse. Irgendwer rührt in den Töpfen. Irgendwer hält Mila auf dem Arm.

Ich bin diesmal für das Anbraten des Fleisches zuständig. Angela erzählt von dem Besuch beim Kinderarzt, was bei jeder anderen Person ein Gesprächsthema wäre, das mich nach spätestens zwei Minuten in ein tiefes Schlafkoma versetzen würde, aber Sveas Mutter hat eine lockere, witzige Art, Dinge zu erzählen, das fast alles so klingt, als wäre man supergern dabei gewesen.

Innerhalb einer halben Stunde ist das Abendessen fertig. Hühnchen mit Zucchini und Paprika in Sahnesoße. Bestens. Mit Sahne kann man bei mir nichts falsch machen. Und Angela weiß schon, dass sie auf meinen Teller ruhig doppelt so viel stapeln kann wie auf Sveas.

»In deinem Alter konnte ich auch noch essen, was ich wollte«, stellt Heiko mit leichtem Bedauern fest, dabei ist seine Portion auch nicht gerade diätgerecht. Ich kenne den Spruch bereits, mein Vater lässt den auch gern mal ab, wenn ich mir mehrmals nachhole und meine Mutter ihn schon streng anguckt, nur weil er sich die Leberwurst zu dick aufs Brot geschmiert hat.

»Das ist schon lange her, Schatz.« Angela tätschelt ihm liebevoll den Bauch. Dann gießt sie uns allen Apfelsaft ein und macht schmatzende Geräusche in Richtung des Babys, das auf einer Decke neben dem Tisch auf dem Boden liegt und leise vor sich hin gurrt. Im Radio dudelt eines von Sveas Lieblingsliedern. Sie summt leise mit, man hört es fast gar nicht.

»Irgendwelche großen Änderungen im neuen Schulhalbjahr?«, fragt Heiko, nachdem die Moderatorin nach etwa drei Vierteln des Songs reingequatscht hat. Ich hasse es, wenn sie das machen, selbst bei Liedern, die ich bescheuert finde. Die paar Sekunden kann man ja nun auch noch warten.

»Nö«, antworte ich.

»Ich habe jetzt endlich die Unterlagen für die Sprachreise nach Paris bekommen.« Sprachreise? Auf einmal zappelt Svea aufgeregt auf ihrem Stuhl herum wie eine Fünfjährige. »Ich würde da echt gern hin, aber natürlich brauche ich euer Einverständnis. Die Fahrt kostet fast achthundert Euro.« Noch während sie spricht, springt sie auf, läuft in den Flur und kramt einen Zettel und eine bunte Broschüre aus ihrem Rucksack, was sie dann beides auf den Tisch wirft.

Wie jetzt? Von einer Reise nach Frankreich hat sie mir noch gar nichts erzählt. Das hätte ich mir bestimmt gemerkt. Also, mit ziemlicher Sicherheit.

»Toll, Paris!« Angela lächelt verträumt und verwuschelt

ihrem Mann die Haare. »Weißt du noch? Wann war das? Vor siebzehn Jahren etwa?«

»Stimmt. Damals gab es dich schon.« Heiko lächelt seine Tochter an und legt seine Hand auf Angelas Bauch. »Allerdings war noch nichts von dir zu sehen.«

»Also darf ich hin? Wir fahren mit dem Französischkurs und werden superviele Ausflüge machen. Mit Kultur und so weiter. Und ich wohne bei einer richtigen französischen Gastfamilie.«

»Wieso nicht? Die Stadt wird dir gefallen und für dein Französisch ist so eine Auslandserfahrung sicher gut. Urlaub machen wir diesen Sommer ohnehin nicht. Du kannst also all unsere Ersparnisse verprassen.«

»Mensch, Mama, ich meine das ernst. Darf ich? Ja? Ihr fandet die Idee auf der Infoveranstaltung doch so toll.«

»Ich habe das schon ernst gemeint.« Angela beginnt damit, die Teller zusammenzuräumen, während Heiko den Heidelbeerquark auf die bereitgestellten Schälchen verteilt. »Die Stadt wird vielleicht nicht mehr dieselbe sein wie früher, mit all den Sicherheitskontrollen. Aber sie war immer sehr lebendig. Die Erfahrung lohnt sich, trotz des Preises.«

»Wie lange bist du denn dann weg?« Eigentlich wollte ich gar nicht panisch klingen. Als ob ich meine Freundin nicht mal für ein paar Wochen gehen lassen könnte, so schlimm ist das ja auch wieder nicht. Ich bin ja nicht abhängig von ihr oder so.

»Drei Wochen, ist das nicht toll?« Svea sucht verschiedene Löffel für den Nachtisch zusammen. Bei uns passt das Besteck immer zueinander, selbst wenn da auf einmal zwölf Leute um unseren Tisch sitzen. Dann beugt sie sich zu mir und flüstert: »Ich war mir nicht sicher, ob meine Eltern das erlauben. Schließlich durfte ich ja in den Ferien nicht mal mit Isa für zwei Tage nach Hamburg fahren.«

»Ich glaube, Isa war diejenige, die nicht durfte.«

»Oder so rum.«

»Schreibst du mir eine Postkarte?«

Sie lacht und schüttelt dabei den Kopf. »In welchem Jahrhundert lebst du denn?«

Wir verteilen die Schälchen, und obwohl noch etwas übrig bleibt, habe ich keinen Appetit mehr darauf.

Drei Wochen. In der Zeit kann alles Mögliche passieren. Jetzt hoffentlich kein Terroranschlag oder so. Aber Partys. Und Alkohol. Und Jungs.

Ich bin wirklich ein alter Mann.

Montag, 6. März

Isabella

Die Theater-AG hätte sicher nicht unbedingt sein müssen. Nicht, dass sie langweilig wäre, im Gegenteil. Herr Ginsbeg und Frau Dämmbach gehören zu den sympathischsten Lehrern an Isabellas Schule und zumindest die ersten Treffen haben sie bisher super organisiert. Sogar die Aufwärmübungen mit Fragerunden zum Kennenlernen, Stimme lockern und zur Entwicklung von Körpergefühl haben ziemlichen Spaß gemacht. Trotzdem. Neben dem Reiten und den gelegentlichen Aufgaben für die unregelmäßig erscheinende und kaum gelesene Schülerzeitung ist eine Freizeitbeschäftigung mehr auf Dauer eine ganz schöne Herausforderung.

Gut, dass Isabella Herausforderungen liebt. Sonst würde sie ja nicht versuchen, den Reiterhof zu retten. Oder mit Salim zusammen sein.

Eilig läuft sie die Treppen vom Theaterkeller nach oben ins Erdgeschoss. Kurz nach fünf. Die Gänge liegen verwaist im dämmrigen Winterlicht, um diese Uhrzeit sind nur noch die hartnäckigsten Schüler anzutreffen. Seit Neuestem befindet sich neben dem Sekretariat, gegenüber vom Lehrerzimmer, ein Lernraum, wie ihn die Direktorin großzügig bezeichnet. Ein paar von einem großen Unternehmen bezuschusste Computer, ein paar Arbeitsplätze, das alles hauptsächlich für Schüler, die ihre Freistunden oder die Zeit nach der Schule gern mit Lernen oder Recherchen füllen. Anfangs war der Raum immer leer, oder Schüler nutzten ihn hauptsächlich, um im Internet zu surfen, doch mittlerweile wird er vor allem an ungemütlichen Wintertagen wie heute gern besetzt.

»Hey, du bist ja noch da«, sagt sie, während sie sich an den Türrahmen lehnt.

»Hey, du auch.« Amy blickt von ihrem Buch auf und lächelt Isabella zu. »Wie war die Theater-AG?«

»Spannend, wie immer. Wir werden einen Klassiker machen, auf modern natürlich. Frau Dämmbach und Herr Ginsbeg fanden die Idee beide prima, ein Stück von Shakespeare auf Englisch umzusetzen. Stell dir das mal vor! So ein Geschwafel kann ich mir ja auf Deutsch schon kaum merken, wie soll denn das in einer Fremdsprache funktionieren?«

»Du schaffst das bestimmt, Angeberin. Wollt ihr das Stück auch aufführen?«

»Na ja, vermutlich wird das in diesem Schuljahr nichts mehr, und nächstes sind ein paar der Schüler ja schon fertig mit dem Abi. Wird also eher eine Art Probe, ob die AG überhaupt funktioniert.« Isabella betritt den Raum und setzt sich neben Amélie an deren Arbeitsplatz. »Was machst du gerade?«

»Siehst du doch. Bio. Ich will bei dem Test am Donnerstag nicht völlig versagen.«

»Das werden eh nur Wiederholungen vom letzten Halbjahr. Die Laubich ist doch total locker.«

»Eben. Lange genug her, um alles schon wieder vergessen zu haben. Nicht jeder hat so ein Gedächtnis wie du, Brainy.«

»Hey.« Verärgert verzieht Isa den Mund. Sie blättert ein paar Mal durch Amys Buch, dann gibt sie es ihr zurück. »Bestimmt leiht dir Linus mal seinen geliebten Campbell aus, wenn du ihn ganz nett fragst. Auch wenn ich den bisher nicht mal anfassen durfte.«

»Ach, ich komme mit unserem Schulmaterial ganz gut zurecht. Größtenteils. Na ja, ein bisschen.« Auf ihren Fingern prangen blaue Tintenflecke, und diverse Blumenranken am Rand ihres Blockes lassen darauf schließen, dass sie nicht allzu konzentriert mit dem Lernen beschäftigt ist.

»Wieso bist du denn noch hier? Heute kein Date mit Brar?«

»Nein, die proben die ganze Woche durch, am Freitag ist das Konzert in der Alten Ölmühle in Lübeck. Ich warte nur darauf, dass die Schicht meiner Mutter zu Ende ist, dann fahre ich mit ihr nach Hause. Willst du mitkommen?«

»Kann nicht. Essen mit Salim.« Sie seufzt. »Er wollte mit mir reden. Ich bin schon darauf vorbereitet, dass er heute Schluss machen wird.«

»Hör auf, einfach so würde er das nie tun. So ist er nicht.«

»Ich weiß. Trotzdem. Na egal, ich will dich gar nicht vollheulen und bin auch schon spät dran. Viel Spaß noch mit Ökologie.«

»Danke. Werde ich bestimmt haben.«

Ein bisschen kahl wirkt der Raum noch, kahl und sehr kalt. Kurz überlegt Isabella, ein paar Vorschläge zur Verbesserung der Atmosphäre in dem Zimmer zu notieren und im Sekretariat abzugeben, doch jetzt hat sie dafür weder die Zeit noch die Geduld. Und zumindest Amélie scheint kaum darauf zu achten. Ihren bekritzelten Block hat sie zur Seite geschoben und widmet sich nun dem Absatz über ökologische Nischen im Biobuch.

Draußen empfängt Isabella kalter, feuchter Wind. Sie sucht ihre Handschuhe aus den Jackentaschen und hofft, dass Salim sich später den Wagen seines Vaters ausleihen und sie nach Hause fahren wird. Irgendeinen Vorteil muss es ja bringen, einen volljährigen Freund zu haben.

Eigentlich lebt Salims Vater mit seiner Familie, also seiner Frau und diversen Kindern, in Berlin, doch seit er in Wismar eine Zweigstelle seines Berliner Restaurants eröffnet hat, ist er häufiger zu Besuch, meist dann, wenn es irgendein Problem gibt. »Und Probleme gibt es mit einem eigenen Laden immer«, hat er Isa vor Kurzem erläutert, als sie ihn kennenlernte. Auch wenn Salim seit der Scheidung seiner Eltern selten Kontakt zu seinem Vater hatte, findet sie ihn sympathischer als Ingo, den Freund von Salims Mutter.

Sie eilt durch die Fußgängerzone, Nebel kriecht durch die Straßen, und immer wieder muss sie Passanten ausweichen, die dödelig in der Gegend herumstehen, trotz des Wetters.

Schon leicht genervt erreicht sie endlich das Restaurant. Innen ist es schummrig, aber hell genug beleuchtet, um das Essen zu erkennen, auf dem Boden liegen dicke Teppiche. Tücher und Zeichnungen an den Wänden, kombiniert mit orientalisch angehauchten Lämpchen und anderem Dekomaterial, lassen den verwinkelten Raum warm und gemütlich aussehen. Ein Ort, an dem man sich zurückziehen kann, mit leiser Hintergrundmusik und dem süßlich-fruchtigen Duft von ätherischen Ölen.

Voll ist es nicht, nur an zwei Tischen sitzt jeweils ein

Pärchen, und Salim, der hinter der Theke steht, wirkt direkt gelangweilt. Dabei erzählt er ihr immer, er hätte so viel zu tun.

»Einen Sex on the Beach, bitte«, sagt Isabella, als sie sich auf einem Barhocker niederlässt.

»Wir führen keine Cocktails. Und außerdem«, verschwörerisch grinsend beugt er sich zu ihr, »kenne ich Ihren Personalausweis. Sie sind noch gar nicht volljährig.«

»Dann eben eine Pfirsichsaftschorle.«

»Sofort, Mylady. Setz dich an den Tisch dort hinten, ich komme gleich zu dir. Der Koch ist heute wahnsinnig schlecht gelaunt, ich würde dir also das Lamm mit Süßkartoffeln empfehlen. Das wird besonders gut, wenn er sich mit seiner Frau gestritten hat.«

Isabella lacht kurz, dann nickt sie. »Gern. Das ist das einzige Restaurant in dieser Stadt, in dem ich freiwillig Lamm essen würde, kann also nicht schaden, es einmal auszuprobieren.«

»Bis gleich.« Er gibt ihr einen Kuss auf die Wange und verschwindet anschließend hinter dem Tresen in der Küche. Als die Tür aufschwingt, dringt wütendes Gebrüll in einer Sprache, die Isabella nicht zuordnen kann, in den Raum. Die vier Besucher blicken kurz auf, widmen sich dann jedoch wieder ihrem Essen.

Teilweise sind die Tische durch Separees voneinander getrennt, sodass der Raum auch ein paar Rückzugsmöglichkeiten bietet. Isa sucht sich einen kleinen Tisch in der hinteren Ecke des Restaurants, zieht ihren Wintermantel aus und setzt sich. Sie mag die bunten Tischdecken, die Kerzen, die einladende Atmosphäre.

»Das Lamm ist in Arbeit.« Salim stellt die Getränke auf den Tisch und lässt sich ihr gegenüber nieder. »Wie gesagt, der Koch hat schlechte Laune, außerdem fühlt er sich unterfordert, wenn so wenig zu tun ist.«

»Braucht dein Vater eigentlich eine Aushilfe?«

»Wieso?«

»Ich könnte ja kellnern. Wahrscheinlich muss ich erst ein bisschen üben, aber ich glaube, ich würde das ganz gut hinkriegen.«

Irritiert blickt Salim sie an. »Wie kommst du denn darauf? Ich wusste gar nicht, dass du einen Job suchst.«

»Ach, ich weiß auch nicht.« Isabella zupft am Ärmelsaum ihres Pullovers. »Wahrscheinlich wegen dieser Hofsache. Mittlerweile habe ich mir zusammen mit Linus ein paar dieser Crowdfunding-Seiten angesehen, und wir haben auch schon etwas vorbereitet, um es einzureichen, aber ich kann mir kaum vorstellen, dass das klappen wird. Ramona konnte für die Biokläranlage eine Ratenzahlung vereinbaren und auch die erste Rate etwas hinauszögern, nur wird das einfach nicht ausreichen. Dieses dämliche Finanzamt frisst ihr all ihre Ersparnisse weg und jetzt fängt auch noch ihr Wagen an zu streiken. Ich würde ihr einfach nur gern helfen, wo ich eben kann, und so ein Job wäre zumindest ein Anfang.«

Salim verschränkt die Arme auf dem Tisch und lehnt sich ein Stück nach vorn. Seine Augen wirken traurig oder zumindest müde, und unweigerlich überkommt Isabella das Bedürfnis, ihn zu umarmen, so fest sie kann.

»Ich frage mal meinen Vater, aber ich kann dir nichts versprechen. So gut läuft der Laden bisher noch nicht, deshalb wird er vorerst kein weiteres Personal anstellen wollen. Auch nicht aushilfsweise.«

»Okay. Schade.«

»Was ist mit deinen Näharbeiten? Wolltest du nicht vermehrt Kleidung und solche Sachen übers Internet verkaufen?«

»Ja, tue ich auch, aber so viel bringt das nicht. Die Materialien sind schon irrsinnig teuer, und ich komme so selten dazu, etwas Größeres zu nähen, was ich ein bisschen teurer verkaufen könnte. Stofftiere laufen ganz gut, Windeltaschen auch, nur werde ich Jahrhunderte brauchen, bis ich damit ansatzweise genügend Geld zusammenbekommen habe.«

Der helle Klang einer Glocke lässt Salim hochfahren. »Entweder ist unser Essen fertig oder der Koch hat jemanden umgebracht. Ich gucke mal, was los ist.«

Isabella reicht ihm das Messer, das auf einer Stoffserviette neben ihr liegt. »Vielleicht solltest du die Küche nicht unbewaffnet betreten.«

Er lächelt, dann läuft er mit weiten Schritten los, bleibt an einem der anderen besetzten Tische stehen, unterhält sich kurz und kehrt, nachdem er die Rechnung fertig gemacht und kassiert hat, mit zwei Tellern beladen an ihren Tisch zurück.

»Das riecht ja megalecker«, schwärmt Isa begeistert. Tatsächlich ist das Fleisch wunderbar weich und mild, gekocht in einer Art Orangensoße mit leichtem Minzgeschmack. »Großartig. So gut kann meine Mutter bei Weitem nicht kochen.«

»So gut können die meisten Menschen nicht kochen. Keine Ahnung, wo mein Vater diesen Koch gefunden hat.

Es war nicht einfach, und man muss schon ein dickes Fell haben, um ihn zu ertragen. Außerdem ist er auch nicht immer da. Nur von Freitag bis Montag.«

Sie essen, ab und zu blickt Isabella aus dem Fenster. Wenn er mit ihr hätte Schluss machen wollen, wäre das bereits geschehen. Sie würden nicht erst essen und er würde auch nicht so freundlich und umgänglich sein. Bestimmt nicht.

Kurz bevor sie fertig sind, betreten zwei weitere Kellner den Laden, Salims Schicht ist beendet und nach und nach füllt sich das Lokal bis zur Hälfte. Abends scheint das Geschäft ein bisschen besser zu laufen.

Es ist bereits winterlich dunkel draußen, als sie das Restaurant verlassen, noch immer hängt kühler Nebel zwischen den Straßen fest.

»Und jetzt?«, fragt Isabella, während sie langsam loslaufen, in irgendeine Richtung, zum Bahnhof wahrscheinlich. Sie achtet kaum auf den Weg.

»Und jetzt will ich dich fragen, ob du heute bei mir schlafen willst.«

Erschrocken bleibt sie stehen. »Wie meinst du das?«

Für einen Moment sieht er sie schweigend an, dunkle Augen, unergründlich. Sie weiß nie, was er denkt, es ist unmöglich, in ihnen zu lesen, in seinem Gesicht irgendetwas zu erkennen.

»Ich meine einfach nur, dass du bei mir schlafen kannst, wenn du willst. Oder besser, dass ich mich freuen würde, wenn du das tätest. Ich schlafe auf der Luftmatratze, du kannst das Bett haben, es ist auch frisch bezogen.«

»Oh. Okay.« Nun ist sie nur noch verwirrt. Wie meint er das denn, bei ihm schlafen, wenn nicht so? Wenn nicht in einem Bett? »Ich habe gar keine Wechselklamotten mit, und ich weiß nicht, ob ich alle Schulsachen für morgen dabeihabe.«

Noch immer sieht er sie an, und dann erkennt sie es, das Lächeln in seinen Augen, ein schwaches Funkeln, mehr nicht.

»Andererseits kann mir mein Schulzeug auch Linus mitbringen.«

Er nickt.

»Nur was meine Mutter davon hält, weiß ich nicht.«

»Kein Problem, ich rufe sie einfach an. Sie wird es schon erlauben.«

Salim hat so eine unerklärliche Art, mit Isabellas Mutter zurechtzukommen, als würde er ganz genau verstehen, was sie denkt und fühlt, und deshalb immer das Richtige sagen. Nur an jenem alkohollastigen Abend mit Linus und Amélie vor anderthalb Wochen kam es fast zu einem Streit zwischen ihnen. Aber es ist auch sehr leicht, Manuela zu enttäuschen.

Danach haben sie sich nicht noch einmal gesehen, Isas Mutter und Isas Freund, doch jetzt blickt er sie an und holt sein Handy aus der Tasche, ohne groß auf das Display zu schauen, und dann hält er es sich ans Ohr und sagt etwas. Ein paar nette, ruhige Worte, eine zurückhaltende Frage, nach nicht einmal zwei Minuten ist alles geklärt, und er legt wieder auf.

»Klamotten habe ich bereits für dich gekauft. Unterwäsche, ein Longsleeve, ein Paar Socken.«

»Du hast mir Unterwäsche gekauft?« Isabella vergräbt die Hände tief in ihren Jackentaschen.

»Ja. Jedenfalls ist alles gewaschen und du könntest es morgen einfach anziehen. Also, was hältst du davon?«

Natürlich ist es nicht so, dass sie noch nie rumgemacht hätten, aber dass er weiß, welche Kleidergrößen sie hat, ist doch ein bisschen irritierend.

»Habe ich denn noch eine Wahl?«

»Du hast immer eine Wahl«, antwortet er erstaunlich ernst dafür, dass sie ihre Frage eher scherzhaft meinte.

»Gut. Dann komme ich mit und schlafe heute bei dir.«

Freitag, 10. März

Amélie

Es ist warm in der Halle, obwohl sie riesig ist, mit hohen Wänden, von denen farbiges Licht strahlt. Isa und Salim haben Getränke geholt, Bier für Svea und Isa, einen Cider für mich und Cola für die beiden Jungs. Wir sind mit dem Auto von Salims Vater gekommen, einem älteren BMW, an dem immer etwas klappert, wenn man zu scharf nach links abbiegt und der nach einer Mischung aus Öl und Zitronenerfrischer riecht.

»Hast du keinen VIP-Pass oder so?«, fragt Svea, während sie ihre geöffneten Haare hochhält, vermutlich, um ihren Nacken zu kühlen.

»So was gibt es hier nicht. Brar meinte, wir könnten einfach nach hinten in den Backstage-Bereich gehen, aber er ist vor Konzerten immer sehr nervös. Wir müssen ihn ja nicht stören.«

Sie zuckt mit den Schultern, lächelt kurz und nippt anschließend an ihrem Plastikbecker.

Im letzten Jahr fand hier, in der Alten Ölmühle, ein Bandcontest statt, bei dem Isa und Salim auf Brars Band *The Drum Kings* aufmerksam geworden sind, um sie danach für meinen Geburtstag zu buchen. Die heutige Veranstaltung ist das Abschlusskonzert dieses Contests, das große Showdown der drei Finalisten. Ein Ereignis, das halb

Lübeck und Umgebung anzieht, nach der Publikumsmasse zu urteilen.

Nachdem eine etwas überdrehte Moderatorin ein paar einleitende Worte zu dem Contest, der Jury und den Musikern gesagt hat, betritt die erste Band die Bühne.

»Na endlich«, ruft Svea. »Ich dachte schon, hier müssen erst ein paar Zuschauer ersticken, bevor es mal losgeht.«

Linus umfasst sie an der Taille, zieht sie zu sich heran und sagt etwas, das in dem Klang der ersten Schlagzeugtakte untergeht.

Band eins klingt ziemlich nach Standard-Garagenrock mit Punk-Elementen, aber sie scheint eine Menge Fans mitgebracht zu haben, zumindest fängt der Großteil des Publikums sofort an zu tanzen. Die Bässe sind krachig, aber irgendwie zu einfach, die Melodien der einzelnen Lieder unterscheiden sich kaum voneinander, und schon beim dritten Song wird mir die Musik zu langweilig.

»Ich gehe mal auf die Toilette«, rufe ich Isa zu, bin mir allerdings nicht sicher, ob sie mich verstanden hat, obwohl sie mir kurz zunickt und gleich darauf mit Svea weitertanzt.

Immer dicker wird die Luft in der Halle. Ich kämpfe gegen die Menge an, bis ich endlich an der Theke ankomme, um dort meinen inzwischen geleerten Pfandbecher abzugeben. Dann quetsche ich mich durch bis an den Rand und gehe von dort aus die schmale Treppe hinunter, die zu den Toilettenräumen führt.

Es ist merkwürdig, wie sehr sich ein Ort verändern kann. Als würde er anders atmen, wenn andere Menschen in ihm sind, als würde sein Herz anders schlagen.

Im November erst waren Isa und ich zu einem Selbstverteidigungsworkshop, den sie mir zum Geburtstag geschenkt hatte, hier. Er fand zwar nicht in der Halle selbst statt, sondern in einem Seminarraum in der oberen Etage, dennoch konnte man in jedem Winkel des Hauses eine besondere Stimmung spüren, eine ganz eigene Atmosphäre. Manche Gebäude besitzen eine leise flüsternde Seele, etwas Lebendiges in den Wänden, auf dem Boden, als niste die Vergangenheit darin.

Am zweiten Tag des Workshops unterhielten Isa und ich uns länger mit einer der Künstlerinnen, die über ein Stipendium in einem der Wohnräume oben lebte. Sie war bereits zum zweiten Mal hier und erzählte sehr begeistert, dass dieser Ort etwas Organisches hat, er wächst mit jedem Menschen, der sich länger an ihm aufhält. Sie selbst stammte aus China, und ebenso wie sie kommen immer wieder Künstler, Schriftsteller, Musiker oder Schauspieler hierher, um für eine Weile in Ruhe arbeiten und sich mit anderen Kreativen austauschen zu können.

Doch jetzt, hier unten in der großen Halle, scheinen all diese Spuren von der Musik weggespielt zu werden oder vielleicht sind es einfach nur die vielen Menschen, die sämtliche Atmosphäre aufsaugen, die umherfliegenden Ideen und Gedanken verscheuchen, sie in die Wände zurückdrängen.

Wie immer ist das Männerklo fast leer, während vor der Damentoilette bereits drei Frauen warten. Wäre ich Isa, würde ich jetzt einfach in eine der Männerkabinen schlüpfen.

Die dumpfen Musikfetzen, die von oben dringen, verstummen, begeisterter Applaus folgt. Brar hat mir im Vorfeld erzählt, dass sie keine Zugaben spielen dürfen, jede Band hat eine halbe Stunde, mehr nicht. Nur die Sieger geben am Ende noch ein kleines Zusatzkonzert.

Nachdem ich fertig bin, schlendere ich wieder nach oben, bleibe aber erst einmal am Rand stehen. Während der Pause scheint sich die Menge aufzulockern, ein paar Leute gehen nach draußen, um eine zu rauchen oder sich zu unterhalten oder nach Hause zu fahren, andere frischen ihre Getränkevorräte auf. Salim, Svea und die Zwillinge kann ich nirgendwo entdecken.

Müde streiche ich mir ein paar Haarsträhnen aus der Stirn. Die letzten Nächte habe ich nicht besonders gut geschlafen, obwohl Paul immer seltener schlecht träumt. Nur ist mein kleiner Bruder eben nicht der einzige Grund, der mich nachts manchmal wach hält.

Als hätte er darauf gewartet, dass ich an ihn denke, betritt Brar die Bühne. Er trägt ein merkwürdiges rotes T-Shirt mit leuchtend gelber Schrift, die ich von hier hinten allerdings nicht entziffern kann. Dicht hinter ihm folgen seine Bandkumpels: Schlagzeuger, Keyboarder, Bassist und ein Typ, der irgendwas mit der Elektronik macht und erst seit Kurzem dabei ist.

Augenblicklich verdichtet sich die Menschenmasse wieder, diejenigen, die draußen waren, kehren im Laufe des ersten Songs in die Halle zurück. Noch immer kann ich die anderen nicht entdecken und beschließe daher, erst einmal am Rand zu bleiben, auch wenn ich von hier aus nicht besonders viel erkennen kann. Andererseits, es geht ja um die Musik. Um die Stimmung. Darum, überhaupt dabei zu sein.

»Hallo, ihr alle«, ruft Brar gut gelaunt ins Mikrofon. Sobald er auf der Bühne steht, verändert sich etwas in ihm, das ist bis hierher spürbar. Er ist wie ein Magnet, der alle Aufmerksamkeit auf sich zieht, wie eine Sonne, um die sich mit einem Mal alles dreht. »Wir fangen mit einem unserer Klassiker an. Seid ihr dabei?«

Ein vielstimmiges Ja ist die Antwort, gleich darauf gibt der Schlagzeuger den Takt vor, und die Band legt los. Ich kenne den Song schon, normalerweise mag ich ihn auch, nur heute klingt er lauter, bombastischer, er donnert gegen das Trommelfell und kracht gegen die Wände, als gäbe es keinerlei Möglichkeit, ihm zu entkommen.

Manchmal denke ich komische Sachen, ich weiß das. Sie leben in einem Teil meines Gehirns, der nicht viel Anschluss hat an den Rest, der dort allein vor sich hin existiert und ab und zu etwas ausbrütet, und damit überschwemmt er den ganzen Rest, als würde er laut rufen: »Schaut, ich bin auch noch da!«, und dann muss ich sehen, wie ich mit diesen merkwürdigen Gedanken zurechtkomme.

Jetzt, jedenfalls, denke ich, dass es doch nicht so schwer sein kann, einfach mit Brar zu schlafen, dass nichts weiter dabei ist, denn später, ab irgendeinem Punkt im Leben, gehört Sex zu den Dingen, die völlig normal sind, Teil des Alltags, und all die Zeit, die man sich Gedanken über diesen einen Moment gemacht hat, an dem man damit beginnt oder beginnen könnte, all diese Zeit ist nebensächlich geworden, unwichtig, so wie die Angst vor dem ersten Schultag oder dem ersten Mal Schlittenfahren, denn ja, ohne Salim hätte ich auch das vielleicht nie ausprobiert. Schlittenfahren.

Zumindest stelle ich mir das so vor. Es wäre nur ein Anfang, nichts weiter, ein Anfang, der unweigerlich irgendwann geschehen wird. Der genauso gut auch heute geschehen kann. Eine winzige Veränderung am eigenen Körper, die man bald schon nicht mehr spüren wird.

Brar singt die letzte Silbe, der Keyboarder lässt die Musik ausklingen, und dann tost bereits der Applaus los. Plötzlich wird es dunkel auf der Bühne, dunkel und seltsam ruhig. Ein einziger Scheinwerfer beleuchtet Brar, und noch bevor er anfängt zu singen, denke ich, dass diese Szene jetzt wirkt wie aus unzähligen Hollywoodfilmen kopiert.

Dabei hätte ich ahnen können, dass er dieses Lied spielt. »Balladen kommen immer gut an«, hat er mir mal gesagt. »Vor allem, wenn man normalerweise lauter unterwegs ist.«

Er singt nur die erste Strophe allein, sobald der Refrain beginnt, wird das Licht auf der Bühne verstärkt, und die restlichen Bandmitglieder stimmen mit ein. Im Saal ist es erstaunlich ruhig, eine angespannte Aufmerksamkeit scheint alle Zuschauer gefangen zu nehmen. Sie müssen noch sehr viel geübt haben, Brar und seine Jungs, so sicher und ruhig und perfekt aufeinander eingestimmt spielen sie den Song bis zum Ende, vielleicht haben sie die ganze Woche nichts anderes geprobt als das.

»Für das tollste Mädchen der Welt«, sagt Brar und lächelt in den Raum. Er könnte jede damit meinen.

Ein Lied später findet mich Isa und zerrt mich mit zu den anderen, und nach dem letzten Konzert, während die Jury zwischen den drei Finalisten ihre Entscheidung trifft, laufen wir alle zum Backstage-Bereich, der von einem gelangweilten Security-Typen bewacht wird. Er winkt uns einfach durch, ohne zu fragen, wer wir überhaupt sind. Das muss eine einfache Art und Weise sein, Geld zu verdienen.

»Die lassen hier echt jeden rein«, stellt Svea fest. »In ein paar Jahren ist das sicher anders.« Sie zwinkert mir zu. »Wie fühlt es sich an, wenn jemand einen Song für einen geschrieben hat?«

Ich zucke nur mit den Schultern, weil es keine richtige Antwort auf diese Frage gibt. Denn eigentlich fühlt es sich nach einer Lüge an. Nach etwas, das anderen geschieht.

»Dabei war der gar nicht mal schlecht, sogar richtig gut«, bemerkt Linus, aber er sagt das leise, als wolle er gar nicht, dass wir seine Meinung hören.

Der Backstage-Bereich besteht aus zwei großen Räumen, in denen zwischen verschiedenen Instrumenten lauter Jugendliche herumlaufen, die Bandmitglieder und ihre VIPs. Ich persönlich fand den letzten Auftritt am besten. Ein Mädchentrio, sie hatten ein Cello auf der Bühne und eine Geige und untermalten damit eine Mischung aus Rock und Rap, teilweise mit Ausflügen in klassische Melodien, und alle drei sangen derart gut, dass es einem Gänsehaut über den Rücken jagte. Bis auf die Knochen drang ihre Musik. Dabei mag ich normalerweise keine Sachen, die auch nur ansatzweise in Richtung Hip-Hop gehen, andererseits ist Musik mehr als das, mehr als ein Genre, eine Kategorie, richtige Musik ist ein Gefühl oder eine Mischung aus Gefühlen, sie verkörpert die Lebendigkeit des Augenblicks. Sie ist ewig.

Ich lächle der Cellistin zu und sie lächelt zurück.

»Da bist du ja«, ruft Brar uns zu. Er umarmt mich, überall sind Stimmen, jemand drückt mir ein Bier in die Hand. »Und, wie fandest du unseren Auftritt?«

»Super, wirklich.«

»Ihr habt den Laden ganz schön gerockt«, wirft Isa ein und prostet Brar und seinen Kumpels zu.

Brar grinst, er zieht mich an sich und küsst mich, dann lässt er mich wieder los. »Ich finde auch, wir haben echt Stimmung gemacht, oder, Jungs?«

Eines der Mädchen, das bei der Band herumlungert, mustert mich, sieht aber rasch in eine andere Richtung, als ich ihren Blick erwidere. Kurz darauf steht sie auf und stellt sich dicht neben Jens, den Keyboarder, der sich gerade mit Salim über sein Instrument unterhält. Dabei ist es schon lange her, seit Salim das letzte Mal Klavier gespielt hat. Ein Abend bei meiner Tante Fiona, diese leisen, sanften Klänge. Sie zerbrachen in der Luft, doch erst sehr viel später, losgelöst von jenem Moment, und seitdem hat er nie wieder gespielt, wenn ich dabei war. Manche Dinge lässt man in der Vergangenheit zurück, man kann sie nicht herüberretten, sie kleben an längst gelebten Augenblicken fest, und alles, was von ihnen bleibt, ist eine vage Erinnerung.

Durch ein geöffnetes Fenster weht kühle Spätwinterluft, ab und zu das Geräusch fahrender Reifen auf Asphalt und gelegentliche Gesprächsfetzen und Gelächter.

»Die Jury hat entschieden«, ruft der Security-Typ vom Eingang aus nach hinten. »Alle raus, die Bands auf die Bühne, bitte.«

»Viel Glück!«, sagt Linus zu Brar, Svea hält den Daumen hoch.

»Bin ich eine Verräterin, wenn ich finde, dass die Mädchenband den Preis am meisten verdient hätte?«, frage ich Salim leise.

»Nein, du bist nur ehrlich. Aber verrate das deinem Freund besser trotzdem nicht.«

Wir kehren in die Halle zurück, die jetzt nicht mehr ganz so überfüllt zu sein scheint. Wieder tritt die quirlige Moderatorin auf die Bühne, drei Männer und zwei weitere Frauen folgen ihr, und im Hintergrund stellen sich die Bands auf.

»Ist das spannend, oder?« Aufgeregt kneift Isa mir in den Arm. »Ich verstehe gar nicht, wie du da so ruhig bleiben kannst. Wenn Brars Band gewinnt, bekommen sie einen Plattenvertrag und eine kleine Tournee organisiert. Das ist doch mal wirklich cool.«

»Klar, ist es auch.« Natürlich ist es das.

Der Juryvorsitzende, ein älterer Typ in einem ziemlich hässlichen moosgrünen Anzug, übernimmt das Mikrofon. »Vielen Dank erst mal an das großartige Publikum und natürlich herzlichen Glückwünsch an die drei Finalisten, die es bis in die Endrunde geschafft haben.« Er dreht sich kurz zu den Musikern um, während das Publikum applaudiert. »Leider können nicht alle gewinnen und deshalb vergeben wir den heutigen Preis kurz und schmerzlos. Die Gewinner des Lübecker Bandcontests in diesem Jahr sind: *Drive Puppies.*« Wieder tosender Applaus, Zwischenrufe, Pfeifen. Ausgerechnet. Ob die Jurymitglieder taub sind?

Die Garagenrocker treten nach vorn, der Sänger schnappt sich das Mikrofon, aber gegen den Lärm versteht man kaum, was er sagt. Entweder, ich habe das falsch verstanden, und der Preis wird für langweilige Songs ohne jegliche Innovation verliehen, oder ich habe grundsätzlich gar keine

Ahnung von Musik. Oder Modeerscheinungen. Was sogar sehr wahrscheinlich ist.

Kurz werfe ich Salim einen Blick zu. Er rollt die Augen und verzieht die Mundwinkel, ganz daneben liege ich also doch nicht. Wenn ich Geld hätte, würde ich meinen eigenen Contest ins Leben rufen. Oder zumindest mehr trinken, um den Rest des Abends zu überstehen.

Die Moderatorin übernimmt wieder das Mikrofon, wartet aber noch einen Augenblick, bis sich die Menge weitgehend beruhigt hat.

»Na, das ist ja öde«, murrt Linus. »Eine enorme Fanbase reicht wohl aus, um bei der Jury Eindruck zu schinden.«

»Ja, schade. Das tut mir leid.« Svea lächelt mich an, als wäre es meine Band, die gerade verloren hat. »Sie hätten den Preis echt verdient, ich finde, sie haben einen super Auftritt hingelegt. Aber die anderen waren halt auch nicht schlecht.«

»Und als Dank für eure Unterstützung«, ruft die Moderatorin schrill, »wird euer Gewinner jetzt noch einmal für euch auftreten. Macht euch bereit für *Drive Puppies*.«

Zum Glück spielen sie nur zwei Songs, bevor sie endlich die Bühne räumen. Mittlerweile hat sich die Halle bestimmt zur Hälfte geleert. Wir finden Brar und seine Band an der Bar, allerdings wirken sie erstaunlich gut gelaunt.

»Sorry, dass ihr nicht gewonnen habt«, meint Svea, doch Brar winkt nur ab.

»Kein Ding. Wir waren im Finale, das ist ja schon mehr, als wir je gedacht hätten. Außerdem bekommen wir die Studioaufnahme einer EP gesponsert, inklusive Cover und zwei Bandfotos. Ist doch alles smooth.«

Die anderen bestellen sich noch etwas zu trinken, obwohl es schon nach elf ist und Linus immer wieder unruhig auf sein Handy schaut.

»Wann sollt ihr denn zu Hause sein?«, frage ich ihn.

»Spätestens Mitternacht. Aber ich glaube, wenn Isa und ich zusammen unterwegs sind, nimmt es unsere Mutter nicht ganz so genau.«

»Zumindest hoffst du das.« Isa nippt an ihrer Apfelschorle. »Wäre ja alles halb so schlimm, aber noch mal zwei Wochen Putzdienst halte ich nicht aus. Wir haben erst die Hälfte rum und ich habe schon eine Lappenallergie.«

Bei den beiden zu Hause bedeutet Putzen ja auch nicht, dass einmal die Woche überall gesaugt und gewischt wird, sondern gefühlt jeden zweiten Tag. Das ist definitiv eine Strafe, die man um jeden Preis vermeiden muss.

»Hallo, darf ich mal stören?« Ein Mädchen, vermutlich ein bisschen jünger als wir, lächelt uns alle kurz an, dann richtet sich ihr Blick nacheinander auf Brar und seine Kumpels. »Ich wollte wissen, also, könnte ich ein Autogramm haben?« Sie hält einen Flyer vom Bandcontest in der Hand, den sie nun Brar reicht. »Wenn ich in der Jury gewesen wäre, hätte ich für euch gestimmt. Ihr seid wirklich super.« Man versteht sie nur schwer, sie redet in normaler Lautstärke, während um uns herum Gespräche und Gelächter tönen und aus den Lautsprechern Musik rauscht.

Brar, der sich während ihres Monologs etwas weiter zu ihr gebeugt hat, lächelt sie fröhlich an. »Klar doch. Ist ja super, dass es dir so gefallen hat. Wir werden in nächster Zeit häufiger Konzerte machen, komm doch einfach noch mal vorbei.«

Nachdem er sein Kürzel und die nächsten Konzerttermine darauf gemalt hat, reicht er den Flyer an die anderen weiter. Das Mädchen bleibt bei ihm stehen. »Ich habe euch letztes Jahr schon mal im *Teer & Butter* in Wismar gesehen. Das war auch ein toller Auftritt.«

»Sorry, kann ich mal kurz?« Ein ziemlich breiter Typ drängelt sich zwischen uns, um etwas an der Bar zu bestellen.

Mittlerweile stehen nur noch Isa und Salim neben mir, Linus und Svea haben sich weiter abseits an die Wand gelehnt und unterhalten sich mit ein paar anderen, vermutlich Freunden von Svea.

»Wir sollten langsam gehen«, meint Salim.

»Ach nö. Es ist Freitagabend. Wollen wir nicht noch woanders hin? Wenn wir schon mal hier sind?« Isa sieht erst mich, dann Salim fragend an. Dabei ist es ihre Mutter, die zu Hause am Fenster steht und in die Dunkelheit starrt. Die immer wieder ihr Handy nach neuen Nachrichten durchsucht. Die nicht anrufen wird, weil sie wohl ahnt, dass alles, was darauf folgt, in einem Streit endet. Manchmal habe ich sie gesehen, an solchen Abenden, wenn Isa viel zu spät nach Hause kam.

Brar unterhält sich inzwischen mit ein paar anderen Mädchen, die ihn umringen, ich kann ihn kaum noch erkennen. Er muss nicht einmal gewinnen, um beliebt zu sein.

»Lass uns gehen. Ich bin müde.«

»Spielverderberin.« Isa zieht einen Schmollmund, lächelt jedoch kurz darauf wieder. »Das nächste Mal machen wir aber richtig einen drauf.«

»Meinetwegen.« Wenn ich Glück habe, vergisst sie dieses Vorhaben wieder.

Wir schlendern zum Ausgang, Salim, Isa und ich, Svea und Linus folgen uns, nachdem sie sich von Sveas Freunden verabschiedet haben.

Draußen umfängt uns eine frische, entfernt nach Meer duftende Winternacht, doch unter der Kälte riecht es bereits nach etwas anderem, nach warmen Tagen voller Frühlingswind.

»Sag mal, wolltest du nicht noch Tschüss sagen?«, fragt Isa, als wir schon fast am Auto angekommen sind.

»Hm«, antworte ich. »Habe ich schon.«

Später, im Wagen, schreibe ich Brar eine SMS. Für den Fall, dass er sich Sorgen macht. Oder irgendwann an diesem Abend noch einmal an mich denkt.

Mittwoch, 15. März

Amélie

Wandertage gehören zu den überflüssigsten Erfindungen im Rahmen der schulischen Grundausbildung. Bisher bin ich noch kein einziges Mal wirklich wandern gewesen, zumindest nicht mit meiner Klasse. In Berlin waren wir einmal im Naturkundemuseum, einmal Bowlen, einmal im Kino und einmal spazieren in Schöneberg mit einem Stadtteilführer, der uns ein paar historische Besonderheiten zeigte. Ich glaube, die meisten haben davon allerdings nichts mitbekommen. Möglichweise waren wir in der Grundschule einmal im Grunewald, aber das war vermutlich nicht zu einem Wandertag, sondern Teil irgendeines Projektes. Jedenfalls bin ich nie an einem Wandertag wandern gewesen.

Frau Dämmbach vertritt offenbar eine etwas traditionellere Auffassung von diesem Event, ungeachtet der Wetterlage, und daher sitzt die ganze Klasse in einem Bus, der uns irgendwo hinaus in den Wald fährt, während Isa und Linus gemütlich ins Thermalbad unterwegs sind. Wobei ich auch nicht unbedingt mit meiner Klasse in die Sauna gehen möchte, wenn ich genauer darüber nachdenke.

Nach einer regenreichen Nacht verhüllt noch immer eine dichte Wolkendecke den Himmel, nur hier und da reißt sie auf, Ausblicke auf das Universum. Es muss sehr still sein dort oben, und ich versuche, mir vorzustellen, wie es sich anfühlt zu schreien, ohne ein einziges Geräusch zu hören. Wie es sich anfühlt, wenn alles um einen herum verschluckt wird, jeder einzelne Laut.

Nicht einmal Musik würde bleiben.

In diesem Bus jedenfalls flattert jeder Laut umher. Obwohl ich Musik höre, obwohl da Geigen sind und ein Cello und ein bisschen Schlagzeug und Zola Jesus' dunkle, kräftige Stimme, dringen immer wieder Gelächter und Rufe durch diese Wand aus Musik.

Nach etwa zehn Minuten Fahrt landen wir am Startpunkt des Wanderweges, den sich Frau Dämmbach ausgesucht hat. Die meisten Schüler verlassen den beheizten Bus nur murrend, in Schals und Mützen und warme Jacken verpackt, und diejenigen, die lediglich Sneakers tragen und keine Winterstiefel oder Wanderschuhe, beäugen misstrauisch die matschige Strecke, die sich vor uns durch den Wald windet. Sie ist voller lehmiger Pfützen, von den Bäumen tropft die Erinnerung an Regen, und selbst den wenigen Tieren, die sich nicht in den Winterschlaf zurückgezogen haben, ist es zu kalt und nass, um sich irgendwie bemerkbar zu machen.

»Na, dann mal los«, ruft Frau Dämmbach gut gelaunt. Die Route umfasst etwa zehn Kilometer, mit Pause und bei gemütlichem Lauftempo, hat unsere Klassenlehrerin im Vorfeld behauptet, sollten wir das in weniger als drei Stunden schaffen. Ich halte mich am Ende der Gruppe, immer wieder bleibe ich stehen, um ein Foto aufzunehmen.

Etwa eine Stunde nach Beginn unserer Wanderung machen wir die erste Pause auf einer überdachten Picknickfläche mit feuchten Holzbänken und kaum genügend Platz für uns alle. Ich setze mich ein Stückchen abseits auf einen Stapel Holzstämme und knabbere an einer Möhre herum. Wenn die anderen leiser wären, könnte man die erstaunliche Ruhe des Waldes spüren. Ein paar Vogelrufe hier und da, sonst wartet alles auf das Ende des Winters. Darauf, dass die Sonnenstrahlen wieder wärmend über die Baumkronen streichen, um nach und nach alles verborgene Leben hervorzulocken. Hier und da brechen vereinzelte Blumen durch den moosigen Untergrund, hauptsächlich Krokusse in Lila, Gelb und Weiß.

In der Ferne entdecke ich ein Eichhörnchen, fast wirkt es so, als würde es uns beobachten, und wahrscheinlich tut es das auch, wahrscheinlich wartet es auf die Essensreste, die wir zurücklassen werden, ein paar Krümel, ein Apfelgriebsch, ein heruntergefallenes Stück Käse.

Mögen Eichhörnchen überhaupt Käse?

Heute wäre ein perfekter Tag für einen Ausritt, diese Stille im Wald, doch Isa und ich wollen die Pferde am Nachmittag im Stall lassen und stattdessen unsere Ideen für die Rettung des *Tierparadieses Waldtümpel* überdenken. Etwas herausholen aus den weingetränkten Ansätzen, die wir vor fast drei Wochen aufgeschrieben haben und für die wir bisher nicht so richtig Zeit finden konnten. Dabei müssen wir dringend etwas anfangen. Es gibt einfach Orte, die man nicht untergehen lassen darf.

Frau Dämmbach drängt zum Aufbruch. Alle packen ihr zweites Frühstück wieder ein, dann stiefeln wir weiter durch den Wald, durch den intensiv schweren und moosigen Duft. So stelle ich mir den Geruch des Waldes in *Ronja*

Räubertochter vor, jedes Mal, wenn ich Paul diese Geschichte vorlese. Sie gehörte zu Tante Fionas Lieblingsbüchern, noch als ich ein Kind war, hat sie sie mir vorgelesen, bestimmt sechs oder sieben Mal, und immer wieder war es so, als würde ich sie von Neuem entdecken. Für manche Märchen gibt es kein Verfallsdatum, sie scheinen ein Teil der Welt zu sein, der immer existiert, und wenn man genau hinsieht, wenn man die Augen schließt und über seine eigenen Grenzen läuft, kann man sie spüren. Zu Fiona kamen solche Bücher freiwillig, sie musste nie nach ihnen suchen. Mama sagt, ihre Schwester hat die Welt schon als Kind anders gespürt als die meisten anderen. Vermutlich hätte sie nirgendwohin gepasst als in einen Buchladen, als in den Buchladen, den sie sich aufgebaut hat, und das ist eigentlich das Schönste, das man über ein Leben sagen kann. Dass jemand seinen Ort gefunden hat. Etwas, wohin er gehört.

Manchmal bin ich nicht sicher, ob das besonders vielen Menschen gelingt und ob die meisten nicht einfach irgendwann aufhören zu suchen und sich in dem einrichten, das sie haben. Vielleicht ist das sogar am besten so. Besser, als immer nur etwas anderes zu wollen.

Am Montag habe ich mich nach dem Unterricht mit Brar getroffen. Er wollte Gitarrensaiten und neue Klamotten für die Bandfotos kaufen, die sie Ende März oder Anfang April mit dem gewonnenen Gutschein aufnehmen lassen werden. Sie hatten beschlossen, sich alle in schwarzen Klamotten fotografieren zu lassen, mit Hüten und Krawatten, allerdings in Jeans und einfachen weißen Hemden. So originell erschien mir die Idee gar nicht wie ihm, aber ich sagte nichts dazu, ich trottete nur hinter ihm her und meinte: »Ja, die ist schön« und: »Könnte passen«, und danach spendierte er mir eine heiße Schokolade, und wir setzten uns nach draußen in die Sonne, auch wenn sie am späten Nachmittag schon nicht mehr so wärmte wie um die Mittagszeit. Wir unterhielten uns über Schulkram, er lästerte über seine Mathelehrerin, die schon fast in Rente geht und der nie jemand zuhört, und irgendwie tat sie mir leid, obwohl ich sie gar nicht kenne. Dann erzählte ich ihm von meiner Projektarbeit, für die ich noch immer nicht ganz das richtige Thema gefunden habe, dabei beginnen bald die ersten Präsentationen.

»Dir fällt schon was ein, du interessierst dich doch für so viele Sachen«, sagte Brar. Aber je genauer ich darüber nachdenke, desto weniger gibt es, das mich wirklich interessiert. Manchmal ist die Welt ein erstaunlich leerer Ort.

Ich laufe ein Stückchen hinter den anderen, als würde ich einen Raum um mich herum errichten, eine Schutzzone, die mich durch diesen Wald trägt, doch als ich mich umdrehe, bemerke ich, das hinter mir noch jemand läuft. Melvin schlurft sehr gemächlich am Ende der Gruppe, es sieht fast mühsam aus, wie sich der große, sehr dünne Junge über den Waldweg schleppt, die Jeans ein bisschen zu kurz, die Jacke dafür wie ein ausgeleierter Sack, Nase und Wangen gerötet, ansonsten jedoch blass, fast blankweiß im Gesicht, den Blick meistens auf den Boden gerichtet.

Dabei sieht er für einen Moment so aus, als könne er fliegen, leicht, fast schwerelos wie ein kleiner Vogel, ein Schmetterling. Als er mich anschaut, verschwindet der Eindruck, löst sich auf zwischen kahlen Bäumen, und alles, was bleibt, ist ein schmächtiger Junge in einer zu großen Jacke mit einem ernsten, musternden Blick.

Rasch sehe ich wieder nach vorn. Immerhin haben wir den Großteil der Wanderung bereits geschafft und so langsam hebt sich die Stimmung. Frau Dämmbach stimmt sogar *Wenn der Topf aber nun ein Loch hat* an und die anderen fallen nach und nach tatsächlich mit ein. Die Stille des Waldes füllt sich mit schief intonierten alten Kinderliedern, bei manchen singe selbst ich mit, und sie erinnern mich an Winterabende vor dem Kamin, dabei hatten wir in Berlin natürlich gar keinen. Es fühlt sich komisch an, Erinnerungen in sich zu tragen, die keine sind, nur Assoziationen, die sich aber dennoch wie Erinnerungen anfühlen, als hätten sie hier, zwischen den Bäumen, darauf gewartet, dass sie jemand einsammelt.

Und dann drehe ich mich noch einmal um und sehe Melvin nicht mehr.

Sofort bleibe ich stehen und starre auf die letzte Abzweigung, falls er nur sehr weit zurückgefallen ist oder einfach den Gesang nicht ertragen konnte, das könnte ihm kaum jemand übel nehmen. Doch ich warte, und die Stimmen vor mir werden leiser, und schließlich laufe ich zurück, erst langsam, dann immer schneller, bis ich die Abzweigung erreiche.

Er kauert auf dem Boden, den Rücken gekrümmt, der sich in einem ungewöhnlich raschen Rhythmus hebt und senkt. Als er mich bemerkt, blickt er auf, Schweißperlen auf der Stirn, er hustet schwer und keuchend, und sein schmaler Körper scheint unter der Anstrengung fast zu zerbrechen, als wäre etwas in ihm, das herauswill.

Ich hocke mich neben ihn und halte ihn fest, weil mir nichts anderes einfällt, und warte darauf, dass sich etwas in ihm beruhigt, was auch immer es ist, das ihn festhält, das sich in ihm eingenistet hat, denn etwas muss es ja sein.

Nach einer Weile, fünf, sechs, acht Minuten vielleicht, beruhigt er sich wieder, sein Atem wird tiefer und gleichmäßiger.

»Was ist das?«, frage ich leise.

Sekunden vergehen, ohne dass irgendetwas geschieht, erst dann sieht er mich an. »Nichts weiter. Ist nicht wichtig.«

Einen Augenblick lang warte ich noch. Manchmal brauchen Menschen etwas Zeit, um Dinge über sich preiszugeben. »Okay«, antworte ich schließlich, als Melvin nichts weiter sagt.

Wir schweigen, bis ich mich aufrichte und Melvin aufhelfe. Nebeneinander laufen wir den Rest des Weges. Mein Handy klingelt, Frau Dämmbach fragt nur, ob wir unterwegs sind, mehr nicht, und eine Viertelstunde später haben wir den Waldrand und damit auch die anderen erreicht.

»Na, schneller Quickie zwischen den Bäumen?«, fragt Sebi, ein blonder Junge, der sehr viel zu erzählen hat, aber wenig zu sagen, dann grinst er und wendet sich schon wieder ab, und ich muss ihn glücklicherweise nicht darüber aufklären, dass in dem Wort »Quickie« »schnell« bereits enthalten ist.

Frau Dämmbach zieht Melvin ein Stückchen zur Seite, was ein bisschen witzig aussieht, weil er einen Kopf größer ist als sie, und unterhält sich leise mit ihm. Keiner der anderen fragt etwas, sie alle wissen, dass er krank ist, er muss krank sein, und trotzdem wird diese Tatsache wie ein gut verpacktes Paket herumgetragen, von dem jeder weiß, was es enthält, ohne dass es irgendjemand öffnen möchte. Stattdessen tun sie alle so, als wäre es gar nicht da.

Wir laufen noch ein Stückchen an der Straße entlang, bis wir die nächste Ortschaft erreichen. Von dort wird uns der Bus abholen, zumindest ist das der Plan, denn er sollte bereits hier auf uns warten.

Die meisten schlendern hinüber zu einem am Straßenrand aufgebauten Zelt, in dem Gulasch und Pommes verkauft werden, sogar jetzt im Winter. Ich kann mir gar nicht vorstellen, dass hier besonders viele Kunden vorbeikommen oder anhalten.

Frau Dämmbach unterhält sich währenddessen mit den restlichen Schülern, und abseits auf einer Bank sitzt Melvin, noch immer blasser als sonst, und starrt auf den Boden. Seine Hose ist voller feuchter Sandflecken, selbst in seinen Haaren kleben vereinzelte Dreckklümpchen, wie auch immer sie dorthin gekommen sind, er hat sich doch gar nicht auf dem Boden gewälzt.

Ich setze mich neben ihn. Um uns herum ein paar Häuser, vor uns die Landstraße, irgendwo weiter hinten das Meer, unsichtbar von hier aus, es könnte verschwinden, und wir würden es nicht bemerken. Vielleicht würde die Luft anders riechen, sich der Tag anders anfühlen.

»Ich brauche keinen Babysitter«, murmelt er.

»Gut, dass ich keiner bin, ich wäre eh viel zu teuer für dich.«

Ein paar Autos rauschen vorbei, irgendwann später erreicht uns der Bus. Er parkt am Straßenrand, alle klettern so rasch wie möglich hinein, während es schon wieder zu nieseln beginnt. Nächstes Jahr werden wir wohl auch ins Schwimmbad gehen.

Melvin und ich sind die Letzten, die auf das Gefährt zugehen. Kurz bevor er einsteigen will, dreht er sich noch einmal zu mir um. »Danke«, sagt er. Ganz leise. Für einen winzigen Moment flimmert ein Lächeln über sein Gesicht, dann wendet er sich wieder um, und ich bin nicht sicher, ob es wirklich da gewesen ist.

Freitag, 17. März

Linus

Und plötzlich explodiert da draußen der Frühling. So richtig echt, meine ich. Man steht morgens nichts ahnend auf und zieht sich halt all den Krempel an, den man die ganzen letzten Monate schon getragen hat, nur vielleicht nicht mehr die ganz dicke Jacke, in der man wie ein Pinguin aussieht, und dann öffnet man die Haustür und ahnt noch immer nichts, weil es diesig ist und die Luft schwer und kalt, aber wenn man nachmittags das Schulgebäude verlässt, ist da auf einmal dieser Geruch, und man zieht sich alles aus, Jacke, Pulli, nicht mal das Longsleeve braucht man wirklich, solange man windgeschützt ist. Frühlingsanfang de luxe.

Ich reibe mir die Stirn, hinter der sich ein stechender Kopfschmerz festgesetzt hat. Wahrscheinlich eine allergische Reaktion auf die Schule. Musste ja irgendwann kommen.

»Alter. Volle Sonnenpower.« André beißt von seinem Schoko-Müsliriegel ab und kaut geräuschvoll, während wir auf dem Schulhof stehen. Natürlich hat man das schon in den Hofpausen und in den Unterrichtsräumen gemerkt, aber jetzt, diese Sonne, diese Wärme, das ist irgendwie ein Schock. »Krasse Sache. Heute Halfpipe?«

»Ich kann nicht, bin noch mit den anderen verabredet.«

»Ey, schon wieder.« Vorwurfsvoll guckt er mich an. Keine Ahnung, wann ich das letzte Mal mit ihm auf der Halfpipe war, irgendwann im Sommer oder Herbst vermutlich. Aber ich habe nun mal nicht so ein krasses Bike wie er, Skateboard bin ich schon seit Jahren nicht mehr gefahren, und außerdem habe ich noch zu viele andere Hobbys. Na ja, und vor allem eine Freundin. Von Beziehungen hat André nämlich null Ahnung, nur wie er Mädchen aufreißen und flachlegen kann, das weiß er. Manchmal hat man das Gefühl, er hat nicht mal wirklich eine Beziehung zu sich selbst.

»Ja, wir planen da gerade ein paar Sachen. Isas Reiterhof könnte geschlossen werden, und sie will ihn unbedingt retten, also müssen wir alle mithelfen.«

»Crazy. Was geht's dich an?«

»Weiß ich auch nicht genau, aber Isa und Amélie ist es eben wichtig.«

In dem Moment schlendert Amy an uns vorbei, allerdings ohne uns zu bemerken. Sie tippt beim Laufen auf ihrem Handy herum, was sie sehr selten macht, eigentlich sogar nie. Ganz sicher schreibt sie ihrem Musikerfreund.

»'ne echte Schleckrosine. Kann verstehen, dass du ständig mit ihr abhängst.«

»Lass es einfach.«

André grinst. »Alles smooth, Alter. War nicht so gemeint.«

Jetzt schaut Amy doch auf, entdeckt uns und kommt, nach kurzem Zögern, auf uns zu. »Hey, hast du Isa gesehen?«, fragt sie mich.

»Wir hatten eben Deutsch zusammen, sie müsste auch Schluss haben. Keine Ahnung, wo sie jetzt steckt.«

Sie bleibt bei uns stehen, scheint aber nicht sicher zu sein, wieso eigentlich. Ihr Blick gleitet über den Schulhof, ohne irgendwo hängen zu bleiben.

»Wenn sie nicht kommt, ich hätte gerade Zeit und könnte dich auf eine Pizza einladen.« Ganze Sätze sind normalerweise nicht so Andrés Fall, schon gar nicht längere Hauptsatz-Nebensatz-Konstruktionen, dazu noch mit Konjunktiv, er muss echt lange darüber nachgedacht haben. Und dazu lächelt er auch noch! Was bitte ist denn in seinem Müsliriegel drin?

»Äh?« Amy starrt ihn überrascht an. Kein Wunder, bisher haben die beiden kein einziges Wort miteinander gewechselt. Ich bin nicht mal sicher, ob sich André so ganz ohne Hilfestellung an ihren Namen erinnern würde. »Also, ähm, danke. Nein. Heute nicht.«

»Dann morgen. Ich hol dich ab. Wo wohnst du?«

Jetzt wirkt sie regelrecht erschrocken. Hilfe suchend sieht sie mich an, dabei weiß ich genauso wenig, ob mein eigentlich bester Freund, oder, na ja, Kumpel, gerade meine beste Freundin, oder halt gute Freundin, jedenfalls, ob er sie verarscht oder tatsächlich ernsthaft mit ihr Pizza essen gehen will. Was ja auch eine Art Unterhaltung beinhalten würde, man kann sich doch nicht eine halbe Stunde lang anschweigen. Er wird wissen, dass Amy nicht so die Art Mädchen ist, nach der er sonst sucht. Die nach ein paar Worten und zwei, drei Bier mit zu ihm gehen und danach brav nach Hause verschwinden. Und das kann ich mir wirklich nicht vorstellen. Absolut nicht. André und ein Mädchen wie Amy bei einer Pizza und einem netten Gespräch. Oder sogar noch mehr. Sorry, aber manche Dinge passieren einfach nie. Ohne Ausnahme. Sonst würde die Welt in totalem Chaos versinken. Echt jetzt.

»Ich fahre nicht bei Fremden mit«, antwortet sie schließlich.

André fängt tatsächlich an zu lachen. So richtig fröhlich und ehrlich. »Vernünftige Einstellung. Dann am Dienstag nach der Schule. Wie viele Stunden hast du?«

Was geschieht hier eigentlich gerade? Das Ganze ist so creepy, dass ich mir sicher bin, von der plötzlichen Wärme einen Sonnenstich bekommen zu haben. Vielleicht eine seltene Form von akutem Frühlingssyndrom. Oder André ist derjenige, der plötzlich krank geworden ist, irgendeine spontane neurologische Störung oder so. Das wäre mir auch lieber. Wenn er krank ist, meine ich. Bei ihm fällt das weniger auf.

Amy wird tatsächlich richtig rot. »Keine Ahnung«, murmelt sie.

In dem Moment läuft Isa auf uns zu. Fröhlich umarmt sie Amy, als hätten sie sich seit Tagen nicht mehr gesehen, dabei sind wir alle zusammen heute Morgen mit dem Fahrrad zur Schule gefahren.

»Der Lernraum ist frei, wollen wir dort alles besprechen?«, fragt sie.

»Klar, wer will auch an einem Freitag und bei dem Wetter den Tag draußen verbringen?« Mit einem Mal werde ich furchtbar ungeduldig. Dabei ist es nicht so, dass mich woanders jemand erwartet. Mit Svea bin ich erst später verabredet, ich habe keinen Hund, mit dem ich spazieren gehen müsste – woran im Übrigen Mamas angebliche Hundehaarallergie schuld ist –, und Taekwondo ist heute auch nicht, weil unser Trainer zu irgendeinem Seminar nach Süddeutschland gereist ist. Aber das Wetter, das ist nun mal da, und dieser Frühlingsgeruch, aber schließlich gibt es auch den Reiterhof, auf den Isa schon seit Jahren geht, und die Tiere und Ramona und deren Tochter Emilia. Tausend Gründe eben, den ersten wirklichen Frühlingstag dieses Jahres sausen zu lassen und Bewerbungen für ein Crowdfunding-Projekt zu schreiben.

André verabschiedet sich mit einem lockeren Handschlag von mir und zwinkert Amy noch einmal zu, bevor er zu den Fahrradständern schlendert. Irgendwie ist mir entgangen, ob die beiden nun wirklich ein Date haben oder ob das nur in Andrés Kopf so ist. Wo auch immer er plötzlich diese fixe Idee herhat, schließlich fängt er nichts mit Mädchen aus unserer Schule an, weil er ihnen später nicht häufiger als nötig über den Weg laufen will. Außerdem ist Amy gar nicht sein Typ. Falsche Haarfarbe und nicht dünn genug. Er hat tatsächlich mal ein wirklich hübsches Mädchen mit den Worten abgewiesen: »Ich esse gern Schweinerippchen und hab's auch im Bett lieber knochig.« Auch wenn ich immer gehofft habe, dass das nur ein sehr dämlicher Witz sein sollte.

Wie auch immer, der Frühling bleibt draußen, und Amy, meine Schwester und ich trotten zum Lernraum, in dem nur die Computer leise summen, sonst ist kaum etwas zu hören. Das Schulhaus ist so leer wie der Strand bei Herbststurm, wahrscheinlich ist selbst die Direktorin schon gegangen. Nur der Hausmeister wird noch in seinem Kämmerchen hocken und darauf warten, dass das Putzpersonal verschwindet, damit er endlich alle Räume abschließen und Feierabend machen kann. Ich will ihm dabei eigentlich gar nicht im Weg stehen. Er schaut immer so mürrisch, als würde er einem sofort das Frühstück wegnehmen, wenn man was Falsches sagt. Gerüchten zufolge ist das auch schon häufiger vorgekommen. Und selbst wenn nicht, er würde uns gnadenlos im Lernraum einsperren, wenn er Bock darauf hat.

»Also«, beginnt Isa und holt einen Hefter aus ihrem Schulrucksack, der durch unterschiedlich farbige und sauber beschriftete Trennpappen organisiert ist. »Ich habe mir mal Gedanken zu möglichen Hilfsprojekten gemacht. Hier oben ist meine Recherche zu Crowdfunding-Seiten«, sie nimmt zwei Übersichtsblätter aus dem Hefter und reicht Amy und mir jeweils eines, »danach eine grobe Planungsskizze für das Frühlingsfest, dann noch einige Ideen für Werbekampagnen für den Reitunterricht und ein Programmplan für die Osterferien mit Reiterferien für Kinder und Sonderveranstaltungen.« Kurz durchblättert sie den Hefter, damit wir auf all ihre Punkte einen raschen Blick werfen können. »Außerdem habe ich mit allen Leuten gesprochen, die ein Pferd bei Ramona stehen haben. Sie nimmt seit Ewigkeiten denselben Preis, obwohl ja Kosten für das Futter zum Beispiel steigen, und niemand hatte ein Problem damit, fünfzig Euro mehr pro Monat zu zahlen. Also, fast niemand. Außerdem werden wir eine Spendenbox für Tagesbesucher aufstellen. Das sind zwar auch nur kleine Beträge, aber ich denke, wenn sich das sammelt, kann ein bisschen was zusammenkommen, und das bleibt ja auch, wenn wir diese Krise erst mal überstanden haben. Wenn sie die Spenden zurücklegt, kann Ramona in Notfällen darauf zugreifen.«

Von dem vielen Gerede hat sie ganz rote Wangen bekommen, vielleicht liegt das aber auch nur an der Wärme hier im Raum. Jedenfalls hat Isa schon mal angefangen, eine Projektpräsentation für eine Crowdfunding-Seite zu erstellen, und wir basteln gefühlt fünf Stunden an dem Text herum und rufen dann Ramona an, um sie nach ein paar weiteren Daten zu fragen, bis wir alles komplett haben und endlich abschicken können.

»Na, das hat doch Spaß gemacht.« Isa grinst, Amy nickt müde, und ich esse den letzten Rest Schokolade, die Isa glücklicherweise mitgebracht hat. Sie kennt mich halt. Ohne wäre ich mittlerweile unausstehlich. »Und was machen wir jetzt? Wollen wir ein Tierheim gründen?«

Manchmal dreht sie sehr leicht ab, und für einen Moment habe ich Angst, dass sie ihren Vorschlag ernst meint.

»Tierheime sind traurige Orte«, sagt Amy.

Dann kommt der Hausmeister und starrt uns so lange vorwurfsvoll an, bis wir unsere Sachen packen und so schnell wie möglich aus dem Schulgebäude verschwinden. Hausmeister sind ja häufig unheimlich, aber unserer ist da besonders schlimm. Keine Ahnung, ob der überhaupt einen Namen hat, eine Stimme hat er jedenfalls nicht. Oder vielleicht redet er auch einfach nur nicht mit Schülern. Die widersprechen immer so viel.

»Und jetzt?«, fragt Isa, nachdem wir unsere Räder abgeschlossen haben. »Nach Hause?«

»Ich bin noch mit Svea verabredet.«

»Dann ein Eis?«

»Also ich könnte ein paar mehr Kalorien tanken.« Mein Magen knurrt schon, außer den Süßigkeiten hat er seit bestimmt drei Stunden nichts mehr zu essen bekommen. Ein Wunder, dass ich mich noch aufrecht halten kann.

Also ruft Isa Salim an, und Salim hat frei, sodass wir uns eine Viertelstunde später alle vor dem kleinen Burgerladen in der Innenstadt treffen. Selbst Svea kommt vorbei, obwohl sie noch einen Essay schreiben muss.

»Mache ich später«, entgegnet sie auf meine Frage. Später heißt dann wohl: Wenn wir allein sind. Oder sein wollten. Super. Das läuft ja galaktisch zwischen uns.

Isa ist so gut drauf, dass sie uns allen einen Cheeseburger und Amy einen Gemüseburger ausgibt. Die Sonne sinkt immer tiefer, mittlerweile wird es bereits zu frisch, um draußen zu sitzen. Wir drängen uns an einen kleinen Tisch, fünf Teller, eine Riesenportion Pommes für alle in der Mitte.

»Und nicht vergessen«, bemerkt Isa, »am achten April ist das große Frühlings- und Osterfest auf dem Hof. Ihr kommt doch alle, oder?« Dabei sieht sie vor allem Salim sehr ernst an.

»Klar«, sagt dieser sofort. »Sind da nicht schon Ferien?«

»Ja, das ist der erste Ferientag.« Amy schnappt sich eine Pommes und kaut gedankenverloren darauf herum. »Wollen wir nicht einen kleinen Ausflug machen? Alle zusammen?«

»Was denn für einen Ausflug? Ich werde echt viel zu tun haben, wir fahren ja gleich nach den Ferien nach Paris. Dabei bin ich jetzt schon krass aufgeregt.« Svea schüttelt den Kopf, als müsste sie einen unangenehmen Gedanken loswerden. Hoffentlich ist es der Gedanke an die drei Wochen ohne mich.

Sei nicht bescheuert, Linus. Drei Wochen, das ist doch fast nichts.

»Na ja, ich dachte an etwas Kleines. Wir könnten ein Picknick am Strand machen, wenn das Wetter schön ist. Oder nach Lübeck fahren. Aber es wäre doch nett, wenn wir einmal alle zusammen etwas unternehmen würden. Wir bereiten leckeres Essen vor und ich nehme meine Kamera mit. Was kann man denn hier in der Gegend Nettes machen? Bisher haben wir es immer noch nicht geschafft, nach Poel zu fahren, dabei hat Salim meiner Mutter schon ganz am Anfang davon vorgeschwärmt. Wie wäre es damit?«

»Nicht zu viele Vorschläge auf einmal.« Isa lacht kurz, runzelt dann jedoch die Stirn und spielt mit dem Ärmel ihres Longsleeves herum. »Also ich finde die Idee prima. Wir können uns ja alle ein paar Gedanken darüber machen, welche Tage uns am besten passen würden und was wir unternehmen wollen, und anschließend stimmen wir ganz demokratisch ab. Oder? Was meint ihr?«

Ganz demokratisch heißt vermutlich, dass sie so lange auf uns einredet, bis wir ihren Vorschlag am besten finden.

»Ich bin dabei«, sage ich trotzdem. Auch wenn ich wirklich keinen Plan habe, was für einen Ausflug ich mit den anderen unternehmen wollen würde. Überhaupt, Ausflug klingt voll nach Altersheim. Oder Seniorenfahrt. Aber gut, vielleicht bin ich da einfach nur geschädigt. Die Ausflüge mit Isa und meinen Eltern waren immer langweilig und Schulausflüge enden ja schon per Definition in einer Katastrophe. Mir wird immer noch ein bisschen schummerig, wenn ich an unseren Wandertag im Thermalbad denke. Ein paar Schüler hatten nicht genug Geld für die Eintrittskarte dabei, zwei ihre Badesachen vergessen und einer ist fast ertrunken. Mal davon abgesehen, dass man wirklich nicht all seine Mitschüler halb nackt sehen will und die Lehrer schon mal gleich gar nicht. Insofern kann ich zumindest auch nicht von Amys Plan enttäuscht werden, meine Erwartungen liegen bei etwa null. Oder minus eins. Jede Menge Platz nach oben.

»Ich find's super.« Salim legt seinen Arm um Amys Schulter und zieht sie an sich. »So viel Aktionismus passt ja gar nicht zu dir.«

»Ach, halt den Mund.« Lächelnd schiebt sie ihn ein Stück von sich weg. »Jetzt wird es langsam wieder wärmer, also wäre es doch nett, nicht nur bei Isa und Linus oder bei mir rumzuhängen, wenn wir uns mal alle treffen, sondern etwas Cooles zu machen.«

»Du sagst ja so wenig.« Svea, die ihren Burger mittlerweile aufgegessen hat, leider ohne mir etwas übrig zu lassen, schmiegt sich an mich. Sie riecht wieder so toll nach irgendeinem Shampoo oder einer Creme, was genau das ist, weiß ich nicht. Jedenfalls volle Kanne Fruchtcocktail, aber lecker, nicht so künstlich süß. »Vielleicht sollten wir auch einen kleinen Ausflug zu zweit machen, bevor ich fahre?«, fügt sie flüsternd hinzu.

Vorsichtig streiche ich ihr über die Wange. Manchmal sieht sie so zart aus, so verletzlich, dass ich fast Angst davor habe, sie zu berühren, doch wie immer verschwindet dieser Eindruck sofort wieder. Ihre Augen leuchten, und ihr Lächeln ist so ehrlich und stark, dass ich mich frage, wie ich sie überhaupt jemals für verletzlich halten konnte. Irgendwie bin ich heute voll dödelig im Kopf. »Das klingt nach einer super Idee«, flüstere ich zurück. Nur wir beide. Außer Kino oder Pizza haben wir noch nie so richtig etwas zu zweit unternommen. Bestimmt steht in jedem mittelguten Beziehungsratgeber, dass man auf so was achten sollte.

»So, ich muss los, hab noch 'ne Menge fürs Abi zu lernen«, erklärt Salim. Er und Svea gehen auf dasselbe Gymnasium, allerdings ist er einen Jahrgang über uns und ab dem Sommer frei. Keine Schule, keine Verpflichtung. Muss ein großartiges Gefühl sein. Mir kommt das alles noch so weit weg vor, unerreichbar. Erst recht die Frage, was genau eigentlich danach kommen soll. Denn irgendwas muss ja folgen, irgendwie geht das Leben nach der Schule weiter. Und am Ende ist man dann etwas, Busfahrer, beispielsweise, oder Pommesverkäufer oder Börsenmakler.

Jetzt ist nicht der richtige Augenblick, um an so öde Dinge wie die Zukunft zu denken. Noch sind wir alle Schüler, noch haben wir freie Nachmittage, die wir in Burgerläden verbringen, um Ferienpläne zu schmieden, noch treffen wir uns an Wochenenden, um Filme zu gucken, noch lästern wir über unsere Eltern und die Lehrer und kämpfen mit überflüssigen Hausaufgaben. Es gibt keinen Grund, weshalb das jemals anders sein sollte.

»Alles okay mit dir?«, fragt mich Amy, während wir aufstehen und unsere Jacken zusammensuchen. Mit dem Sonnenuntergang verschwindet auch das Frühlings-Feeling.

»Ja, klar, wieso nicht?«

»Ich weiß nicht, du sahst so weggetreten aus.« Sie lächelt vorsichtig und mustert mich aufmerksam, doch als ich nichts erwidere, dreht sie sich um und folgt den anderen nach draußen.

Vom Meer weht ein frischer Wind, aber die Luft ist trocken, keine Spur von Regen oder Nebel. Immerhin.

»Ich bring dich nach Hause«, sage ich zu Svea. »Oder hast du noch ein bisschen Zeit?«

»Nee, der Essay, weißt ja.«

»Kommst du dann allein nach oder sollen wir auf dich warten?« Isa schließt bereits unsere Fahrräder ab und wickelt ihr Schloss um ihren Lenker.

»Ich komme dann nach«, sage ich schnell, bevor Svea so etwas Überflüssiges wie »Ich kann schon allein nach Hause gehen« antworten kann. Heutzutage sind Mädchen einfach zu selbstständig und all die bescheuerten Tipps aus dem Internet zu nichts mehr nutze. Weil sie kaum noch nach Hause gebracht werden wollen. Früher muss dieses Gedate total easy gewesen sein.

Zumindest widerspricht Svea nicht, sondern setzt sich, nachdem wir uns von den anderen verabschiedet haben, auf den Gepäckträger meines Rades. Wir sausen durch die Fußgängerzone, was quasi lebensgefährlicher Marathonsport ist, halten noch an einer Eisdiele und gurken dann eher gemütlich zu ihr.

»Weißt du«, sagt sie, als wir dort angekommen sind und sie abgestiegen ist, »ich glaube, ich werde euch alle vermissen. Wenn ich in Paris bin, meine ich. Auch wenn ich mich darauf freue, aber solche Nachmittage wie heute sind schon Hammer. Dort kenne ich ja nur die Leute aus meinem Französischkurs und sonst niemanden.«

»Dafür wirst du neue Freunde finden.«

Nachdenklich sieht sie mich an, sie wirkt fast traurig, dabei habe ich Svea noch nie traurig erlebt. Bisher dachte ich, sie könne gar nicht niedergeschlagen sein, dieses Gefühl gibt es in ihr einfach nicht. Was natürlich bekloppt ist. Traurigkeit ist wohl das einzige Gefühl, das jeder Mensch kennt.

»Hey.« Ich schließe die Arme um sie und ziehe sie fest an mich. »Du bist mutig und fröhlich und unternehmungslustig, du wirst eine wirklich tolle Zeit haben. Da bin ich mir sicher. Und immer, wenn du Lust hast, skypen wir miteinander oder schreiben uns. Drei Wochen sind fast nichts, wenn man woanders ist, du wirst schon sehen.«

»Ja. Ich weiß das ja. Wahrscheinlich bin ich einfach nur viel zu aufgeregt.« Vorsichtig löst sie sich aus meiner Umarmung. »Aber du wirst mich vermissen, versprochen?«

»Natürlich werde ich dich vermissen.« Ich zögere, dann füge ich leise hinzu: »Du mich auch?«

Sie lacht nur und boxt mir leicht in den Bauch. »Dämliche Frage, wirklich. Ich muss jetzt rein, sonst schaffe ich den Essay nicht mehr.« Mit einem langen Kuss verabschiedet sie sich von mir.

Ich warte, bis die Haustür hinter ihr ins Schloss gefallen ist, bevor ich mich wieder auf das Rad schwinge und durch die mittlerweile dunklen Straßen fahre. Irgendwie habe ich noch nicht so richtig Lust auf den Heimweg. Zu Hause muss ich nur Physikhausaufgaben machen, wenn ich mir damit nicht das halbe Wochenende verderben will, und außerdem ist wieder Familienfreitag. Ätzend. Da würde ich lieber nach einem Thema für meine Projektarbeit recherchieren.

Dieses Mal hat Mama darauf bestanden, dass der Familienfreitag wie immer stattfindet, nachdem er die letzten

Male ständig ausgefallen ist. Vielleicht gilt das Projektfach als überzeugende Ausrede. Letztes Schuljahr hat mir jemand erzählt, dass man damit ziemlich leicht eine gute Note holen kann, aber derjenige hat nicht erwähnt, dass man sich ein spannendes Thema suchen sollte, worüber man einen Vortrag hält, eine Arbeit schreibt und zwischendrin mal mit den anderen diskutiert. Ich sollte mir echt abgewöhnen, ständig auf den Müll zu hören, den andere von sich geben. So ein dreißigseitiger Text macht wahnsinnig viel Arbeit. Ich meine, dreißig Seiten! Das ist ja ein halbes Buch. Okay, ein halbes Kinderbuch. Aber auch das muss man erst mal schreiben.

Während all des Nachdenkens habe ich gar nicht darauf geachtet, wo ich eigentlich langgefahren bin, und finde mich jetzt in Wohnstraßen wieder, die ich noch nie gesehen habe. Was bei einer so übersichtlichen Stadt wie Wismar ja schon mal eine beachtliche Leistung ist. Lauter Einfamilienhäuser mit hübschen Vorgärten und florale Straßennamen. Sieht aus wie bei uns. Na ja, fast. Ein paar mehr Häuser stehen hier schon.

Nur, wie komme ich jetzt zurück? Ich halte an einer kleinen Kreuzung, lehne das Rad an ein Straßenschild und hole mein Handy aus dem Rucksack. Google wird schon wissen, welcher Weg mich von hier aus nach Hause führt. Falls ich da überhaupt hinwill, aber diese Entscheidung nimmt mir Google leider nicht ab. Obwohl das ein echt praktisches Feature wäre.

Die App lädt wie immer ewig. Meine Eltern könnten mir wirklich mal schnelleres Internet spendieren. Während ich warte, schaue ich mich ein bisschen um. Die Gärten wirken größtenteils noch kahl, an einem Haus wurde vergessen, die Weihnachtsbeleuchtung zu entfernen. Oder vielleicht brennt die ganzjährig. Für die ersten Grillpartys ist es wohl noch zu früh im Jahr und für lärmende Rasenmäher bereits zu dunkel. Überall Idylle.

Endlich spuckt mir Google eine Radstrecke raus aus der Stadt aus. Also kurve ich los, ab und zu bleibe ich kurz stehen, um mich zu orientieren. Eigentlich ist es ganz nett hier, ich sollte mich häufiger verfahren. Auf diese Weise lernt man eine Menge neuer Orte kennen.

Wohnhäuser, einsame Straßen, hier ein paar Bäume, dort ein Teich. Mit Enten drauf, unglaublich. Jede Menge parkender Autos.

Erschrocken bremse ich ab. So einen moosgrünen Ford wie mein Vater hat nicht jeder. Ich meine, es ist dunkel, die Farbe ist nicht so megaleicht zu erkennen, aber dann, doch, das ist sein Nummernschild, das ist sein Auto.

Macht er um diese Uhrzeit Kundenbesuche? Trifft er sich noch mit einem Freund, und ich bin wieder der Einzige, der nicht mitbekommen hat, dass der Familienfreitag ausfällt?

Mein Handy zeigt 19:37 Uhr. In dreiundzwanzig Minuten sollten wir alle im Wohnzimmer vor dem Fernseher sitzen, Pizza essen und einen Film anschauen, den wir vorher demokratisch bestimmt haben. Meine Mutter hat meist als Einzige ein Vetorecht. Da sieht man wenigstens, wo Isa ihre unangenehmen Eigenschaften herhat.

Kurz überlege ich, ob ich ihn anrufen soll. Ihn fragen, ob er noch in der Stadt ist und mich mitnehmen kann. Doch dann schlendere ich nur zu dem Mehrfamilienhaus, vor dem der Wagen parkt, alles hübsch saniert oder vor nicht allzu langer Zeit gebaut, wahrscheinlich mit Balkonen zum Teich hin. Vorstadtfeeling pur. Jedenfalls lese ich die Namensschilder, alle, mehrmals, aber kein einziger Name sagt mir etwas.

Vermutlich doch ein Kundenbesuch. Die werden auch immer erst nach Feierabend Zeit haben, ihren Versicherungskrempel zu klären. Oder das Auto parkt hier nur einfach so und mein Vater macht in der Gegend einen Spaziergang. Um auch mal was anderes kennenzulernen. Kann ja sein, warum nicht?

Egal. Ich werde ihn fragen, heute Abend, nach dem Film, oder morgen, oder am Sonntag verabreden wir uns und bauen ein Vogelhaus oder ein Regal für die Speisekammer, und dann führen wir so ein richtig gutes Gespräch unter Männern. Ist ja alles kein Ding.

Rasch düse ich weiter, raus aus der Stadt, raus ans Meer. Na ja, fast, in die Nähe des Meeres.

Die anderen sind bestimmt schon längst alle da. Kann ja auch sein, dass ich mit dem Nummernschild irgendwas verwechselt habe, ich lerne die Dinger ja nicht auswendig. Und selbst wenn. Es gibt tausend Erklärungen dafür, weshalb er um diese Uhrzeit in einer mir fremden Gegend unterwegs ist.

Mindestens.

Sonntag, 19. März

Linus

Es gibt für alles tausend Erklärungen. Für Lügen bestimmt noch mehr. Und am Ende reicht ein einziger Satz. Einer wie: »Entschuldigt, dass ich zu spät komme, Sascha brauchte noch Hilfe dabei, sein Boot sommertauglich zu machen.« Dazu zwei Tüten Chips und drei Tafeln Schokolade für den Familienabend und eine Flasche Wein, von der Isa und ich jeweils ein Glas abbekamen (nachdem Isa eine Weile unsere Mutter anbetteln musste).

Am Samstag erst mal zum Frühtraining nach Wismar, meine Mutter hat mich mitgenommen. Manchmal tue ich mir das an. Wobei es sogar Spaß macht, Taekwondo ist irgendwie befreiend. Schon immer gewesen. Ich sollte den Sport wirklich weniger schleifen lassen.

Eine halbe Stunde bei Svea, bevor sie zum Reiterhof gefahren ist. Mit dem Bus zurück. Den Rest des Samstags verbracht mit dem Physikbuch und danach mit dem Internet auf der Suche nach Themen für die Projektarbeit. Alle Schüler waren anfangs ziemlich irritiert, weil wir unsere Lehrerin Vitória nennen dürfen, also beim Vornamen, aber das heißt nicht, dass sie nicht streng ist. Irgendwas aus Wiki zusammenschreiben zählt jedenfalls nicht, so viel ist mal klar. Sie hat einen Sensor für Schummelei. Und einen für Faulheit.

Plötzlich war der Tag vorbei, ich mit nichts weitergekommen, und jetzt ist Sonntag, mein Vater werkelt unten im Keller in der Werkstatt, und ich habe so was von keine Lust auf Regaleschrauben. Wirklich nicht.

Draußen nieselt es, nicht gerade eine Einladung zu einer Radtour.

Kurz nach eins stiefele ich nach unten in die Küche, um zu schauen, ob irgendjemand vorhat, etwas Essbares in die Pfanne zu werfen.

»Wer kocht denn heute?«, frage ich meine Mutter, die gerade dabei ist, eine Artikelliste für ihre Friseurgeschäfte zusammenzustellen.

»Du vielleicht?«, fragt sie halb abwesend.

Das sieht wirklich nicht gut aus.

Unschlüssig bleibe ich im Wohnzimmer stehen. »Ich kann nicht kochen«, versuche ich es halbherzig.

»Dann frag deinen Vater oder deine Schwester.«

»Isa kann noch weniger kochen als ich.«

Genervt blickt sie auf. »Schmier dir halt ein Brot, Herrgott. So schwer ist das doch auch wieder nicht.«

»Gehst du noch aus? Du hast dich so hübsch gemacht.«

»Nein, bestimmt nicht. Die Buchhaltung muss dringend erledigt werden, der Dienstplan für den nächsten Monat ist noch nicht fertig, und so, wie ich das sehe, hat bisher niemand die Wäsche gewaschen, obwohl du und deine Schwester dran seid.«

»Isa vielleicht. Ich hab das letzte Woche gemacht.«

»Dann sag ihr Bescheid und jetzt lass mich bitte in Ruhe meine Bestellungen zusammensuchen.«

Dabei wollte ich nur etwas zu essen haben. Am besten etwas Warmes.

Wie oft muss man eigentlich Buchhaltung machen, wenn man einen Laden hat?

Bestimmt ist es keine gute Idee, jetzt zu Isa zu gehen und sie an die Wäsche zu erinnern, aber ehe ich noch einen Tag an eine nicht existente Projektidee verschwende, tue ich lieber das und laufe nach oben in die Höhle der Löwin. Die Tür zu ihrem Zimmer steht offen, das Fenster auch, herein weht feuchter Meereswind. Isa scheint mit Svea zu skypen.

»Ich habe mir sogar schon ein Mofa ausgesucht, dann könnten Salim und ich mal eine kleine Tour machen. Jetzt muss ich nur noch meine Mutter überreden, mein Vater hat schon fast Ja gesagt.«

»Was heißt fast?«

»Na ja, er macht das abhängig davon, was Mum sagt. Und die kann ich nur fragen, wenn sie einen guten Tag hat, aber wann ist das schon? Sie ist ja ständig mies drauf.«

Ich klopfe an die geöffnete Tür.

Isa dreht sich von dem Laptopbildschirm weg und grinst mich an. »Guck mal, ich muss dir was zeigen. Ich habe einen megacoolen Roller bei eBay entdeckt und mir letzte Woche zwei Fahrschulen angeguckt. Was hältst du von dem Modell?«

Jetzt bin ich echt gebügelt. Eigentlich wollte ich einen Roller haben, aus diesem Kaff kommt man ja sonst kaum vernünftig raus. Nur haben sich meine Eltern immer quergestellt, weil voll gefährlich und Unfälle und so. Aber seit wann steht denn Isa auf Motorräder?

Wie auch immer, ich schaue mir die eBay-Kleinanzeige an, murmle so was wie »Sieht schick aus« und frage sie dann, ob sie mit mir Mittagessen kocht.

»Bist du verrückt? Ich habe erst vor einer Stunde gefrühstückt.«

»Mama sagt, du sollst Wäsche waschen.«

Sie seufzt ergeben und rollt mit den Augen. Sveas Gesicht auf Isas Desktop verzieht sich zu einem Grinsen. »Habt ihr wieder Streit um den Haushalt?«, fragt sie.

»Du kennst doch meine Mutter. In letzter Zeit ist sie total zombiemäßig drauf.« Dann sieht meine Schwester wieder mich an. »Ich wasche später, willst du sonst noch was?«

Hier hat irgendwie niemand Zeit für mich. Auch ohne es zu googeln, kann ich das wirklich nicht für ein gutes Zeichen halten, wenn meine Freundin ihren Sonntag lieber via Skype mit meiner Schwester verbringt, anstatt mit mir in persona im Kino oder bei ihr zu Hause. Andererseits, abgesehen von Isas Führerscheinplänen reden sie vermutlich die meiste Zeit darüber, welche Klamotten Svea nach Paris mitnehmen soll. Das ist nun wirklich kein Thema, an dem ich mich beteiligen will.

»Bin schon weg«, sage ich also und verschwinde in meinem Zimmer. Wenigstens ist Saphir mal da. Sie blinzelt mich an, als ich ihr über den Rücken streichle, dann schnurrt sie sogar. Das ist bei ihr quasi eine Liebeserklärung.

Der Nieselregen hat mittlerweile aufgehört. Ich trete ans Fenster und betrachte die nassen Felder. In Amys Zimmer ist alles dunkel. Ob sie auch noch kein Thema für das Projektfach gefunden hat?

Ohne so recht zu wissen, weshalb, gehe ich nach unten ins Bad, öffne den Schrank und wühle zwischen den Handtüchern herum, bis ich ein braunes finde. Die hässlichste

Farbe, die es gibt, außer bei Winterschuhen vielleicht. Unsere Handtuchkommunikation könnte mal ein neues Element vertragen. Zu verzweifelten Sonntagnachmittagen ohne Mittagessen passt das allemal.

Also hänge ich das braune Handtuch über die Brüstung und warte eine Weile, ob sich im Haus gegenüber etwas tut. Vermutlich sind sie gar nicht da. Normale Familien machen ja sonntags Ausflüge oder Spielenachmittage im Wohnzimmer.

Wieder laufe ich nach unten in die Küche, wo noch immer nichts vor sich hin brutzelt. Leider kocht sich das Essen auch nicht von selbst. Kurz entschlossen schnappe ich mir meine Jacke und den Fahrradschlüssel, hole das Rad aus der Garage und fahre los, erst zum Meer, zum fast leeren Strand. Den meisten Touristen ist es noch zu kalt, auch ich tauche nur kurz die Füße ins Wasser, nachdem ich die Sneakers abgestreift habe, dann fahre ich weiter, über Felder, am Spielplatz vorbei, bis ich vor Hunger kaum noch strampeln kann und vor dem Garten von Opa Lutz endlich zum Stehen komme.

Manchmal habe ich doch Glück und er hat Erbseneintopf gekocht, frischen, leckeren Erbseneintopf mit einer Extraportion Speck, obwohl ich unangemeldet vorbeikomme.

Wir sitzen in der dunklen Küche, aus dem Radio dudelt klassische Musik, nicht weil Opa Lutz sie so sehr mag, sondern weil das alte Gerät nur noch diesen einen Sender hergibt. Besser, man rührt außer dem Power-Knopf nichts an, könnte sein, dass es sonst explodiert. Opa Lutz hat es nämlich vor Urzeiten aus verschiedenen kaputten Radios selbst zusammengebastelt, wer weiß also, was für gefährlich konstruierte Schaltkreise im Inneren des Geräts nur darauf warten, endlich mal aktiviert zu werden.

Wir waschen das schmutzige Geschirr ab, dann folge ich Opa an seinen Lieblingsort, den großen Schuppen im Garten. Den hat er selbst vor etwa zwanzig Jahren gezimmert, Isa und ich waren da noch nicht geboren, und immer mal wieder etwas daran verbessert, erneuert, angebaut. Oma Gerda hat ihm sogar einen kleinen Holzofen reingestellt, damit er, wenn er sich im Winter dort zurückzieht, um an irgendwelchen Projekten zu hämmern und zu schleifen, nicht erfriert. Soweit ich weiß, hat er ihn nie benutzt, zumindest tut er das jetzt nicht mehr. Als Lagerfläche leistet er aber seine Dienste.

»Woran arbeitest du gerade?«, frage ich. Der Garten wirkt kahl und grau. Weiter hinten, in der Nähe des Komposthaufens, wächst das Gras noch immer etwas dichter als an anderen Stellen, obwohl der Teich, der sich dort einmal befand, bestimmt schon seit acht Jahren vollkommen ausgetrocknet ist.

»Ich weiß noch nicht, was das wird.«

»Was denn, du hast keine Pläne gezeichnet?« Normalerweise hängen die Schuppenwände nämlich voller Skizzen von Möbelstücken oder abstrusen Erfindungen, bis Opa Lutz mit einem Werk fertig ist oder es aufgibt, je nachdem. Dann reißt er alle Zeichnungen ab und pinnt die Wände nach und nach mit neuen voll. Echtes Künstleratelier.

»Wollte mal was Neues probieren. In den letzten Wochen ist mir nichts eingefallen. Ich brauche nichts, du brauchst nichts, Isabella schon gar nicht, und dein Vater hat die Sachen, die ich ihm früher gemacht habe, nie gemocht. Und

Ideen für neue Erfindungen sind mir auch nicht eingefallen.« Er sieht sogar echt traurig aus, während er die Schuppentür aufschließt. Ich meine, so richtig mit feucht glänzenden Augen, den Blick halb nach unten gerichtet, und er bewegt sich auch viel langsamer als sonst. Natürlich ist er schon megaalt, schon siebzig oder so. Ich kann mir sein Geburtsjahr nicht merken, und weil er seinen Geburtstag nie feiert und auch nicht daran erinnert werden will, weiß ich nicht, wie alt er das letzte Mal geworden ist. Er ist halt mein Opa, das reicht ja eigentlich als Info. Trotzdem ist er noch total fit, da gibt es andere, die mit zehn Jahren weniger kaum die Treppen hochkommen.

»Dir wird schon bald wieder etwas einfallen. Im Garten könnte man noch so viel machen.«

Er nickt, bevor er die Tür ganz öffnet. Drinnen ist es staubig, überall auf dem Boden liegen Holzspäne und kleinere Holzteile herum, in den Regalen in der Ecke gegenüber stapeln sich Kisten mit Schrauben und Werkzeug, größere Holzelemente, Dosen mit Farben und Lacken, Pinsel, Schleifpapier und verschiedene motorisierte Geräte. Dieser Schuppen ist der beste Ort der Welt.

Isa mochte ihn schon als Kind nicht, weil sie Angst vor den Sägen hatte. Mittlerweile stört sie das zwar nicht mehr, aber sie findet den Raum immer noch zu düster und unheimlich. Als sie Opa Lutz einmal vorschlug, die Wände in hübschen Farben zu streichen und das Ganze irgendwie gemütlich zu gestalten, sagte er nur: »Ich will hier nicht einziehen, Kind.« Isa wieder. Wer braucht denn bitte ein Plüschsofa im Bastelschuppen?

Ich vergrabe die Hände tief in den Jackentaschen. Obwohl

draußen schon fast Frühling ist, bleibt es hier drinnen immer eiskalt. Selbst im Sommer, aber da ist man ja manchmal froh, wenn einen die Sonne nicht flambiert. Heute hätte ich lieber ein bisschen mehr Wärme, vielleicht wird man ja sogar schon braun. Nur Opa Lutz ist mehr nach Rumhocken in dunklen Schuppen und Über-Projekten-Brüten und ich habe ja gerade nicht so die Alternative.

Also helfe ich Opa dabei, ein paar Holzlatten zurechtzusägen, dann sortieren wir seine Nägel und Schrauben. Opa Lutz sagt immer, Ideen beginnen mit Ordnung, denn bei ihm sind alle Kisten und Schubladen beschriftet und der Inhalt sauber kategorisiert, damit er immer weiß, was er hat und wo er was findet.

»Wieso ist hier im Schuppen eigentlich alles so ordentlich und im Haus liegen die Sachen überall herum?«

Irritiert blickt Opa mich an. Wenn er sehr vertieft in etwas ist, redet er normalerweise nicht, und wahrscheinlich hatte er schon wieder halb vergessen, dass ich ja ebenfalls hier bin. Er verzieht den Mundwinkel, als hätte ich etwas Ekliges gesagt, dabei überlegt er nur. Manchmal sieht er eben angewidert aus, wenn er nachdenkt.

»Das Haus war immer Gerdas Revier, der Schuppen meines. Solche Dinge ändern sich nicht mehr, wenn man so lange Zeit zusammengelebt hat wie wir beide.«

»Aber sie ist doch schon vor acht Jahren gestorben.«

»Ja, und vierzig Jahre lang waren wir miteinander verheiratet. Denkst du, das macht nichts mit einem? Denkst du, wenn nach so einer Zeitspanne einer von beiden stirbt, bleibt nichts von ihm zurück?«

»Na ja«, murmle ich. Darüber habe ich noch nie nachgedacht, ich meine, vierzig Jahre, das ist ja das halbe Leben. Wenn man Glück hat, kommt drauf an. Jedenfalls kann ich mir so einen Zeitraum wirklich nicht vorstellen. Wie würden Svea und ich wohl in vierzig Jahren aussehen? Falls wir dann noch zusammen wären, meine ich. Eins ist mal klar, sie wird mir nicht den Haushalt schmeißen, wie Oma das für Opa gemacht hat. Außer Fensterputzen, das war immer seine Aufgabe, schon allein wegen Oma Gerdas Höhenangst. Ihr wurde schon schummrig, wenn sie aus der zweiten Etage nach unten geschaut hat. Haushaltskrempel wäre also meine Angelegenheit. Oder die von uns beiden. Aber vermutlich ist das jetzt nicht so das Wichtigste in einer langjährigen Beziehung.

Sosehr ich mich auch anstrenge, ich bekomme kein richtiges Bild zusammen, keine Vorstellung davon, wie das aussehen würde. Svea und ich mit Mitte fünfzig. Ich meine, wenn ich nicht mal wirklich einen Plan davon habe, was ich nach der Schule anfangen will, wie soll ich mir ein Leben in vierzig Jahren vorstellen können? Und dann auch noch zusammen mit einem Mädchen? Vermutlich ist das auch überhaupt nicht wichtig, weil die Dinge eben irgendwie passieren, und manchmal bleibt man zusammen und manchmal nicht, egal wie man sich das vorher mal überlegt hat. Sonst würden ja nicht so viele Leute heiraten und sich dann wieder scheiden lassen. Vor zwei Jahren waren häufiger Freunde meiner Eltern bei uns, mal eine Frau und mal ein Mann, und immer waren sie gerade frisch getrennt und total depressiv oder irgendwie erleichtert. Stundenlang haben sie bei mehreren Flaschen Wein unsere Eltern zugeföhnt und Isa und ich durften in unseren Zimmern fernsehen und Pizza essen. Mama hat das »den Sommer der Scheidungen« genannt. Komisch, eigentlich, dass sich schöne und unschöne Ereignisse manchmal sammeln, und dann hat man einen ganzen Monat vollgestopft mit Katastrophen und denkt, aus dem Loch kommt man nie wieder raus. So jedenfalls sahen die meisten Freunde von unseren Eltern aus, die in der Zeit zu uns kamen. Als wären sie in ein tiefes Loch gefallen, aus dem sie unmöglich wieder herauskommen können.

Zu einigen haben meine Eltern mittlerweile keinen Kontakt mehr, glaube ich, aber die anderen, von denen sind die meisten aus diesem Loch einfach wieder rausgeklettert. Man muss nur eine Weile heulen und jammern und sich richtig scheiße fühlen und dann wird es langsam wieder. Zwei oder drei sind sogar schon wieder neu verheiratet. Keine Ahnung, ob das bessere Ehen sind als die davor oder ob sie auch irgendwann wieder geschieden werden.

Jedenfalls sitze ich an einem Sonntagnachmittag mit meinem Opa in einem miefigen Schuppen und denke über solches Zeug nach, anstatt, beispielsweise, mit Svea ein Eis essen zu gehen oder mit Isa eine Radtour zu machen oder mit André irgendwas mit seinen Kumpels zu unternehmen oder mit Amy und Paul Fußball zu spielen. Wobei ich das deshalb nicht so gern mache, weil Amy besser darin ist als ich, und gegen ein Mädchen zu verlieren, das geht halt einfach mal nicht. Schon gar nicht, wenn das jemand sieht.

Opa Lutz krakelt auf einem karierten Blatt Papier herum, das am unteren Rand voller Kaffeeflecken ist. Keine Ahnung, ob er wirklich eine Idee hat oder nur malt, damit ihm eine kommt. Das macht er nämlich gern so, seit er mal in einer Zeitschrift gelesen hat, dass man auf diese Weise das Gehirn zu kreativen Ideen anregen kann. Nur damit das klar ist, ich habe diese Technik ein- oder zweimal ausprobiert, aber sinnloses Herumgekritzel hat mir noch nie bei den Hausaufgaben geholfen.

»Wenn man schon so lange zusammen ist«, beginne ich einen plötzlichen Gedanken, »kommt es dann manchmal vor, dass man sich anlügt?«

Sofort blickt Opa auf und sieht mich ernst an. »Redest du von deiner Freundin? Hast du sie schon mal angelogen?«

»Nein, nein, natürlich nicht.« Hastig schüttle ich den Kopf, wobei ich mir nicht mal wirklich sicher bin. Was sind schon Lügen? Ich meine, manchmal erzählt man halt eine Geschichte und lässt sich selbst darin ein bisschen cooler wirken, als man möglicherweise tatsächlich war, nur damit man nicht wie ein Loser dasteht. Das ist dann aber eher Übertreibung und nicht das, was ich eigentlich wissen will.

»Hat sie dich angelogen?«

»Nein, auch nicht. Oder ich glaube es nicht. Ich wollte das nur einfach so wissen. Ich meine, in vierzig Jahren passiert ja bestimmt ziemlich viel und vielleicht gab es mal eine Situation, in der du nicht ganz die Wahrheit gesagt hast. Zum Beispiel, weil du abends noch in der Kneipe warst, und eigentlich solltest du aber rechtzeitig nach Hause kommen, um den Rasen zu mähen, und um keinen Ärger zu bekommen, hast du dann eben etwas anderes erzählt.«

Jetzt lacht er doch tatsächlich. Opas Lachen ist eher so ein tiefes, brummendes Husten, das klingt schon etwas unheimlich und kommt wohl daher, dass er früher so viel Pfeife geraucht hat. »Gerda hat immer gewusst, wenn ich in der Kneipe war, und sie anzulügen hätte ich nicht geschafft, sie hätte es einfach gemerkt. Weißt du noch, wie du als kleiner Junge die ganze Bonbondose leer gefuttert hast? Du warst erst sechs oder sieben, aber du hast dir eine wirklich überzeugende Geschichte ausgedacht, wohin die Bonbons alle verschwunden sind. Was war das doch gleich?«

»Weiß ich nicht mehr.« Ungeduldig hebe ich das Schleifgerät von einem wackligen Hocker und setze mich darauf. Eigentlich habe ich gerade gar keine Lust auf Opas Geschichten, aber nun bin ich schon mal hier, und er fängt bereits an zu reden, da kann man dann eh nichts mehr machen. Unterbrechungen hasst er nämlich.

»Ich glaube, wir hatten gerade Handwerker im Haus, da war ein Wasserschaden in der Küche oder im Bad, jedenfalls gingen zwei oder drei fremde Männer im Haus ein und aus. Du hast Oma Gerda sehr detailliert beschrieben, dass du gerade im Garten gespielt hast und ins Haus gekommen bist, um etwas zu trinken. Und da hast du gesehen, wie einer der Männer, du hast ihn anhand seiner Hose oder seines T-Shirts beschrieben, ins Wohnzimmer geschlichen ist und die Bonbondose geöffnet hat. Vorher hat er sich noch vor das Buchregal gestellt und ein paar Titel angelesen, erst dann hat er wohl die Dose entdeckt. Für das Alter war das eine sehr überzeugend ausgeschmückte Geschichte. Ich wollte schon rausgehen und die Handwerker zurechtweisen, dass sie nicht in unseren Wohnräumen herumzuschnüffeln haben, aber Gerda konntest du damit nicht für eine Sekunde überzeugen. Sie hatte ein Gespür für Lügen.« Er lächelt versonnen. Der Zettel vor ihm ist mittlerweile total vollgeschmiert, vermutlich hat er gar nicht mitbekommen, dass er während des Redens die ganze Zeit weitergemalt hat.

»Und hat sie dich jemals belogen? Wenigstens ein bisschen, nur eine kleine Lüge?«

»Nein, nicht dass ich wüsste.« Mit einem Mal wirkt er wieder sehr ernst und eben angeekelt, aber der Ausdruck verschwindet sofort wieder aus seinem Gesicht. »Weißt du, Junge, man hat immer Erwartungen an Menschen und Erwartungen an sich selbst, und in einer Beziehung sollte man die klar formulieren. Oder zumindest herausfinden, dass man mehr oder weniger dasselbe will. Und falls nicht, Lösungen dafür finden. Auch du wirst feststellen, dass Lügen etwas sind, das für dich nicht dazugehört.«

Jetzt habe ich mir einen ganzen Sack ungewollter Beziehungsratschläge abgeholt, und dass auch noch von meinem Opa. Schlimmer kann dieser Sonntag kaum noch werden. Nicht, dass ich nicht finde, dass er recht hat. Ich bin mir sogar ziemlich sicher, dass ich nicht angelogen werden will, und genauso sicher bin ich mir, dass Svea darauf auch keine Lust hätte. Aber das war es ja gar nicht, was ich hatte wissen wollen. Das ist halt einfach mal ein überflüssiger Tag, einer von den Nieten. Die zieht man häufiger, wenn man zu spät aufsteht.

»Ich gehe dann mal«, sage ich schließlich. »Hab noch ein paar Schulsachen zu erledigen.« Zum Beispiel eine Projektarbeit anfangen und ein bisschen für Bio lernen. Bei dem Gedanken krieg ich schon gleich wieder Kopfschmerzen.

»Okay, Junge. Ich bleib noch hier. Grüß deinen Vater und deine Schwester.«

Natürlich. Mein Opa und meine Mutter, das ist so ein

Thema für sich. Selbst an Feiertagen wie Weihnachten vermeiden sie, sich über den Weg zu laufen. Keine Ahnung, warum eigentlich. Das ist wohl eine von Opas Geschichten, die er uns nie erzählen wird.

Samstag, 8. April

Isabella

Wenn man perfektes Frühlingsfestwetter buchen könnte, hätte Isabella das natürlich getan. Doch glücklicherweise ist das gar nicht nötig, denn der Morgen begrüßt sie mit strahlendem Sonnenschein, und die Wetter-App auf ihrem Smartphone bestätigt, dass der restliche Tag genauso aussehen wird. Ramona hat eben eine Verbindung zu den Wettergöttern, oder wer auch immer dafür verantwortlich ist.

Rasch schlüpft Isa ins Bad, ausnahmsweise als eine der Ersten. Am Wochenende schleppt sie sich meist erst nach ihrem Vater aus dem Bett, und der gehört auch nicht gerade zu den Frühaufstehern, außer, er hat noch etwas im Büro zu erledigen. Mittlerweile fährt er immer häufiger auch am Wochenende nach Wismar, und da er Isa als Chauffeur lieber ist als ihre Mutter, beschwert sie sich in der Regel nicht darüber. So fängt sie wenigstens früh mit dem Reiten an und hat dann noch den gesamten Nachmittag für andere Dinge übrig. Für Salim zum Beispiel. Wenn der denn Zeit hat.

Heute aber hat sie anderes vor.

Isabellas Mutter bastelt in der Küche an der Deko für Muffins und Kuchen und verfeinert den am Freitagabend vorbereiteten Kartoffelsalat. Noch immer riecht es überall nach warmer Schokolade, fast wie vor Weihnachten beim Plätzchenbacken.

»Bist du fertig?«, ruft Manuela, als Isabella die Treppen hinuntergeht. »Wir müssen gleich los, Ramona beim Aufbau helfen.«

»Klar bin ich fertig.« Natürlich ist sie das nicht. Das neue T-Shirt sieht nicht mehr so toll aus wie noch vor ein paar Tagen in der Umkleidekabine, ihre blonden Haare machen mal wieder, was sie wollen, und davon abgesehen hat sich Svea nicht wegen der Organisation der Ponyreitstunde zurückgemeldet, und überhaupt haben nur wenige Freunde auf Isas Mail bezüglich des Frühlingsfestes auf dem Reiterhof geantwortet. Vielleicht kommt keiner von ihnen, vielleicht kommt sowieso überhaupt niemand, und dann stehen sie mit Tischen voller Kuchen und Salaten und belegten Brötchen da, die freiwillige Helfer und Eltern von Reiterkindern vorbereitet haben, mit gesattelten Pferden und gebürsteten Ziegen und dem extra engagierten Clown, der auch noch Dominiks Idee war. Weil Dominik denkt, wenn man einen Clown hat, haben die Kinder ihren Spaß, und wenn die Kinder ihren Spaß haben, werden die Eltern gern spenden und sie zu Reitstunden anmelden oder sich als ehrenamtliche Helfer bereitstellen, was auch immer sich eben anbietet. Dabei ist Dominik sonst nicht so naiv.

Jedenfalls braucht Isabella noch eine halbe Stunde, bis sie fertig ist. Wenigstens hat bis dahin auch Linus geschrieben, dass er und Svea ebenfalls gleich aufbrechen und Svea zusammen mit zwei jüngeren Mädchen, die das *Tierparadies* schon länger regelmäßig besuchen, die erste Ponyrunde leiten wird. Also alles unter Kontrolle.

»Du wirst schon sehen, ihr bekommt das hin. Ihr habt schon so viel für den Hof gemacht, das muss einfach klappen.« Manuela trägt heute eine leichte Stoffhose und eine taillierte einfarbige Bluse. Isabella kann sich noch erinnern, dass sie beide sie vor bestimmt drei Jahren zusammen gekauft haben. Damals sind sie noch gemeinsam shoppen gegangen, mit Eiscreme und viel Gelächter. Jetzt würden sie sich nach einer Viertelstunde dermaßen auf die Nerven gehen, dass es ihnen beiden keinen Spaß mehr machen würde. Also lassen sie es gleich.

»Ja, mal sehen. Normalerweise bringen die Hoffeste mehr Arbeit als Einnahmen.«

»Aber diesmal habt ihr viel mehr Werbung gemacht. Jeden Tag haben mich mehrere Kunden auf den Hof angesprochen. Ich denke schon, dass ein paar von ihnen vorbeischauen werden. So viele Möglichkeiten gibt es nun auch wieder nicht, um hier in der Gegend vernünftig reiten zu lernen.«

»Na ja, was heißt vernünftig. Die meisten kommen derart unregelmäßig, dass außer ein paar Gleichgewichtsübungen und Gruppentraining kaum etwas drin ist, und das bringt dem Hof dann wiederum nur wenig ein. Nicht genug. Und nicht so schnell.«

»Sei nicht so negativ, Isa.« Vorsichtig umarmt Manuela ihre Tochter.

»Ja, schon okay. Wir werden ja bald wissen, ob sich die ganze Aufregung gelohnt hat.« Isabella schält sich aus der Umarmung und läuft noch einmal in ihr Zimmer, um ihre Sachen zu holen.

Sie verstauen die Kuchen im Kofferraum und puffern sie

mit Decken und der Reisetasche voller Geschirr und Besteck ab, das Manuela noch von ihren Eltern seit Ewigkeiten im Keller aufbewahrt. Zu Anlässen wie diesen wird es hervorgeholt und durch die Gegend gefahren, weil sich Ramona natürlich aus ökologischen Gründen der Verwendung von Papptellern und Plastikgabeln verweigert. »Wie würde das denn aussehen, Werbung für meinen Fast-Bio-Hof zu machen, wenn wir dann bergeweise Müll produzieren?«, sagt sie zu dem Thema.

Manuela lässt die Kofferraumklappe zuknallen. »Klar hat sich die Aufregung gelohnt, du wirst sehen. Es ist ein Anfang. Man fängt immer am Anfang an.«

»Danke. Wie tiefsinnig.« Genervt öffnet Isabella die Beifahrertür und lässt sich auf den Sitz fallen. Selbst mit guter Laune ist Manuela nur schwer zu ertragen, aber immerhin hat sie sich ernsthaft Mühe gegeben. Manuelas Kuchen sind immer als Erstes alle, das war schon auf Schulfesten in der Grundschule so.

»Was ist mit Amy, nehmen wir sie gar nicht mit?«

»Sie kommt später mit ihren Eltern und Paul nach.« Mit einem Ruck schließt Isabella die Tür und schaltet das Autoradio ein, bevor ihre Mutter wieder eine ihrer drögen Blues-CDs starten kann. Von denen würde man sich schon nach zwei Minuten Hören am liebsten die Pulsadern aufschneiden.

Über leere Straßen dauert die Fahrt nicht lange.

Sie parken den Wagen auf der kleinen Wiese vor dem Hof, der bereits mit Luftballons und bunten Papierfiguren geschmückt ist. Emilia ist eine Origami-Künstlerin, sie kann alles aus Papier falten. Und es sieht immer klasse aus.

Durch das geöffnete Tor betreten sie das Hofgelände.

Noch ist es weitgehend ruhig. Ein paar ältere Mädchen und zwei Jungen, die wie Isa schon länger auf dem Hof sind und manchmal bei den Reitstunden aushelfen, bauen das Buffet unter zwei Pavillons auf und bereiten die Ponys und zwei der größeren Pferde vor.

»Hey, da seid ihr ja.« Ramona läuft eilig auf sie zu, begrüßt erst Isabella und dann Manuela mit jeweils zwei Wangenküsschen und nimmt ihnen die Reisetasche ab. »Ganz schön schwer, aber wir werden es brauchen. Trotz diverser Flohmarktbesuche habe ich immer noch nicht genügend Geschirr für solche Angelegenheiten.«

Sonst ist Ramona nicht so aufgeregt, schließlich ist es nicht ihr erstes Hoffest. Aber vielleicht das letzte.

In Isabellas Magen rebelliert das Frühstück. Nach all dem Ärger, der Aufregung und der Vorfreude hat sie bisher vermieden, daran zu denken, was wäre, wenn all ihre Aktionen keinen Erfolg brächten. Wenn sie nicht genügend Geld zusammenbekämen, um Ramonas und Emilias Hof zu retten. Auch Ramona hat nie darüber gesprochen, zumindest nicht mit ihr.

Unwillkürlich hält Isa Ausschau nach Dominik, doch er scheint noch nicht hier zu sein.

Das Buffet ist fast fertig aufgebaut, Emilia bringt gerade die letzten Dekorationen an, die Pferde sind bereits alle gestriegelt und warten darauf, dass es losgeht. Es sieht nicht so aus, als gäbe es für Isa irgendetwas zu tun, daher läuft sie an den kleineren Koppeln vorbei nach hinten, wo eine der großen Koppeln beginnt. Die meiste Zeit verbringen die Pferde hier, vor allem nachts und im Winter, wenn weniger Reitbetrieb läuft.

Isabella klettert auf den Zaun und bleibt auf dem Gatter sitzen. Auch wenn die Tiere sie alle gut kennen, werden manche im ersten Moment unruhig, wenn ihr Revier betreten wird. Neugierig blicken sie in Isas Richtung, ein paar kommen schließlich zu ihr, um sie zu begrüßen und ihr ein Stückchen Karotte abzuluchsen.

»Wolfsblut«, flüstert sie.

Wie immer rührt sich das Pferd kaum. Der Lusitano blickt zwar einmal in ihre Richtung und scheint wie eine Katze in der Luft zu schnuppern, wendet sich dann jedoch wieder dem Gras zu.

»Blödes Vieh«, murmelt Isa.

»Wahrscheinlich ist ihm heute nicht so nach Gesellschaft.«

Erschrocken klammert sich Isabella am Gatter fest, dann dreht sie sich um. »Seit wann kannst du dich denn so anschleichen?«

»Schon immer.« Amy erwidert ihr Lächeln und klettert neben sie auf den Zaun. Es ist anders, bei ihr und Canela. Auch ihr Pferd kommt nicht sofort auf sie zu, aber jetzt wird Isabella bewusst, dass es schon vorher den Kopf gehoben hat, die Ohren in Richtung Hof gerichtet, bevor Amy überhaupt in der Nähe der Koppel gewesen sein konnte. Noch tut es so, als wäre es beschäftigt, kommt jedoch näher, bis es Amy schließlich mit einem Nasenstupser begrüßt.

»Wolfsblut ist einfach eine untreue Seele«, stellt Isa murrend fest.

»Du weißt, dass das nicht stimmt. Er braucht nur ein bisschen Zeit. Siehst du, er steht schon ein Stückchen näher bei uns. So sind Männer nun mal, sie wollen gern mehrmals gebeten werden, bis sie mal reagieren.«

Isa fängt an zu lachen. »Seit wann kennst du dich denn mit Jungs aus?«

»Na hör mal, ich habe einen kleinen Bruder. Denkst du, der räumt sein Zimmer auf, bevor man ihn nicht mindestens fünfmal daran erinnert hat?«

»Das ist kein Kriterium, ich mache das nicht anders.«

Endlich trabt auch Wolfsblut herbei und schnuppert an Isas Tasche. »Das hat ja mal wieder gedauert, du Depp«, sagt sie liebevoll, während sie die Karotten hervorholt und sie gerecht unter den beiden Pferden aufteilt. Natürlich lockt das krachende Kauen der beiden auch den Rest der Herde herbei.

»Wie gut, dass ich vorbereitet bin und wir noch ein paar schrumpelige Äpfel vom Herbst übrig haben.« Amy holt nach und nach kleine, von einer rötlichen Maserung durchzogene Äpfel aus einem Stoffbeutel, bis dieser leer ist und alle Pferde versorgt wurden.

»Ich würde am liebsten gehen«, sagt Isa plötzlich.

»Was? Wie meinst du das?«

Sie schweigt, streichelt Wolfsblut geistesabwesend die Nüstern. Die Haut dort ist warm und weich. So viel Leben. »Ich weiß nicht genau. Irgendwie würde ich am liebsten nach Hause fahren, schon seit wir hier angekommen sind.«

»Ach deshalb.«

»Was, deshalb?«

»Deshalb bist du hier und nicht vorn auf dem Hof, um alle herumzukommandieren. Mir kam das gleich komisch vor.«

Isa versetzt Amy einen freundschaftlichen Stoß und

lehnt die Stirn gegen die ihres Pferdes. »Ich glaube, ich habe einen Hirntumor«, nuschelt sie in Wolfsbluts Fell.

»Könnte natürlich sein. Wahrscheinlicher ist aber, dass dir dieser Hof sehr viel wichtiger ist, als dir bewusst ist, und du das Gefühl hast, du würdest einen Teil von dir selbst verlieren, wenn er geschlossen werden muss.«

»Danke, Doktor Freud. Und was heißt das jetzt?« Langsam löst sich Isa von ihrem Pferd, das sich wieder umwendet und zu den anderen zurückläuft.

»Keine Ahnung, was das heißt. Vermutlich, dass du deinen Hintern zurück zum Hof bewegen und die Alleinunterhalterin spielen solltest. Alternativ kannst du das natürlich Dominiks Clown überlassen.«

»Oh Gott, bitte nicht. Dann rennen ja alle schon wieder weg, bevor wir die Gulaschsuppe aufgewärmt haben.«

Sie grinsen sich an, tätscheln beide Canela zum Abschied und gehen nebeneinander auf den Hof zurück.

»Glaubst du, er kommt?«

Amy streicht über den Flieder. Erste Knospen sind daran zu sehen. »Salim, meinst du? Natürlich kommt er, er hat es doch versprochen, oder?«

»Ja. Ich glaube schon. Zumindest hat er gesagt, dass er kommt.«

»Das ist fast ein Versprechen.«

Mittlerweile tummeln sich bereits zahlreiche Besucher auf dem Hof. Kinder streicheln die Ziegen und, unter Aufsicht, damit keines verloren geht, die Kaninchen, vor dem Buffet hat sich eine lange Schlange gebildet, und Dominik trägt soeben die zweite Zwei-Liter-Thermoskanne Kaffee aus dem Haus. Sogar Svea und Linus sind da.

»Er sieht merkwürdig aus mit Baby auf dem Arm«, stellt Isa leise fest.

Amy beobachtet Linus, der ganz ruhig, wie selbstverständlich, Sveas winzige Schwester auf dem Arm hält, fast so, als gehöre sie zu ihm. »Ich finde, er sieht sehr friedlich aus«, sagt sie dann.

»Und ich dachte immer, Babys machen so was nur mit Frauen zwischen Mitte zwanzig und Ende dreißig. Mir war nicht klar, dass mein Bruder auch eine biologische Uhr hat.«

»Das hat doch damit nichts zu tun.«

Für eine Weile stehen sie etwas außerhalb des Getümmels, neben den Ställen, als wären sie nur zu Gast bei einem unerwarteten Event, doch dann entdeckt sie Emilia und winkt ihnen zu.

»Ich glaube, sie braucht bei irgendwas Hilfe«, bemerkt Isabella, und beide Mädchen laufen zum Buffet hinüber.

Es folgen mehrere Stunden voller Botengänge und Ponyreiten und Erklärungen zu dem Hof und den Tieren, sie verteilen Info-Flyer und verkaufen selbst gemachte Frucht- und Gemüseaufstriche und Honig, und wie jeder Tag geht auch dieser irgendwann seinem Ende entgegen.

»Wenn ich noch eine Minute länger stehen muss, kippe ich um«, sagt Amy seufzend und lässt sich auf einen Klappstuhl fallen. Nur noch wenige Besucher befinden sich auf dem Gelände. Das Buffet wurde schon vor zwei Stunden abgebaut, weil es einfach nichts Essbares mehr gab, und die Pferde wurden schon längst in den wohlverdienten Feierabend geschickt und mit einer Extraportion Birnen belohnt.

Isa überblickt das Gelände. Linus hilft Emilia dabei, die

Luftballons und die Origami-Deko einzusammeln, die beiden lachen und stehen dicht nebeneinander. Bisher ist ihr nie aufgefallen, wie gut das aussieht, ihr Bruder und Emilia, so selbstverständlich. Svea scheint das auch zu bemerken, zumindest schaut sie immer wieder zu den beiden, während sie das letzte Reitzeug zusammenräumt.

Langsam senkt sich Stille über den Hof, so eine Art Stille wie vor kühlen Herbstnächten, wenn der Reitunterricht etwas länger gedauert hat als geplant und sie erst gegen Ende der Dämmerung mit allem fertig werden. Genau so eine Stille ist das, nur ohne die Dunkelheit. Auch wenn diese nicht mehr weit entfernt ist.

Ein letztes Mal blickt Isabella zum Eingang zurück, bevor sie zu Amy hinüberschlendert und sich neben sie setzt.

Dominik, Manuela und Ramona stehen vor dem Haus, jeweils eine Tasse Tee oder Kaffee in der Hand, die letzte Familie marschiert gerade vom Hof, und der Clown hat seine Sachen glücklicherweise schon vor drei Stunden zusammengepackt.

»Er wurde bestimmt aufgehalten«, sagt Amy leise. »Er ist sonst nicht so.«

Isa lächelt und hat trotzdem Mühe, die Tränen zurückzuhalten. »Kann sein, dass er früher nicht so war oder dass er zu dir nicht so ist.« Dann schweigt sie und auch Amy sagt kein Wort mehr. Vorsichtig legt sie ihre Hand auf Isas.

Manche Versprechen darf man nicht brechen. Und falls das doch passiert, das wissen sie beide, sind sie nicht das Einzige, das zerbricht.

Sonntag, 9. April

Amélie

Wenn Paul bastelt, sieht man das hinterher im gesamten Zimmer. Besonders, wenn er Deko für Weihnachten oder, in diesem Fall, Ostern vorbereitet und entsprechende Mengen Glitzerkleber involviert sind. Zu solchen Feiertagen fahren wir nämlich immer auf den *Gösselhof*, den Bauernhof von Papas Brüdern, und Paul findet, dass man bei so vielen Leuten nicht genug dekorieren kann. Schließlich muss an jedes Fenster irgendwas gehangen oder geklebt werden.

»Was ist das denn?«, frage ich und halte ein knittriges Papierstück hoch.

»Ein Kranich.« Mit entrüstetem Blick schiebt mir Paul ein Origami-Buch zu, das er wohl von Emilia ausgeliehen hat. Zumindest war er auf dem Hoffest derart begeistert von den ganzen Papiertieren, dass er sie am Ende fast alle mitgenommen hat.

»Ach so, klar. Jetzt sehe ich es auch.«

»Hilfst du mir?« Erwartungsvoll blickt er mich an, doch basteln mit Paul ist wirklich keine Freizeitbeschäftigung, die ich irgendjemandem empfehlen würde. Selbst Mama drückt sich davor, sooft es geht, denn zu solchen Gelegenheiten nimmt der unscheinbare Sechsjährige sehr schnell einen derart dominanten Befehlston an, dass man das Gefühl hat, er stünde in Uniform vor einem.

»Jetzt nicht, Kleiner. Ich muss selbst noch ein paar Dinge erledigen.« Zum Glück fragt er nicht nach, was genau das denn für Dinge sind, und ich verlasse rasch sein Zimmer, bevor es dazu kommen kann.

Durch die offene Balkontür weht milde Frühlingsluft. Noch hält sich das spektakuläre Wetter von gestern, noch ist es fast warm, warm genug, um ohne Jacke und Pullover herumzulaufen, warm genug, um sich für eine Weile in den Sonnenstreifen, der durch den Türrahmen fällt, zu stellen und die Augen zu schließen und auf nichts zu warten. Ein paar Möwen, mehr erinnert nicht an das so nahe Meer, und trotzdem kann man es spüren, jede einzelne Welle wie eine federleichte Bewegung auf der Haut.

Es klopft an der Zimmertür, kurz darauf wird sie geöffnet. »Telefon für dich«, sagt meine Mutter.

Mit einem winzigen Seufzer wende ich mich um, laufe ihr entgegen und nehme ihr das Telefon aus der Hand. Bestimmt Isa. Bestimmt geht es um Salim.

»Ja?«, frage ich in den Hörer, während meine Mutter leise die Tür hinter sich schließt.

»London«, sagt eine männliche Stimme, die ich nicht sofort zuordnen kann. »Wie soll man denn etwas über London schreiben, wenn man noch nie dort war?«

Ich brauche einen Moment, bis ich verstehe, worum es geht. Der Essay für den Englischkurs, den wir nach den Ferien abgeben sollen. Nach den Ferien. In anderthalb Wochen.

»Du kannst ja hinfliegen«, witzle ich. Woher hat Melvin überhaupt meine Telefonnummer?

»Ich fliege nicht.«

Mir fällt nichts ein, das ich darauf erwidern könnte. Außer Fragen, danach, wieso nicht, ob seine Familie kein Geld für Flüge hat, ob er krank ist, ob das gefährlich für ihn wäre, Fragen, weshalb er mich anruft, ob London wirklich der Grund ist, aus dem er das getan hat, oder ob er gerade wegen dieser Fragen mit mir spricht, damit ich sie stelle, damit es jemanden in seinem Leben gibt, dem er sie beantwortet. Doch das wäre zu viel für diesen einen Augenblick, für diese Ferne zwischen zwei Telefonanschlüssen.

»Meine Mutter ist Flugbegleiterin«, sagt er dann. »Sie ist fast nie zu Hause.«

»Und dein Vater?«

»Der arbeitet viel.«

»Als was?«

»Programmierer.«

Dann wieder Stille.

»Isa und Linus waren schon mal in London. Ich könnte sie fragen.«

»Nein«, erwidert er nach einem winzigen, kaum spürbaren Zögern. »Nein. Ich mache das allein.« Plötzlich legt er auf, und ich stehe da, noch immer das Telefon am Ohr, und weiß nicht genau, was eben geschehen ist. Erst nach einer Weile, einer Minute, vielleicht zwei, rufe ich ihn zurück.

»Wir können den Essay auch zusammen schreiben. Frau Dämmbach meinte, Gruppenarbeiten wären okay, sofern deutlich markiert ist, wer was geschrieben und recherchiert hat, und wir entsprechend mehr Seiten abliefern.«

»Okay.« Wieder legt er auf und diesmal rufe ich nicht noch einmal an. Kurz darauf erhalte ich eine SMS.

Freitag? Meine Handynummer kennt er also auch.

Melvin ist wirklich der merkwürdigste Mensch, dem ich je begegnet bin. Wir verabreden uns für Mittwoch in Wismar, nicht bei ihm, das wollte er nicht. Langsam schleicht sich der Nachmittag heran, und Nachmittage bedeuten immer, dass der Tag nicht mehr lange dauert, dass er sich schon auf sein Ende vorbereitet, also gehe ich hinunter und hole mein Fahrrad und radle los, Sonne und Wind und Meeresluft, die Uferpromenade bis zu dem halb zugewachsenen Strandzugang, den mir Linus einmal gezeigt hat.

Die Osterferien bringen die erste Touristenwelle mit sich, erst recht bei solchem Wetter, bei voller Ladung Frühling und weichem, ruhigem Wasser. Strandspaziergänger, nicht viele, aber genügend, dass ich mich nicht mehr so fühle, als würde dieser Teil der Welt mir gehören, als wären das Meer und ich etwas, das miteinander verwachsen ist.

Linus' rote Sweatjacke leuchtet mir schon von Weitem zwischen den noch überwiegend kahlen Zweigen des Apfelbaumes entgegen. Er hockt dort wie immer, als würde er darauf warten, dass ich komme, jedes Mal. Dabei ist heute Sonntag, und sonntagnachmittags sitzt er häufig an der Burgruine im Baum, seine Anwesenheit hat nichts mit mir zu tun.

»Ich hoffe, du hast Kuchen dabei«, ruft er mir zu.

Ich lehne das Rad an einen anderen Baum und klettere dann rasch die Äste hinauf bis zu Linus.

»Tut mir leid, der Besuch heute war ungeplant. Eigentlich wollte ich nur ein bisschen herumfahren und zum Strand.«

»Zu viele Menschen?«

»Ja. Zu viele Menschen.« Aus der Hosentasche fische ich eine dieser Minitüten Gummibärchen, die ich häufig für Notfälle bei mir trage. Also, Notfälle in Form eines schlecht gelaunten Paul, aber sie helfen auch bei Linus, zumindest für ein paar Sekunden.

»Danke«, sagt er.

»Bitte.« Ich richte mich auf meinem Teil des Baumes ein und überlege nicht zum ersten Mal, ob es nicht sinnvoll wäre, irgendwo in der Nähe, in einer Plastiktüte im Gebüsch beispielsweise, ein paar Kissen zu verstauen, für Tage wie diesen, wenn wir einfach so hier landen, Linus und ich, und im Baum sitzen und über die Landschaft blicken und den Krähen dabei zusehen, wie sie die Samen aus den Feldern plündern, und das Rauschen des Meeres erahnen und die Sonne auf der Haut spüren, und um uns herum schweben lauter Gedanken, die wir manchmal teilen und manchmal auch nicht. Wir würden es sicher etwas länger hier aushalten, oder ich würde das, denn Linus scheint es egal zu sein, dass einem mit der Zeit der Stamm unangenehm ins Kreuz drückt und die Pobacken einschlafen, oder vielleicht merkt er auch all das nicht, vielleicht ist er bereits mit diesem Baum verwachsen, weil er einfach schon viel häufiger hier war als ich, diesen Ort schon viel länger kennt.

»Glaubst du«, sagt er, »zwei Menschen können jemals vollkommen ehrlich zueinander sein?«

»Was meinst du damit?«

Er spielt mit dem Reißverschlussanhänger seiner Jacke, auf, zu, auf, zu. »Na ja, genau das. Nehmen wir mal an, Brar und du, ihr wärt schon länger zusammen. Vielleicht seit zehn Jahren. Meinst du, in all dieser Zeit hätte es nie einen Moment gegeben, in dem du ihm nicht die Wahrheit gesagt oder ihm irgendwas verschwiegen hättest?«

»Ich kann mir nicht vorstellen, schon mit sieben mit ihm zusammen gewesen zu sein.«

»Mann, so meine ich das nicht.«

»Ja, ich weiß.«

Manchmal stelle ich mir vor, wie die alte Burgruine früher ausgesehen haben mag, als sie noch mehr Burg und weniger Ruine war, und wer in ihr gelebt hat und wie dieses Leben wohl war, denn wirklich groß und pompös war sie nicht, eher ein Dienstbotentrakt als alles andere. Doch dazu diese Aussicht, bis aufs Meer kann man von ihren Zinnen schauen, konnte man. Irgendwann einmal.

»Vermutlich nicht. Gibt es nicht immer etwas, das man lieber für sich behält? Meistens sind das doch eh nur Kleinigkeiten.«

»Und wenn es mal keine Kleinigkeit ist? Eine Art Geheimnis?«

»Auch das. Sicher. Manchmal. Man bleibt zwei Menschen, selbst wenn man zusammengehört, und dadurch gibt es sicher immer Dinge, die man dem anderen nicht erzählt. Glaube ich. Aber eigentlich habe ich keine Ahnung. Wieso fragst du?«

Er zuckt mit den Schultern und lässt den Reißverschluss los. »So genau weiß ich das auch nicht. Irgendwie habe ich gerade kein gutes Gefühl.«

»Kein gutes Gefühl in Bezug auf was?«

»Ach, keine Ahnung. In Bezug auf Svea. In Bezug auf meine Eltern.«

»Deine Eltern?« Ich komme mir dämlich vor, immer einen Teil von Linus' Aussage als Frage zu wiederholen.

»Ja, meine Eltern. Letzte Woche habe ich das Auto von meinem Vater in einer Gegend in Wismar gesehen, die ich nicht kannte. Wir waren da nie, ich kenne dort niemanden, meine Eltern auch nicht, soweit ich weiß. Also keine Freunde oder so, höchstens Kunden. Mein Vater hat darüber aber kein Wort verloren und etwas ganz anderes erzählt, wo er war, und jetzt weiß ich nicht, was ich damit anfangen soll. Könnte sein, dass da gar nichts ist. Möglicherweise hat er nur kurz einen Kunden zu Hause besucht, das macht er manchmal zum Beispiel bei Leuten, die Versicherungen bei ihm abgeschlossen haben, aber krank sind oder aus anderen Gründen das Haus nur schwer verlassen können. Nur normalerweise würde er das erwähnen und nicht etwas komplett anderes erzählen.«

»Was hat er denn erzählt?«

»Dass er bei einem Freund war und ihm geholfen hat, dessen Boot auf die Saison vorzubereiten. So was dauert, das macht er nicht für eine halbe Stunde. Und selbst wenn er danach noch etwas Geschäftliches erledigt hätte, hätte er das erzählt. Denke ich. Bin mir aber auch nicht sicher. So viel sagt er ja nicht.«

Es ist diese Stimmung bei ihnen zu Hause. Manchmal, nicht immer, aber manchmal betritt man nur den Flur und spürt, dass etwas in der Luft schwebt, das dort nicht hingehört, als wäre kurz zuvor eine Flasche mit einem giftigen Gas darin zerbrochen, unsichtbar, geruchlos, aber gefährlich.

»Er könnte einfach auf dem Weg nach Hause in diese

Gegend gekommen sein und sich spontan zu einem Spaziergang entschlossen haben. Solche Dinge passieren, ohne dass sie etwas bedeuten.«

»Meinst du?«

Ja, meine ich, würde ich gern antworten, doch das wäre eine Lüge, und bei so einem Thema schmerzt jede noch so kleine Unwahrheit. »Es ist schwer zu sagen, was eine Beziehung ausmacht und wie viel Ehrlichkeit sie benötigt. Weißt du, meine Eltern sind ganz anders miteinander als deine und die Ehen von den Geschwistern meines Vaters funktionieren auch wieder auf ganz andere Weise. Onkel Thorsten ist zum Beispiel ein ziemlich grummeliger und meist schlecht gelaunter Mensch, und ich kann nicht gerade behaupten, dass seine Frau freundlicher wäre. Manchmal habe ich das Gefühl, sie würden sich permanent anschnauzen, wenn sie denn überhaupt miteinander reden, aber wenn man sie in einem heimlichen Moment allein miteinander beobachtet, ist da etwas zwischen ihnen, etwas schwer Greifbares, und dann kann man sich gar nicht vorstellen, dass sie miteinander unglücklich wären. Ich bin auch sicher, dass sie das nicht sind, und auf ihre Weise werden sie sich alles erzählen, was für sie beide wichtig ist.«

»Bleibst du noch eine Weile hier?«, fragt Linus leise.

»Klar. Wenn du das möchtest.«

Wir bleiben, bis die Wolken immer dichter und immer dunkler werden und immer stärkerer Wind über die Landschaft fegt. Quer über die Wiesen holpern wir mit den Rädern, so schnell es geht, und immer wieder blickt sich Linus um, wie ein Verfolgter sieht er aus, dabei prüft er nur, ob er nichts verloren hat. Er und sein Fahrrad, sie sind untrennbar, ein Wunder, dass Svea noch nicht eifersüchtig darauf geworden ist.

Gerade als wir in unsere Straße biegen, beginnt es zu regnen, heftig und kühl, riesige Tropfen. Wir sind völlig durchnässt, als wir unsere Gärten erreichen.

Gut, dass meine Mutter Hellseherin ist und mich mit einer heißen Schokolade erwartet. Wir essen nur zu dritt, Papa ist mit seinen Arbeitskollegen unterwegs, und nachdem wir Paul ins Bett gebracht haben, kuscheln wir uns auf das Sofa, im Kamin prasselt ein Feuer, und überall brennen Kerzen, und gerade als Mama die erste DVD von *North and South* einlegt, klingelt es an der Tür.

»Gibt es bei euch wieder kein Abendessen?«, frage ich, doch Isa antwortet nicht, und als sie unseren Flur betritt, sehe ich die Tränen in ihrem Gesicht und die rot geränderten Augen.

»Ich hab mit Salim Schluss gemacht«, sagt sie und schnieft und heult dabei, ganz anders sieht sie aus als sonst. Nicht so stark. Nicht so überlegen. Nicht so unbesiegbar.

Schweigend nehme ich sie in den Arm, sie hält sich an mir fest, minutenlang. Irgendwann lässt sie mich wieder los.

»Danke«, sagt sie. »Am Telefon. Kannst du dir das vorstellen? Ich habe ihn dabei nicht einmal angesehen.« Sie schluckt, neue Tränen steigen ihr in die Augen, doch sie blinzelt sie weg und zieht ihre Schuhe aus, und im Wohnzimmer reicht ihr meine Mutter schweigend eine Tasse Kakao mit einem Schlückchen Amaretto, der in Verbindung mit Schokolade nämlich gegen sehr vieles hilft, besonders gegen Liebeskummer. Oder zumindest ist es einen Versuch wert.

»Er hat nicht einmal gefragt, wie das Hoffest gelaufen ist. Es war ihm vollkommen egal.« Isa platziert sich zwischen uns und zieht meine Wolldecke über ihre Beine. »Keine Ahnung, wofür man Jungs eigentlich brauchen kann. Sie kriegen ja doch nichts Wichtiges hin, sie sind einfach nie da.« Fast schon wütend wischt sie sich die Tränen aus dem Gesicht.

»Das muss man ihnen eben beibringen.« Meine Mutter lächelt und holt doch noch Chips aus dem Schrank, obwohl sie eigentlich so ein bisschen Diät machen wollte. Wir mussten uns vor dem Film entscheiden, Chips oder Schokolade.

»Was gucken wir denn?«, fragt Isa, als Mama den Film startet. »Was von Jane Austen?«

»Ach was, Jane Austen ist für Anfänger. Das ist eine Verfilmung von Elizabeth Gaskell.«

Die Miniserie dauert vier Stunden und wir schauen alle Folgen hintereinander. Irgendwann im Laufe der dritten kommt mein Vater nach Hause, verzieht sich aber doch lieber ins Schlafzimmer, anstatt den restlichen Abend mit Damenüberschuss zu verbringen. Während der vierten Folge schläft Isa ein, und wir müssen das Ende noch mal gucken, was Mama und mich aber nicht stört, denn das machen wir immer so, jedes Mal schauen wir die letzten zehn Minuten doppelt, und dann ist es zu spät, um noch über irgendetwas zu sprechen, und deshalb schweigen wir, als wir nach oben gehen. Isa putzt sich die Zähne, neue Zahnbürsten haben wir immer da, borgt sich ein T-Shirt von mir und legt sich neben mich in mein Bett, ihre Füße sind warm und weich.

»Ich dachte wirklich, wir wären perfekt füreinander. Am Anfang war ich mir sicher.« Sie spricht leise, murmelnd, schon halb im Schlaf.

»Man kann sich nie sicher sein«, flüstere ich zurück.

Und dann beginnt sie, ganz leise zu schnarchen, und der Regen trommelt gegen die Fenster und auf das Dach und die Wiesen und Felder, und ich denke, dass ich bei Regen noch nicht oft genug am Meer gewesen bin, ihn noch nicht oft genug auf die Wasseroberfläche habe prasseln hören.

Immer wieder vergesse ich, wie das klingt.

Montag, 10. April

Amélie

Manchmal schickt mir Linus Musik, meistens Links zu YouTube-Videos oder Soundcloud-Kanälen. Dann wache ich morgens auf, an wolkenlosen Tagen blinzelt die Sonne ins Zimmer, ich drehe mich auf den Rücken, starre an die Decke und warte darauf, richtig anzukommen, wieder in der Gegenwart zu landen mit all ihren Erinnerungen. Dieser Moment kurz nach dem Aufwachen, wenn sich alles zurechtrückt, wenn einem einfällt, wer man ist und wo man sich befindet, was für Dinge auf einen warten, unangenehme Dinge, unerledigte Dinge, Freunde, Geschenke, Kuchen, der Geruch von Regen. So als müsste erst etwas in den eigenen Körper zurückkehren, bevor man wirklich aufstehen kann. Vermutlich dauert dieser Moment für jeden Menschen unterschiedlich lange. Ich brauche mehrere Minuten dafür, jedes Mal, und dann, wenn mein Körper wieder meiner ist, wenn alle Gedanken, Ideen, Erinnerungen wieder zu mir gehören, taste ich nach meinem Handy, denn irgendwie ist es im Laufe der Zeit zur ersten Anlaufstelle geworden, zu dem Instrument, das mich in jedem neuen Tag verankert. Mit der Uhrzeit. Dem Stundenplan. Dem Kalender. Den bevorstehenden Aufgaben. Mit während des Schlafs verpassten Nachrichten, von Brar, von Salim, von Isa, von Linus.

Wobei die von Linus am seltensten sind, doch immerhin, manchmal ist da eine, wenn er spät ins Bett gegangen ist und das Internet vorher nach Filmen und Musik durchforstet hat. Er meint, er mag es, mit dem Gefühl einzuschlafen, dass im nächsten Tag etwas auf ihn wartet, das er erobern kann.

Diesmal wache ich also auf, und das Bett fühlt sich riesig und leer an, und ich brauche einen Augenblick, bis mir einfällt, weshalb. Gegen sechs Uhr hat mir Isa nur geschrieben, dass sie nach Hause gegangen ist, weil sie nicht mehr schlafen konnte.

An diesem Morgen putze ich zu »The Halocline« von *Hippo Campus* die Zähne, bevor ich zum Frühstücken nach unten gehe.

Über die Osterferien hat sich meine Mutter ein paar Tage freigenommen, die sie meistens mit Arbeiten am Haus oder mit Paul verbringt. Obwohl wir nun schon seit sieben Monaten hier wohnen, sind noch immer genügend Dinge übrig, die erledigt werden sollten. Der Keller, zum Beispiel, in dem unausgepackte Kisten warten, der tropfende Wasserhahn im unteren Bad, ein paar kaputte Fliesen im Flur, die sich immer wieder lösende Klinke der Arbeitszimmertür. Beispielsweise.

»Na, gut geschlafen?« Mama lächelt mich fröhlich an.

»Ja, denke schon. Was gibt es zum Frühstück?«

»Paul hat sich Eierkuchen gewünscht. Du bist erstaunlich spät dran, aber wir haben dir welche übrig gelassen. Schläft Isabella noch?«

»Sie ist schon früh rübergegangen. Ich muss wirklich müde gewesen sein, ich habe davon gar nichts mitbekommen.« Schläfrig reibe ich mir über die Augen. Es ist schon nach neun und damit tatsächlich ungewöhnlich spät für mich. »Danke für die Eierkuchen.« Aus der Obstschale nehme ich mir eine Banane und lasse Leitungswasser in ein Glas laufen. »Meinst du, das wird wieder?«

»Du meinst Isabella und Salim?«

»Ja.«

Mama legt das Buch, in dem sie bei meiner Ankunft im Wohnzimmer geblättert hat, auf die Armlehne des Sessels. »Ich weiß es nicht, du kennst doch die beiden viel besser als ich. Aber sie schien wirklich unglücklich gestern. Sie muss für ihre Entscheidung einen guten Grund gehabt haben, und auf mich wirkte sie bisher auch immer so, als würde sie ihre Entscheidungen im Vorfeld gut überdenken.«

Ich verteile eine ordentliche Portion selbst gemachten Apfel-Birnen-Mus auf dem Eierkuchen und platziere mich an den Esstisch.

Meine Mutter steht von ihrem Sessel auf und setzt sich zu mir. Das Wohn-Ess-Zimmer mit der offenen Küche wirkt sehr groß, wenn sich kaum jemand darin aufhält, wenn auch bei Weitem nicht so riesig wie das von Linus und Isabella. Vermutlich, weil bei uns immer etwas herumliegt: Spielzeug, Bücher, Strickwolle.

»Wie kann man sich denn so eine Trennung gut überlegen? Ist das nicht eine Gefühlsentscheidung?«

»Sicher, aber auch Gefühle kann man versuchen, rational zu ergründen. Sie kommen immer irgendwo her. Das Hoffest war Isabella sehr wichtig, das weißt du ja. Und Salim wusste das sicher auch, wenn ihr es alle zusammen so lange geplant habt. Also gehört es zu den Ereignissen, an denen man auf die Unterstützung seiner Freunde angewiesen ist. Das wird Isabella nicht einfach so vergessen. In einer Beziehung muss man sich aufeinander verlassen können.«

»Das war, glaube ich, auch nicht das erste Mal, dass er eine Verabredung oder ein Versprechen nicht eingehalten hat.« Gedankenverloren rolle ich meinen Eierkuchen zusammen und zerlege ihn in sechs gleich große Teile. »Trotzdem, ich dachte wirklich, die beiden würden zueinanderpassen.«

»Das klang letztes Jahr aber noch ganz anders.« Meine Mutter lächelt, doch gleichzeitig runzelt sie die Stirn, als würde sie über etwas völlig anderes nachdenken.

Leider ist der Ahornsirup alle. Mit wäre es das perfekte Frühstück, doch auch ohne schmeckt es hervorragend.

»Ja, letztes Jahr. Ich habe eben ein bisschen gebraucht, um mich daran zu gewöhnen. Eine Zeit lang waren sie wirklich toll zusammen, sehr fröhlich und irgendwie, ich weiß nicht, kräftig. Energetisch. Etwas in der Art.«

»Vielleicht passen sie immer noch gut zusammen. Manchmal stimmt einfach nur der Zeitpunkt nicht.«

»Wie meinst du das?«

»Weiß ich auch nicht so genau.« Gedankenverloren rollt sie eine kleine Holzkugel, die wohl von einem Spiel auf dem Tisch liegen geblieben ist, zwischen ihren Händen hin und her. »Ihr seid noch so jung, Amélie. Auf euch wartet noch so viel, und es wird nicht das erste Mal sein, dass Isabella das Herz gebrochen wird. Oder Salim. Aber trotzdem solltet ihr darauf aufpassen. Die meisten Wunden verheilen nicht narbenlos.«

»Hast du einen Nebenjob als Texterin für Postkarten angenommen?«

Kurz legt sie ihre Hand auf meine. »Sei nicht gemein, du weißt schon, weshalb ich dir das so sage. Ich bin mir sicher, dass sowohl Isabella als auch Salim nicht gerade glücklich mit der Trennung sind.«

»Und für beide ist es wichtig, dass ich für sie da bin?«

»Ja, so in der Art.«

»Wie gut, dass du das auch so siehst, dann hast du bestimmt nichts dagegen, mich heute Nachmittag in die Stadt zu fahren. Ich bin nämlich mit Salim verabredet.«

»Welch ein Zufall, dass ich mit Paul heute ins Kino gehen wollte. Bei dem Wetter bleibt uns ja keine wirkliche Alternative.«

Gleichzeitig schauen wir durch die Terrassentür nach draußen. In voller Regenmontur spielt Paul auf dem Rasen Fußball, aber das wird er nicht mehr ewig durchhalten. Er sieht schon jetzt ziemlich durchnässt aus.

»Irgendwie war das Leben einfacher, als es nur Salim und mich gab«, murmle ich und ersteche ein schon längst wieder kalt gewordenes Stück Eierkuchen.

»Das kommt dir bloß so vor. Nur weil ein Leben vielfältiger wird, heißt es nicht, dass es auch schwerer geworden ist.« Sie klaut mir das letzte Stück und schiebt es sich rasch, bevor ich protestieren kann, in den Mund.

»Mal sehen.«

Normalerweise wirft meine Mutter nicht so mit Aphorismen um sich. Bestimmt ist ihr nach mehreren Tagen zu Hause so ziemlich allein mit Paul sehr langweilig geworden. Das Beste an ihrem Job im Bio-Lebensmittel-Geschäft ist ja, meint sie immer, dass sie sich mit so vielen Leuten unterhalten kann. Auch wenn die meisten nur fragen, wo der Honig steht und ob das Geschäft auch Dinkelvollkornmüsli führt.

Andererseits, nach Gesprächen mit meiner Mutter fühle ich mich immer besser.

Ich hole mir einen zweiten Eierkuchen, während Paul mit den schlammigen Gummistiefeln im Flur herumläuft und sich gleich eine Portion Ärger einfängt.

»Ich wollte dich noch etwas fragen.« Mama schaltet das Radio ein und beginnt damit, ein paar herumliegende Tierfiguren einzusammeln.

»Was denn?« Ich räume den Tisch ab, während Mama über den Legostein flucht, auf den sie getreten ist, dann stelle ich den Geschirrspüler ein. Irgendwie mag ich das Geräusch, das er verursacht, dieses Surren und das Plätschern des Wassers, und zweieinhalb Stunden später wird alles wieder sauber sein.

»Jetzt zu Ostern ist es ja fünfundzwanzig Jahre her, dass Holger und ich uns kennengelernt haben.«

»Was denn, schon so lange?« Da meine Eltern nicht verheiratet sind und dementsprechend keinen Hochzeitstag zelebrieren, bekomme ich nie so ganz mit, wie lange sie sich eigentlich schon kennen. Fünfundzwanzig Jahre, das ist ja ein halbes Leben! Oder ein Viertel. Je nachdem.

»Ja, schon so lange. Jedenfalls haben wir schon vor einer Weile überlegt, ob wir das feiern wollen.«

»Und ihr wollt eine Riesenparty geben, für die ich das Essen vorbereiten soll?«

Lachend schüttelt meine Mutter den Kopf. »Nein, natürlich nicht. Aber wir wollten etwas unternehmen und gestern hat mich dein Vater mit einem Kurztrip nach Hamburg überrascht. Inklusive Einkaufsbummel und Karten für die Elbphilharmonie.«

»Wow, dafür muss er stundenlang recherchiert haben. Ich passe gern auf Paul auf.«

»Auch das ganze Wochenende? Wir würden gern von Freitag bis Sonntag bleiben. In knapp zwei Wochen.«

Zwei Tage allein mit Paul? Das kann anstrengend werden. Zumindest, wenn das Wetter schlecht ist und ich nicht genügend Süßigkeiten bevorrate.

»Na gut, trotzdem.«

Ich helfe ihr beim Aufräumen, mache mir ein paar Notizen zu dem London-Essay und am frühen Nachmittag brechen wir schließlich auf. Noch immer gibt sich der Tag schlecht gelaunt, wenn er reden könnte, würde er mit grummeliger Stimme in zwei, drei Worten reagieren, Schweigen, ab und zu ein Seufzer und ein missmutiger Blick. Es ist schwer, sich in solchen Tagen einzurichten, sie wollen einen einfach nicht haben.

»Hat sich Ramona schon bei dir gemeldet?«, fragt meine Mutter nach einer Weile. Selbst Paul ist still heute, er guckt nur aus dem Fenster, müde vom Spielen.

»Die Einnahmen beim Frühlingsfest waren wohl überraschend gut, drei oder vier Familien haben ihre Kinder für eine Probereitstunde angemeldet, ein paar überlegen wohl und wollen sie später anrufen. Das Crowdfundingprojekt läuft noch bis Ende der Woche, aber bisher sieht es ganz gut aus.«

»Dann hoffen wir einfach das Beste.«

Die Stadt wirkt leer, als hätten Regen und Wind sämtliche Touristen und Bewohner von den Straßen gefegt. Vor dem Restaurant von Salims Vater lässt meine Mutter mich raus, ich husche durch die Tür, fast ohne nass geworden zu sein.

Wie immer riecht es intensiv nach Gewürzen und gebratenem Fleisch, dazu die ruhige Stimmung durch das gedämpfte Licht, die warmen Farben und die niedrigen Trennwände. Wie im Urlaub fühlt man sich hier, ein Rückzugsort.

»Hey, du bist ja früh dran.« Salim lächelt mir kurz zu, als er an mir vorbeiläuft, mehrere gut gefüllte Teller auf dem Arm. Auf dem Rückweg bleibt er vor mir stehen. »Setz dich am besten an den Zweiertisch da hinten in der Ecke. Ich muss noch so eine Viertelstunde arbeiten, dann bin ich frei.« Ohne eine Antwort abzuwarten, rennt er schon wieder in die Küche.

Ich setze mich an den mir zugewiesenen Tisch, kurz darauf bringt mir Salim einen grünen Tee mit frischer Minze und Zitrone.

»Damit dir nicht langweilig wird«, meint er lächelnd. Unter seinen Augen liegen Schatten, trotz oder vielleicht aufgrund der gedämpften Beleuchtung treten sie deutlich hervor.

Etwa zwanzig Minuten später lässt er sich erschöpft auf den Stuhl mir gegenüber fallen. »Tut mir leid, hier geht es gerade drunter und drüber. Der Laden hat in den Osterferien ziemlichen Zulauf bekommen, damit haben wir gar nicht gerechnet, und dann ist von heute auf morgen die Hilfsköchin erschwangert und von ihrem Arzt von der Arbeit befreit worden. Mein Vater war letzte Woche hier, um den neuen Koch einzuarbeiten. So etwas macht er gern persönlich, schließlich will er wissen, wer genau für ihn beschäftigt ist. Außerdem kommt ja auch nicht jeder mit Jacques zurecht.«

»Jacques?«

»Du weißt schon, der cholerische Chefkoch. Der Neue ist nett, aber noch etwas langsam, das hält den Verkehr natürlich auf.«

Salim klimpert mit dem Löffel in meinem leeren Glas herum, ein unangenehmes Schweigen kriecht zwischen uns, als wäre es dem schlecht gelaunten Tag gelungen, in das Restaurant einzudringen und sich zu uns an den Tisch zu setzen, und jetzt hört er zu und zuckt bei jedem Wort vorwurfsvoll zusammen.

»Wie lange musst du noch bleiben?«

Salim schaut sich in dem Raum um, dann sieht er mich an. »Scheint gerade etwas ruhiger zu werden und die nächste Schicht ist auch schon da. Ich zieh mich nur schnell um, dann komme ich.«

Es regnet nicht mehr, als wir das Restaurant verlassen, tatsächlich blinzelt die Abendsonne hervor und leuchtet in der feuchten Luft, Milliarden Wassertropfen wie unsichtbare Seifenblasen. Unschlüssig bleiben wir zunächst vor dem Eingang stehen, bis wir schließlich zum Hafen gehen, wie so häufig. Vielleicht, weil es dort immer lebendig ist um einen herum und man sich die Boote und Schiffe ansehen und sich vorstellen kann, wie es wäre, auf einem von ihnen davonzufahren. Irgendwohin, wo es warm ist, warm und still.

Salim schweigt, und wir betrachten das Meer und ein paar schreiende Kinder, und schließlich frage ich dann doch: »Wie geht es dir?« Leise, vorsichtig, nicht so, wie alle anderen diese Frage stellen, nicht so, wie man von irgendjemandem gefragt werden würde, sondern so, dass sie eigentlich bedeutet: »Wie fühlst du dich?«

»Ganz okay, denke ich.«

»Weißt du, ich bin mit dir und mit Isabella befreundet, aber das bedeutet nicht, dass ich ihr etwas erzählen werde, wovon du nicht willst, dass sie es erfährt. Das bedeutet nur, dass ich noch immer deine beste Freundin bin und dir helfen möchte, sofern ich das kann. Nur, falls du denkst, diese Situation könnte sonst zu schwierig werden oder …«

»Mach dir nicht so viele Gedanken, Amélie. Mir geht es nicht darum, dass Isa etwas nicht erfahren soll. Ich kann dir einfach nicht mehr erzählen. In zwei Wochen gehen die ersten Abiprüfungen los und durch die Arbeit komme ich mit dem Lernen kaum hinterher. Zumal meine Mutter derzeit ständig Überstunden im Frauenhaus macht und ich deshalb noch mal häufiger auf Alessia aufpassen muss. Ehrlich gesagt, habe ich gar keine Zeit, an etwas anderes als die Prüfungen zu denken.«

»Das glaube ich dir nicht.«

»Wieso nicht?« Er wirkt tatsächlich überrascht. Kann ihm die Trennung wirklich so egal sein?

»Na ja, Isa ist ja nicht so wie deine anderen Freundinnen. Die hast du höchstens mal erwähnt, aber du klangst nie so, als wärst du ernsthaft verliebt gewesen.«

Er lacht leise, nur kurz. »Und du meinst, diesmal war ich verliebt?«

»Natürlich. Also, denke ich zumindest. Sonst wärt ihr doch nicht zusammengeblieben, oder? Das waren fünf Monate oder so, so viel Zeit hättest du dir nicht für irgendein Mädchen genommen.«

»Ich habe mir kaum Zeit genommen, das ist doch der Grund, weshalb wir nicht mehr zusammen sind.«

»Vielleicht, auch.«

Ein paar Lachmöwen streiten sich um die Reste eines Brötchens, das einem kleinen Jungen heruntergefallen ist. Früher konnte ich erahnen, wohin Salims Gedanken schweben, ich konnte ihnen nachsehen und ihnen mit meinen folgen, doch jetzt, heute, trägt er eine undurchdringliche Mauer um sich, und ich weiß nicht einmal, ob sich dahinter überhaupt Gedanken befinden. Vorsicht lege ich meine Hand auf seinen Arm. »Vermisst du sie denn gar nicht?«

»Sie hat erst gestern mit mir Schluss gemacht.«

»Das meine ich nicht. Du weißt, dass ich das nicht meine. Ihr habt etwas miteinander geteilt, das jetzt nicht mehr da ist. Dir muss doch etwas fehlen.«

Er schüttelt nur leicht den Kopf.

»Es ist doch nicht so, dass ihr keine Gefühle mehr füreinander habt. So schnell verschwinden sie nicht. Man kann doch nicht den einen Tag zu jemandem gehören und den nächsten nicht mehr, ohne dass es einen Unterschied macht.«

»Du bist da romantischer als ich. Aber weißt du, Amélie, ich weiß nicht, ob das geht. Ob man wirklich jemals vollständig zu jemandem gehören sollte. Das klingt nicht so, als wäre es gesund.«

»Man kann bestimmt zu jemandem gehören und trotzdem man selbst bleiben. Nur fühlt man sich dann weniger allein.«

Er blickt aufs Wasser, die ganze Zeit schon, und als er mich ansieht, wirken seine Augen viel dunkler als sonst, ohne diese Wärme darin, die mich immer eingehüllt hat. Manchmal geht einem etwas verloren und man merkt es nicht. Vielleicht fällt es einem später auf, wenn man erwachsen ist, wenn man dieses Etwas unmöglich wieder zurückholen kann, aber dann nützt einem diese Erkenntnis nichts mehr, man steht da mit leeren Händen und leerem Herzen, und ich finde, wir sollten noch nicht so sein, wir sollten noch an alles Mögliche glauben können, egal, was einem die Erwachsenen erzählen und vorleben, egal, wie erwachsen wir selbst vielleicht schon sind, egal, wie oft wir bereits angelogen wurden.

Salim nimmt meine Hand. »Fühlst du dich so, wenn du mit Brar zusammen bist?«, fragt er. »Fühlst du dich dann weniger allein?«

»Nein«, antworte ich sofort und erschrecke selbst darüber, wie schnell und sicher dieses eine Wort hinauspoltert. Als hätte es auf diese Frage gewartet.

»Siehst du. Das sind nur Illusionen, mehr nicht. Es gibt keinen Grund dafür, weshalb wir uns in Menschen verlieben. Dieses Gefühl ist lediglich eine Fiktion. Eine Beziehung besteht einfach nur aus zwei Menschen, die sich aneinander gewöhnt haben.«

»All deine Gedichte, Salim, und trotzdem klingst du wie ein Siebzigjähriger, der auf ein leeres Leben zurückblickt.«

»Wahrscheinlich genau deshalb. Es wurden mindestens genauso viele Gedichte über enttäuschte Liebe wie über erfüllte geschrieben. Wenn man genau hinsieht, gibt es keinen Grund zu glauben, dass Liebe tatsächlich existiert. Oder für mehr als nur eine Handvoll Menschen. Der Rest von uns kommt entweder allein zurecht oder arrangiert sich. So einfach ist das.«

Ich glaube nicht, dass es so einfach ist, und an einem anderen Tag hätte ich ihm das gesagt. An einem anderen Tag hätten wir noch stundenlang am Hafen gesessen, solange, bis die Kälte unter unsere Kleidung gekrochen wäre, wir hätten uns einen Kaffee oder eine heiße Schokolade gekauft, ich hätte ihn gefragt, ob er zu Ostern mit zum *Gösselhof* fahren will, wie er das sonst immer gemacht hat, wir wären durch die Straßen geschlendert, ich hätte Fotos aufgenommen von Gebäuden und Fassaden, von Salims Gesicht, wir hätten geschwiegen und gelacht und vielleicht sogar herausgefunden, was das wirklich ist, Liebe und Verliebtsein und gebrochene Herzen, aber heute ist nicht so ein Tag. Heute sitzen wir nur nebeneinander, und ich spüre die Mauer um meinen besten Freund, während der Abend immer näher kommt, und dann ist es Zeit aufzubrechen und zum Kino zu gehen und Pauls überdrehte Stimme zu hören und den Rest Schokolade aufzuessen und meine Mutter zu umarmen und sie einen Moment länger festzuhalten als sonst und mich von Salim zu verabschieden und ihm beim Verschwinden in der Dunkelheit der Straßen zuzusehen wie einem Fremden, der lediglich nach dem Weg gefragt hat.

Freitag, 21. April

Linus

Feiertage sind immer wieder ätzend. Erst mal: Geschenke. Isa ist ja einfach, für sie finde ich immer was, und es ist auch nicht gerade so, dass sie ein großes Geheimnis aus ihren Wünschen macht. Papa kann man Werkzeug- und Bastelsachen kaufen, was den Vorteil hat, dass ich das am Ende mit verwende, und was ich gern hätte, weiß ich ja. Bei Opa Lutz ist das ähnlich, auch wenn er ziemlich penibel ist mit den Materialien, die er benutzt, man kann nicht einfach mit der erstbesten Bienenwachslasur antanzen oder ein paar Schrauben, die gerade im Sonderangebot waren.

Mädchen sind viel schwieriger. Frauen auch, wenn ich meine Mutter mitzähle, denn andere Frauen gibt es nicht, denen ich etwas schenken müsste, seit die Eltern meiner Mutter gestorben sind. Als ich vier war oder so. Mal davon abgesehen, dass hier niemand jemandem was schenken muss.

Jedenfalls, Mädchen. Svea, zum Beispiel, das ist echt Hardcore. Bestimmt freut sie sich voll über ein buntes Tuch oder Duftkerzen oder esoterischen Krempel, aber ich will wirklich nicht dabei gesehen werden, wie ich so was kaufe, und dann bleibt immer noch die Frage, was genau überhaupt. Ich meine, bunt bedeutet ja: unterschiedliche Farben, nur was für welche? Svea hat irgendwie von allem etwas, da gibt es keine großen Präferenzen. Könnte sein, dass Rot ihre Lieblingsfarbe ist, aber vielleicht auch Lila oder Rosa oder Gelb, was weiß ich.

Und dann: Amy. Das ist fast am schwersten. Bücher, sicher, nur gibt es Milliarden Bücher, und mit Romanen kenne ich mich nicht besonders aus. Nicht dass ich ihr zu Ostern überhaupt etwas Größeres schenken müsste, das ist ja generell nicht so ein Action-Feiertag wie Weihnachten, aber was Kleines, einen Schoko-Osterhasen oder so. Amy ist so ein Typ, der morgens um neun bei einem klingelt und mit einem für diese Uhrzeit unanständig gut gelaunten Lächeln ein Osterpäckchen überreicht, Fair-Trade-Schokolade, Tee aus dem Bioladen, so was halt, sodass man weiß, sie hat ihr halbes Monatstaschengeld für einen hergegeben und wäre nicht einmal traurig, wenn man ihr nichts zurückgeben könnte. In so einem Moment wollte ich nun wirklich nicht unvorbereitet sein.

Dabei ist das gar nicht mehr wie früher, Ostern, meine ich. Zur Kirche sind wir nie gegangen, das ist nicht so unser Ding. Oder das meiner Eltern, ob es mein Ding wäre, weiß ich nicht, ich habe es nie ausprobiert. Dementsprechend war Ostern bei uns eh immer eine Kinderveranstaltung. Als Isa und ich noch jünger waren, hat die ganze Sache mehr Spaß gemacht, unsere Eltern haben Schokolade und für jeden ein kleines Geschenk im Garten versteckt, und dann ging es los, suchen um die Wette, in jede Ecke sind wir gekrochen, gewonnen habe fast immer ich, aber trotzdem mit Isa brüderlich geteilt. Vielleicht hat sie deshalb vor zwei oder drei Jahren behauptet, dass ihr das zu kindisch ist, und da kann ich ja nicht sagen, dass ich Ostereiersuchen immer noch spannend finde. Das erzählt sie sonst noch ihren Freundinnen, und was die wissen, weiß am Ende die ganze Schule. Deshalb gibt es jetzt nur noch ein Osterfrühstück mit Kuchen, jeder bekommt von jedem ein kleines Geschenk, und das war's. Vielleicht noch ein gemeinsamer Film am Nachmittag.

Mittlerweile sind die Osterferien fast vorbei und das Feiertagsgedöns längst überstanden, in zwei Tagen bricht Svea auf Richtung Paris, ich habe quasi kein Geld mehr auf meinem Konto, um ein vernünftiges Abschiedsgeschenk zu organisieren, und die Bio-Oster-Schokolade von Amy ist auch alle. Deshalb sind Feiertage ätzend. Hinterher ist man immer deprimiert.

Jedenfalls, bis Amy anruft. Die hat nämlich sturmfrei, also fast, denn Paul passt auf sie auf, aber weil der strenge Bettzeiten hat und dann nicht allein bleiben darf, ruft Amy eben an und fragt, ob wir bei ihr einen Film gucken wollen oder Kekse backen oder sonst was, eben was zusammen unternehmen, und bevor ich darauf antworten kann, reißt mir Isa das Telefon aus der Hand und redet so schnell, dass nicht mal ich wirklich was verstehe. Wie soll es denn da Amy gehen?

Zehn Minuten später sind wir drüben. Inklusive Schlafsachen, weil Isa meinte, so eine Pyjama-Party wäre doch das richtige Abschiedsevent für Svea, die übrigens eigentlich mich hatte besuchen wollen, damit wir einen gemütlichen Abend zu zweit verbringen können, bevor sie ins Ausland geht. Man muss ja ein bisschen vortanken, drei Wochen Getrenntsein bedeutet schließlich auch, drei Wochen kein Sex. Ja, ich weiß. Drei Wochen. Fast nichts.

Völlig überflüssig, vorher so ein Pärchen-Klabautz zu veranstalten. Scheint Svea auch so zu sehen, sie findet die Idee von der Pyjama-Party nämlich großartig. Wenn wir doch diesen eigentlich geplanten gemeinsamen Ausflug in den Ferien schon nicht hinbekommen haben.

»Huch«, sage ich als Erstes, als Isa und mir die Tür geöffnet wird, und zwar nicht von Amy oder Paul, sondern diesem komischen Typen aus unserer Schule, dem blassen mit den Augenringen. Neben ihm steht schwanzwedelnd ein schwarzer, struppiger Hund.

»Erfreut, Melvin«, antwortet er und tritt zur Seite, um uns reinzulassen. Was ist denn jetzt los? Hat Amy Zombiefreund 1 gegen Zombiefreund 2 ausgetauscht?

Aber Brar ist ebenfalls anwesend. »Nicht lange«, wie er betont, »ich habe nämlich später noch ein Konzert. Ihr könnt ja auch kommen.« Deshalb das Instrument und die geligen Haare.

Natürlich werden wir nicht hingehen. Ein Konzert ist nicht so kompatibel mit einer Pyjama-Party, das sieht Brar dann auch ein.

Keine Ahnung, wie Mädchen das machen, aber die ganze spontane Veranstaltung ist tatsächlich perfekt organisiert. Denn Angela bringt nicht nur meine Freundin mit, sondern auch Isas Ex-Freund und außerdem gefühlt hundert Tüten Chips, eine Flasche Hugo und eine Flasche Sekt. »Aber davon weiß ich nichts, und ihr denkt daran, dass ihr auf ein Kind aufpasst«, meint sie augenzwinkernd, bevor sie wieder davondüst.

Unsere Mutter hätte sich erst mal für ein paar Minuten ins Wohnzimmer gesetzt, um sich alles anzusehen und ganz klar das Gefühl zu verströmen, sie könne jeden Moment wiederkommen, sobald sie das Haus verlassen hat. Am Ende des Abends oder noch früher wäre meine Schwester doppelt so betrunken gewesen wie notwendig und dann ist sie ziemlich schwer zu ertragen. Andererseits, wer bleibt schon erträglich, wenn er besoffen ist?

Paul, der die meiste Zeit aufgedreht um uns herumhüpft, bekommt einen Teller Nudeln vorgesetzt, an denen er ewig herumkaut. Kein Wunder, er redet noch mehr als Isa zu ihren Redeflashzeiten. Bis er dann doch so müde wird, dass er freiwillig ins Bett verschwindet.

In der Zwischenzeit haben Melvin, Svea und ich das Wohnzimmer mit Matratzen, Isomatten und Decken ausgelegt. Amy schiebt einen Auflauf in den Ofen und bereitet Snacks vor, und Salim und Isa sitzen nebeneinander auf dem Sofa, als wären sie immer noch zusammen. So ganz verstehen tue ich ihre Beziehung sowieso nicht. Oder Freundschaft. Oder was auch immer. Jedenfalls kann ich mir nicht vorstellen, neben Svea auf dem Sofa zu sitzen und mich gemütlich mit ihr zu unterhalten, wenn sie gerade erst mit mir Schluss gemacht hätte, und im Übrigen kann man auch nicht behaupten, dass sie sonderlich viel Abstand voneinander halten würden. Für manche Leute ist das schon kuscheln.

»Ich dachte, ich schaffe es nicht, das alles vorher zu erledigen«, erzählt Svea Melvin gerade. »Für Mathe musste ich ein paar Zusatzaufgaben machen, die Lehrerin ist echt fies und hätte fast eine Beurteilung geschrieben, dass ich zu schlecht bin, um drei Wochen lang woanders zur Schule zu gehen. So ein Schwachsinn. Zum Glück hat sie es dann doch nicht gemacht.« Sie verteilt ein paar Sofakissen auf dem Matratzenlager. »Wäre ja auch echt daneben gewesen.«

Was Melvin antwortet, kann ich nicht verstehen. Überhaupt, was genau macht er denn nun hier? So viele Menschen müssen ihn doch überfordern. Nach allem, was ich über ihn weiß, sind soziale Events nicht so seine Stärke. Zumindest bin ich ihm noch nie auf einer Party begegnet und habe auch von keiner gehört, zu der er eingeladen worden wäre. Liegt sicher daran, dass er nicht so richtig als Stimmungskanone herhält.

Ich gehe zu Amy in die Küche, die gerade verschiedene Zutaten für Schokokuchen zusammenrührt. »Wir haben auch Eis da, das gibt es dazu«, erklärt sie. In dem Moment klingelt es, ich glaube, Brar ist derjenige, der die Tür öffnet, und kurz darauf stolpern seine Bandkumpels ins Wohnzimmer und verteilen lautstark Bier. Wobei »verteilen« bedeutet, dass Brar und Isa jeweils eines nehmen, die anderen wollen nicht.

»Bleiben die noch lange?«, frage ich Amy.

»Nein, sie müssen gleich los zu ihrem Auftritt. Keine Sorge.« Sie lächelt, dabei mache ich mir keine Sorgen, also echt, weshalb auch? Nur nervig laut, das sind sie schon, so laut, dass sich Melvins Hund lieber in den Flur verzieht, aber tatsächlich trinken sie nur ihr Bier aus, bis auf den einen, der das Auto fährt, dann verabschieden sie sich, als wären wir alle die besten Freunde. Amy bringt sie noch zur Tür.

»Ich hatte schon Angst, die bleiben noch länger«, meint Salim neben mir. Wo kommt der denn plötzlich her?

»So schlimm sind sie ja auch nicht.«

»Allein nicht. Im Rudel schon.« Salim grinst mich an, aber ganz ehrlich, meinetwegen könnte er genauso schnell verschwinden. Klar, Isa ist diejenige, die mit ihm Schluss gemacht hat, nicht umgekehrt, doch wir wohnen beide unter demselben Dach, und manchmal höre ich, wenn sie weint, auch wenn ich dann nie in ihr Zimmer gehe. Sie schließt es in solchen Momenten ohnehin ab.

Wenn er tatsächlich so den Durchblick hätte, wie er von sich selbst wohl glaubt, wäre er nicht hier, und erst recht würde er sich nicht neben Isa setzen und nicht so viel reden, und ganz und gar nicht würde er ihre Hand berühren. Schade, dass ich kein Schlägertyp bin, bestimmt lassen sich dadurch einige Differenzen zwischen zwei Kerlen ziemlich schnell und eindeutig klären.

Der Auflauf ist der Hammer, und das, obwohl kein Fleisch drin ist. Amy hat irgendwie genau das richtige Gefühl beim Kochen.

Den ersten Film suchen Svea und Isa aus, natürlich eine Schnulze, war ja klar. Nicht dass ich groß was gegen Liebesgeschichten hätte, aber ein bisschen mehr Handlung darf ein Film, meiner Meinung nach, schon haben. Mittendrin steht Amy auf, um den Kuchen aus dem Ofen zu holen, und da Svea und Isa schon ordentlich Wein und Sekt intus haben und die meiste Zeit albern herumgackern, folge ich Amy und helfe ihr mit der Glasur. Weil, zu wissen, wie man einen vernünftigen Schokokuchen macht, kann einfach mal nicht schaden, das ist ja wohl offensichtlich.

Und dann: eine große Achtzehn aus Zuckerperlen, Silber und Gold.

»Wer hat denn Geburtstag?«, frage ich, dabei ist das doch logisch, das merke ich selbst, als Amy antwortet: »Melvin.«

Für einen winzigen Moment ist da eine tiefe, schwere Traurigkeit, aber ich bin nicht sicher, ob die wirklich von mir kommt oder ob ich nur etwas auffange, das Amy ausstrahlt, andererseits glaube ich gar nicht an so ein Zeug, egal, wie oft mir Svea etwas über Schwingungen und Auren und sonst was erzählt.

Denn, mal ehrlich, seinen achtzehnten Geburtstag mit lauter Leuten zu feiern, die man kaum bis gar nicht kennt, das ist schon ziemlich deprimierend. Selbst wenn es Schokoladenkuchen gibt.

Melvin scheint sich jedoch zu freuen, sofern man das beurteilen kann. Er lächelt, sieht aber genauso blass und kränklich aus wie sonst. Manchmal habe ich echt das Bedürfnis, ihm eine Decke um die Schultern zu legen. Das kann man niemandem erzählen, so was.

Diese kleinen, dünnen Kerzen für Kindergeburtstage hatte Amy nicht da, aber auch ohne ist es ein prima Geburtstagskuchen geworden.

»Herzlichen Glückwunsch«, sagt Salim, er ist der Erste von uns, der Melvin gratuliert. Isa und Svea lallen auch etwas und kichern wieder, betrunken sind sie wirklich ätzend, vor allem zusammen. In solchen Momenten würde ich mir dann doch gern eine andere Freundin suchen.

Amy trägt alle Spiele zusammen, die sie im Haus haben, wir fangen an mit *Tabu*, später *Nobody is perfect*. Salim gewinnt meistens, beziehungsweise Salims Team, und ich bin nicht sicher, ob ich nicht etwas dagegen tun sollte, dass sich Isa so an ihren Ex klammert, weiß aber immer noch nicht, was genau. Wieso geht er nicht einfach? Schließlich hat er jetzt schon mehrfach betont, dass er nächste Woche zwei Abiprüfungen hat. Ist also nicht so, dass er sich zu Hause langweilen würde.

Melvin, Svea und ich waschen ab und räumen die Küche auf, oder eigentlich machen das vor allem Melvin und ich, weil Svea kaum noch vernünftig stehen kann und irgendwann das Radio einschaltet und zu tanzen beginnt. Nachts läuft am Wochenende ja auf so gut wie keinem Radiosender gute Musik, auch auf dem nicht, den sie ausgesucht hat. Als ob Leute wirklich Partymusik aus dem Radio brauchen.

»Das ist zu laut«, sagt Amy und schaltet das unsägliche Gedudel wieder aus. Kleine Brüder können manchmal wirklich praktisch sein, vor allem, wenn sie schlafen.

Als wir fertig sind, darf sich Melvin einen Film aussuchen. *Dead Man*. Das sagt ja wohl einiges. Der Streifen ist langsam und deprimierend, aber nach einer Weile gewöhnt man sich daran. Isa und Svea schlafen einfach ein, und wir anderen essen Kuchen und Eis, und irgendwie ist es nicht das Schlimmste, Johnny Depp anderthalb Stunden lang beim Sterben zuzusehen. Salim ist begeistert, aber er tut ja gern mal intellektuell, und Amy hält sich mühsam wach. Nur ein Mal geht sie nach oben, um nach Paul zu sehen.

Die Kerzen brennen herunter. Wir wickeln uns in unsere Schlafsäcke und Decken, irgendwer unterhält sich noch im Dunkeln, wie auf Klassenfahrt, wenn die Mädchen heimlich in die Jungszimmer schlüpfen, nur dass hier niemand ist, der vorbeikommen und die Schlafmodalitäten beanstanden wird. Wir haben extra die Vorhänge zugezogen, damit von nebenan, also von unserem Haus aus, keiner hereinschauen kann. Komische Vorstellung, irgendwie. Dass meine Mutter möglicherweise in genau diesem Moment durch den Garten tigert, um herauszufinden, was wir anstellen, wenn uns niemand kontrolliert.

Sonntag, 23. April

Linus

Irgendjemand schnarcht. Es ist zu dunkel, um etwas zu erkennen, aber ich tippe mal darauf, dass die nervenden Geräusche von Salim stammen. Oder von Melvins Hund. Ansonsten ist es still, nicht mal eine Uhr tickt vor sich hin, und das einzige Licht ist das kleine orangefarbene vom Hauptschalter der Steckdosenleiste im Fernsehschrank.

Ich drehe mich zu Svea um und robbe näher an sie heran. Sie murmelt ein paar Worte, bewegt sich jedoch nicht, vermutlich also nur Schlafgerede. Ich mag es, wenn sie im Schlaf spricht, auch wenn das, was sie dann erzählt, meistens keinen Sinn ergibt.

Aus ihren Haaren strömt der Geruch von Vanilleshampoo. Trotz ihrer Nähe, trotz ihrer Wärme schlafe ich nicht wieder ein. Nach einigen Minuten, vielleicht einer Viertelstunde, gebe ich auf und schäle mich aus dem Schlafsack.

Wir ergeben ein ganz schönes Durcheinander, so im Dämmerlicht betrachtet. Unter den Decken zeichnen sich hier und dort die Konturen eines Körpers ab, aber zwischendrin scheint etwas zu fehlen. Wir sind eine oder zwei Personen weniger als noch gestern Abend, demnach bin ich wohl nicht der Einzige, der gerade nicht schlafen kann. Liegt vielleicht an der muffigen Luft im Zimmer.

Auf Zehenspitzen schleiche ich mich raus. Auch im Flur

ist es dunkel, aber von weiter oben dringen leise Stimmen. Für einen Moment lausche ich, kann aber nicht erkennen, wem sie gehören. Ein paar Stufen knarzen, als ich die Treppe ins nächste Stockwerk hinaufgehe.

Amy und Melvin sitzen vor Pauls Bett und starren mich an. Ein gelber Mond leuchtet an der Wand und auf den Jungen, der in seine Decke geknäult daliegt. Isa und ich hatten früher auch solche Einschlaflampen. Schon Ewigkeiten her. Ich frage mich, wo sie abgeblieben sind.

»Er ist aufgewacht, weil er einen Albtraum hatte«, erklärt Amy mit leiser Stimme. »Es hilft, wenn man dann eine Weile bei ihm bleibt, sonst kann es passieren, dass er immer wieder aufwacht.«

»Hat er häufiger welche?«, frage ich.

Sie zuckt nur mit den Schultern und lächelt.

Ich setze mich zu den beiden. Wir schweigen, ich habe definitiv etwas unterbrochen, habe aber auch keine Lust, wieder nach unten zu gehen und Svea anzusehen, denn das werde ich tun, anstatt zu schlafen, ganz sicher. Schließlich muss ich so viele Erinnerungen und Eindrücke wie möglich abspeichern, damit sie für all die Zeit reichen. Nachher wird ihre Mutter sie abholen. Am späten Nachmittag wird sie auf dem Schulgelände warten, zusammen mit anderen Elftklässlern, bis der Bus kommt und sie und ihr Gepäck nach Paris bringt. Erst wollte ich sie zur Schule begleiten, aber was sollte ich dort machen? Dem Bus hinterherwinken, bis er nicht mehr zu sehen ist? Schließlich bin ich nicht ihre Oma. Ich stehe ganz männlich weit über so einem Abschied.

Paul atmet leise und regelmäßig. Manchmal, zum Beispiel jetzt, da er schläft, sieht er so ruhig und klein aus. Tagsüber, wenn er mit einem Fußball spielt oder einfach in unseren Garten stiefelt, um uns mit Kindergeschichten zu nerven, vergisst man, wie klein er eigentlich noch ist.

»Hast du Geschwister?«, frage ich Melvin.

»Nein.« Er schweigt, Amy blickt ihn an, und etwas scheint zwischen den beiden zu passieren, als würden sie wortlos miteinander reden, jedenfalls fügt er dann hinzu: »Meine Eltern sind schon lange nicht mehr zusammen.«

»Hättest du gern welche?«

»Glaub nicht.« Er zögert wieder, dann sagt er: »Keine Ahnung. Meistens bin ich froh, dass ich keine habe.«

»Hättest du gern noch mehr Geschwister?«, fragt mich nun Amy.

»Früher schon. Ich meine, Isa und ich haben uns immer super verstanden, aber sie ist nun mal ein Mädchen, und ich hätte gern einen älteren Bruder gehabt. So einen mit coolen Freunden, der lauter hübsche Mädchen mit nach Hause bringt.«

Amy lacht leise. »Und dann hättet ihr eure Freundinnen miteinander geteilt?«

Angewidert verziehe ich das Gesicht. »So nun auch wieder nicht. Aber seine Freundinnen hätten sicher Freundinnen oder Schwestern gehabt, die er mir hätte vorstellen können. Und außerdem wäre unsere Mutter vermutlich lockerer, wenn wir noch ältere Geschwister hätten. Das ist doch meistens so, dass die den Großteil der Erziehung abkriegen.«

»Da habe ich wohl Glück, ich bekomme wenig Erziehung ab«, meint Melvin, doch er klingt nicht besonders glücklich.

Andererseits, wie klingt schon jemand, der glücklich ist? Vielleicht merkt man das bei ihm einfach nicht.

»Ich glaube, er schläft jetzt wieder richtig. Lasst uns lieber rausgehen.« Amy zupft Pauls Bettdecke zurecht, dann steht sie auf, und wir folgen ihr in den Flur. Die Kinderzimmertür zieht sie bis auf einen Spalt zu.

Draußen dämmert es langsam, die ersten Vögel sind bereits wach. Das klingt so richtig nach Frühling und Frühstück auf der Terrasse. Wir setzen uns tatsächlich nach draußen, jeder in seine Decke beziehungsweise in seinen Schlafsack gehüllt. Die Luft ist feucht und kühl, aber nicht wirklich kalt, lange wird der Sommer wohl nicht mehr auf sich warten lassen. Immer wieder fallen mir die Augen zu, obwohl ich gar nicht so richtig müde bin. Vor allem ist das ein ruhiger, gemütlicher Morgen, so einer, an dem man am liebsten vor sich hin döst, irgendwann etwas isst und dabei liest oder eine Folge einer Serie schaut. Oder zwei. Oder drei.

»Manchmal kann ich mir das gar nicht vorstellen, dass wir in gut einem Jahr mit der Schule fertig sind«, sagt Amy in den Sonnenaufgang hinein. Sie zieht sich die Decke enger um die Schultern. »Ich meine, danach können wir selbst bestimmen, was wir machen wollen. Wir legen die Grenzen unserer Zukunft fest.«

»Will noch jemand ein Stück Schokokuchen?«, frage ich.

»Viel ist nicht mehr da.« Amy gähnt und lehnt den Kopf gegen die Rückenlehne ihres Stuhls. Als ich etwa drei Minuten später mit den Kuchenresten zurückkehre, sind ihre Augen geschlossen.

Schweigend reiche ich Melvin eine Gabel. Es kommt mir unangenehm vertraut vor, mit ihm von einem Teller zu essen, selbst mit Svea mache ich das nicht gern. Andererseits ist es ja meine Schuld, dass ich nicht an weitere Teller gedacht habe und jetzt zu faul bin zurückzugehen, um noch welche zu holen.

»Seit wann sind deine Eltern getrennt?«, frage ich nach einer Weile.

Melvin spießt ein Stück Kuchen auf, lässt die Gabel dann jedoch auf dem Teller liegen. Er scheint zu überlegen, zumindest schaut er nachdenklich in den Garten. Ein Eichhörnchen klettert gerade im Apfelbaum herum, ohne sich an unserer Anwesenheit zu stören.

»Seit sechs oder sieben Jahren. Kann länger sein, kann kürzer sein.« Er schiebt sich den Kuchen in den Mund und kaut sorgsam.

»Du weißt es nicht so genau?«

»Glaube, die wissen das selbst nicht.« Wieder schweigt er, und ich will schon aufgeben, mich um ein Gespräch zu bemühen, weil ich so oberflächliches und zähes Gequatsche auch nicht gerade spannend finde, erst recht nicht um diese Uhrzeit, doch dann fügt er noch hinzu: »Meine Mutter hat eine Wohnung in Berlin, aber wenn sie in Wismar ist, also so zweimal im Monat, wohnt sie bei uns. Früher war sie auch nur selten da, deshalb kann ich nicht sagen, wann sie sich getrennt haben. Den Unterschied merkt man kaum.«

»Weshalb haben sie sich scheiden lassen?«

»Ach, keine Ahnung. So kompliziertes Erwachsenenzeug eben.«

»Hm, verstehe«, murmle ich, und irgendwie verstehe ich es tatsächlich. Zumindest, was er mit kompliziertem Erwachsenenzeug meint.

Weit entfernt klettert langsam die Sonne über die Baumwipfel.

Amy blinzelt und öffnet die Augen. »Heute wird ein schöner Tag«, sagt sie.

Eine Weile lang sitzen wir noch auf den Stühlen, bis sich die Tür öffnet und Salim herauskommt, der so aussieht, als bräuchte er sehr, sehr dringend eine große Tasse Kaffee. Also räumen wir unser Zeug zusammen und beginnen damit, leise das Frühstück vorzubereiten. Irgendwann wachen auch Svea und Isa auf, irgendwann kommt Paul ins Wohnzimmer getapst, im Lego-Schlafanzug, irgendwann stehen Brötchen und Honig und Marmelade und Milch und Cornflakes auf dem Terrassentisch, und die ersten Wespen surren um die Käseplatte herum.

Fünf-Sterne-Frühlings-Frühstück. Da kann man wirklich nicht meckern. Nur dass der Schinken fehlt.

Nachdem wir gestern den ganzen Tag in Amys Garten herumgelümmelt haben, sehen wir heute schon ein bisschen braun und sommerlich aus. Die Brötchen, die Salim und Amy vorhin gebacken haben, sind innen noch heiß, und Paul schmiert ein halbes Kilo Butter auf seine Hälften und sieht dabei zu, wie sie langsam schmilzt und von dem weichen Teig aufgesogen wird.

Ich nehme Sveas Hand in meine, sie lächelt, und die Sonne leuchtet in ihren Haaren. »Ich werde dich vermissen«, flüstere ich ihr ins Ohr.

»Ich dich auch«, flüstert sie zurück und küsst mich. Scheiß-Herzklopfen.

Wir sind alle ziemlich fertig, Schlaf hatte nicht so die Priorität an diesem Wochenende. Svea unterhält sich ein bisschen mit Salim, aber auch die beiden wirken müde, und kurz darauf versiegt das Gespräch. Übrig bleibt das Klappern von Besteck auf Geschirr.

Gerade als wir fertig geworden sind, die Lebensmittel im Kühlschrank verstaut und den Geschirrspüler eingeräumt haben, klingelt Sveas Mutter. Unglaublich, wie schnell ein Wochenende vorbei ist. Wie schnell die letzten Wochen vergangen sind.

Ich bleibe ganz ruhig, als ich mich von meiner Freundin verabschiede. Natürlich heule ich nicht vor ihr, das wäre ja wohl peinlicher als mein Sturz bei unserem ersten Date, aber ich kann auch nicht gerade behaupten, dass ich sie die ganze Zeit fröhlich angrinsen würde.

»Ich schreibe dir«, verspricht sie. »Und wir skypen einfach immer, wenn es passt. Ja?«

»Klar doch.«

Dann fahren sie los, Svea, Salim, Melvin, Melvins Hund.

Obwohl Paul im Garten herumtobt, ist es mit einem Mal erstaunlich still.

»Was machen wir jetzt?«, fragt Isa.

Amy breitet die Arme aus und streckt sie nach oben, so weit sie kann. »Jetzt legen wir uns in die Sonne und trinken Mamas Hibiskusblüteneistee.«

So machen wir es auch. Denn, wenn man mal ehrlich ist, muss man sich ja nicht von so einer Kleinigkeit wie der Abwesenheit der eigenen Freundin gleich den ganzen Tag verderben lassen. Erst recht nicht so einen.

Mittwoch, 26. April

Isabella

An den Zweigen der Laubbäume sind die meisten Knospen schon aufgeplatzt, saftig grüne Blätter entfalten sich, und der süßliche, intensive Geruch nach beginnendem Leben tränkt die Luft.

»Ich liebe den Frühling«, sagt Emilia leise, während sie neben Isabella auf dem Forstweg entlangtrabt.

»Wer nicht? Man hat das Gefühl, die ganze Zeit auf etwas gewartet zu haben, das jetzt endlich passiert.«

Für Isa ist es nicht einmal ungewohnt, ohne Svea oder Amy durch den Wald zu reiten. Solche Ausflüge unternimmt sie auch häufiger allein, aber normalerweise selten mit Emilia. Sie geben nur zusammen Reitunterricht, helfen anderweitig aus oder kochen und essen gemeinschaftlich in Ramonas riesiger Küche, doch Ausritte teilen sie fast nie miteinander. Nicht einmal früher, bevor Svea und Amy auf dem Hof waren.

»Ja, so ähnlich.«

Am Ende des Weges sind bereits die ersten Häuserdächer des nächsten Dorfes erkennbar, also drehen die beiden um und kehren im Schritttempo zum Hof zurück. Ihnen ist nicht nach Eile und auch die Pferde scheinen sich eher nach einem gemütlichen Waldspaziergang zu fühlen. Obwohl sie sonst auf dem Rückweg eher ungeduldig sind, schließlich bekommen sie nach Ausritten immer eine Belohnung.

»Du und Salim, ihr seid nicht mehr zusammen, oder?«, fragt Emilia.

»Nein. Wieso?«

»Nur so. Du hast ihn die letzten Male nicht mitgebracht, und außerdem sieht man dir an, dass etwas ist.«

»Tja, ich bin eben ein offenes Buch.« Isa versucht es mit einem Lächeln, das ihr auch halbwegs gelingt. »Manchmal klappt es halt einfach nicht. Was ist mit dir? Hast du einen Freund?«

Emilia lacht. »Der Hof ist mein Freund. Damit kann niemand mithalten.«

»Ach, keine Sorge, Jungs machen mindestens genauso viel Arbeit.«

»Nicht alle, hoffe ich.« Irgendwo im Wald hämmert ein Specht gegen einen Baum, ab und zu hört man den Ruf eines Pirols. »Oder?«

»Als ob ich das wüsste. Bisher ist mir noch keiner begegnet.«

»Na jedenfalls kann ich mir das nicht so gut vorstellen. Mama sagt immer, wenn man einen Hof hat, bleibt einem keine Zeit für etwas anderes, und ich muss ja auch noch zur Schule gehen und Hausaufgaben machen. In so einen Tagesplan passt wirklich kein Junge rein.«

»Bist du dir sicher, dass Ramona mit dieser Aussage auch dich meint und nicht nur sich selbst?«

»Keine Ahnung. Aber es scheint zu stimmen, jedenfalls hatte sie seit sechs oder sieben Jahren keine Beziehung mehr. Ich glaube manchmal, sie ist einfach so gemacht.

Mein Vater hat mal gesagt, dass sie in einer Sache wie eben ihrem Hof derart aufgehen kann, dass für andere kein Platz bleibt. Das war schon früher so.«

»Dein Vater? Ich wusste nicht, dass du Kontakt zu ihm hast.«

Emilia lächelt kurz und schüttelt leicht den Kopf. »Na ja, ich rede nicht viel darüber. Mama und er schreiben sich zu Weihnachten und an Geburtstagen eine SMS, ich sehe ihn ab und zu in den Ferien oder an Wochenenden. Er wohnt mittlerweile in Hamburg und hat vor ein paar Jahren geheiratet. Eigentlich ist das alles okay so.«

Rechts von ihnen erstreckt sich eine Lichtung, die allmählich die Kargheit und Leere des Winters verliert. Im Sommer eignet sie sich für Waldpicknicks oder als Ziel für die ersten Ausritte mit Anfängergruppen.

»Amys Mutter hat mal gesagt, dass Menschen nicht dazu gemacht sind, allein zu bleiben. Sie werden dann komisch.«

»Du findest meine Mutter komisch?«

Isabella lacht. »Nein, natürlich nicht. Ich glaube, Karla wollte damit ausdrücken, dass es einem nicht guttut, immer mit allem allein zurechtkommen zu müssen.«

»Sie ist ja nicht allein.«

»Nein, ich weiß, aber du bist ihre Tochter. Sie wird dich nicht mit allem belasten wollen, was sie beschäftigt, meinst du nicht? Von dieser Sache mit dem Finanzamt und der Bio-Kläranlage hat sie uns doch auch nur erzählt, weil es nicht anders ging.«

»Vielleicht. Kann sein, dass du recht hast.«

Manchmal sehen sie auch Rehe, vor allem in der Dämmerung, doch nur, wenn die Pferde sich langsam und leise vorwärtsbewegen. Der Wald wächst mit einem mit, denkt Isa. Die Bäume, die Pflanzen, das Gesumme um sie ist wie ein Soundtrack, der sich zwar immer wieder verändert, jedoch stets dem gleichen Grundrhythmus folgt.

Zumindest würde Amy das so oder so ähnlich beschreiben.

Auf dem Hof ist ziemlich viel los, als die beiden Mädchen zurückkehren, und zu allem Überfluss hat sich Ramona auch noch für diese Woche vorgenommen, den Bauwagen mit all dem Reitzubehör, das dem Hof gehört, einmal gründlich aufzuräumen und zu putzen. Als Manuela ihre Tochter abholen kommt, liegen alle Sättel ordentlich aufgereiht nebeneinander auf dem Rasen und werden von Isa und Emilia gereinigt.

»Frühjahrsputz?«, fragt Manuela Ramona, die mit rotem Gesicht, gelben Gummihandschuhen und einem blauen Eimer voller Dreckwasser gerade den Bauwagen verlässt.

»Ja, so ähnlich. Ich habe schon lange keine richtige Inventur mehr gemacht und selbst bereits vergessen, was wir alles an Reitzubehör besitzen. Manchmal schenken uns die Schüler ein Paar Stiefel oder einen Helm, wenn sie daraus rausgewachsen sind, und wir haben das bisher einfach zu den anderen Sachen geräumt.«

»Lass mich raten: Dominik hat dir erzählt, dass du gar nicht wissen kannst, welche Materialien angeschafft werden müssen, wenn du keine Ahnung davon hast, was eigentlich fehlt.«

Lächelnd zuckt Ramona mit den Schultern. »Ich habe schon Angst vor dem Tag, an dem er mir für seine Ratschläge eine Rechnung schickt.« Sie stellt den Eimer neben dem Bauwagen ab und wischt sich eine Haarsträhne aus der verschwitzten Stirn.

»Dieser Tag wird nie kommen«, meint Isa.

»Nein, sicher nicht. Aber herzlichen Glückwunsch zur Hofrettung!« Manuela lässt den Blick über das Gelände schweifen. »Wenn er dir eine Rechnung würde schreiben wollen, wäre das wohl der teuerste Posten.«

»Das stimmt wohl.« Ramona nickt zaghaft. »Ohne seine Hilfe hätten wir die Frist beim Finanzamt nicht verlängern können und dann hätte wohl auch alles andere nichts gebracht.« Nun sieht sie zu Isabella und Emilia, die die Sättel auf Hochglanz polieren und jedes einzelne Stück in einer Liste vermerken. Isa lächelt ihr zu.

»Außerdem ist er nicht der Einzige, der mir eine Rechnung schreiben könnte. Ihr habt ja alle eine ganze Menge geleistet, und sobald wir etwas weniger Arbeit haben und der Schrecken wirklich überstanden ist, gibt es auch eine Dankesfeier.«

»Wir hatten hier noch nie weniger Arbeit.« Isabella deponiert die Liste auf einem Hocker und streckt sich ausgiebig. »Das ist einfach unmöglich.«

»Und irgendwie bin ich auch froh darüber.« Mit einem Lächeln legt Ramona ihr den Arm um die Schultern. »Wenig Arbeit bedeutet, dass wenig los ist, und diese Katastrophe konnten wir vorerst gerade so abwenden.«

»Wann hattest du eigentlich das letzte Mal Urlaub?«, fragt Manuela.

»Ach, keine Ahnung. Ich glaube, das war vor Emilias Geburt.« Sie lacht, aber für einen Moment klingt ihre Stimme anders als sonst, ein bisschen tiefer und sehr, sehr müde. »Jetzt ist der Hof mein Job und mein Urlaub gleichzeitig. So einen Luxus hat sonst kaum jemand.«

»Das stimmt wohl.« Manuela hilft ihnen noch dabei, die polierten Sättel im Wagen zu verstauen, dann brechen sie und Isabella auf nach Hause.

Im Auto ist es still, nur eine CD spielt leise Musik, doch Isa hört kaum hin. Sie schließt die Augen und lehnt die Stirn gegen das Beifahrerfenster.

»Lass das bitte, die Scheibe wird sonst dreckig.« Ihre Mutter dreht die Musik lauter, also sucht Isa das Handy und ihre Kopfhörer aus dem Rucksack und hört ihre eigene Musik. Der Tag war endlos anstrengend, in Mathe haben sie einen unangekündigten Test geschrieben und in Englisch eine völlig bekloppte und langweilige Hausaufgabe aufbekommen, die ihr vermutlich das halbe Wochenende ruinieren wird.

Nach Ewigkeiten biegen sie endlich in ihre Straße ein. Manuela parkt den Wagen in der Garage und schrammt dicht an Linus' Fahrrad vorbei. Fast hätte Isa aufgeschrien, denn die Wahrscheinlichkeit, dass Linus einen umlegt, wenn man seinem Fahrrad etwas antut, ist ziemlich hoch, doch ihre Mutter scheint nichts davon bemerkt zu haben.

»Hast du noch etwas für die Schule zu tun?«, fragt sie, nachdem sie das Haus betreten und Isabella die Kopfhörer abgenommen hat.

»Glaub nicht. Zumindest nicht zu morgen.«

»Gut, draußen hängt noch Wäsche. Leg sie zusammen, ja?«

Schon verschwindet sie im Wohnzimmer. Einen Augenblick lang überlegt Isa, diese Ansage einfach zu ignorieren. Wer ist sie denn, dass man ihr einfach Befehle zuschmeißt? Aber das würde nur einen Streit heraufbeschwören, und um den aushalten zu können, ist sie zu fertig, also geht sie mit dem Wäschekorb nach draußen, schmeißt alles rein, ohne so genau zu prüfen, ob überhaupt schon alle Teile trocken sind, und schleppt den Korb ins Wohnzimmer. Ihre Mutter steht in der Küche und blättert in Kochbüchern.

Isa stellt den Korb auf einen Stuhl und beginnt so demonstrativ wie möglich, die Wäsche zusammenzulegen, doch von Manuela kommt kaum eine Reaktion.

Als Isabella fertig ist, sortiert sie die Klamotten in vier Stapel, wie sie es immer machen, und nimmt ihre mit nach oben in ihr Zimmer, wo sie sie auf dem Bett ablädt. Zum Einsortieren hat sie jetzt keine Zeit mehr. Es ist schon fast sieben, in einer halben Stunde wird Svea mit ihrer Gastfamilie zu Abend essen und danach bestimmt etwas mit ihren Leuten unternehmen.

Wieso hat sie sich eigentlich nicht auch für ein Austauschprogramm beworben? Nachdenklich schaltet Isa ihren Laptop ein. Sie kann sich nicht erinnern, dass in einem ihrer Sprachkurse, weder in Englisch noch in Französisch und in Latein schon mal gleich gar nicht, so etwas angeboten wurde. Dabei wäre sie auch gern mal für drei Wochen geflüchtet, und dann sogar Paris. Oder London. Oder auch eine andere Stadt, eigentlich ist ihr das völlig egal. Hauptsache, sie kommt in eine nette Familie und eine coole Klasse und kann, so wie Svea, die meiste Zeit um die Häuser streifen und endlich mal etwas erleben. Also, etwas Richtiges. Sie ist schließlich sechzehn, fast siebzehn. Wann ist sie eigentlich das letzte Mal auf eine Party gegangen? Irgendwann im Januar, mit Tamara?

Isa loggt sich in ihren Skype-Account ein, Svea ist allerdings nicht online.

Bist du da?, schreibt sie ihr via WhatsApp, und ein paar Minuten später, vor Langeweile hat Isa sogar ihre Klamotten in den Schrank geräumt, ruft Svea sie an.

»Hey, sorry, heute war total viel los. Stell dir vor, ein Mädchen aus meiner Klasse ist schwanger. Sie fehlt schon seit ein paar Tagen, und heute war sie wieder in der Schule, zusammen mit ihren Eltern. Sie musste zum Direktor, aber danach kam sie ganz normal in die Klasse und hat es allen erzählt.«

»Was, wirklich? Wie alt ist sie denn?«

»Keine Ahnung, so alt wie wir, denke ich mal. Jedenfalls war das ganz schön crazy, die haben alle tausend Fragen gestellt, ich hab aber nur die Hälfte verstanden. Sie scheint ganz glücklich zu sein, auch wenn das natürlich nicht geplant war und sie zu Hause erst mal krass Ärger bekommen hat.«

»Kann ich mir vorstellen. Wenn ich schwanger nach Hause käme, würde meine Mutter das Baby eigenhändig rausschneiden.«

»Äh, bist du eklig. Würde sie nicht.« Svea verzieht das Gesicht, lacht dann aber. Die Internetverbindung hier oben im Dachgeschoss ist häufig nicht besonders gut, auch jetzt kommt der Ton etwas verzerrt bei Isa an.

»Na gut, würde sie nicht. Aber vermutlich würde sie mich rauswerfen.«

»Du weißt schon, dass man erst mal Sex haben muss,

bevor man schwanger werden kann?« Wieder lacht Svea und fährt sich mit den Fingern durch die Haare. Sie sehen anders aus als sonst, ein bisschen lockiger.

»Schon, aber wenn man keinen hat, ergibt sich dieses Schwangerschaftsproblem gar nicht erst.«

»Gott, du klingst wie meine Großmutter. Ganz ehrlich, ich hab dir die ganze Zeit gesagt, dass du es mit Salim einfach machen sollst. Also, mit Verhütung natürlich, aber es bringt ja nichts, wenn du ewig auf den perfekten Moment wartest, der dann sowieso nie kommt. Auf diese Weise bist du in zwanzig Jahren immer noch Jungfrau.«

»Du weißt doch, dass es fast nie überhaupt irgendeinen Moment gab, an dem wir mal wirklich allein waren. Und nicht draußen in einem Park oder im Kino oder so.«

»Im Kino ist es wenigstens dunkel.«

»Ehrlich jetzt?« Isa seufzt leise und wackelt etwas an ihrer Kamera herum, die ein viel zu dunkles Bild sendet.

»Klar, wieso nicht? Also die Jungs hier sind viel experimentierfreudiger, sag ich dir. Die anderen Mädchen haben mir schon Geschichten erzählt, das glaubst du nicht.«

»Will ich vermutlich auch gar nicht.« Für einen Moment schweigen sie beide, dann fragt Isa: »Was denn für Geschichten?«

»Ach, Geschichten. Zumindest fackeln sie nicht lange herum und sagen ziemlich direkt, was sie von einem wollen. Na ja, oder halten einen für die große Liebe ihres Lebens, und drei Wochen später sind sie dann doch in eine andere verknallt.«

»Das ist doch wie bei uns. Und genau deshalb finde ich das nicht so einfach. Man kann nicht mit irgendwem schlafen, dem man im Grunde gar nicht vertraut. Oder den man nicht mal richtig kennt.«

»Es geht doch nicht darum, ewig zusammenzubleiben, wie langweilig ist das denn? Außerdem, hast du nicht mal bei Salim übernachtet? Ist da nichts passiert?«

»Nein, das habe ich dir doch schon erzählt. Also, wir haben schon ein bisschen rumgemacht und in einem Bett geschlafen. Aber hauptsächlich haben wir uns unterhalten. Er war sehr zurückhaltend.«

»Du auch.«

Isa blickt kurz zur Seite und schluckt schwer. Ausgerechnet jetzt muss sie nun wirklich nicht heulen. Nur weil die Erinnerung an jene Nacht bei Salim so schön ist.

»Na egal, ich muss dir unbedingt etwas zeigen.« Svea steht auf und kommt kurz darauf mit einem roten Oberteil zurück. »Schau dir das an, das hat mir eine meiner Freundinnen geschenkt. Sie mag es nicht mehr, und ich fand es so cool, dass sie es mir einfach gegeben hat. Mega, oder?« Sie schwenkt es vor der Laptopkamera hin und her, aber wirklich etwas erkennen kann Isabella nicht.

»Ja, sieht gut aus. Sehr sexy, wird Linus bestimmt gefallen. Hast du damit noch was vor?«

»Weiß ich noch nicht, vielleicht bleibe ich heute mal hier. Zum Weggehen habe ich fast kein Geld mehr und ich will meine Mutter nicht um noch mehr anpumpen. Vielleicht gehe ich zu einer Freundin und wir hängen bei ihr zu Hause rum.«

»Klingt gemütlich.«

»Eher langweilig. Wobei, eigentlich ist mir hier noch nie langweilig gewesen. Das ist in dieser Stadt einfach unmöglich. Du, meine Gastmutter ruft, ich glaube, das Essen ist fertig. Küsschen an Linus, ja?«

»Ich küsse doch nicht meinen eigenen Bruder für dich.«

»Nur auf die Wange. Bis später!« Schon ist die Übertragung abgebrochen und Svea wieder auf offline.

Etwas kriecht Isabellas Kehle hinauf, sie schluckt und kneift die Augen zusammen und atmet tief ein und aus, wie sie es mal in einem vom Sveas Meditationsbüchern gelesen hat, und nach einer Weile hilft es. Ein bisschen.

Eigentlich würde sie gern zu Linus hinübergehen, sich dort auf den Boden legen, ein bisschen Musik hören, auch wenn es seine ist, und mit ihm reden. Oder mit irgendwem. Aber Linus schläft heute bei André, und bevor sich Isa dazu entscheiden kann, zu Amy rüberzugehen, brüllt ihre Mutter durch das Haus, dass das Essen fertig ist.

Dabei hat Isa gar keinen Hunger. Nicht an solchen Abenden, an denen sie allein mit ihren Eltern am Tisch sitzen muss.

Doch als sie hinuntergeht, klingelt es an der Tür, und Amy und Paul stehen davor, und Amy hält eine Schüssel mit irgendeiner Creme darin in der Hand.

»Bei uns hatte heute keiner Lust zu kochen und das Brot ist fast alle«, sagt sie und drückt Isabellas Mutter, die ebenfalls in den Flur gekommen ist, die Schüssel in die Hand. »Deshalb dachte ich, wir könnten uns spontan einladen. Wir essen auch nicht viel.«

»Kommt rein, natürlich, es ist genug für alle da.« Manuela lächelt freundlich und geht mit Paul ins Wohnzimmer zurück.

»Wieso …?«, fragt Isa leise.

»Linus hat mir geschrieben. Er meinte, du könntest bestimmt ein bisschen Gesellschaft gebrauchen.«

»Aber hallo.« Sie grinst, doch dann umarmt sie Amy, so fest sie kann. »Danke«, flüstert sie.

»Kein Problem. Aber wenn das Essen nicht reicht, kriege ich die größte Portion Erdbeerquark.«

»Darauf kannst du dich verlassen.«

Samstag, 29. April

Amélie

Diese Ruhe und Stille ist ungewöhnlich für einen Samstagvormittag, ein Geschenk, hineingeworfen in das Haus, und jetzt breitet sie sich aus über alle Etagen, kriecht in jeden Raum, jede Ecke, eine unsichtbare Mitbewohnerin. Meine Mutter ist mit Paul zum Strand gefahren, der zumindest mit den Füßen schon mal das Ostseewasser auf Bademöglichkeiten anprüfen wollte, und mein Vater hat noch einen Auftrag fertigzustellen. Solche Momente sind selten, Momente, in denen ich das gesamte Haus für mich habe, in denen Musik aus der Anlage weht und die Luft von draußen durch die geöffnete Balkontür, der Duft von Frühling darin, Flieder, Rhododendron, Kirschblüten. Nur Saphir leistet mir Gesellschaft. Eingerollt liegt sie auf meinem Bett, lediglich das gleichmäßige Heben und Senken ihres Bauches signalisiert, dass sie noch lebt.

Dazu die Fotos. Immer wieder habe ich in den letzten Wochen die Ergebnisse meiner Kameraausflüge sondiert, hier und da einzelne Aufnahmen ausgewählt, mindestens die Hälfte davon wieder verworfen, bis etwa dreißig Fotos übrig blieben. Das eigene Leben, die eigene Gegenwart in dreißig Momente zu pressen, ist eigentlich unmöglich, sie sind nur Teile eines unvollständigen Puzzles, doch immerhin gehören sie zusammen, immerhin sind es nicht mehrere Puzzles, die nun ausgebreitet vor mir liegen, zerstückelt, zerrissen.

Zum Beispiel: Linus und Isa am Strand, vor knapp zwei Wochen war das, Mitte April, Linus trägt keine Schuhe, und Isa sammelt Muscheln, und beide sehen sich so ähnlich, auf diesem Bild lächeln sie das gleiche Lächeln. Dann: Salim auf dem *Gösselhof*, zaghafte Versuche mit meiner neuen Digitalkamera, im Sommer vor fünf Jahren, Salims Haare etwas zu lang, das T-Shirt fleckig, zum ersten Mal fand er meine Cousinen interessanter als die Tiere auf dem Hof. Weiter: Paul als Baby, in Tante Fionas Arm gekuschelt, diese Ruhe in seinem Gesicht während des Schlafens, absoluter Frieden. Eines vom letzten Wochenende, wir alle beim Essen, Salim, Linus, Isa, Svea, Melvin, ich. Ein Dreivierteljahr ist es bereits her, dass wir in dieses Haus zogen, vor einem Dreivierteljahr gab es nur uns und Salim, und jetzt habe ich Freunde, die nur ein paar Schritte entfernt wohnen, denen ich von meinem Balkon aus zuwinken kann oder ein Guten Morgen über den Garten rufen, Freunde, die fast wie Geschwister sind.

Erst wollte ich die Bilder überall in meinem Zimmer verteilen, hier eines an die Wand pinnen, dort eines in einen Rahmen stellen, doch wenn sie schon zusammengehören, sollten sie auch zusammenbleiben. Ich laufe in den Keller und entdecke nach einigem Suchen tatsächlich einen großen, einfachen Bilderrahmen, wie ihn meine Eltern manchmal für ihre Zeichnungen verwendeten, als sie noch zeichneten. Seit wir hier wohnen und auch Mama endlich wieder einen Job hat, finden sie kaum noch Zeit dafür.

In Pauls Zimmer lagert ein A3-Block bunten Tonpapiers.

Ich stehle mir zwei bordeauxfarbene Bögen, gehe wieder hinauf in mein Zimmer, das noch immer voller Frühlingsgerüche ist und voller Musik, und dann beginne ich, die Fotos auf den farbigen Karton zu kleben, schief und durcheinander, und in die Lücken schreibe ich Songtexte, Erinnerungen, Zitate von Paul, Salim, Isa oder Linus, die, die ich mir in mein digitales Notizbuch geschrieben habe, und mit dem Lesen kehren die Erinnerungen zurück. Obwohl wir so häufig übereinander lachen, obwohl wir so häufig etwas Kluges sagen, man sollte sich alles aufschreiben, man sollte sich all die Worte merken, weil die Welt nie mehr so sein wird wie jetzt. Ich kann mir kaum vorstellen, wie wir in fünf, zehn, zwanzig Jahren sind, ob wir dann noch dieselben Gedanken haben, dieselben Wünsche, ob wir uns noch kennen, noch wissen, wie sich die anderen fühlen.

Erst als die Haustür geöffnet wird und wieder ins Schloss fällt, merke ich, dass die Sonne bereits langsam untergeht und ich ziemlichen Hunger habe.

»Ich habe ganz viele Steine gesammelt«, brüllt Paul durch das Haus. »Auch grüne.« Bei unserem letzten Strandspaziergang hat er nämlich keinen grünen Stein gefunden, nicht einen einzigen, dabei ist Grün momentan seine Lieblingsfarbe.

»Toll«, schreie ich nach unten, und Mama ruft zurück, dass wir gefälligst nicht derart herumbrüllen sollen, also laufe ich die Treppen hinunter bis in den Flur. Pauls Gummistiefel sind nass, seine Socken ebenfalls, gerade zerrt er den zweiten von seinem Fuß. Er ist wohl so ziemlich das einzige Kind, das es fertigbringt, in Gummistiefeln regelmäßig nasse Füße zu bekommen.

»Außerdem haben wir Fisch gekauft«, erklärt er.

Ich tue so, als würde ich mich freuen, obwohl ich doch gar keinen Fisch esse, und gehe zu meiner Mutter, die bereits Gemüse auf der Arbeitsplatte schichtet. »Risotto?«, fragt sie nur.

»Perfekt.«

Während wir schnippeln und Paul seine Steine auf dem Fensterbrett sortiert, winkt der Abend mit orangefarbenen Sonnenstreifen, die Terrassentür steht offen, doch langsam schleicht sich die Kälte herein.

»Papa!«, ruft Paul, noch bevor meine Mutter oder ich das Auto hören. Mein Bruder ist wie ein Hund oder eine Katze, er spürt es, wenn der Rest des Rudels nach Hause kommt, und schon stürmt er hinaus, in Hausschuhen natürlich, und gleich darauf kehrt er aufgeregt zurück.

»Papa hat ein Klavier mitgebracht«, ruft er, während er hin und her hopst und sich umdreht und zur Terrassentür läuft, nur um dort stehen zu bleiben. »Ein braunes.«

»Klar«, meint Mama geistesabwesend. »Ein Klavier.«

Ich lege das Messer zu dem zerstückelten Lauch auf das Holzbrett und folge Paul auf die Terrasse. »Du, Mama«, rufe ich in Richtung Küche, »also, Paul hat recht. Papa hat ein Klavier mitgebracht.«

Zusammen mit seinem Chef ist mein Vater gerade dabei, das Instrument von einem Anhänger zu manövrieren. Wie genau sie das anstellen, kann ich nicht richtig erkennen, nur dass jede Menge Gurte und eine Rampe involviert sind und sie ein Brett mit Rollen verwenden, das so ähnlich aussieht wie die, die man unter Blumentöpfen positioniert, nur eben bedeutend größer.

Meine Mutter stellt sich neben mich. »Ich glaub das jetzt mal nicht«, sagt sie ruhig, starrt aber fassungslos auf die beiden Männer und das hölzerne Möbelstück, das den Weg die Rampe hinunter mittlerweile gemeistert hat.

»Schau mal, Karla, ist es nicht schön?« Mein Vater strahlt, wirklich, er strahlt, als hätte er die beste Idee seit Langem gehabt. Zu zweit schieben sie das Instrument über den Rasen, sehr gemächlich und holperig, und mit ein bisschen Drücken hier und ein bisschen Schieben dort bekommen sie es durch die Terrassentür ins Wohnzimmer.

»Was, bitte, sollen wir denn damit? Und wo hast du es überhaupt her?«

Mein Vater wischt sich den Schweiß von der Stirn. »Vom Flohmarkt. Eigentlich sollte es zweihundert Euro kosten, es ist restauriert und neu gestimmt. Trotzdem konnte ich einen prima Deal aushandeln, indem ich dem Händler die Tür zu seinem Laden repariert habe und dafür das Klavier geschenkt bekam. Was sagst du?« Stolz betrachtet er das dunkel glänzende Instrument. Es sieht wirklich edel aus, wie neu, und der Chef von meinem Vater beteuert, dass er selbst früher Klavier gespielt und den Neuerwerb getestet hat.

»Aber für wen soll es denn sein?«, fragt meine Mutter, immer noch ruhig und immer noch fassungslos.

»Weiß ich nicht. Ich dachte, vielleicht will Amélie ja Klavierspielen lernen, es würde zu ihr passen.«

Zu mir passen? Vorsichtig fahre ich mit den Fingern über das glatte Holz, die Schnitzereien entlang, während die Erwachsenen in die Küche gehen, um Kaffee zu trinken. Plötzlich ist es hier, mit seiner Geschichte, und ich frage mich, wer es einmal gespielt haben mag, ein kleines Mädchen mit Zöpfen vielleicht, ein junger Mann mit Träumen voller Musik und Erfolg, ein älteres Ehepaar, Duette, immer nur Duette. Doch das Instrument ist neu in unserem Haus, schüchtern, es mag seine Geschichte noch nicht teilen. Stumm thront es nun zwischen dem Essbereich und dem Wohnzimmer, scheint sich erst an diesen neuen Ort gewöhnen zu wollen.

Langsam hebe ich den Deckel an, der die Tasten verbirgt. Sie sind vergilbt, fühlen sich kühl und glatt an.

»Die sind aus Elfenbein«, erklärt mein Vater.

Elfenbein. Vor ewigen Jahren ist ein Elefant für dieses Instrument gestorben, trotzdem, nichts davon ist spürbar, nur die Musik, die bereits darauf gespielt wurde, all die Melodien eingefangen in dem Korpus, unhörbar.

»Ich will auch mal probieren.« Paul zerrt einen Stuhl herbei, der ein bisschen zu hoch ist, setzt sich darauf und beginnt damit, auf die Tasten zu drücken. Er hämmert nicht, er spielt nicht wild herum, im Gegenteil. Vorsichtig probiert er nacheinander jeden einzelnen Ton aus, lauscht aufmerksam, während der Klang nachhallt, und dann legt er beide Hände auf die Tasten und beginnt zu spielen. In seiner Musik findet sich keine wirkliche Melodie, häufig klingt sie schief, zusammengestückelt, doch darin lebt etwas, als wäre er einem Lied auf der Spur und hat nur Schwierigkeiten damit, es einzufangen.

Meine Eltern kommen aus der Küche und sehen Paul für ein paar Minuten schweigend zu.

»Ich würde mal sagen, der Junge hat Talent«, sagt Papas Chef in eine Pause hinein. »Du solltest ihn unbedingt unterrichten lassen, Holger.«

Nach einer Weile hört Paul auf zu spielen. Leise sitzt er vor den Tasten und betrachtet sie, man kann förmlich sehen, dass die Klänge noch immer in seinem Kopf sind. In seinem Halbjahreszeugnis hat seine Klassenlehrerin vermerkt, dass er sehr unruhig ist, gelegentlich mit Reden den Unterricht stört und sich nicht lange auf eine Aufgabe konzentrieren kann. Wenn sie ihn jetzt sehen würde, wie er vor dem Klavier sitzt und seine eigene Musik nacharbeitet oder die nächste vorbereitet, wie er eingesogen wird davon, sie würde das Zeugnis zerreißen und ein neues schreiben. Für ihn und vermutlich auch für andere Kinder in seiner Klasse, die alle noch zu klein sind, um sich auf so etwas Abstraktes und Lebensfernes wie Mathematik zu konzentrieren, wenn es doch ganz andere Dinge gibt, Pferde, Ritter, Musik.

Ich blicke zu meiner Mutter und bin mir sicher, dass sie etwas ganz Ähnliches denkt wie ich. Dass sie all die Jahre leid ist, in denen wir versucht haben, meinen Bruder zu verstehen, ihn in Kategorien zu pressen, die Erzieher, Lehrer, Psychotherapeuten vorgegeben haben, manchmal hilfreiche, häufiger aber nicht. Dabei muss man ihm nur etwas geben, womit er sich verbunden fühlt, so einfach ist das. So einfach sieht es in diesem Moment aus.

»Ich muss dann mal los. Danke für den Kaffee.«

Mein Vater bringt seinen Chef noch nach draußen, kurz darauf kehrt er ins Haus zurück. Paul ist inzwischen dazu übergegangen, einzelne Töne mehrmals anzutesten, als würde er sie sich einprägen und vorher sichergehen wollen, dass sie tatsächlich immer gleich klingen, während meine Mutter und ich das restliche Gemüse schneiden.

»Paul und Klavier. Hättet ihr das gedacht?« Papa nimmt eine Flasche Apfelcider aus dem Kühlschrank.

»Ich hätte eher auf Schlagzeug getippt«, entgegne ich. »Irgendwas Krachiges.«

Dann schweigen wir, weil wir alle drei wissen, was man als Nächstes besprechen müsste. Klavierunterricht. Dabei wird das Geld für meine Reitstunden schon an allen Ecken zusammengekratzt und reicht nur, weil ich so viel wie möglich auf dem Hof aushelfe und Ramona ohnehin vergleichsweise wenig verlangt. Ich habe zwar keine Ahnung, wie viel der Unterricht kosten würde, aber wir würden ihn merken, zumal meine Eltern für einen kleinen Urlaub sparen. Sie waren, von dem Wochenende in Hamburg abgesehen, schon seit Jahren nicht mehr weg, erst recht nicht allein, und auch wenn sie nur einen Städtetrip nach London, Rom oder Amsterdam planen, ein verlängertes Wochenende, maximal eine Woche, mehr nicht, würde so etwas wie Klavierunterricht wieder ein Stück von diesem Plan rauben.

»Ich könnte mir ja einen Job suchen«, schlage ich vor, nicht zum ersten Mal, doch wie immer schütteln meine Eltern synchron den Kopf.

»Du solltest erst mal das Abi fertig machen, und du weißt doch, wie oft du dich um Paul kümmern musst, häufig sogar spontan.« Meine Mutter umarmt mich kurz. »Sei nicht albern, uns fällt schon etwas ein.«

Damit ist die Diskussion beendet, bevor sie überhaupt begonnen hat. Gemeinsam kochen wir das Risotto und den Fisch, mein Vater erzählt von seinem Arbeitstag und meine Mutter von dem Strandausflug. Wir nehmen heute unser

Lieblingsgeschirr zum Essen, das Gelbe mit den roten Rosen darauf, das meine Mutter von Fiona geerbt hat, und Paul ist sehr ruhig, er zappelt nur wenig und kleckert kaum neben den Teller.

Draußen ist es bereits stockdunkel, als ich nach oben in mein Zimmer gehe. Im Haus gegenüber brennt Licht. Linus ist natürlich noch wach, vielleicht ersurft er sich neue Musik oder schaut einen Film.

Auf meinem Schreibtisch stapeln sich Zeitschriften, die ich von ihm ausgeborgt habe in der Hoffnung, auf eine Idee für meine Projektarbeit zu kommen. Bisher haben nur wenige ein Thema gefunden und der Unterricht konzentrierte sich auf Rechercheübungen, Schreibtechniken für wissenschaftliche Arbeiten und Aufgaben zum Zitieren und zum Umgang mit Quellen. Zwar ist der Kurs trotzdem weitgehend spannend, doch Vitória wird langsam ungeduldig, was bedeutet, dass ihr Kurs sehr anstrengend wird. Melvin meinte mal, dann würde ihr brasilianisches Temperament mit ihr durchgehen. Ich will nun nicht gerade diejenige sein, die daran schuld ist, also beginne ich mit der *National Geographic* und gehe recht schnell zur *Geo* über, und dann schalte ich Musik ein und lege mich auf den Boden, die Augen geschlossen, über mir das Dach und darüber der Himmel, und mit einem Mal sehe ich Paul vor mir, in ungewöhnlicher Konzentration versunken, und etwas passiert mit ihm, etwas passiert zwischen ihm und dem Klavier, als hätten sie sich miteinander verbunden, als würde er das, was an Vergangenheit in dem Instrument steckt, noch viel besser spüren als ich.

Inspiration.

Ich öffne die Augen, ein paar Kerzen verstreuen flackernde Lichtpunkte im Raum, ansonsten ist es dunkel und still.

Inspiration.

Wir können das Thema völlig frei wählen, es ist egal, ob wir über Eisfischen, Myanmar, die Industrialisierung oder über Gedichte von Rilke schreiben, solange die Arbeit vernünftig strukturiert und umgesetzt ist und sich wissenschaftlicher Quellen bedient. Das sind die einzigen Voraussetzungen, eine Art einleitender Übungskurs für Seminar- und Abschlussarbeiten, falls man studieren will, später, sobald die Schulzeit vorüber ist. Natürlich hat uns Vitória ein paar Vorschläge gemacht, und einige haben wir probeweise in Unterrichtsübungen und Hausaufgaben umgesetzt, um eine Idee dafür zu bekommen, wie so eine längere Arbeit überhaupt angegangen werden kann und aussehen soll, doch keines der Themen hat mich angesprochen.

Nur heute war etwas in dem Tag oder in Momenten oder in einem der Artikel, die ich überflogen habe, vielleicht auch in mehreren Dingen zusammen, aber genau das ist das Faszinierende, dass man gar nicht so genau weiß, woher Inspiration eigentlich kommt. Oder man weiß es eben doch, nur ich weiß nicht.

Aus einer Schreibtischschublade krame ich einen Zettel und schreibe das Wort ganz dick in die Mitte. Brainstorming. Eine der ersten Techniken, um an ein neues Thema heranzutreten, und im Übrigen, so hatte ich bisher den Eindruck, Vitórias Lieblingsvariante. Zumindest scheint sie immer einen Heidenspaß daran zu haben, die gesamte Tafel mit Schlagwörtern vollzukritzeln, bis wir kaum noch etwas lesen können.

Also tue ich genau das, ich schreibe lauter Schlagwörter dazu, Talent, Musik, Literatur, Kunst, Fotografie, Menschen, Natur, Energie, Erlebnisse, Reisen, ich kreise sie ein und verbinde sie miteinander, und ein paar von ihnen werde ich irgendwann wieder durchstreichen. Doch jetzt durchläuft mich dieses Kribbeln, diese Aufregung, wenn etwas Spannendes beginnt, wenn man eine Aufgabe gefunden hat, und obwohl Samstagabend ist und ich hinübergehen könnte zu Linus und Isa, um einen Film mit ihnen zu schauen, oder Brar auf seine Nachricht antworten oder mit Salim telefonieren oder hinuntergehen zu meinen Eltern und eine Runde *Carcassonne* mit ihnen spielen, obwohl all das möglich ist, klappe ich den Laptop auf, setze mich mit ihm auf den Boden vor das Bett und beginne mit der Recherche.

Inspiration. Der Anfang von allem.

Dienstag, 2. Mai

Amélie

Das klingt nach einem komischen Thema.« Linus kneift die Augen zusammen und betrachtet skeptisch meinen Brainstorming-Zettel und die Notizen, die ich mir während einer ersten Internetrecherche gemacht habe. Schüler strömen an uns vorbei, einige zum Ausgang, die meisten zu anderen Unterrichtsräumen. »Irgendwie ist das nichts …«

»… Greifbares?«, beende ich seinen Satz.

»Ja, genau. Man kann sich nicht richtig etwas darunter vorstellen, es ist nur ein Wort. Sicher, dass man das wissenschaftlich untersuchen kann?«

»Weißt du, wenn nur greifbare Dinge wissenschaftlich untersuchbar wären, hätten Psychologen nichts zu tun. Oder Soziologen. Oder –«

»Ja, schon verstanden. Wahrscheinlich bin ich nur neidisch, weil du etwas gefunden hast, das sogar halbwegs spannend klingt, während ich immer noch null Ahnung habe, womit ich dreißig Seiten füllen soll. Dabei sollte man meinen, wenn man die freie Wahl hat, wäre es ziemlich einfach, etwas auszusuchen.«

Linus gibt mir den Zettel zurück und gemeinsam schlendern wir den Flur entlang. Der Geografieraum liegt genau neben dem Klassenzimmer, in dem ich gerade Soziologie hatte, und als ich Linus entdeckte, musste ich ihm als Erstes meine Notizen zeigen.

»Vermutlich ist es genau deshalb so schwer, eben weil wir die freie Wahl haben«, antworte ich ihm schließlich. »Wir müssen uns selbst entscheiden, wofür wir uns am meisten interessieren, niemand gibt uns eine Richtung vor. So, wie es nach dem Abi auch sein wird. Dieser Kurs ist eine gute Übung, solche Entscheidungen zu treffen.«

»Mann, klingst ganz schön erwachsen«, mischt sich André ein, der aus dem Nichts aufgetaucht zu sein scheint.

»Besser, als mit sechzehn noch keine vollständigen Sätze formulieren zu können.«

Er drängelt sich neben mich, während wir die Treppen hinuntergehen. »Siebzehn, Süße.« Grinsend rückt er an seiner komischen Mütze herum, für die es eigentlich schon zu warm ist. Augenrollend blicke ich zu Linus, der jedoch nur mit den Schultern zuckt. So richtig verstehe ich zwar nicht, wieso die beiden miteinander befreundet sind, aber im Grunde geht mich das auch nichts an. Nicht alles kann man sehen.

»Wie auch immer. Es schadet doch nichts, sich jetzt schon mal ein paar Gedanken um die Zukunft zu machen, oder?«

»Ich hätte da 'ne optimale Zukunft für dich.« Diesmal wirkt sein Lächeln fast freundlich und weniger anzüglich. »Morgen?«

»Was, morgen?«

»You and me, babe. You and me. Nach der Schule.«

»Ich glaube nicht.«

Wir verlassen das Schulgebäude, draußen tollt der Frühling herum, schon halb als Sommer verkleidet. André muss langweilig sein oder vielleicht kifft er einfach zu viel oder hat einen angeborenen Hirnschaden. Man könnte Angst vor ihm haben, wäre nicht dieser Blick in seinen Augen, diese Selbstsicherheit, die gleichzeitig totale Ahnungslosigkeit ausstrahlt. Als würde er sich wirklich kaum Gedanken darüber machen, wie er auf andere wirkt.

»Schade«, sagt er schließlich, zuckt mit den Schultern, grinst noch einmal dieses unpassende Kleiner-Junge-Grinsen und verschwindet vom Schulgelände.

»Du hast wirklich merkwürdige Freunde.«

»Ja, ich weiß. Sonst stünde ich kaum mit dir hier herum.« Nun ist Linus derjenige, der lächelt, und ich boxe ihm freundschaftlich in die Seite, während er die Fahrradschlösser öffnet und unsere Räder aus dem Ständer schiebt. »Du darfst ihn nicht so ernst nehmen«, fügt er hinzu. Nebeneinander verlassen wir das Schulgelände, das bereits weitgehend leer wirkt. Isa hat noch eine Doppelstunde Chemie und dann Redaktionssitzung für die Schülerzeitung, ich treffe mich in zehn Minuten mit Brar vor seiner Lieblingspizzeria. »Manchmal provoziert er andere gern, vor allem Mädchen, einfach nur, weil er sehen will, wie sie reagieren. Er ist nicht ganz so ein Idiot, wie er manchmal wirkt.«

»Also sollte ich doch mal mit ihm ausgehen?«

Irritiert sieht Linus mich an. »Willst du das denn?«

Ich lache kopfschüttelnd. »Nein, danke. Ganz sicher nicht.«

An der Kreuzung bleiben wir stehen. Ein älterer Mann mit Hund geht dicht an uns vorbei, der Hund schnüffelt an Linus' Rad und hebt das Bein, während sein Herrchen weitergeht, ohne etwas zu bemerken.

»Irgendwann musste das ja passieren«, meine ich lakonisch.

Linus seufzt. »Jetzt brauche ich wohl ein neues Rad.«

»Als ob du dich von dem hier trennen könntest.« Wir lächeln uns an. Für einen Moment weiß ich nicht mehr, wie wir uns sonst immer verabschieden, ob wir uns die Hand geben oder uns umarmen oder einfach nur etwas sagen, doch dann legt Linus die Arme um mich, und es ist still, sehr, sehr still, bis er mich wieder loslässt, noch einmal lächelt, auf sein Rad steigt und davonfährt.

Wolken ziehen über den Himmel, verdecken immer wieder die Sonne, ohne dass es nennenswert kühl ist. Lediglich der Wind zieht vom Wasser her durch die Straßen in jede Ecke hinein. Manchmal wüsste ich gern, wie die Stadt vor vierhundert Jahren ausgesehen hat oder noch früher, wie es sich angefühlt haben mag, durch die Gassen zu schlendern. Vermutlich erwartete einen als Frau nicht gerade ein verlockendes Schicksal, Heirat, Kinder, Kochen, Arbeit, vielleicht auch harte Arbeit, je nach sozialer Zugehörigkeit, während der Mann zur See fuhr oder im Hafen schuftete, und wenn man Glück hatte, wurde man nicht betrogen, nicht geschlagen und starb nicht schon während der ersten Geburt.

Vor der Pizzeria schließe ich mein Fahrrad an. Eigentlich mag ich es, die Menschen auf den Straßen zu beobachten, doch heute entgleitet mir immer wieder die Konzentration, obwohl ich nicht wirklich an etwas anderes denke, nur Fetzen, Bilder, Bruchstücke, nichts Ganzes, nichts Wirkliches.

»Hallo, sorry, bin spät dran.« Brar gibt mir einen kurzen

Kuss, dann nimmt er meine Hand, und wir sichern uns einen der wenigen Plätze draußen. Hunger habe ich nicht, aber ein Eis geht ja immer, und so bestelle ich mir einen kleinen Eisbecher, während er sich eine Pizza aussucht. »Wir hatten heute Morgen mal wieder kein Brot zu Hause«, erklärt er. »Wenn Jonte für den Einkauf zuständig ist, fehlt immer die Hälfte. Obwohl wir mittlerweile eine Einkaufs-App haben.«

»Eine was?«

»Eine Einkaufslisten-App, ist am praktischsten. Er ist nur leider zu blöd, sie auch zu benutzen. Wie macht ihr das denn?«

»Meine Mutter bringt einfach immer aus dem Laden mit, was wir so brauchen. Meistens schreibt sie sich das nicht mal auf, sie merkt es sich einfach. Wahrscheinlich hat sie eine entsprechende App in ihrem Kopf.«

Er lacht, obwohl der Witz so lustig nun auch nicht war, dann kommen auch schon die Pizza und der Eisbecher. Thunfischpizza. Von dem Geruch wird mir leicht übel, weshalb ich mich ein Stückchen zurücklehne. Ich verrühre das Schokoeis mit den Erdbeeren und esse langsam. Normalerweise bin ich die Letzte, die mit ihrem Eis fertig ist, und Brar schafft es sogar fast, vor mir seine Pizza aufzuessen.

Unruhig blicke ich auf die Handyuhr. Dabei habe ich noch ewig Zeit, die Bibliothek schließt erst um sechs, und jetzt ist es gerade mal halb drei.

»Sag mal«, unterbricht Brar plötzlich seinen aktuellen Konzertbericht, »hast du nicht mal gesagt, deine Mutter hätte mich zu euch zum Essen eingeladen?«

Überrascht schaue ich ihn an. Habe ich das? »Äh, ja,

kann sein. Sie sieht dich so selten, und ich glaube, sie würde dich einfach gern besser kennenlernen. Aber keine Sorge, das heißt ja nicht, dass du wirklich kommen musst.«

»Ich würde aber gern.«

»Wie, du würdest gern?« Bisher haben meine Eltern Brar nur kurz gesehen, immer dann, wenn er mich von zu Hause abgeholt hat.

»Deine Eltern sind cool, viel cooler als meine. Ich hätte jedenfalls nichts dagegen, häufiger bei euch zum Abendessen vorbeizukommen.«

»Aha. Ja, na dann.« Bestimmt kann sich Brar gut mit meinem Vater über Rockmusik unterhalten, und meine Mutter findet ja mit jedem Menschen ein Thema, wenn die Situation es erfordert. Wir würden Suppe kochen oder Spaghetti. Die meiste Zeit redet ohnehin Paul und zum Nachtisch gibt es Milchreis mit Kirschkompott oder Mascarponecreme mit Himbeeren. Und dann? Würden wir im Wohnzimmer sitzen bleiben und gemeinsam Nachrichten oder einen Film schauen? Ein Spiel spielen, *Scotland Yard* vielleicht? Nach oben in mein Zimmer gehen, nur Brar und ich?

Er war erst ein Mal dort, er setzte sich auf den Schreibtischstuhl, er lief nicht herum, er fasste kaum etwas an, trotzdem war ich froh, als es an der Haustür klingelte und sein Vater ihn abholte und ich wieder allein sein konnte, mit meinen Büchern, meinen Fotos, meiner Musik.

»Was denkst du? Freitag?«

»Ich weiß noch nicht, das muss ich erst mit meinen Eltern klären.« Vor vierhundert Jahren wäre er gekommen, um meinen Vater um meine Hand zu bitten. Seltsame Vorstellung. Wahrscheinlich stimmt sie auch nicht, wahrscheinlich hätte er einfach nur bei uns gegessen, ein Freund der Familie, denn auch vor vierhundert Jahren wäre ich nicht diejenige gewesen, die er hätte heiraten wollen.

»Okay, dann sag mir einfach Bescheid. Du weißt ja, wann ich Konzerte habe.«

Zwar hat er mir das schon mehrmals gesagt, doch ich schreibe mir die Daten nicht auf, ich versuche nur, sie mir zu merken, was meistens nicht klappt.

Ein bisschen Zeit werde ich brauchen, um mich in Ruhe nach Material für meine Projektarbeit umsehen zu können, wenigstens, um festzustellen, ob sich aus meiner Idee überhaupt ein vernünftiges Thema stricken lässt. Eine These. Vitória sagte, sobald wir ein Thema hätten, bräuchten wir eine These, einen zentralen Gedanken. Bis ich den nicht habe, wird alles, was ich mir bisher erarbeitet habe, nur unsortiert in meinem Kopf umherschwirren.

Brar bezahlt seine Pizza, ich bezahle das Eis, dann spazieren wir Richtung Bibliothek.

»Wir sehen uns viel zu selten«, sagt er. »Ich meine, du hast viel zu tun und ich auch, aber so schwer kann es doch nicht sein, mehr Zeit miteinander zu verbringen. Oder, was denkst du?«

»Klar.«

»Weißt du, bis zu den Sommerferien dauert es nicht mehr ewig. Wir könnten zusammen irgendwo hinfahren, muss ja nicht weit sein. Nach Poel oder nach Hamburg. Was hältst du davon?«

»Hm.« Ich war noch nie irgendwo ohne meine Eltern, außer auf dem *Gösselhof* natürlich, doch der ist eine Art zweites Zuhause, der zählt nicht. Nicht einmal mit Salim bin ich jemals irgendwo anders hingefahren. »Dafür wird mein Geld nicht reichen.«

»Meins auch nicht, aber uns fällt schon was ein. Ein paar Tage sind ja genug. Wäre doch cool, mal zusammen wegzufahren, oder?«

»Bestimmt. Ich kann Linus und Isa fragen, ob sie gern mitkommen würden, dann wäre es noch lustiger.«

Brar blickt auf den Boden, dann nickt er langsam. »Sicher, wieso nicht? Und ich frage meine Bandkumpels, die haben wenigstens schon einen Führerschein.«

Brar, seine Band, Isa, Linus, ich. Wenn dann noch Svea und Salim oder sogar Melvin mitkämen, wären wir schon eine merkwürdige Reisegruppe.

Vor der Bibliothek bleiben wir stehen. Ich schließe das Fahrrad an, fast das einzige, offenbar haben heute nicht besonders viele Leute Lust, Bücher auszuleihen. Kein Wunder, bei dem Wetter.

»Willst du mit reinkommen?«, frage ich, und Brar nickt, obwohl ich lieber allein gewesen wäre, mit mir, mit den Ideen, ich wollte die Regale entlangstreifen und einzelne Titel herauspicken, durch Bücher blättern, sie wieder ins Regal zurückstellen oder in den Korb legen, mich an einen Tisch setzen und vereinzelte Passagen lesen, durch den Online-Katalog stöbern, bis sie die Bibliothek schließen und ich hinausgehe, den Rucksack voller Lesematerial, von dem einiges vermutlich nicht für die Projektarbeit sein wird, und mein Fahrrad nehmen und in den Abend fahren, ganz allein.

Doch zum Glück ist er rasch von dem DVD-Angebot abgelenkt, und ich versuche zu vergessen, dass er mitgekommen ist, und schlendere herum und lese, und immer mehr wandert in meinen Korb, Virginia Wolf, Rafik Schami, etwas über Wohndesign, und nachdem ich alles ausgeliehen habe, ist es schon kurz vor fünf.

»Du hast ja gut durchgehalten«, bemerke ich, als ich mit Brar die Bibliothek verlasse.

»Ich bin auch ganz stolz auf mich, aber ich habe ein paar coole Fantasybücher gefunden. Wir sollten häufiger zusammen in die Bibliothek gehen, vielleicht lese ich dann auch mehr.«

»Klar, wieso nicht?« Ich schnalle meinen Rucksack im Fahrradkorb fest. »Jetzt muss ich aber nach Hause. Meine Eltern wollten heute mit ein paar Nachbarn ein Gläschen Wein trinken und ich bin für Paul zuständig.«

»Okay. War schön mit dir.« Er umarmt mich, dann küsst er mich, lange und eindringlich, ein bisschen weicher als sonst, zärtlicher, mir wird warm davon, warm und leicht, und auf einmal ist es nicht schwer, an nichts mehr zu denken. Schließlich löst er sich von mir. »Ich würde mich freuen, wenn wir uns häufiger sehen würden. Also, ich meine, ich weiß schon, dass die Musik viel Zeit frisst, aber irgendwie wird sich da was machen lassen, oder?«

»Ja, klar.«

»Und du fragst deine Eltern, wann ich mal vorbeikommen kann?«

Ich nicke, noch einmal küsst er mich, dann radle ich davon.

Der Wind fährt mir durchs Haar, in meinem Kopf ist ein Lied, das ich nicht zuordnen kann, das ich nicht wirklich kenne, ich muss es vor Kurzem gehört haben, vielleicht im

Radio, und in einer selten genutzten Ecke meines Gehirns ist es hängen geblieben und dudelt dort nun vor sich hin, leise, unaufdringlich, ein Lied, um dazu zu schweben. So schlecht sind die Reisepläne von Brar ja vielleicht doch nicht. Ein paar Tage weg von zu Hause, kein Paul, nur Spaziergänge und Lesestunden und Spieleabende, Pizza, Nudeln, Nachtschwimmen, Fotoausflüge. Es muss sich anders anfühlen, ohne Erwachsene zu verreisen, ohne Aufsicht, dabei sind meine Eltern nun wirklich nicht aufdringlich, und verreisen tun wir sowieso nie, vermutlich würden mir die Vergleichswerte fehlen. Aber wir wären woanders, für ein paar Tage wären wir an einem ganz anderen Ort, ohne Vergangenheit, ohne Zukunft, nur der Augenblick.

Zu Hause riecht es nach Nudelauflauf, wir essen zusammen, dann verabschieden sich meine Eltern, und ich bringe Paul ins Bett.

»Ich habe heute einen Dinosaurier gemalt«, sagt er, und ich nicke nur, ohne ihn darauf aufmerksam zu machen, dass er das bereits dreimal erzählt hat.

»Mama sagt, ich darf am Wochenende mal bei Lukas übernachten.«

»Wirklich? Wer ist denn Lukas?«

»Na mein Freund, er geht in meine Klasse.«

Dabei hat Paul erst ein Mal allein irgendwo übernachtet, selbst auf dem *Gösselhof* bleibt er nicht, weil wir nie wissen, wann er einen seiner Albträume bekommt, wann er einen dieser Wutanfälle hat, die so schwer zu bändigen sind, wann er sich allein und einsam fühlt, wann er sich in sich verschließt. Immer wieder kommt das vor, mittlerweile seltener, dennoch immer wieder.

»Das klingt ja spannend. Ist Lukas denn dein bester Freund?«

Paul neigt den Kopf zur Seite, er überlegt angestrengt. »Ich habe keinen besten Freund«, antwortet er dann. »Hast du einen besten Freund?«

»Ich weiß nicht. Wahrscheinlich Salim.«

»Aber Linus besucht uns viel häufiger.«

»Ja, das stimmt, er wohnt ja auch nebenan.«

Wieder scheint Paul nachzudenken. »Weißt du, ich habe mehrere Freunde, aber ich kann doch nicht einen mehr mögen als die anderen. Dann wären sie traurig.«

Liebevoll zerwuschele ich ihm die Haare und helfe ihm dabei, den Schlafanzug mit den Ponys darauf anzuziehen, sein Lieblingspyjama, obwohl er ihm bereits zu klein ist. Er sagt immer, er schläft viel besser darin als in jedem anderen.

Ich lese ihm noch ein paar Seiten aus *Doktor Doolittle* vor, dann verlasse ich das Zimmer, lehne die Tür nur an, setze mich unten mit dem Telefon auf das Sofa.

»Brar hat gefragt, ob wir in den Sommerferien zusammen wegfahren wollen«, sage ich.

Isa lacht. »Und ich dachte, du willst mich um Rat bezüglich des heutigen Fernsehprogramms fragen.«

»Sehr witzig.«

»Klingt doch super, wieso nicht? Bis zu den Ferien ist es zwar noch ewig hin, aber die Idee finde ich gut.«

»Würdet ihr mitkommen?«

Sie schweigt einen Moment. »Wieso sollten wir das? Hast du keine Lust auf einen romantischen Liebesurlaub?«

»Ich weiß nicht.« Liebesurlaub. Die Vorstellung kommt

mir absurd vor. Was sollten Brar und ich denn die ganze Zeit über nur zu zweit unternehmen? Worüber sollten wir reden?

»Ach komm schon. Hör auf, so viel Angst zu haben. Entweder du stehst auf ihn, dann schmeiß dich da voll rein, oder du stehst nicht auf ihn, aber dann kannst du es genauso gut jetzt schon lassen.«

»Ich bin nicht so wie du, Isa, ich verliebe mich nicht Hals über Kopf in jemanden und denke dann erst darüber nach, ob das überhaupt passen könnte.«

»Manchmal klingst du wie eine Dreißigjährige. Für den passenden Typen hast du später noch genug Zeit, du willst dich ja nicht mit Brar vermehren.«

»Na ja, ich glaube, er fände das schon ganz gut. Also nicht das Vermehren, aber das, was man dafür macht.«

»Klar fände er Sex gut. Jeder findet das gut. Bis auf ein paar Ausnahmen.«

Das Haus kommt mir so groß und still vor, ich schalte den Fernseher ein, stelle allerdings den Ton sehr leise. »Man spürt doch, wenn man das mit jemandem will, oder? Muss nicht irgendwas mit einem passieren?«

»Da passiert eine ganze Menge mit einem.« Ich höre das Knarzen ihres Schreibtischstuhls. Vielleicht hat sie gerade Hausaufgaben gemacht oder ein Schnittmuster entworfen, in einem Buch gelesen, vielleicht auch einfach nur herumgesessen, so wie ich, und Gedanken gedacht, die nicht so richtig verschwinden wollten.

»Was genau?«

»Ach, Sweetheart, wenn du das nicht weißt, dann lass die Sache mit Brar. Offenbar macht er dich nicht so richtig an, oder vielleicht willst du noch keinen Sex haben, das wäre ja nicht schlimm. Nur wirst du ihn nicht ewig hinhalten können. Dann wäre es doch besser, wenn er sich eine andere suchen könnte.«

»Er hat mich nie bedrängt. So ist er nicht.«

»Weiß ich doch. Trotzdem. Wir sind ja nicht mehr zwölf.«

»Manchmal fände ich das aber besser.«

»Stimmt ja gar nicht, dafür willst du viel zu viel wissen. Jetzt musst du nur noch auch was erleben wollen.«

»So wie du, du Abenteurerin?«

Sie seufzt, und als sie wieder spricht, schwingt ein Lächeln in ihrer Stimme. »Das ist ja das Problem, genau deshalb sollten wir das wirklich machen. Wegfahren, meine ich, ob mit oder ohne deinen Pseudo-Freund. Um mal etwas zu erleben. Nachdem wir in den Osterferien nicht mal einen Tagesausflug hinbekommen haben.«

»Also machen wir das? Egal, wo wir das Geld dafür herbekommen?«

»Genau.«

Was für ein Plan. Vermutlich wird er genauso vergessen werden wie so viele vor ihm, er wird untergehen in Geldmangel, Streitereien, Lustlosigkeit, Regenwetter, Angst. Trotzdem, manchmal muss man irgendwo anfangen, manchmal muss man mehr haben als eine Idee.

»Was ist mit dir und Salim? Hat sich das so angefühlt, als könne etwas passieren?«

»Nun drück dich nicht immer so gewählt aus. Klar hat sich das so angefühlt, das weißt du doch. Wir hatten nur so gut wie nie länger Zeit für uns. Und wenn, haben wir uns gestritten. Oder es hätte einfach nicht gepasst.«

Ein paar Minuten lang unterhalten wir uns noch, dann legen wir auf. Im Fernsehen läuft ein Krimi, den ich nicht sehen will, ich zappe durch die Sender, obwohl es mich immer nervt, wenn meine Eltern das machen, statt sich einfach für ein Programm zu entscheiden. Währenddessen denke ich an das Meer und den Strand und den Sommer und ein paar Tage fern von hier und an das warme Gefühl, das Brars Kuss hinterlassen hat, an das Kribbeln im Bauch auf der Heimfahrt, und vielleicht ist es so, dass ich tatsächlich länger brauche als andere, dass Gefühle etwas sind, das bei mir viel tiefer wohnt, das sich erst nach oben kämpfen muss, und immerhin hat er mich wirklich nie bedrängt, er gibt mir alle Zeit der Welt.

Ich schalte den Fernseher wieder aus, schaue noch einmal kurz bei Paul vorbei und gehe dann nach oben und blicke aus dem Fenster. Über Linus' Balkonbrüstung hängt ein Handtuch, dunkel, vielleicht blau, ganz sicher blau, fast die gleiche Farbe, die vor zwei Tagen an meinem Geländer flatterte. Er hat ein Thema für die Projektarbeit gefunden.

Herzlichen Glückwunsch!, schreibe ich ihm, und dazu eine Reihe von Emojis, die ich sonst fast nie benutze. *Aus dir wird ja vielleicht doch mal was.*

Klar. Naturfotograf. Darüber schreibe ich nämlich. Denke ich mal.

Langsam geht die Sonne unter, tieforange, ein unsichtbares Feuer zieht über das Land. Vielleicht kann man doch für immer glücklich sein. Wenn man es nur genug versucht. Wenn man daran festhält. So lange, bis man nichts anderes mehr kennt.

Mittwoch, 3. Mai

Linus

Müde massiere ich meine Schläfen. Kopfschmerzen sind nun wirklich das Letzte, das ich gebrauchen kann. Seit ein paar Wochen kehren sie immer wieder. Ich habe sogar schon recherchiert, ob Jungs auch Migräne bekommen können, weil ich das bisher für eine Frauenkrankheit hielt. Was im Übrigen nicht stimmt, aber bei Männern ist sie seltener. Vermutlich, weil Frauen komplizierter denken und ihr Gehirn häufiger überlasten, doch das ist jetzt nur so eine Theorie. Jedenfalls hat meine Mutter das mitbekommen und meinte, ich würde in letzter Zeit die Augen so oft zusammenkneifen, wenn ich was lese. Das ist natürlich totaler Schwachsinn, trotzdem muss ich jetzt zum Augenarzt. Mindestens eine Stunde vergeudete Zeit, ganz prima.

Amy unterhält sich gerade vor dem Kunstraum mit Melvin über die Projektarbeit. Der Streber hat schon seit Wochen ein Thema, ich habe es allerdings schon wieder vergessen. Irgendwas mit Astronomie und Kunst, klang ziemlich abgedreht, aber das passt ja zu ihm.

»Fahren wir morgen zusammen zur Schule?«, frage ich Amy in eine Gesprächspause hinein.

Sie nickt kurz in meine Richtung. »Klar, soll ja schönes Wetter werden, und meine Mutter hat Spätschicht. Wir müssen auf dem Rückweg aber Paul mitnehmen, wenn das kein Problem ist. Er ist mittlerweile auch schon ziemlich schnell auf dem Rad, vielleicht überholt er dich sogar.« Sie lächelt herausfordernd. Niemand kann mich überholen, wirklich niemand. Nicht, solange ich dieses Rad habe. Außerdem dauert die Heimfahrt eine halbe Stunde. Mit so einem Knirps sicher länger. Der wird hinterher völlig fertig sein.

»Natürlich ist das kein Problem. Und bis mich dein kleiner Bruder überholen kann, müssen seine Beine noch um mindestens zwanzig Zentimeter wachsen.«

Wir verabschieden uns, dann mache ich mich vom Acker.

sorry, dass ich nicht geantwortet habe. hatte ein volles, aber total génial we. wir waren tanzen, megacooler club, megakrasse deko, nur die getränke waren teuer, aber hey, hier findet man immer jemanden, der bezahlt. ;-) hab das schönste kleid der welt gesehen. tu me manques?

Seit ich Französisch abgewählt habe, habe ich so ziemlich alles wieder vergessen, was überalterte Lehrerinnen mit schief sitzender Brille und rot gefärbten Haaren mir jahrelang versucht haben einzubläuen. All die Zeit verschwendet an eine zweite Fremdsprache. Da wären andere praktischer gewesen, Ungarisch, zum Beispiel. Es gibt wirklich beeindruckende ungarische Naturfotografen, wenn man deren Arbeit sieht, haut es einem das Hirn raus, so mega sind die Aufnahmen.

Jetzt werde ich allerdings nicht nachschlagen, was Svea mir versucht hat mitzuteilen. Erst mal muss ich mich mächtig beeilen. Keine Ahnung, wieso man immer unbedingt pünktlich zum Arzt rennt, wenn man dann den halben Tag lang im Wartezimmer herumsitzt, doch heute scheint nicht besonders viel los zu sein. In den zehn Minuten habe ich gerade mal eine Antwort an meine Freundin zusammengetippt.

Eine halbe Stunde später darf ich endlich wieder gehen, in der Hand ein Rezept für eine Brille. Wenn ich Glück habe, sehe ich damit halbwegs klug, aber nicht strebermäßig aus, wenn ich Pech habe, wie Harry Potter, und dann brauche ich mir auch keine Gedanken mehr um Mädchen und Beziehungen zu machen. Abtörnender kann ein Kerl ja wohl kaum auf Frauen wirken. Außer, er kann zaubern, natürlich, aber dieses Feature wurde mir bei meiner Geburt leider nicht installiert.

Ich radle also erst mal zu meiner Mutter in den Laden, muss zehn Minuten warten, bis sie den Haarschnitt einer wichtigen Stammkundin beendet hat, und mir in der Zeit von einer älteren Frau, die wohl auf die Bearbeitung ihrer Fingernägel wartet, irgendwas zu Haarkolorationen anhören, das nun wirklich jeden einschlafen lässt. Zum Glück habe ich eine Schwester und bin geübt im Weghören.

Meine Mutter nimmt mich mit ins Büro, das zwar winzig ist, aber immerhin ein Fenster und eine Kaffeemaschine hat.

»Und, was hat der Arzt gesagt?«, fragt sie. Wieso sieht sie denn so ängstlich aus? Was dachte sie denn, was ich habe? Einen Hirntumor?

»Kurzsichtig. Ich brauche eine Brille.« Genervt klatsche ich das Rezept auf den Schreibtisch.

Sie liest es durch, obwohl man kein einziges Wort erkennen kann, dann lächelt sie. »Immerhin, so ein Problem lässt sich doch ziemlich einfach lösen. Ich hatte noch keine Mittagspause, lass uns gleich zum Optiker gehen.«

»Muss das sein? Können wir das nicht einfach ignorieren?«

»Bestimmt nicht. Deine Kopfschmerzen werden dann ganz sicher nicht besser und deine Augen schon gar nicht.«

Also gehen wir zum Optiker. Ich habe ein bisschen Angst, dass er das Rezept genauso wenig lesen kann wie ich und mir so eine Brille mit Flaschenbodengläsern aufdrückt, mit der ich wie ein Uhu aussehe. Der Typ wirkt allerdings ziemlich kompetent, redet wenig und drückt mir fünf Modelle auf die Nase, die alle halbwegs akzeptabel sind. Wir entscheiden uns ziemlich schnell, und schon eine Viertelstunde später sind wir raus aus dem Laden, während die Brille in die Werkstatt wandert, die die Gläser zurechtschleift und einsetzt.

»Ich habe leider keine Zeit mehr, sonst könnten wir noch einen Kaffee trinken gehen«, sagt meine Mutter. Ich verrate ihr lieber nicht, dass ich darauf nun nicht so richtig Bock hätte. Nichts gegen meine Mutter, wirklich nicht, aber irgendwie finde ich es dann doch spannender, mit meiner Freundin zu skypen. Wir schaffen das sowieso nur selten, weil unsere Tagespläne ständig miteinander kollidieren. Schule, Taekwondo-Training, Freizeit. Vor allem Sveas Freizeit. Paris scheint nicht so die Stadt zu sein, die man von seinem Wohnzimmer aus genießt, das ist mal klar. Außerdem hat Svea mindestens tausend neue Leute kennengelernt und sich mit der Hälfte von ihnen angefreundet, so ein dämlicher Freund mit Brille ist dagegen nun mal echt langweilig.

Ich verabschiede mich von meiner Mutter und schiebe das Rad bis zum Eisladen. Gegen diese Riesenportion

Selbstmitleid hilft nur die richtige Menge Zucker und Fett, damit habe ich bereits Erfahrung. Unterwegs treffe ich Salim, er sieht müde und gehetzt aus, und sehr viel mehr als ein Hallo und drei weitere Wörter gibt er nicht von sich.

Taekwondo lasse ich heute ausfallen. Ist eh schon zu spät dafür.

Als ich zu Hause ankomme, ist es schon ziemlich später Nachmittag, und ich habe einen Bärenhunger. Isa ist noch auf dem Reiterhof, mit meinem Vater ist eh nie vor sechs zu rechnen, und der Kühlschrank lacht mich mal wieder aus, als ich ihn öffne. Das Auto-Refill-Programm hat in den letzten Monaten rapide nachgelassen, ich sollte dringend ein ernstes Wörtchen mit meinen Eltern sprechen. Für einen Moment überlege ich, bei Amy zu klingeln. Dort gibt es eigentlich immer etwas zu essen, und obwohl häufig die Fleischbeilage fehlt, ist es immer lecker. Die haben dort alle ein prima entwickeltes Koch-Gen, das bei uns leider nur manchmal durchbricht. Allerdings habe ich Amy bestimmt schon dreimal wegen akuter Blutzuckerspiegelabsenkung belästigt, wenn ich das zu häufig mache, fällt es auf. Ich will mir ja kein Essensverbot einhandeln, weil ich deren Haushaltsgeld allein verfresse. Also suche ich so lange, bis ich eine Tiefkühlpizza finde, schiebe sie in den Ofen und esse einen Apfel als Vorspeise. Mit der dampfenden Pizza steige ich nach oben in mein Zimmer.

Svea hat tatsächlich wie verabredet den Laptop eingeschaltet und sitzt in dem Zimmer, das sie sich mit ihrer Gastschwester teilt. Die ist auch da und winkt kurz und versucht sich an ein paar Worten Deutsch, das sie deutlich schlechter spricht als Svea Französisch.

»Hey, wie war dein Tag heute?«, frage ich und beiße ein Stück von der Pizza ab. Leider nur Tomate-Mozzarella ohne Salami oder Schinken, keine Ahnung, wer das nun wieder gekauft hat.

»Nicht so spannend, nur Schule, aber ich bin noch mit ein paar Mädchen aus meiner Klasse verabredet. Muss so in einer halben Stunde los und mich noch umziehen.«

»Das kannst du ja auch beim Skypen machen«, antworte ich, aber sie schüttelt nur lachend den Kopf.

»Hättest du wohl gern. Die Mädels kennen ein paar ziemlich coole Locations mit Live-Musik. Wir haben hier immer einen Riesenspaß, aber sie sehen auch immer mega aus. Ich habe schon fast mein ganzes Reisebudget in neue Klamotten investiert.« Sie erzählt noch eine Weile von diesem neuen Kleid und ein paar anderen Geschäften, dann berichtet sie von einem gähnend einschläfernden Museumsbesuch und einem semi-coolen, den sie morgen absolvieren werden. Sie hat meist ziemlich lange Unterricht, bis fünf oder sechs oder so, aber manchmal machen sie eben auch Kulturausflüge, das gehört zum Austauschprogramm dazu. Und vor allem, das sollte unbedingt erwähnt werden, beginnt ihre erste Stunde erst um neun.

Vor ein paar Monaten habe ich mal gelesen, dass mittlerweile mehrere Schlafforscher belegt haben, wie schädlich viel zu frühes Aufstehen ist. Schade nur, dass die wichtigen Leute in diesem Land das nicht verstehen. Mir ist schon seit Jahren klar, wie unnütz es ist, vor halb acht das Bett zu verlassen. Kein Wunder, dass sich da auf Dauer das Gehirn von selbst zersetzt. Vielleicht könnte man da mal eine Petition starten.

Während ich Online-Petitionsforen durchforste, berichtet Svea von ihrer neuen Freundin Olive, deren Eltern Diplomaten sind und in einem imposanten Appartement in der Nähe der Seine leben. Mit Ausblick und riesiger Terrasse und etwa zehn Zimmern, die natürlich gar nicht alle benutzt werden. Meist trifft sich ihre neue Clique dort, und selbst wenn sie nicht ausgehen, ist es schon ein Riesenhighlight, auf dem monströsen 4k-Fernseher mit 7.1-Soundsystem Blu-Rays zu schauen.

»Wie war dein Tag bisher?«, fragt sie schließlich. Ihre Gastschwester sitzt mit Kopfhörern auf ihrem Bett und tippt auf einem Laptop herum. Eigentlich sieht sie ganz nett aus, Svea meint jedoch, sie wäre total langweilig.

»Auch nicht gerade aufregend. Wahrscheinlich recherchiere ich noch ein bisschen für die Projektarbeit. Am Freitag fiel das Projektfach aus, weil Vitória krank war, deshalb habe ich noch ein bisschen Zeit, mehr vorzubereiten. Ich hab aber immer noch keine richtige Idee.«

»Kann ja nicht so schwer sein. Da schreibt man halt ein paar Seiten zusammen, na und?« Sie lächelt. »Wolltest du nicht was mit Fotografie machen? Hier in Paris leben viele Künstler, auch Fotografen. So Architektursachen kommen doch bestimmt gut. Oder Modefotografie.«

»Ja, nee, ich habe eher an Naturaufnahmen gedacht.«

»Na gut, das ist mehr dein Ding. Fotografien sind super, das wird bestimmt eine coole Arbeit. Die meisten anderen werden sicher nur langweilige politische Sachen nehmen. Ist doch immer so.«

»Glaube ich eigentlich nicht, aber kann natürlich sein.«

Wir schweigen einen Moment.

»Und sonst so?«

»Nichts weiter. Isa übernimmt jetzt mehr Reitstunden, weil Ramona kaum noch hinterherkommt, wahrscheinlich hat sie dir das schon erzählt. Im Fernsehen läuft nichts Spannendes, und wir kriegen immer noch kein Streaming-Abo, weil meine Mutter denkt, dass wir dann gar nichts mehr für die Schule machen. Also besonders ich, Isa fliegt ja eh alles zu. Letzte Woche gab's einmal Chaos in der Schule wegen eines unbeaufsichtigten Rucksacks, so richtig mit Feueralarm und allem, da war mal ordentlich Action angesagt. Der Kühlschrank ist ständig leer. Also alles wie immer.«

»Heftig. Wem gehörte denn der Rucksack?«

»Keine Ahnung, war jedenfalls keine Bombe drin.«

»Du, ich muss mich jetzt wirklich fertig machen. Ich schreib dir später, ja?« Sie wirft mir einen Handkuss zu, dann verschwindet auch schon die Videoanzeige, und ihr Name schaltet sich auf offline.

Per WhatsApp schickt sie mir noch ein paar Herzchen, antwortet aber nicht mehr auf meine Nachricht. Vermutlich rennt sie gerade in roter Unterwäsche durch das Zimmer und probiert verschiedene neue Outfits an. Ich mag es, ihr bei so was zuzusehen.

Hunger!, schreibe ich an Amy. Tiefkühlpizzen verpuffen einfach im Magen, das ist nun mal so.

Spaghetti?, schreibt sie zurück.

Manche Freunde sind echte Lebensretter.

Freitag 5. Mai

Linus

Hey, was geht?« André klopft mir von hinten auf die Schulter. Erschrocken fahre ich herum.

»Ich kaufe nur Schokolade, die brauche ich immer vor dem Training. Und danach. Was machst du hier?«

»Chips und Eistee.« Er nimmt ebenfalls Schokolade aus dem Regal und folgt mir zur Kasse.

»Basketball?«, frage ich.

»Im Park.« Er nickt und schmeißt seine Einkäufe aufs Band. Drei Tüten Chips, zwei Tetra Paks Eistee mit Pfirsichgeschmack, zwei Tafeln Schokolade.

»Scheint ja anstrengend zu werden.«

»Sicher. Crazy Wetter. Willst mitkommen?«

»Wie gesagt, ich hab gleich Taekwondo, meine Mutter holt mich danach ab. Das wird also nicht klappen.« Keine Ahnung, wann ich das letzte Mal mit André und seinen Kumpels Basketball gespielt habe, dabei ist das immer ganz cool gewesen.

André stopft seine Einkäufe in den Rucksack, dann gehen wir nach draußen. Die Sonne knallt auf die Straße, fast schon Hochsommerhitze. Und das Anfang Mai.

»Sag mal«, beginne ich, »also, die Sache mit Amy ...«

»Welche Sache?« Er sieht mich ratlos an, doch dann grinst er plötzlich, als hätte er tatsächlich erst jetzt verstanden, was ich meine. »Ach so, die Schnecke aus unserer Schule. Hot girl. Sieht leider nicht so aus, als würde da was laufen. Schade. Bin wohl nicht ihr type.« Er holt eine Tüte Chips aus seinem Rucksack und öffnet sie.

»Nee, absolut gar nicht. Außerdem hat sie einen Freund, das weißt du, oder?«

Er zuckt mit den Schultern, als wäre das absolut nebensächlich. »Heute noch.«

»Und ich kann mir nicht vorstellen, dass sie fremdgehen würde.«

»How do you know? Kommt immer auf die Konkurrenz an.«

Ich hoffe mal, dass er das nicht wirklich ernst meint. Soweit ich weiß, hat er noch nie irgendjemandem die Freundin ausgespannt, nicht absichtlich. Das wäre für eine Nacht wohl auch viel zu viel Aufwand.

»Ist halt so. Gibt noch andere.«

Wenn ich versuche, mich daran zu erinnern, wann die Freundschaft zu André begonnen hat, finde ich nur Bruchstücke. Ein paar Mal haben wir in den Pausen zusammen Basketball gespielt oder gemeinsam mit anderen aus unserer Klasse Hausaufgaben gemacht. Irgendwann werden wir uns verabredet haben, vielleicht auf der Halfpipe, als wir beide noch Skatebord gefahren sind, oder wir sind mit anderen ins Kino gegangen, und danach hingen wir immer häufiger zusammen ab, meistens bei ihm. Wirklich viel unterhalten haben wir uns nie. Mir wird immer schwindlig, wenn ich ihm zu lange zuhören muss, weil man ständig das Gefühl hat, er würde einem nur die Hälfte der ganzen Story servieren und den Rest muss man sich selbst zusammenpicken. Wenn es denn überhaupt mal eine Story gibt.

Ich glaube, entscheidend war dieser eine Wintertag, an dem ich mit dem Bus zur Schule musste. Die Straßen waren vereist und arschglatt, der Bus fuhr mit etwa fünf km/h, sodass Isa und ich etwa eine halbe Stunde zu spät kamen. Mathearbeit. Der Lehrer hatte keinerlei Erbarmen und meinte nur, dass man mit so was eben rechnen müsse und ja auch einen früheren Bus nehmen könne. Als gäbe es voll die Auswahl. André saß neben mir und schob sein Blatt so zurecht, dass ich abschreiben konnte. Ich meine, ich bin schon echt gut in Mathe, aber in einer Viertelstunde hätte ich nur die Hälfte geschafft. Wie Isa durchgekommen ist, weiß ich schon nicht mehr, aber ich nehme an, dass sie auch diesen Lehrer irgendwie um den Finger wickeln konnte, oder vielleicht hat sie ebenfalls abgeschrieben, auch wenn sie das sonst nur selten macht. Jedenfalls hat André meine Note gerettet, und als ich mich nach der Stunde bei ihm bedankte, winkte er nur mit einem »Alles easy« ab.

Dem Lehrer habe ich später den Busfahrplan ins Fach gelegt. Darauf hat er nie reagiert.

»Klar, es gibt jede Menge andere Mädchen. Aber ganz ehrlich, wird es dir nicht irgendwann mal langweilig, sie einfach nur abzuschleppen?«

»Wieso? Beziehungen sind ätzend. Anstrengend. Streitereien, Diskussionen, Lügen.«

Ja, Lügen. Daran will ich nun wirklich nicht denken.

»Meine Eltern haben sich manchmal mitten in der Nacht so laut gestritten, dass meine Geschwister und ich uns in einem Bett verkrochen und uns die Decken über den Kopf gezogen haben, um nichts davon mitzubekommen. Hat aber nicht viel gebracht. Irgendwann hat meine Schwester angefangen, uns zur Ablenkung Geschichten zu erzählen. Dadurch wurde es etwas erträglicher.« Es ist immer merkwürdig, wenn André in ganzen Sätzen redet, er klingt dann ganz anders, wie ein Erwachsener. Fast weise. Und traurig. »Doesn't matter. Jetzt hab ich zwei Zimmer. Just for me.«

»Das hast du mir nie erzählt. Dass deine Eltern sich so gestritten haben, meine ich.«

»Wie gesagt. Ist jetzt auch egal.« Er wirkt tatsächlich desinteressiert, wie er den Blick schweifen lässt, bevor er mich schließlich ansieht. »Ich muss jetzt.«

Nach einem kurzen Abschied schließe ich mein Fahrrad ab. Mittlerweile bin ich ebenfalls spät dran und rase, so schnell es geht, zum Sportstudio. Unsere Gruppe ist nicht besonders groß, und da ich in den letzten Monaten immer weniger geübt habe, ernte ich jedes Mal ziemlich schnell ein Kopfschütteln vonseiten unseres Trainers. »Schlappe Körperhaltung, unsaubere Technik. Wo ist deine Konzentration?«

Ja, wo nur? Dabei vermisse ich es eigentlich, Taekwondo hat mir immer, seit ich es mit sechs Jahren angefangen habe, einen guten Ausgleich geboten. Aber neben Abiturvorbereitungen, Freundin und solchen Freizeitbeschäftigungen wie der Rettung eines Reiterhofes bleibt einfach kaum noch Zeit übrig für Hobbys und Sport. Und keine Lust. Ätzend, aber wahr. Was für einen Stress man in meinem Alter schon haben kann, unglaublich.

Nach dem Training holt mich meine Mutter ab. Wir machen einen Zwischenstopp auf dem Reiterhof, wo wir Isa und Amy einsammeln wollen, doch beide sind gerade damit beschäftigt, den Ziegenstall auszumisten.

»Ich würde ja helfen«, rufe ich ihnen zu, »aber ich habe heute meine gute Hose an.«

Isa rollt nur mit den Augen, Amy lacht. »Ramona hat bestimmt eine ganze Sammlung an Arbeitshosen hier.«

Das befürchte ich ebenfalls, doch zum Glück bespricht sie gerade etwas mit meiner Mutter und entfernt sich langsam mit ihr Richtung Haus. Da kann ich ja nun wirklich nicht stören, so ein Gespräch unter Frauen.

Amy verlässt mit der Schubkarre das Gehege und ich bin dann doch nicht so und nehme sie ihr ab.

»Wohin damit?«

»Ganz hinten sind die Komposthaufen, dort kannst du den Mist abladen. Warte, ich zeig's dir.«

Nebeneinander laufen wir über den Hof. Obwohl es schon bald sechs ist, ist immer noch so einiges los, allerdings ist ja auch Freitag und ein milder Frühlingsabend. So ein Wetter lockt sicher viele hierher, die sonst nur unregelmäßig kommen.

»Hast du dir schon was wegen des Projektarbeitsthemas überlegt?«, frage ich nach einer Weile. Vitória fand unsere Themen beide spannend, meinte aber, dass sie viel zu unpräzise wären. Ein Thema bräuchte immer einen Kontext und wir müssen uns bis nächste Woche eine vernünftige These überlegen. Immerhin hat die Hälfte der anderen Schüler noch gar nichts gefunden oder nur ein paar Ideen.

»Nein, dazu bin ich noch nicht gekommen.« Wir halten kurz an einer der Koppeln, damit Amy Canela streicheln kann, bevor wir weitergehen. »Du?«

»Ich auch nicht. Irgendwie habe ich nicht so die Vorstellung davon, was sie mit Kontext meint.«

»Na ja, ich glaube, entweder man begrenzt das Thema historisch, also zum Beispiel die Naturfotografie der Neunzigerjahre, oder auf einen Ort oder untersucht die Technik eines speziellen Fotografen. So würde ich das verstehen. Sie hat uns doch dieses Buch zum Schreiben wissenschaftlicher Arbeiten und Themenfindung empfohlen, das sollten wir mal lesen. In der Bibliothek haben sie es leider nicht. Und das mit der These kommt, glaube ich, von allein, wenn man weiß, was genau einen an diesem Thema interessiert.«

Wir laden das Stroh auf einem der Komposthaufen ab.

Hier hinten ist es richtig ruhig im Vergleich zu der Action auf dem Hof. Zwischen den Koppeln erstreckt sich eine Streuobstwiese, ein paar Bienenstöcke stehen herum, man hört das Gesumme ihrer Bewohner, und noch weiter hinten befindet sich eine Ziegenweide, die aber zum benachbarten Bauernhof gehört.

»Bis nächste Woche wird uns schon etwas einfallen«, antworte ich leichthin. »Wir können morgen ja mal ein bisschen recherchieren.«

»Was denn, du willst am Wochenende freiwillig Schulzeug machen?«

»Klar. Kommt häufiger vor, als du glaubst. Leider.«

Langsam gehen wir zurück. Nach und nach werden die letzten Pferde auf die Koppel zurückgebracht, nur ein paar Mädchen und zwei Jungs sind mit Putzarbeiten beschäftigt.

»Ich muss noch den Stall fertig machen. Wenn du willst, kannst du dir meine Kamera ausborgen, sie liegt im Haus auf dem Küchentisch.« Schon nimmt mir Amy die Schubkarre ab.

»Du meinst, wenn ich fotografiere, fällt mir was ein?«

»Klar. Inspiration.« Sie zwinkert mir zu. »Aber denk daran, dass es eine analoge Kamera ist. Wenn du mir den ganzen Film vollknipst, musst du die Entwicklungskosten bezahlen.«

»Damit kann ich leben.«

Schon verschwindet sie in Richtung Ziegengehege.

Zu Hause habe ich selbst eine megaalte Spiegelreflex mit Film von Opa Lutz. So eine mit externem Belichtungsmesser und so, dagegen ist Amys automatische hochmodernes Zeug. Wirklich getraut habe ich mich nie, ernsthaft selbst Fotos zu machen, von Schnappschüssen mit dem Handy mal abgesehen. Auch wenn das bescheuert klingt, dachte ich, falls ich das wirklich ernsthaft anfange und dann feststelle, dass ich überhaupt kein Talent dazu habe, wäre das furchtbar enttäuschend. Manche Dinge sind im Kopf einfach schöner als in echt. Andererseits muss man irgendwann mal anfangen, sich ein paar Brote schmieren und drei Stunden lang durch die Gegend wandern und am Ende schauen, was dabei rauskommt. Und weil die Mädels eh noch beschäftigt sind, Emilia nirgendwo zu sehen ist und ich hier sonst niemanden kenne, gehe ich ins Haus. Die Küche ist leer, doch Amys Kamera liegt sicher auf dem Tisch. Hier wurde noch nie etwas gestohlen, obwohl Ramona das Haus immer offen lässt.

Ich streichle eine der Katzen, die zusammengerollt auf der Küchenbank liegt. Im Haus ist es angenehm kühl, gerade habe ich gar nicht so richtig Bock, schon wieder rauszugehen. Komisch, eigentlich. Erst wartet man ewig darauf, dass dieses Matschwetter endlich aufhört, und dann wird es gleich mal viel zu heiß.

Irgendwo im Haus knarrt eine Tür, dann hört man Stimmen. Frauenstimmen, die ich schließlich als Ramonas und Mamas identifiziere.

»Manchmal habe ich das Gefühl, dass kaum noch etwas übrig geblieben ist«, sagt meine Mutter gerade. »Aber es ist so schwer loszulassen. Wir waren uns damals so sicher, weißt du? Und wie kann man sich so sicher und so glücklich sein und zwanzig Jahre später redet man kaum noch miteinander?«

Ramona spricht leise und ruhig, mehr als ein paar zusammenhangslose Wortfetzen kommen nicht bei mir an.

Vorsichtig stehe ich auf und schlüpfe durch die Küchentür in den Garten, laufe zwischen den Gemüsebeeten entlang und durch den Zaun nach hinten auf die Obstwiesen. Erst da merke ich, dass mein Herz rast, und ich muss kurz die Augen schließen, damit der stechende Kopfschmerz nachlässt und mir nicht übel wird.

Ich meine, sie können über alles Mögliche geredet haben, das ist ja nicht ausgeschlossen. Über Haustiere oder Autos oder Hobbys oder Berufe. So ohne Zusammenhang kann man jede Menge in diese paar Sätze interpretieren, nicht nur das Offensichtliche, man muss sich halt ein bisschen anstrengen.

Trotzdem. Zwanzig Jahre.

Ich setze mich auf einen Baumstumpf, überall blühen Blumen, und die Bienen summen herum.

Nach einer Weile stehe ich auf, erst unschlüssig, ob ich

nicht zurückgehen soll, doch dann hole ich die Kamera aus dem Case, probiere ein bisschen an den Einstellungen herum und blicke durch den Sucher. Die Welt entfernt sich von mir, sie ist nur noch ein Ausschnitt, ein unberührbares Bild, und ich zoome auf eines der Pferde. Ich glaube, es ist sogar Wolfsblut, und als ich den Auslöser betätige, ist es so, als würde alles ganz still werden. So wie beim Taekwondo. Die Aufmerksamkeit konzentriert sich auf einen einzigen Moment, eine einzige Sache, alle anderen Gedanken verschwinden einfach.

Samstag, 6. Mai

Isabella

Zufrieden betrachtet Isabella die Stoffteile, die sie auf dem Boden ausgebreitet hat. Sie brauchte ewig, bis sie ein Schnittmuster fand, das sie als Vorlage verwenden konnte. Schließlich ist die Originaltasche aus einer exklusiven Boutique, also kein Standardmodell. Svea hat ihr bestimmt schon dreimal vorgeschwärmt, wie cool sie sie findet, sie ist ihr nur viel zu teuer.

Erst einmal musste Isa das Schnittmuster abwandeln, dann Außen-, Innen- und Futterstoffe kaufen, dazu Reißverschlüsse und Knöpfe, und die Teile nach dem abgewandelten Muster zurechtschneiden. Sie hat alles mehrmals nachgerechnet und nachgemessen, doch nun, da alle Stücke vor ihr liegen, kommt ihr die Aufgabe plötzlich ganz einfach vor. Das wird das beste Geschenk, das sie jemals gemacht hat, möglicherweise sogar noch besser als der Selbstverteidigungskurs, zu dem sie im Winter mit Amy gegangen ist. Ein Rückkehrgeschenk für ihre beste Freundin.

Isabella nimmt die Hülle von der Nähmaschine ihrer Mutter ab, die diese so gut wie nie verwendet, sucht die passenden Fäden aus einem Kästchen heraus, spannt sie ein und misst die ersten Stoffstücke noch einmal nach.

Das Rattern der Nähmaschine hat etwas Beruhigendes.

Nach anderthalb Stunden hat sie fast die Hälfte geschafft. Noch einmal betrachtet sie die Fotos, die Svea ihr geschickt hat, und überlegt, ob sie nicht doch noch eine zusätzliche Innentasche einnähen sollte. Auf den Fotos erkennt man nicht, wie die Originaltasche von innen aussieht, aber Isa hat das Modell gegoogelt und auf der Website des Designers auch eine Innenaufnahme gefunden. Ihrer Meinung nach kann man kaum genügend Innentaschen haben, damit einem nicht alles durcheinanderfliegt, nur Svea ist da ein bisschen anders. Sie wühlt lieber herum.

Gerade als sich Isa zum zweiten Mal gegen eine Zusatztasche entschieden hat und mit der Arbeit fortfahren will, trampelt jemand die Treppe hinauf. Diesmal ist es nicht Linus, der springt meistens oder läuft sehr langsam, je nach Stimmung. Das sind die Schritte ihrer Mutter, und man hört schon an dem deutlichen Stapfen, dass Isa irgendetwas falsch gemacht hat. Mal wieder.

Nach einem kurzen Klopfen, auf das sie kaum antworten kann, wird die Tür zu ihrem Zimmer aufgerissen.

»Isabella Wagner!«, ruft ihre Mutter auf ihre übertrieben theatralische Weise.

»Hier.« Mit einem Mal hat sie keine Lust mehr. Nur ein einziger solcher Augenblick und sie möchte die halb fertige Tasche am liebsten aus dem Fenster werfen, als würde die ganze Wut, die Manuela nach oben geschleppt hat, nun ihr Zimmer durchfluten. »Was habe ich denn jetzt schon wieder angestellt?«

»Nichts, natürlich. Wie ja meistens. Du solltest die Wäsche aufhängen, sobald die Maschine fertig ist, nichts weiter. Nur die Wäsche aufhängen. Ist das wirklich so schwer?«

»Ich mach's ja gleich, ich wollte ...«

»Ich wollte auch ein paar Sachen, aber ganz besonders will ich keine muffigen, zerknitterten T-Shirts. Du weißt doch, dass man sie nicht zu lange in der Maschine lassen kann. Und das Bügeln wird dadurch auch nicht leichter, vielen Dank.«

»Gut, ich geh sofort runter.«

»Zu spät, das hättest du vor drei Stunden erledigen sollen.« Wie kann ein einzelner Mensch nur so wütend aussehen? Und wie kann man von seiner eigenen Mutter derart verachtet werden?

Isa schluckt leise, sie will nicht weinen, sie kann nicht weinen, nicht jetzt.

»Dann kauf halt einen Trockner und wir hätten den ganzen Stress nicht mehr«, meint Isabella müde.

»Klar, einen Trockner kaufen. Weil man immer alles kaufen sollte, nur damit mein Prinzesschen keinen einzigen Finger mehr krumm machen muss.«

Langsam erhebt sich Isabella von ihrem Stuhl. »Kannst du jetzt bitte gehen? Ich bin gerade beschäftigt und wenn die Wäsche schon aufgehängt ist ...«

»Sie ist nicht aufgehängt, ich habe sie aufgehängt. Aber keine Sorge, es gibt noch genügend andere Dinge, die du erledigen kannst. Das Unkraut muss dringend wieder gezupft werden und –«

»Das ist dein Garten, Mum. Ich will die ganzen Blumen gar nicht.«

»Gut, dann willst du wohl auch das Abendessen nicht und auch kein sauberes Bad, und ich nehme an, dass es dir völlig egal ist, ob jemand den Wasserhahn in der Küche repariert oder eine neue Glasplatte für den Kühlschrank bestellt oder …«

Und dann hört Isabella nicht mehr zu. Es ist ja nicht einmal so, dass sie nie etwas machen würde, dass sie immer nur nach Hause kommt und die Füße auf den Tisch legt und Playstation spielt und dann, wenn sie nach oben geht, ihr schmutziges Geschirr auf dem Wohnzimmertisch stehen lässt, so ist sie ja gar nicht. Nur hat sie auch ein eigenes Leben und kann sich nicht permanent dafür anschreien lassen.

Hastig drängt sie sich an ihrer Mutter vorbei, bevor diese reagieren kann, und stürmt die Treppe nach unten.

»Wo willst du hin?«, ruft Manuela ihr hinterher, doch Isabella ignoriert die Frage, vielleicht, weil sie selbst keine Antwort darauf hat. Raus. Einfach nur raus.

Sie schlüpft in ihre Sneakers, schnappt sich den Schlüssel und rennt nach draußen und über den Rasen. Erst vor der Garage fällt ihr ein, dass Amy heute mit ihren Eltern bei einer Geburtstagsfeier ist und dass sie überhaupt viel zu nah wohnt. Man kann Isas Haus von Amys Fenster aus sehen und das geht jetzt wirklich nicht.

Die Garage steht zum Glück offen, also schnappt sich Isa ihr Fahrrad, ohne Helm natürlich, für einen Helm hat sie keine Zeit, springt auf und fährt los. Erst irgendwohin und weil sie nicht nachdenkt, fährt sie in die Richtung, die sie am besten kennt. Immer weiter radelt sie, links das Wasser, häufig verborgen hinter einem Waldstreifen, Touristen, andere Fahrradfahrer. All das nimmt Isabella kaum wahr. All das ist ihr auch völlig egal.

Zu Hause wartet eine Tasche, die fertig genäht werden

will, und Isa hasst es, wenn sie Dinge nicht beenden kann, ganz besonders dann, wenn ihre Mutter schuld daran ist. Diese Tasche bedeutet auch, dass Svea nicht zu Hause ist und dass es nichts bringen würde, dort zu klingeln. Es ist ja nicht so, dass Isa keine Freunde hätte, aber in Momenten wie diesen gibt es nur wenige, zu denen sie fahren wollen würde, nur wenige, von denen sie gesehen werden wollen würde, die Augen rot von unterdrückten Tränen, verschwitzt vom schnellen Fahren. Amy ist nicht da, Svea ist nicht da, Linus wohnt leider im selben Haus wie sie, also bleibt nur ein Mensch übrig. Ein einziger.

Endlich erreicht sie Wismar, und als sie vor dem Haus stehen bleibt, in dem Salim mit seiner Familie wohnt, schießt ihr die Hitze durch den Körper, und ihr Herz schlägt in einem furchtbar ungesunden Rhythmus.

Isabella schließt ihr Rad an, doch sobald sie vor der Tür steht, den Finger bereits auf der Klingel, ist sie sich plötzlich nicht mehr sicher, ob das so eine gute Idee ist. Letztlich war sie diejenige, die mit Salim Schluss gemacht hat. Aus tausend Gründen. Aus keinem einzigen, der wichtig wäre.

Ja, sie wollten Freunde bleiben. Sie sehen sich zusammen mit den anderen, aber nie allein. Manchmal, sehr selten, telefonieren sie miteinander. Jede Freundschaft funktioniert anders, es ist schwer, eine Messlatte anzulegen und zu prüfen, wie gut sie ist, wie viel sie aushält. Nur das hier ist ein Notfall, kein nettes Geplänkel im Eiscafé, kein Spieleabend, keine Geburtstagsplanung, und ob Notfälle tatsächlich Bestandteil ihrer Freundschaft sind, weiß Isabella nun mal nicht.

Wahrscheinlich nicht. Doch ihr Finger denkt nicht mit

und drückt auf die Klingel. Warm und einladend dringt Noemis Stimme aus der Gegensprechanlage. »Hallo?«

»Hallo, hier ist Isa, ich wollte –«

»Klar, komm rein. Es gibt gleich Kuchen.«

Mit einem Seufzer betritt Isabella den Hausflur. Das Licht funktioniert nur manchmal, heute mal wieder nicht, also geht sie im Dämmerlicht bis in die dritte Etage, wo die Wohnungstür bereits angelehnt ist. Von irgendwo dahinter, vermutlich aus der Küche, kommen Gelächter und das Klappern von Geschirr und Radiomusik.

Rasch wischt sich Isa über das Gesicht, für den Fall, dass getrocknete Tränen oder verlaufenes Mascara daran kleben.

»Hey, willst du einen Kaffee?«, fragt Noemi, kaum dass sich Isa die Schuhe ausgezogen hat. »Oder lieber Tee?«

»Kaffee mit viel Milch, bitte.«

Salim lächelt ihr zu, ganz selbstverständlich, als wären sie verabredet, und für einen Moment hat sie das Gefühl, sie wären das auch. Vielleicht hat sie sich nur eingebildet, dass sie Schluss gemacht haben, aber selbst Albträume fühlen sich nicht so echt und langwierig an.

»Mit Kardamom?«

Seit Salim ihr einmal Kaffee mit Kardamom und etwas Schokolade und Zimt gemacht hat, ist das ihre Lieblingsvariante, also nickt sie und setzt sich an den Tisch.

»Wir haben dich ja schon lange nicht mehr gesehen«, stellt Noemis Freund Ingo fest, während er ihr ein Stück Erdbeerkuchen auf den Teller legt. Kein selbst gebackener, wie bei Amy zu Hause.

»Kann sein.« Unsicher schielt sie zu Salim hinüber. Hat er seiner Familie gar nichts von der Trennung erzählt?

Zumindest fragt niemand danach. Sie essen Kuchen und ein paar Cookies, die meiste Zeit plappert Alessia Zeugs vor sich hin, doch glücklicherweise ist sie auch als Erste fertig und springt dann auf, um im Wohnzimmer zu spielen. Etwa eine Stunde später brechen sie, Noemi und Ingo, zu Freunden auf.

»Das war … chaotisch«, meint Isabella.

»Ja, so wie immer. Weshalb bist du eigentlich hier? Waren wir verabredet?«

»Nein. Nein, waren wir nicht.«

Mit dem Rest der Familie ist auch die lockere, fröhliche Atmosphäre verschwunden. Nur Salim und sie sind übrig, nur seine dunklen, wunderschönen Augen, und in einem anderen Moment hätte sie niemals zugegeben, wie sehr sie es vermisst, dass er sie so aufmerksam ansieht. Wieso waren sie sonst nie allein?

»Ich räum hier schnell auf, geh schon mal in mein Zimmer. Dann reden wir, ja?«

Salims Zimmer sieht so aus wie immer. Auf dem Schreibtisch verteilt liegen Hefter, Schreibblöcke, vereinzelte Zettel und Stifte, dazwischen versucht ein Laptop, nicht im Papiermeer zu versinken. Die waldgrüne Jalousie ist heruntergelassen, wahrscheinlich hat er gestern Abend bis spät im Restaurant seines Vaters gearbeitet und lange geschlafen. Sein Bett macht er nie, auf dem kleinen Sofa neben der Tür stapeln sich Klamotten. Nur auf dem Boden liegt nie etwas herum.

Isa setzt sich auf den Schreibtischstuhl, kurz darauf kommt Salim ins Zimmer, in der Hand einen Teller mit Obst und Gemüse.

»Amy sagt immer, wenn man viel Süßes hatte, sollte man danach etwas mit Vitaminen essen«, erklärt er.

»Ja, den Spruch kenne ich.« Gespielt genervt rollt Isabella mit den Augen, nimmt sich dann aber doch ein Stück Paprika und einen viertel Apfel.

Salim stellt den Teller auf einem Stapel Bücher ab, die auf dem Schreibtisch liegen, und setzt sich aufs Bett. »Also, weshalb bist du hier?«

Und dann diese Stimme. Da kann doch niemand widerstehen, erst recht Isabella nicht. »Meine Mutter«, sagt sie und schluckt, denn sie ist ja nicht hergekommen, um rumzuheulen. Aber weshalb ist sie sonst hier?

Irgendwie sitzt sie auf einmal neben Salim, und er legt die Arme um sie, vorsichtig erst, dann zieht er sie an sich. Jetzt weint sie doch und erzählt ihm von dem Gestreite und der schlechten Stimmung zu Hause, die an manchen Tagen gar nicht mehr auszuhalten ist. »Dabei ist es ja nicht so, dass ich nie etwas mache, weißt du? Und selbst wenn, passt ihr das nicht, dann ist die Wäsche falsch zusammengelegt oder das Geschirr verkehrt weggeräumt oder der Boden nicht richtig gewischt, was auch immer, es ist immer falsch.«

Sein Schweigen hüllt sie ein und wenige Minuten später fühlt sie sich schon wieder viel besser.

»'tschuldigung«, murmelt sie in sein T-Shirt. Plötzlich traut sie sich nicht, von ihm wegzurücken und ihn anzuschauen. Sie sieht sicher furchtbar aus.

»Schon okay, Isa, du brauchst dich nicht zu entschuldigen. War das mit deiner Mutter schon immer so?«

Nun rückt sie doch ein Stück von ihm ab und wischt sich die Tränen aus dem Gesicht, jedoch ohne ihn anzublicken.

»Nein, nicht immer. Also, sie ist schon ein bisschen ungeduldig, und wir mussten auch schon immer im Haushalt helfen. Nur dass sie wegen jeder Kleinigkeit gleich so ein Drama aufführt, das ist erst seit ein paar Monaten so oder seit einem Jahr, ich weiß es nicht. Keine Ahnung, vielleicht kommt sie ja in die Wechseljahre.«

Er lächelt sanft, so wie zu Anfang ihrer Beziehung, als sie noch das Gefühl hatte, der wichtigste Mensch in seinem Leben zu sein.

»Unwahrscheinlich, oder? Ein paar Jährchen hat sie sicher noch. Hast du sie mal gefragt, ob sonst alles in Ordnung ist?«

Langsam schüttelt Isabella den Kopf. »Wieso sollte ich das tun?« Auf diese Idee ist sie wirklich nie gekommen. »Bestimmt machen die Läden einfach zu viel Arbeit und Stress«, fügt sie schließlich hinzu. »Außerdem, zu Linus ist sie seltener so streng, und er muss genauso viel im Haushalt mithelfen wie ich. Nur kriegt er nicht so oft diese ätzenden Standpauken zu hören. Und obwohl ich besser in der Schule bin als er, fragt sie bei mir viel häufiger nach, ob ich die Hausaufgaben erledigt habe. Ich glaube, sie denkt, ich würde den ganzen Tag mit Jungs rummachen.«

»Tust du das denn?« Er fragt das sehr leise, und diesmal ist sein Blick anders, irgendwie traurig.

»Nein.« Ihr Herz beginnt zu rasen, er muss aufhören, sie so anzusehen, doch das tut er nicht. Seine Hand legt sich auf ihre, das ist wie im Film, es ist so offensichtlich, was als Nächstes passieren wird. Trotzdem ist Isabella überrascht und aufgeregt und glücklich und traurig, als sie sich küssen. Wahrscheinlich, weil sich der Kuss anders anfühlt, nicht so wie zu der Zeit, in der sie noch zusammen waren. Er tut weh, er sticht, aber er wärmt sie durch und durch, also lässt sie zu, dass Salim sie auf seinen Schoß zieht, Hauptsache, er hält sie fest. Und das tut er. Er hält sie fest, während sie ihm das T-Shirt über den Kopf zieht und dann ihr eigenes, und er hält sie fest, als sie sich nebeneinanderlegen, und er hält sie fest, als sie seine Hose öffnet und versucht, sich dabei nicht dämlich oder ungeschickt anzustellen, und er hält sie fest, als er fragt: »Bist du dir sicher, dass du das wirklich willst?«

»Ja«, antwortet sie leise. »Ich bin mir sicher.«

Mittwoch, 10. Mai

Amélie

Man kann alles lernen, auch zeichnen.«

»Klar. Weil du bestimmt jahrelang trainiert hast, um so eine präzise Technik draufzuhaben.«

Melvin lächelt, während wir die Treppen zum Ausgang hinuntergehen. »Vielleicht nicht jahrelang, aber natürlich habe ich mir ein paar Sachen selbst beigebracht. Und eine wirklich gerade Linie hinzukriegen, das muss man halt üben. Zeichnen ist Geduld.«

»Hätte nicht gedacht, dass die zu deinen Stärken zählt.«

Darauf antwortet er nicht, und erst habe ich Angst, dass er beleidigt ist, obwohl er selbst immer solche Dinge sagt. Doch sein Blick wirkt nicht beleidigt oder sauer, er sieht eher nachdenklich aus.

»Salim hat mir mal ein Zeichenlernbuch geschenkt, aber damit bin ich nicht weit gekommen. Meine kreativen Fähigkeiten liegen offenbar nicht in dem Bereich. Und im musikalischen übrigens auch nicht.«

»Tatsächlich? Nur, weil du nicht singen kannst?«

»Wer sagt, dass ich nicht singen kann?«

»Ach, niemand. Nur an dem Wochenende, als wir bei dir übernachtet haben und abends alle in der Küche gesungen … na, egal. Vielleicht warst gar nicht du diejenige, die das Lied so verzerrt hat.«

»Ganz sicher.« Nun muss zumindest ich lachen. »Aber das meinte ich nicht. Mein Papa hat uns ein Klavier ins Haus gestellt. Er selbst kann nur ein bisschen spielen, meine Mutter gar nicht, und ich habe absolut keinerlei musikalische Fähigkeiten. Ein halbes Jahr Gitarrenunterricht und ein paar Monate Blockflöte haben das sehr gut bewiesen.«

»Brrr, Blockflöte.« Melvin verzieht das Gesicht. An den Fahrradständern sammeln sich die Schüler, auch Linus und Isa kämpfen sich zwischen die anderen, um ihre Räder aus dem Chaos zu befreien. »Das ist ja nicht mal ein ernst zu nehmendes Instrument. Aber Klavier könnte zu dir passen. Willst du es nicht mal mit Unterricht probieren?«

»Nein, wenn einer von uns Unterricht bekommt, dann Paul. Er hat jetzt schon mehrmals einfach nur so darauf herumgeklimpert und immer selbst gemerkt, wann etwas furchtbar klang. Und manchmal ist das wirklich schön, was er so produziert, einfach, aber harmonisch. Du solltest ihn sehen, er ist dann ganz anders als sonst, total konzentriert und ruhig. Das ist, als würde er etwas hören, das sonst niemand hört, und in der Lage sein, es für alle anderen hörbar zu machen.«

Melvin zieht belustigt die Augenbrauen hoch.

»Okay, ich weiß, dass das bescheuert klingt, aber so sieht es nun mal aus. Deshalb wäre es toll, wenn er das Instrument wirklich beherrschen würde, allerdings müsste ich die Reitstunden aufgeben, wenn er Klavierunterricht bekommen soll. Bis jetzt bin ich dafür nicht selbstlos genug.«

Nachdenklich starrt Melvin auf den Boden, während wir den Schulhof verlassen. Ich bin heute Morgen mit meiner Mutter zur Schule gefahren und werde nun erst Paul und in etwa einer halben Stunde sie abholen. Mittwochs fährt Isa meist allein auf den Reiterhof, ich komme normalerweise nur freitags mit und manchmal am Wochenende, falls sie Hilfe benötigen.

»Weißt du, ich hatte acht Jahre lang Klavierunterricht.« Wir stehen an der großen Straße vor der Schule, und da er recht leise spricht, verstehe ich ihn nur schwer.

»Und, hat es dir etwas gebracht?«

Er grinst. »Ja, jetzt kann ich Klavier spielen. Ich spiele auch immer noch, aber bald wurde ich besser als mein Lehrer und hatte auf regelmäßige Stunden keine Lust mehr. Stattdessen habe ich mit dem Bass angefangen. Jedenfalls, ich habe heute Zeit. Also jetzt. Muss nur schnell den Hund holen.«

Irritiert versuche ich, seinem Gedankengang zu folgen. »Was für einen Hund?«, frage ich schließlich.

»Na meinen, natürlich. Du weißt doch, dass ich einen Hund habe. Bis nachher vor dem Bioladen.«

Schon läuft er über die Straße, ich habe nicht einmal mehr Zeit, ihm etwas hinterherzurufen. Heißt das, er fährt mit uns mit?

Ich sammle Paul ein, dessen T-Shirt voller Tomatensoßeflecken ist, und laufe mit ihm, nach einem Zwischenstopp beim Eisladen, zu dem Lebensmittelgeschäft. Ein kühler Wind streift durch die Straßen, doch in der Sonne und an windstillen Orten ist es erstaunlich warm.

Mama zieht sich gerade um, wir warten draußen und schlecken unser Eis, und noch bevor sie den Laden verlässt, kommt Melvin die Straße entlanggeschlendert. Er hat tatsächlich seinen Hund dabei. Zwar läuft er an der Leine, bleibt immer mal wieder stehen, um an etwas zu schnuppern, doch ihre Art zu gehen, die Blicke, die Melvin dem Tier zuwirft, ihre Haltung zueinander, all das wirkt so, als bräuchten sie die Leine gar nicht, als gäbe es ein unsichtbares Band zwischen ihnen.

»Fertig?«, ruft Melvin uns zu.

»Kommt Melvin mit?« Paul sieht mich an, um den Mund herum lauter Schokoladeneis. Manchmal habe ich das Gefühl, er wird auch in zehn Jahren noch so herumlaufen, mit vollgekleckerter Kleidung, die immer schief sitzt, die Gedanken in einer selbst erfundenen Geschichte.

»Ja, sieht ganz so aus.«

Freudig stürmt er auf Melvin zu und beginnt sofort, den Hund zu kraulen, der die plötzlichen Liebkosungen geduldig über sich ergehen lässt und sogar anfängt, mit Paul zu spielen.

»Da haben sich zwei gefunden«, meine ich.

In dem Moment verlässt meine Mutter den Laden, wie meistens den Rucksack voller Lebensmittel für das Abendessen.

»Hey, Melvin, ist das deiner?«

Nach einer kurzen Begrüßungszeremonie begeben wir uns zum Auto. Paul hält stolz die Hundeleine, Melvin und meine Mutter unterhalten sich, ich laufe hinter ihnen, und auf einmal zieht es in meiner Brust, ein kurzer, intensiver Schmerz. Als wir hierherzogen, meine Familie und ich, freute ich mich vor allem darauf, näher bei Salim zu sein. Ich könnte ihn sehen, wann ich wollte, wir würden so unendlich viel Zeit miteinander haben, ich würde ihm alles erzählen und ihn dabei ansehen können, ich würde immer wissen, was in seinem Leben geschieht. Doch nun sind da andere Menschen. Menschen, mit denen ich nicht gerechnet habe, und Salim ist derjenige, der am wenigsten in meinen Alltag gehört. Ich versuche, mich zu erinnern, wann das begonnen hat, ob es wirklich daran liegt, dass Isabella und er ein Paar geworden sind und sich wieder getrennt haben, oder ob ihm einfach die Zeit fehlt oder ob das nun mal so ist, ob einem beste Freunde mit den Jahren verloren gehen können, obwohl ich dachte, wenn jemand in mein Leben gehört, vollkommen und unverrückbar, würde das für immer sein.

Im Auto diskutieren Mama und Melvin darüber, wie man eine perfekte Mousse au Chocolat zubereitet, wie viel Schokolade hineingehört und was für welche, und dann hält Mama vor einem Supermarkt, um fehlende Zutaten zu besorgen, und ich denke, dass ich häufiger jemanden mit nach Hause bringen sollte, der gut kochen kann, denn bei Gerichten mit Schokolade fühlt sich meine Mutter sofort herausgefordert, und das ist am Ende für uns alle gut. Kaum sind wir zu Hause angekommen, breiten sich die beiden in der Küche aus, und es wäre ja ungerecht, wenn ich mich da einmischen und einem von ihnen helfen würde, also verschwinde ich im Bad, wo ich die Sportsachen in die Schmutzwäsche schmeiße, und suche ein gelbes Handtuch heraus, denn Gelb bedeutet, dass es bei uns etwas mit Schokolade gibt, und bei Linus, dass sein Vater Gemüselasagne gekocht hat (mit Hackfleisch extra, weil Linus Lasagne ohne Hackfleisch nicht als Lasagne anerkennt). Schließlich wäre es ungerecht, ihn nicht einzuladen, wenn doch am Ende acht Portionen in der Küche stehen werden.

Ich leihe mir den Hund aus, Blake, benannt nach der

Hauptfigur aus Melvins Lieblingsfilm *Dead Man*, und laufe mit ihm hinunter zum Strand. Die Hauptsaison rückt näher, jedes Mal begegnet man mehr Menschen, doch man muss wissen, wohin man zu gehen hat, nach links nämlich, immer weiter nach links, denn in die Richtung liegt der nächste Ferienort noch ein ganzes Stück entfernt, und die meisten laufen nicht so weit, sie trödeln nur am Wasser entlang und setzen sich in den Sand und sehen den Wellen zu. Ich traue mich nicht, Blake von der Leine zu lassen, deshalb geht er immer nur ein bisschen ins Wasser, nicht weit, nur weit genug, um mit den Wellen spielen zu können, aber er wird nicht müde, er schnuppert und sucht, und falls Hunde Glück empfinden können, tut er das, dessen bin ich mir sicher.

Ich sammle ein paar Muscheln für Paul, kleine und große, doch alle farbig, und male etwas in den Sand, Muster, kein wirkliches Bild, nah am Ufer, wo es bald schon vom Wasser verschlungen werden wird, und mache ein Foto von dem Ergebnis. Irgendwann kehren wir wieder zurück, Blake rollt sich auf einer Decke im Wohnzimmer ein, die Melvin mitgebracht hat, und im Kühlschrank stehen zwei Schüsseln voller Mousse au Chocolat. Melvin sitzt neben Paul vor dem Klavier, die beiden bemerken mich kaum, als ich die Muscheln darauf lege.

Die Terrassentür steht offen, herein weht Frühlingsluft, Mama kocht ihren Hibiskusblüteneistee, und ich setze mich in die Sonne und kämpfe mich durch die Physikhausaufgaben, und kurz darauf kommt Melvin nach draußen, und obwohl wir nicht im selben Physikkurs sind, hilft er mir ein bisschen.

»Du hast recht«, stellt er fest, als wir endlich fertig sind.

»Mit dem Energieerhaltungssatz?«

»Quatsch, damit wirst du nie recht haben. Mit dem, was du über deinen Bruder gesagt hast.« Er nickt Richtung Wohnzimmer, und ich blicke durch die offen stehende Tür, am Klavier sitzt mein Bruder, ganz still, die Hände auf den Tasten, jedoch ohne zu spielen.

»Ich schätze, er hat ein absolutes Gehör. Wäre gut, das zu trainieren, aber vorher sollten wir unbedingt prüfen, ob das Instrument auf den Grundton gestimmt ist.«

»Wieso?«

»Alte Klaviere sind häufiger etwas tiefer gestimmt, weil es anders nicht mehr geht. Das würde sein Gehör falsch trainieren.«

»Hast du das Mama gesagt?«

»Ja, nächstes Mal bringe ich mein Stimmgerät mit.«

»Nächstes Mal?«

»Unterricht gegen Abendessen. Einmal pro Woche.«

»So oft will ich dich wirklich nicht sehen müssen.«

»Dann solltest du wohl ausziehen.«

Zum ersten Mal in diesem Jahr essen wir draußen. Papa hat neue Kissen für die Terrassenstühle gekauft, wirklich schöne in Rot und Orange, und Paul schaut, ob die ersten Erdbeeren bereits reif sind. Bald schon kommt Linus, als hätte er uns beobachtet und auf den Auftritt der Mousse au Chocolat gewartet.

»Die Wahrheit ist«, stellt er nach der ersten Kostprobe fest, »dass beide unschlagbar lecker sind.«

Das sind sie tatsächlich. Melvins ist etwas süßer und weniger schokoladig, dafür fluffiger und cremiger als

Mamas, und zusammen mit den Erdbeeren sind beide der perfekte Frühlingsabendnachtisch. Als Isa vom Reiten nach Hause kommt, ist gerade so noch ein letzter Rest für sie übrig, von dem sie Linus dann doch die Hälfte abgibt.

Meine Eltern bringen Paul ins Bett und schauen danach fern, während wir draußen bleiben, in Decken gehüllt, denn mit dem Sonnenuntergang verschwindet auch die Wärme aus dem Tag.

»Vielleicht sehen wir ja Sternschnuppen«, meint Isa. Wir warten sehr lange und trinken Eistee, und Linus und Melvin reden über Astronomie, und danach schweigen wir wieder, aber Sternschnuppen entdecken wir keine.

»Fühlt sich an, als hätten wir Ferien«, stellt Melvin nach einer Weile fest. Doch wenn Ferien sind, sind die Tage endlos, und heute kommt irgendwann Manuela und sammelt Isa und Linus ein, und Melvin und ich gehen ins Haus, wo meine Mutter feststellt, dass es schon zu spät für ihn ist, um noch nach Hause zu fahren, also ruft er seinen Vater an, und wir holen die Gästematratze und legen sie in mein Zimmer.

Im Garten wetteifern die Heuschreckenmännchen miteinander, in Linus' Zimmer brennt noch Licht, und Blake schnarcht leise auf seiner Decke neben Melvins Schlaflager.

»Danke«, sage ich in die Dunkelheit hinein.

»Wofür?«

»Dafür, dass du mitgekommen bist und Paul Klavierspielen beibringst.«

»Na ja, ich bin kein ausgebildeter Lehrer und selbst nicht so gut in Musiktheorie. Das ist nicht dasselbe wie richtiger Unterricht.«

»Vielleicht liegt ihm das aber mehr. Paul findet ausführliche Erklärungen langweilig.«

Die Decke raschelt leise, als Melvin sich umdreht. »Es könnte ihm helfen, weißt du? Gegen die Albträume. Musik kann wie ein Schutzschild sein.«

»Kann es?«

»Ja. Ganz sicher.«

»Hat sie dir schon mal geholfen?«

Er schweigt, und nach einer Weile glaube ich schon, dass er nie antworten wird, dass das eine dieser Fragen ist, die man ausspricht und dann ungeschützt dort draußen lässt, für immer, doch schließlich räuspert er sich und sagt: »Ich glaube schon. Aber ich brauche kein Schutzschild, ich brauche ein neues Herz.«

Langsam drehe ich mich zu ihm um. Sein Körper liegt sehr still im Dämmerlicht, fast unbeweglich. »Ist das der Grund, wieso du so häufig fehlst und keinen Sportunterricht mitmachst?«

»Ja.« Seine Stimme ist leiser geworden, fast ein Flüstern. »Ich habe einen angeborenen Herzfehler. Manchmal hat man eben Pech.« Er dreht den Kopf und sieht zu mir.

»Heißt das, du brauchst eine Herztransplantation?«

»Na ja, das könnte helfen, aber die Wartelisten sind ewig lang, und da mit der Zeit auch weitere Organe beschädigt werden, stehe ich nicht gerade ganz oben darauf.«

»Werden oder wurden?«

»Beides.«

Ich richte mich auf, lehne den Rücken an die Wand und starre nach draußen. In Linus' Zimmer ist es mittlerweile dunkel.

»Heißt das, du wirst sterben?«

»Wir sterben alle, ich bin nur etwas früher dran als andere.«

Dabei hätte ich das ahnen können. Diese Blässe in seinem Gesicht, diese Müdigkeit, manchmal, wenn er glaubt, niemand würde ihn beobachten. Aber wer ahnt so etwas schon? Wer will an so etwas denken?

»Bitte, erzähle es niemandem, okay? Ich will so tun, als wäre ich ein ganz normaler Typ.«

»Also für normal hält dich niemand.«

»Auch gut.« Das Lächeln schwingt in seiner Stimme, ich bin froh, dass es da ist, denn man kann dieselbe Sache in unterschiedlichen Momenten sagen, und manchmal ist sie lustig, manchmal macht sie einen traurig, das weiß man vorher einfach nicht.

Ich lege mich wieder hin, ziehe die Decke bis ans Kinn, obwohl mir gar nicht kalt ist, und lasse einen Arm aus dem Bett hängen, direkt vor ihm. Kurz streifen seine Finger meine Hand, einen Augenblick später hält er sie fest.

»Danke«, murmelt er in die Nacht, und selbst, als er bereits schläft, weiß ich nicht, was genau er damit meint.

Samstag, 13. Mai

Amélie

Es war nur so eine Idee vor dem Einschlafen. Das ist immer die beste Zeit für merkwürdige Ideen, als würde das Gehirn, kurz bevor es entspannt und das Bewusstsein ruhen lässt, lauter Kurzschlüsse produzieren, kleine Funken, die zu Gedanken, Bildern, Gefühlen werden.

Einer dieser Kurzschlüsse brachte mich dazu, die ganze Nacht nach Künstlern zu recherchieren, die in der näheren Umgebung leben, und diejenigen, von denen ich E-Mail-Adressen fand, anzuschreiben. Denn manchmal lassen einen diese Ideen einfach nicht in Ruhe, sie pumpen derart viel Energie durch den Körper, dass man sich nicht dagegen wehren kann, man muss aufstehen und etwas tun, Listen oder Notizen machen, aufräumen, die Garage umgestalten oder eben Dinge im Internet recherchieren.

Deshalb stehe ich ziemlich spät auf. Draußen wartet ein wunderschöner Frühlingstag, so einer mit Sonne und T-Shirt-Wärme und dem Geruch von Flieder und Meeresluft, einer, der fast schon Sommer ist.

Natürlich sind Paul und meine Mutter bereits wach. Papa hat wieder einen Zusatzauftrag angenommen und ist unterwegs.

Ich schmiere mir zwei Brote mit Himbeermarmelade und setze mich auf die Terrasse neben meine Mutter, die dort in einem Buch blättert. Sie lächelt, vollkommen entspannt. »Schon wach, Schlafmütze?«

»Hey, ich habe die halbe Nacht gearbeitet.«

Paul kickt seinen Fußball in den Nachbargarten. Das macht er gern, wenn er möchte, dass Linus zu uns kommt und mit ihm spielt, egal, ob Linus das sehen kann oder nicht. Jetzt zumindest scheint er nichts davon zu bemerken oder keine Lust zu haben, andererseits ist es erst halb zehn, vermutlich schläft er noch.

»Was hast du denn gearbeitet? Hausaufgaben?«

»So ähnlich. Ich habe ein paar Künstler aus der Umgebung aufgespürt und angeschrieben, weil ich dachte, ein paar Interviews über Inspiration mit echten Menschen, die täglich von ihr abhängig sind, könnte hilfreich für meine Projektarbeit sein. Das war ganz schön umständlich. Wenn niemand antwortet, fahre ich mal in die Alte Ölmühle und unterhalte mich mit den Künstlern dort.«

Meine Mutter legt ihr Buch auf den Tisch und sieht mich an. »Hat schon jemand geantwortet?«

»So schnell? Glaube ich nicht, aber ich habe noch nicht nachgeschaut.« Ich wische die Hände an meiner Hose ab, wofür ich einen vorwurfsvollen Blick ernte, und starte das E-Mail-Programm meines Smartphones. Für einen Moment bin ich richtig aufgeregt, wie vor der Rückgabe wichtiger Klausuren oder vor Ereignissen, auf die ich mich gefreut habe, und dann werden mir tatsächlich zwei neue Nachrichten angezeigt. Eine Rundmail von Svea, die dritte seit ihrer Abreise. Vermutlich werde ich sie nur überfliegen, nachdem die ersten beiden weder besonders spannend noch besonders gut geschrieben waren.

Die zweite Mail stammt von einem Künstler, der Holzskulpturen herstellt und ein Sommeratelier auf Poel betreibt. Ich könne ganz spontan vorbeikommen, schreibt er. Er wäre das ganze Wochenende da, danach aber für zwei Wochen in Hamburg.

Wortlos zeige ich meiner Mutter die Nachricht.

»Was hältst du von einem Ausflug?«, fragt sie.

»Wie, jetzt?«

»Natürlich jetzt. Das Wetter ist optimal, auf Poel waren wir erst ein Mal, und uns hat die Insel allen gefallen. Außerdem haben wir Zeit. Was spricht denn dagegen?«

Nichts, außer, dass mein Herz plötzlich vor Aufregung doppelt so schnell schlägt und ich dieses Interview noch gar nicht vorbereitet habe. Was soll ich ihn denn überhaupt fragen? Ich will doch nicht wie ein naives Schulmädchen in einem Künstleratelier aufkreuzen und nur wissen wollen, woher er seine Ideen nimmt und so, auch wenn das letztlich mein Thema ist. Ein Thema, das noch immer ohne These, ohne Anhaltspunkt dasteht, nackt, unbearbeitet, ein Wollknäuel ohne Anfang. Vitória seufzt jeden Freitag, wenn sie mich nach meinen Fortschritten fragt, und schaut mich enttäuscht an.

Meine Mutter scheint jedoch begeistert zu sein. »Du machst das schon, irgendwo musst du ja anfangen. Lass dir alles zeigen, überlege dir, was du unter Inspiration verstehst, und diskutiere mit ihm darüber. Ach ja, und frage ihn vorher, ob du euer Gespräch aufnehmen kannst. Sonst bist du die ganze Zeit damit beschäftigt, jedes Detail mitzuschreiben, und vergisst hinterher die Hälfte.«

Sie hat recht. Irgendwo muss ich anfangen. Ein paar Mal

haben wir im Projektkurs den Aufbau von Interviews besprochen, wie lang sie maximal sein dürfen, wie ein logisch aufeinander aufgebautes Frageschema aussieht, wie man dem Interviewpartner Raum für freie Antworten lässt, ohne zu sehr vom eigentlichen Thema abzuweichen. Solche Dinge.

Ich antworte also Christopher, dem Künstler, dass ich heute am frühen Nachmittag vorbeikommen werde, wenn das für ihn in Ordnung ist, suche meine Notizen aus dem Projektkurs heraus und setze mich an einen Fragebogen. Erstaunlich, was einem alles Spaß machen kann, selbst wenn es Schulaufgaben sind.

Meine Mutter wuselt durch das Haus, packt Schwimmsachen zusammen und bereitet ein paar Snacks vor, und Paul ist noch aufgeregter als ich, einfach, weil er Ausflüge liebt. Ich habe Mühe, mich zu konzentrieren, da er etwa alle fünf Minuten ankommt und mich etwas fragt.

Ein Schatten fällt auf meinen Notizblock. »Was ist denn bei euch los?« Linus blinzelt auf mein Blatt. Ich brauche ein, zwei Sekunden, bis ich merke, was anders ist. »Deine Mutter packt euer Auto so voll, dass ich schon dachte, ihr zieht wieder um.«

»Du hast eine Brille.«

»Ja, sieht gut aus, oder? Das ist das Modell *Sexy Student*. Ich dachte, das zieht bei den Mädels besser, so auf intellektueller Ebene.«

»Svea ist bestimmt begeistert.«

»Sie hat sie noch nicht gesehen.« Geräuschvoll zerrt er einen Stuhl beiseite und setzt sich neben mich. »Ich hatte Angst, sie macht dann via Skype mit mir Schluss.«

»Und was jetzt? Willst du für den Rest eurer Beziehung vor ihr verheimlichen, dass du halb blind bist?«

»Hallo, ich nur ein bisschen kurzsichtig. Das verwächst sich wieder.«

»Bestimmt.« In Wahrheit steht ihm die Brille tatsächlich. Jedenfalls, sobald man sich an den neuen Anblick gewöhnt hat. Sie betont seine Augen und lässt ihn ein bisschen älter wirken.

»Wir machen einen Ausflug nach Poel«, beantworte ich Linus' ursprüngliche Frage. »Ich will dort einen Künstler für meine Projektarbeit interviewen.«

»Aha.« Er wirft einen Blick zurück zu unserer Auffahrt, wo meine Mutter gerade einen Picknickkorb in den Kofferraum unseres Wagens schiebt. »Nur ihr drei?«

»Ja, nur wir drei.«

»Super, dann komme ich mit. Mir war eh schon langweilig, dabei bin ich gerade erst aufgestanden.« Er grinst mich an, was natürlich eine Frage sein soll. Ich könnte Nein sagen, ich könnte etwas dagegen haben, dass er mitkommt, oder lieber jemand anderen fragen wollen, Salim, Brar, Isa.

»Wo ist denn deine Schwester?«

»Auf dem Hof, wo sonst?«

»Ach ja, richtig. Na, dann hol dein Badezeug, wir brechen sicher gleich auf.«

»Okay. Shotgun.«

Mit meinem halb fertigen Fragebogen und einer kleinen Reisetasche mit Badekrempel und Buch bepackt, steige ich hinten ins Auto. Linus spielt bereits am Radio herum, zieht jedoch sofort die Hand zurück, als er einen strengen Blick von meiner Mutter erntet.

»Fehlt noch jemand?«, fragt sie dann.

»Alle da.«

Schon fahren wir los.

Ich mag die Strecke, die grüne, satte Landschaft, die sanft von der Sonne gekitzelt wird, genau so müssen freie Tage aussehen, sie müssen voller Wärme, voll stiller Zufriedenheit sein.

Wir sind schon kurz vor Wismar, als Brar mich anruft und fragt, was ich heute so vorhabe, und da wir fast an seiner Haustür vorbeifahren, kann ich kaum sagen, ich wäre heute unterwegs und hätte keine Zeit, also sammeln wir ihn unterwegs ein.

»Das ist ja spannend, du führst ein richtiges Interview?«

Ich sitze in der Mitte, eingequetscht zwischen Brar und Pauls Kindersitz und einem Rucksack. »Ja, ein richtiges Interview. Das wird mein erstes. Bin mal gespannt, was dabei herauskommt.«

»Das wird super. Kann ich mitkommen?«

Für einen Moment überlege ich tatsächlich, Brar mitzunehmen, aber wenn er das darf, möchte Paul auch, und die Vorstellung, mit allen vieren durch ein Künstlerhaus zu stolzieren und dabei ein ernsthaftes Interview zu führen, geht einfach nicht auf, das funktioniert nicht. Paul wird irgendetwas Teures kaputt machen, meine Mutter wird anfangen, eigene Fragen zu stellen, Brar wird ständig Dinge anfassen wollen oder sich langweilen, und Linus, ja, Linus wird vielleicht der Einzige sein, der sich brav im Hintergrund hält und höchstens ab und an eine doofe Bemerkung zu meinen albernen Fragen macht, doch selbst wenn nicht, ich will nicht beobachtet werden, von niemandem.

»Nein, lieber nicht. Das ist eine ernsthafte Recherche für die Projektarbeit, ich muss das allein machen.«

»Wir können ja so lange ein Eis essen gehen«, schlägt meine Mutter vor.

Na vielen Dank auch! Wenn sich hier jemand ein Eis verdient hat, dann ja wohl ich.

Das Künstlerhaus befindet sich in Kaltenhof, einem Örtchen ein Stück von der Küste entfernt, das so aussieht, als hätte hier vor fünfzig Jahren noch kein einziges Haus gestanden. Die meisten sind vermutlich Ferienhäuser, dazwischen ein paar schicke private Sommerresidenzen, alles sauber, übersichtlich.

Christophers Atelier liegt in einem tiefroten Holzhaus mit großer Terrasse, von der aus man wahrscheinlich weit über die Landschaft blicken kann. Das Grundstück wirkt größer als die meisten anderen der dicht aneinandergrenzenden Gebäude, niedrig umzäunt mit gepflegtem kleinen Garten.

»Willst du wirklich allein reingehen?«, fragt meine Mutter.

»Ja, sicher. Er wird mir schon nicht die Kehle aufschlitzen und meine Leiche für eine gruselige Installation verwenden.«

»Das hoffe ich mal, sonst vergrabe ich ihn in seinem eigenen Garten. Lebend. Sag ihm das.«

»Das werde ich ganz sicher. Bis gleich.«

»Bis nachher. Wir fahren in den nächsten Ort und sind dort am Strand, zu Fuß brauchst du vielleicht zehn Minuten.«

»Das kriege ich hin.« Ich klettere über Paul hinweg aus

dem Wagen, Linus grinst mir noch einmal zu, dann wendet meine Mutter das Auto und fährt davon.

Das Haus verströmt einen netten Karibikflair, es sieht nach Urlaub aus, nach Erholung, doch bei genauerem Hinsehen fällt mir auf, dass die Fenster größer sind als in den anderen, ansonsten recht ähnlichen Holzhäusern, die ebenfalls in dieser Straße stehen. Ich atme einmal tief ein und wieder aus, umklammere meinen Block und betrete die Einfahrt.

Gerade als ich auf die Klingel drücken will, öffnet sich die Tür.

»Du musst Amélie sein«, begrüßt mich Christopher. Er sieht fast genauso aus wie auf dem Foto auf seiner Website, nur seine Haare sind stellenweise silbrig ergraut, und um die Augen sammeln sich ein paar Falten.

»Ja, genau. Danke, dass du so spontan Zeit hast.« Es fällt mir ein bisschen schwer, einen Fremden einfach so zu duzen, doch auf meine höflich formulierte Mail hat er in so einem lockeren Ton geantwortet, dass ich mir albern vorgekommen wäre, bei dem distanzierten »Sie« zu bleiben.

»Kein Problem. Ich finde die Idee für deine Seminararbeit wirklich spannend. Komm doch rein.«

Wir betreten eine großräumige Diele, auf alten, dunklen Holzkommoden thronen ein paar Tonplastiken, weiche, fließende Formen, die ein Gefühl von Bewegung in den Raum bringen, von Veränderung, obwohl alles stillsteht.

»Ist das dein Haus?«, frage ich ihn.

»Nicht ganz. Ich teile es mir mit einem Freund, einem Schriftsteller. Der große Raum hier unten, ich zeige ihn dir gleich, ist mein Atelier, er hat oben ein Schreibzimmer.

Dann gibt es noch einen Wohnraum mit Küche, zwei Schlafzimmer und ein Bad. Wir sind allerdings selten gleichzeitig hier, weil wir beide herkommen, wenn wir Ruhe zum Arbeiten brauchen.«

Ich folge Christopher in die Wohnküche. Die Mitte des Raumes dominiert ein gemauerter Kamin. Eine breite Schiebetür aus Glas führt auf die Terrasse, warme Seeluft strömt herein, der Geruch der umliegenden Felder.

»Magst du etwas trinken?«

Bevor ich antworten kann, hat er bereits Saftschorle in zwei Gläser gefüllt und reicht mir eines davon.

»Danke.«

»Willst du mir erst ein paar Fragen stellen oder dir erst das Atelier ansehen?«

»Erst das Atelier«, antworte ich spontan. Je länger ich mein Interview aufschieben kann, desto besser.

Durch eine schmale Tür betreten wir Christophers Arbeitsraum, der vor allem nach Werkstatt aussieht. Eine Werkbank, in einem breiten Regal lauter Werkzeuge, von denen ich keine Ahnung habe, wofür man sie benutzt, ein weiteres, in dem Plastiken trocknen. Auch hier fällt durch bodentiefe Fenster von zwei Seiten warmes Sonnenlicht. Die Wände sind orange gehalten, ein paar Bilder hängen daran, Bleistiftskizzen, ein Aquarell, zwei Kreidezeichnungen. Linus' Großvater würde sich hier wohlfühlen, nach dem zu urteilen, was Linus über ihn erzählt hat.

»Hast du die Bilder gemalt?«

»Ja. Früher habe ich hauptsächlich Holzskulpturen erstellt, aber seit einiger Zeit probiere ich gern neue Sachen aus. Ich schätze, ihr immer wieder neue Wege zu eröffnen, ist Teil der kreativen Arbeit und des Inspirationsprozesses.« Er lächelt, vielleicht ist er stolz darauf, so fließend einen Übergang zu meiner Projektarbeit gefunden zu haben. »Ich weiß zwar, dass ich kein guter Maler bin, aber solche Skizzen ermöglichen es mir, Ideen für neue Formen zu entwickeln, die ich dann in Plastiken oder Skulpturen umsetzen kann.«

Er öffnet eine Glastür, die hinaus in den Garten führt. Von der Straße aus konnte man diesen Teil nicht sehen, und ich bin überrascht, wie weit er sich nach hinten erstreckt. In einem kleinen Teich schwimmen Goldfische, überall stehen Objekte herum, die einmal etwas anderes waren, eine Badewanne, die als Hochbeet dient, eine Plastik aus alten Rohren, eine eckig zurechtgestutzte Hecke, in die zahlreiche bunte Glassteinchen eingearbeitet sind.

Wir stellen unsere Gläser auf einer bemalten Truhe ab und setzen uns auf umgedrehte Holzeimer.

»Das ist ein beeindruckender Garten.« All diese kleinen Veränderungen und künstlerischen Ideen geben ihm tatsächlich etwas vollkommen Eigenes.

»Danke. Wir haben immer mal wieder Freunde zu Besuch, die sich hier austoben können.«

»Kennst du die Alte Ölmühle?«

»In Lübeck? Ja, ich verstehe, worauf du hinauswillst. Es gibt ein paar Ähnlichkeiten. Ich war noch nie länger dort, aber du kannst dir sicher sein, wir hatten die Idee mit der Gartengestaltung zuerst.« Er lächelt verschmitzt. Vermutlich werde ich nie herausfinden, ob das stimmt, doch letztlich ist es auch egal. Dem Garten wohnt ein ganz eigener Charme inne, eine ganz eigene Atmosphäre, einfach weil man das Gefühl hat, hier haben Menschen Spuren hinterlassen, die in nichts Müll sehen, sondern in allem eine Möglichkeit, etwas Schönes daraus zu gestalten, etwas Besonderes, ein Teil von einem unendlichen Ganzen. Solch ein Talent hätte ich auch gern.

»Also, Amélie. Was machst du? Lass mich raten, du schreibst.«

»Weniger. Ich mache Fotos.« Merkwürdig, wie selbstverständlich diese Antwort kommt, als wäre ich tatsächlich so ähnlich wie Christopher, eine Künstlerin, jemand, der einen Traum verfolgt, eine Berufung, was auch immer. Dabei spaziere ich nur ab und zu durch Straßen und nehme ein paar Fotografien auf, mehr nicht, ohne mir mehr als grundlegende Gedanken um Blenden und Belichtungszeiten und um Bildkomposition zu machen, manchmal sehe ich mir die Fotos hinterher kaum noch an. All das hat nichts mit Kunst zu tun.

»Hast du welche dabei?«

Überrascht schüttle ich den Kopf. »Das ist mehr ein Hobby. Ich gehe ja noch zur Schule.«

»Man fängt immer irgendwann an, je früher, desto besser. Talent und Inspiration sind immer nur ein Teil der Arbeit, der größte Teil ist Handwerk. Egal, welche Kunst man verfolgt.«

»Darf ich unser Gespräch aufnehmen?«, frage ich, und Christopher nickt ganz selbstverständlich, als hätte er bereits mit dieser Frage gerechnet.

Ich suche erst den Fragebogen aus meinem Rucksack und dann die Aufnahmefunktion an meinem Handy, bis ich endlich anfangen kann. Schon bei der zweiten Frage fällt mir auf, wie wenig ich die Struktur durchdacht habe, wie oft ich an den eigentlich interessanten Antworten vorbeischramme, doch Christopher ist ungewöhnlich aufmerksam. Er scheint zu merken, dass ich nervös werde, zumindest steht er wieder auf, erzählt eine Geschichte zu einem der Objekte, die in dem Garten stehen, und während er erzählt, finde ich zu meinem eigentlichen Thema und zu einer besseren Frage zurück.

Etwa zwei Stunden später verabschiede ich mich von ihm.

»Das war wahnsinnig spannend. Danke, dass du dir so viel Zeit genommen hast.«

»Gern. Heute ist eh kein besonders kreativer Tag. Vor allem muss ich den Schuppen aufräumen. Du glaubst nicht, wie viele ordinäre Alltagstätigkeiten auch Künstler durchführen müssen.« Er rollt genervt mit den Augen. »Aber ganz im Ernst, wenn du Lust hast, schicke mir doch eines von deinen Fotos. Das würde mich wirklich interessieren. Wir wollten in Zukunft den einen oder anderen Workshop geben, vielleicht hast du ja Lust, mal vorbeizukommen.«

»Wie in der Alten Ölmühle?«

»So ähnlich, nur viel besser.«

Wir lachen beide, dann laufe ich die Einfahrt hinunter, zurück auf die Straße und Richtung Am Schwarzen Busch, wo meine Mutter vor Sorge vermutlich schon die Polizei angerufen hat. Ich schicke ihr eine kurze Nachricht, dass ich mich auf dem Weg befinde.

Für mein allererstes Interview und dafür, dass ich miserabel vorbereitet war, ist es ziemlich gut gelaufen. Und selbst wenn nicht, allein diesen Garten zu sehen, hat sich gelohnt. Wenn man in so einer Umgebung leben und arbeiten kann, wartet die Inspiration an jeder Ecke, sie liegt dort und lauert, so hat Christopher es beschrieben, nur ob man offen für sie ist, ob man sie überhaupt wahrnimmt, das hängt von einem selbst ab. Wir bräuchten alle solche Orte. Orte, an denen etwas Schönes auf uns wartet.

Sonntag, 14. Mai

Linus

Erst mal: Hemden bügeln. Gut, dass Isa noch mit ihrer Näherei beschäftigt ist und nicht mitkriegt, wie ich völlig panisch versuche, nicht immer mehr Falten in meine Hemden zu machen statt weniger. Weil ich mich nämlich für keines der drei, die ich besitze, entscheiden kann, bügle ich eben alle. Wobei das echt eine bescheuerte Idee war, denn als ich sie danach anprobiere, fällt eines schon mal raus, weil ihm drei Knöpfe fehlen und es mir außerdem auch noch zu klein geworden ist. Zumindest spannt es vorn und unter den Achseln ziemlich, und nein, ich bin nicht fett geworden, höchstens muskulöser. Das kommt vom Taekwondo. Anscheinend baue ich umso mehr Muskeln auf, je weniger ich trainiere. Gibt ja allerhand Merkwürdiges auf der Welt.

Jedenfalls muss ich mich nur noch zwischen zwei Hemden entscheiden, einem blau-weiß gestreiften und einem mit Karomustern, hauptsächlich gelb. Okay, vielleicht müsste ich gar kein Hemd anziehen, aber immerhin ist das meine Freundin, die heute endlich wieder zurückkommt, da kann ich ja nicht wie ein Obdachloser aufkreuzen. Am Ende nimmt sie mich nicht wieder.

Das blau-weiße Hemd gefällt mir besser, sieht aber zu der Jeans ziemlich langweilig aus. Außerdem hatte ich das bei Sveas und meinem ersten Date an. An diese Katastrophe will ich sie heute wirklich nicht erinnern.

Unter normalen Umständen würde ich meinen Vater fragen oder meine Mutter, aber hey, ich bin nicht mehr zwölf, und außerdem sind sie beide schlecht drauf. Mal wieder. Und Isa würde mich auslachen oder irgendwas Bescheuertes sagen, in solchen Dingen ist sie wirklich nicht hilfreich. Dabei fragt sie mich ständig, welche Klamotten sie anziehen soll.

Andererseits, Svea und ich haben uns so lange nicht mehr gesehen, wahrscheinlich ist es ihr völlig egal, was ich anhabe. Sie könnte meinetwegen auch nackt sein, das wäre mir sogar am liebsten, wenn man jetzt mal außer Acht lässt, dass ihre Mutter und Isa sie ebenfalls abholen werden und sie aus einem Bus voller anderer Schüler aussteigen wird.

Aber das bin nur ich und umgekehrt wird sie da andere Ansprüche an mich haben. Befürchte ich. Von den Klamotten mal abgesehen, reicht es mir schon, wenn sie mich nur halb so sehr vermisst hat wie ich sie.

Also ein weißes T-Shirt, darüber irgendein Hemd (das gelbe), Jeans, nachher die Sneakers. Lässig, aber elegant. Oder so. Isa sollte wirklich aufhören, ihre Modezeitschriften überall herumliegen zu lassen, man schnappt ein merkwürdiges Vokabular daraus auf.

Es ist jedenfalls schon Vormittag, als wir endlich aufbrechen. Die Fahrt ging über Nacht. Ich persönlich hasse ja solche langen Busreisen, die eine Erfahrung, die wir da mal gemacht haben, nachdem unser Auto kurz vor dem Urlaub kaputtging und sich auf die Schnelle keine andere Lösung fand, reicht mir völlig aus. Man steigt völlig zerknittert, schlecht gelaunt und mit Mundgeruch aus dem Gefährt und will einfach nur eine Dusche und ein Bett, auf dem man die Beine ausstrecken kann, und deshalb fände ich zum Beispiel so ein Empfangskomitee, wie wir es bilden, megaätzend. Sveas Eltern mit Baby, Isa, ich und noch zwei weitere Freundinnen von Svea stehen auf dem Schulhof herum und tun so, als würden sie sich unterhalten, wobei ich nichts sage, weil ich eigentlich nur will, dass der Bus endlich ankommt. Und das tut er dann auch, etwa eine Dreiviertelstunde zu spät.

Um die zwanzig Schüler steigen aus, Svea ist die sechste, und sie sieht tatsächlich ähnlich zerknittert aus, wie ich aussehen würde, nur mit gekämmten Haaren. Und sie riecht deutlich besser, das merke ich sofort, weil ich mich vordrängle, um sie als Erster zu umarmen.

»Hey, lass noch etwas von mir für die anderen übrig«, sagt sie lächelnd und löst sich schließlich von mir.

Ja, ich habe die Brille zu Hause gelassen. Das erste Wiedersehen sollte nicht gleich ein Schock werden.

Die anderen sind mir zwar völlig egal, aber gut, immerhin haben sie sich ebenfalls den halben Tag freigenommen, um auf dem Schulhof herumzustehen und blödes Zeug zu labern, da kann man schon verstehen, dass sie Svea auch begrüßen wollen. Die Mädchen haben Blumen mitgebracht, Isa drückt ihr die in hübsches Geschenkpapier eingewickelte Tasche in die Hand, an der sie die letzten Wochen geschneidert hat, und Angela wuschelt ihrer Tochter ständig durch die Haare, bis Svea schon ganz genervt guckt.

»Erzähl schon, wie war es?«, fragt eine ihrer Freundinnen, obwohl sie bestimmt mindestens genauso oft mir ihr geskypt hat wie Isa oder ich, und falls nicht, haben sie sich sicher ellenlange Nachrichten geschrieben und Fotos geschickt.

»So geil, ich weiß gar nicht, wo ich anfangen soll. Die beste Zeit meines Lebens, echt.« Und dann geht es schon los, und ich blicke zu Isa, die das aber gar nicht bemerkt. Allerdings dauert Sveas Bericht nicht lange. Nach ein paar Minuten schon fängt Mila an, unruhig zu werden, Sveas Freundinnen müssen noch weg, und so sind Isa und ich die Einzigen, die mit zu ihr nach Hause gehen, wo ihre Eltern schon Mittagessen vorbereitet haben. Pizza. Besser geht's ja nicht.

Beim Essen erzählt Svea weiter. Ich finde es immer wieder cool, dass sie auch die Partyberichte nicht auslässt, obwohl doch ihre Eltern dabei sind. Unsere Mutter würde einen Herzinfarkt kriegen von solchen Erzählungen, ich glaube, in ihrer Welt sind wir immer noch zehn.

»Meine Klasse war cool, überhaupt waren an der Schule lauter spannende Leute, und die hatten tolle Kurse, das einzig Lästige waren die ganzen Ausflüge, die unsere Französischlehrerin organisiert hat. Ziemlich lahm, die meisten, aber sie hat das wohl irgendwann selbst gemerkt, in der letzten Woche hat sie uns zu keinem mehr gezwungen.« Sveas Pizza wird kalt, meine Freundin fuchtelt mit den Armen herum, so aufgeregt ist sie. Dabei gestikuliert sie sonst nicht so wild. »Schade ist nur, dass alles so verdammt teuer ist. Ich hätte so viele Sachen kaufen können, gerade Klamotten. Das dauert, eh Mode bei uns ankommt, ihr glaubt das gar nicht. Was sie dort haben, sehen wir hier in ein oder zwei Jahren, schon traurig, oder?«

»Willst du nicht mal Isas Geschenk aufmachen?«, fragt Angela.

»Wie, Geschenk? Ach so, ja, klar, sorry, das habe ich schon wieder ganz vergessen.« Svea steht auf und nimmt das Päckchen von der Küchenablage, reißt das Papier ab und betrachtet die bunte Stofftasche eingehend. »Hey, cool, die ist ja schick.«

»Ich hoffe, sie sieht einigermaßen ähnlich aus wie die, die du unbedingt haben wolltest. Besser konnte ich es nicht.«

»Hm, sicher, die ist nice. Danke!« Kurz umarmt Svea Isa, dann setzt sie sich wieder und erzählt weiter. Ich bin nicht sicher, ob sie verstanden hat, dass Isa sie selbst genäht hat, dass sie Tage in diese Arbeit investiert hat. Normalerweise ist Svea nicht undankbar, nur heute, heute hat sie so viel zu berichten und zu verarbeiten, bestimmt wird ihr irgendwann auffallen, dass sie sich ein bisschen zu wenig bedankt hat. Isa ist nachtragend bei so etwas. Wenn sie sich wirklich Mühe gibt mit einem Geschenk, dann wünscht sie sich nichts mehr, als dass es gut ankommt, das ist ja klar. Und wenn es das nicht tut, fühlt sie sich ewig lang schlecht deshalb.

»Ich wollte heute noch auf den Reiterhof. Was ist, hast du Lust mitzukommen?«, fragt sie nun.

Svea legt den Kopf leicht schief und verzieht den linken Mundwinkel nach oben. »Weiß nicht genau. Eigentlich bin ich echt fertig, viel geschlafen habe ich ja im Bus nicht.« Sie blickt sich in der Küche um, als wäre sie an einem neuen, unbekannten Ort angekommen. »Andererseits, wieso nicht? Ich freue mich ja schon auf Ramona und Milly hat mich bestimmt vermisst.«

Keine Ahnung, wie Pferde es so mit dem Vermissen haben. Sveas Eltern haben jedenfalls nichts dagegen, ihr Vater fährt uns sogar hin und wird uns auch später abholen und Isa und mich nach Hause bringen. Wenn am nächsten Tag Schule ist, darf ich nur sehr selten bei Svea schlafen, nicht mal dann, wenn sie Ewigkeiten weg war. Obwohl wir ziemlich viel nachzuholen haben.

Die Sonne knallt, es ist megaheiß auf dem Hof und zum Glück nicht allzu viel los. Ich helfe Isa dabei, ein paar Zäune auszubessern, und schaue anschließend Dominik dabei zu, wie er die Wasserpumpe repariert. Ohne ihn könnte Ramona den Hof vermutlich hinschmeißen.

»Wo hast du das gelernt?«, frage ich ihn nach einer Weile.

»Gar nicht. Ich bin jetzt schon lange genug hier, dass ich einiges mitbekommen habe, und da schon immer das Geld gefehlt hat, ist es besser, Dinge selbst zu reparieren. Meine Eltern hatten früher auch Tiere, ein bisschen Grundwissen habe ich mir wohl dort nebenbei angeeignet. Den Rest habe ich mir von Ramona abgeschaut.« Er macht eine kurze Pause. »Hier, siehst du? Das Rückschlagventil ist hinüber, habe ich mir schon gedacht und deshalb gleich ein neues mitgebracht.«

Er erklärt mir, wie man das Ersatzteil einbaut, was sich tatsächlich als gar nicht so besonders schwierig erweist. Trotzdem schwitzen wir, so heiß ist es, und sind froh, dass Ramona Limonade und Kuchen vorbereitet hat.

»Hey, ich habe heute richtige Männerarbeit geleistet«, scherze ich, als ich mich neben meine Freundin setze.

»Puh, du riechst auch wie ein richtiger Mann.« Sie rückt ihren Stuhl ein bisschen zur Seite, aber ich bin nicht sicher, ob sie nur auf meinen Scherz eingeht oder es ernst meint. Zumindest kommt sie nicht zurück, sondern schenkt sich von Ramonas selbst gemachter Orangenlimo ein und unterhält sich dann mit dem jüngeren Mädchen, das neben ihr sitzt und anscheinend noch nicht so lange auf den Reiterhof geht.

Fragend blicke ich zu Isa, doch die zuckt nur mit den Schultern. Sie ist auch gerade abgemeldet, vermutlich, weil wir beide schon alle Geschichten kennen und es auch für Svea spannender ist, sie jemandem zu erzählen, der sie noch nie gehört hat. Ist ja logisch. Mir reichen vorerst Kuchen und kalte Getränke, die enthalten beide ausreichend Zucker, um jedes Stimmungstief wegzubeamen.

So lange dürfen wir aber doch nicht Pause machen. Ramona hat noch ein paar Pläne für heute, also helfe ich Emilia dabei, eine neue Heuraufe für die Ziegen zusammenzuzimmern. Gemeinsam beugen wir uns über die Zeichnung, messen das Holz aus und sägen es zurecht.

»Wenn ihr solche Aufgaben habt, könnt ihr mich immer anrufen«, sage ich zu ihr, nachdem wir die letzte Latte zersägt haben. »So was mache ich gern.«

»Das ist klasse, danke. Mama hasst Sägen, und Dominik macht eh schon so viele andere Sachen, ich will ihn so wenig wie möglich belästigen.«

»Ich hatte eigentlich den Eindruck, dass er gern herkommt.«

»Ja, zum Reiten.«

»Nicht nur. Ich glaube, er ist froh, wenn er euch helfen kann.«

Nachdenklich blickt Emilia zu den Pferdeställen, wo ihre

Mutter und Dominik gerade in eine Diskussion vertieft sind. »Ja, möglich.«

Ein paar Minuten lang arbeiten wir schweigend. Obwohl wir im Schatten stehen, ist es echt heiß, und auch wenn ich das nicht offen zugeben würde, verliere ich bald die Lust. Nicht nur wegen der Temperaturen, irgendwas ist einfach komisch heute. So als wäre etwas kaputtgegangen und ich habe keinen Plan, was es ist, weiß aber, dass es etwas Wichtiges sein muss. Mindestens der Fernseher.

»Freust du dich, dass Svea wieder da ist?«

»Klar, was für eine Frage.« Überrascht lege ich die letzte Holzlatte beiseite.

»Ich meine nur, weil ihr euch ewig nicht gesehen habt, aber die ganze Zeit getrennt was macht.«

»Beim Ausreiten kann ich ihr ja schlecht behilflich sein«, scherze ich, merke jedoch selbst, wie lahm der Witz ist. Sogar für meine Verhältnisse.

»Vorhin aber auch. Und auch sonst. Salim und Isa haben zwar nicht die ganze Zeit aufeinandergehockt, und Salim hat auch viel ausgeholfen, obwohl er nicht solche handwerklichen Fähigkeiten hat wie du. Nur war das anders zwischen ihnen. Sie waren immer miteinander hier, selbst wenn sie getrennte Sachen unternommen haben.«

»Und jetzt sind sie nicht mehr zusammen, also, was sagt uns das?« Eigentlich will ich mich gar nicht aufregen, und ich weiß selbst nicht, wieso ich das tue. Ich klinge wie Isa, wenn sie ihren Zickenkurs fährt.

»Gar nichts.« Emilia sortiert die zurechtgesägten Holzteile und beginnt dann damit, sie abzuschleifen. Auch Ziegen mögen keine Splitter. »War ja nicht so gemeint. Es kommt mir nur so vor, als wäre Svea anders als vor ihrer Frankreichfahrt, aber ich kann mich auch irren. Sie ist ja heute erst zurückgekommen. Vielleicht bin ich auch nur empfindlich, weil das bei Isa ähnlich ist. Also, dass sie anders ist als sonst.«

»Findest du auch?« Ich war mir nicht sicher und habe, wenn ich ehrlich bin, gar nicht weiter darüber nachgedacht.

»Ja, oder? Sie ist stiller als sonst. So kennt man sie gar nicht.«

Still ist wirklich kein Adjektiv, das meine Schwester beschreibt, und trotzdem hat Emilia irgendwie recht. Es ist wirklich an der Zeit, mich mal mit meiner Schwester zu unterhalten. Mittlerweile reicht es nicht mehr, uns über unsere Mutter aufzuregen oder wahlweise auch über unseren Vater, es reicht nicht mehr, über die Familienfreitage zu lästern, die eh schon seit einer Weile nicht mehr stattfinden, es reicht nicht mehr, darüber zu reden, wie stressig es in anderen Familien zugeht.

»Man glaubt es kaum, aber gelegentlich macht sich auch Isa Gedanken über Dinge.«

Emilia lächelt mich an. »Deine Schwester macht sich ständig Gedanken über Dinge, normalerweise merkt man es nur nicht so sehr.«

»Kann auch sein. Aber jetzt sollten wir uns beeilen, ich glaube, wir wollen bald los.«

»Okay, mir recht. Je mehr du erledigst, desto weniger Arbeit bleibt für mich übrig.«

Den Rest der Zeit reden wir nur noch wenig miteinander. Zum Glück ist das mit Emilia wirklich einfach, einfacher als mit den meisten anderen Mädchen. Sie hat nie etwas, womit sie einen unbedingt belöffeln will, und sie stellt nur selten nervige Fragen, hört aber auch damit sofort auf, wenn man nur einsilbig antwortet.

Es ist schon fast Abend, als wir aufbrechen. Im Auto sitze ich neben Svea und halte ihre Hand, und ab und an lächelt sie mich an, so wie vorher. Bestimmt bilde ich mir nur etwas ein. In ein paar Tagen ist alles wieder so wie früher. Ganz einfach. Ganz leicht.

Samstag, 20. Mai

Linus

Die ganze Woche über war Svea andauernd ausgebucht. Wir haben einmal miteinander telefoniert, uns zweimal kurz gesehen und ansonsten Nachrichten geschrieben. Soll heißen: Ein Date ist angesagt. Ein richtiges. Meinetwegen sogar mit Kerzen und ein bisschen Kitsch.

Mein Vater holt Isa vom Reiterhof ab und lässt mich dort raus. Svea und ich werden mit dem Bus nach Wismar fahren, was jetzt vielleicht nicht megaromantisch ist.

Meine Motorradpläne werde ich Isa überlassen. Reicht vielleicht auch, wenn ich nur einen Führerschein mache und in einem Jahr Auto fahren darf. Überhaupt hätte ich früher mit dem Sparen anfangen sollen, momentan sieht es so aus, als könne ich mir den mit frühestens fünfundzwanzig leisten. Gut dass Isa und ich im Sommer Geburtstag haben und beide auf ein anständiges Sponsoring hoffen.

So oder so, bis dahin ist es noch ewig hin, weshalb eben das öffentliche Transportsystem herhalten muss.

Svea und ich fangen langsam an, mit einem geteilten Eisbecher und einem Milchshake. Das ist immer eine gute Wahl, weil Svea bedeutend weniger als die Hälfte davon isst und somit mehr für mich übrig bleibt. Mit Isa, zum Beispiel, klappt das nie.

»Und, wie ist es, wieder zurück zu sein?« Das habe ich sie

im Laufe der Woche zwar schon dreimal gefragt, nur ohne weitere Informationen ist es eben ein bisschen schwierig, ein tiefer gehendes Gespräch zu beginnen. Dadurch, dass wir uns insgesamt vier Wochen lang fast nie gesehen haben, sind diese Dinge ein bisschen eingerostet.

»Ach, gar nicht so schlecht, wie ich dachte. Am Anfang wollte ich sofort zurück. Paris ist einfach die geilste Stadt der Welt, dagegen ist Wismar halt ein langweiliges Nest. Aber dann dachte ich mir, dass wir für die Schule auch nicht mehr ewig brauchen. Ist ja nur noch ein Jahr. Danach können wir machen, was wir wollen, und wenn ich mir mehr Mühe gebe, schaffe ich vielleicht einen Notendurchschnitt, der für ein Studium in Paris reicht. Oder ich suche mir dort einen Job, meine Freundinnen können mir bestimmt helfen. Das wäre cool, wir würden zusammenwohnen, vermutlich in einer schrottigen Miniwohnung irgendwo im Getto. Du glaubst gar nicht, wie hoch die Mietpreise sind. Aber das ist auch egal. Hauptsache, ich kann wieder zurück.«

Das ist ja gleich mal ein toller Gesprächsbeginn. Klar, wir sind erst seit gut einem halben Jahr zusammen, da ist es vielleicht ein bisschen vermessen anzunehmen, unsere Beziehung würde über die Schulzeit hinaus halten. So richtig haben wir nie über unsere Zukunftspläne gesprochen. Eigentlich hatten wir bisher auch keine. Aber dass sie plötzlich gleich mal nicht nur in eine andere Stadt, sondern mal eben in ein anderes Land ziehen will und auch schon weiß, mit wem sie dort wohnen wird, das kommt jetzt doch ein bisschen plötzlich. Deshalb sage ich auch erst mal nichts, sonst klinge ich noch wie ein weinerlicher Vierzehnjähriger, der die große Liebe seines Lebens verliert. So schlimm ist das dann doch wieder nicht. Glaube ich. Weil, wer eigentlich die große Liebe war, weiß man vermutlich eh erst am Ende, also wenn man stirbt. Falls man so was überhaupt hatte.

»Colette ist eine echte Künstlerin, aus ein paar Stoffen und Kisten zaubert sie eine komplette Wohnzimmereinrichtung, das ist echt galaktisch. Wir verstehen uns super, außerdem kennt sie die angesagtesten Clubs, und bis dahin dürfen wir auch legal in alle rein. Alles andere ist ja Kinderkram. Ich meine, ich hatte die beste Zeit meines Lebens und habe trotzdem das Gefühl, das Spannendste verpasst zu haben. Es dauert echt ewig, bis man endlich erwachsen ist.«

»Dann siehst du ja deine Schwester kaum noch.« Okay, extrem lahme Antwort, nur fällt mir leider gerade keine andere ein.

Svea grinst nur. »Nee, wohl nicht, aber so oder so will ich doch nicht in diesem Kaff bleiben. Ich meine, ich habe ganz coole Eltern, wenn man sie mal mit anderen vergleicht, das heißt doch aber nicht, dass ich nach dem Abi hierbleibe und ständig Babysitterin spiele. Irgendwann muss man ja anfangen zu leben. Ehrlich, wenn du mal hier rauskommen würdest, würdest du auch merken, wie langweilig eigentlich alles ist. Hier ist doch nie richtig was los.«

Etwas unbeholfen kratze ich die Reste aus dem Eisbecher. Ob sie mich auch unter »langweilig« einordnet? Okay, Eis und Milchshake sind jetzt nicht gerade originell, und danach wollte ich mit ihr ins Kino gehen. Was bedeutet, dass ich meine Brille aufsetzen muss. Sie hat sie zwar schon einmal gesehen und kaum etwas dazu gesagt, aber ich bin mir sicher, dass sie sie extrem hässlich findet. Und deshalb auch das Kino, dort ist es dunkel, sie sieht das Ding nicht, und außerdem kann man schön andere Sachen machen. Auf Minigolfen und Bowlen hatte ich nun wirklich keinen Bock und ansonsten lief einfach nichts. Das stimmt schon, wirklich was Cooles machen kann man nicht so richtig. So betrachtet hatte ich vermutlich ebenfalls vor, nach dem Abi woandershin zu gehen. Eigentlich wäre ich jetzt schon froh, nicht mehr mit meinen Eltern zusammenleben zu müssen, momentan ist das nur noch katastrophal.

»Du kannst mich ja auch in Paris besuchen. Dir wird es gefallen, schon allein die Innenstadt ist einfach mal total anders. Ich habe zwar nicht so viel Ahnung von Architektur, aber die Atmosphäre und so, das findet man hier nicht.«

»Hm, ich weiß, wir haben noch nie darüber geredet, aber ich dachte, falls wir nach dem Abi noch zusammen sind, überlegen wir uns auch zusammen, was wir machen wollen. Wir werden ja wohl kaum zusammenbleiben, wenn wir tausend Kilometer voneinander entfernt wohnen.« Also doch die weinerliche Schiene. Peinlich, nur gut, dass niemand hier ist, den ich kenne.

Kurz hält sie inne und scheint darüber nachzudenken. »Ja klar, schon«, bemerkt sie dann und macht wieder eine Pause. »Das sind ja erst mal nur Ideen. Aber mal davon abgesehen, selbst wenn wir beide hier weggehen und sogar in derselben Stadt landen, wolltest du, dass wir zusammenziehen? Ich meine, ich will doch nicht von zu Hause weggehen, um dann mit meinem Freund zusammenzuwohnen. Das ist doch wohl mal freaky, findest du nicht? Willst du nicht auch erst mal was Richtiges erleben?«

Natürlich kann ich jetzt nicht fragen, was genau sie unter »was Richtiges« versteht. Bisher fand ich mein Leben gar nicht so wahnsinnig verkehrt. Von meinen Eltern mal abgesehen. Und der Schule. Ganz besonders der Schule. Nein, ganz besonders meinen Eltern. Jedenfalls, der Rest ist irgendwie akzeptabel, aber vielleicht fehlt mir auch einfach nur ein Abenteuergen. Also so eines, das Menschen in meinem Alter in partybebende Großstädte treibt. Ich bin eher so der Indiana-Jones-Typ. Mit Kamera.

Das sollte ich jetzt allerdings nicht antworten, wenn ich heute noch Sex haben will. So viel ist mal klar. »Keine Ahnung. Man muss ja auch nicht gleich zusammenziehen oder in derselben Stadt wohnen. Aber auch nicht in unterschiedlichen Ländern. Also so, dass wir uns noch regelmäßig besuchen könnten. Sonst wird das mit der Beziehung ganz schön schwierig.«

Sie lächelt, nur diesmal ist es nicht mehr wie davor. Als würde sie mich gar nicht wirklich sehen, so wirkt das, als wäre sie noch immer nicht hier. Aus jenem Bus ist nur ihr Körper ausgestiegen, den Rest hat sie zurückgelassen.

André würde jetzt sagen, dass man für Sex nur den Körper braucht, aber ich bin nicht sicher, ob das stimmt.

»Darüber müssen wir jetzt wirklich noch nicht nachdenken. Eigentlich wollte ich dir nur erzählen, wie begeistert ich von der Stadt bin und wie wahnsinnig gern ich zurückwill. Das heißt ja nicht, dass ich das wirklich mache, schließlich dauert es noch ein Jahr, bis wir mit der Schule fertig sind.«

Ein Jahr kann echt lang sein. Bis dahin will sie vermutlich nach London auswandern und Modedesign lernen. Oder Springreiterin werden. Oder Nordseedelfine retten. Ist ja alles möglich.

Ich bezahle Eisbecher und Milchshake und hoffe inständig, dass mein Geld noch für Kino inklusive Popcorn reicht. Am besten frage ich mal Opa, wie man sparsam lebt. Ich sollte nicht jeden Euro in mein Fahrrad investieren, das ist ja sowieso undankbar und fährt auch nicht schneller, nur weil es eine neue Klingel hat.

Für Kino reicht es doch noch und das Popcorn gibt Svea aus. Den Titel des Films habe ich gleich wieder vergessen, kaum dass Svea ihn ausgesucht hat. Natürlich eine Liebesschnulze. Mit Kuscheln ist leider auch nicht viel. Svea rückt zwar nicht so direkt von mir weg, macht allerdings keinerlei Anstalten, auf meine vorsichtigen Annäherungsversuche einzugehen. Wie beim ersten Date, also wirklich, nach so vielen Monaten könnte das irgendwie besser laufen. Ich geh doch nicht mit einem Mädchen ins Kino, nur damit es die ganze Zeit auf die Leinwand starrt und mich komplett ignoriert. Gegen uns wirken Amy und Brar ja wie ein frisch verknalltes Pärchen.

Der Film ist auch nur schwer zu ertragen. Selbst Svea wirkt nur mäßig begeistert, als wir das Kino wieder verlassen, doch leider kann man sein Geld in solchen Fällen nicht zurückverlangen. Wenigstens das Popcorn war okay.

»Und, was machen wir jetzt?«, frage ich in der Hoffnung, bei ihr übernachten zu dürfen. Das wäre nun wirklich mehr als angebracht.

»Hm, ich muss noch ziemlich viel für die Schule vorbereiten. Ein paar Extraaufgaben habe ich in Paris nicht geschafft, außerdem muss ich Stoff nachholen, damit ich in den nächsten Klausuren nicht völlig versage. Und so, wie ich meinen Geschichtslehrer kenne, wird der mich morgen herauspicken und ausfragen, weil drei Wochen externer Unterricht seiner Meinung nach eben nicht bedeuten, dass man hier herumschlampt. Diese Woche haben mir die meisten noch eine Gnadenfrist gewährt, aber die ist jetzt aufgebraucht.«

Offenbar kann ich froh sein, dass ich überhaupt ein Date bekommen habe, und auch noch eines, das über drei Stunden gedauert hat. Eigentlich ein Grund zur Freude.

»Würde es dich stören, wenn ich noch mit zu dir komme? Ich kann dir ja bei den Schulaufgaben helfen, und wenn nicht, bleibe ich einfach ganz still in einer Ecke und gucke dir zu.«

»Ach, das wäre irgendwie *inquiétant*, findest du nicht?«

Ich zucke nur mit den Schultern. Wenigstens in der mündlichen Kommunikation könnte sie ja bei Deutsch und maximal Englisch bleiben, ich kann jetzt schließlich nicht mal schnell auf meinem Handy nach einer Übersetzung schauen.

»Außerdem will ich noch skypen.«

»Ich verstehe eh nichts, wenn du mit deinen französischen Freundinnen redest, keine Sorge.«

Sie verzieht den Mundwinkel, als fände sie die Vorstellung abstoßend, mich in ihrem Zimmer zu haben. So ganz generell. Ich komme mir schon regelrecht aufdringlich vor, als ich noch hinzufüge: »Oder ich gehe dann halt aus dem Raum. Deine Eltern finden bestimmt etwas, das ich anbauen oder reparieren soll.«

»Weißt du ...« Sie starrt auf den Boden, ihre Schultern heben sich, so tief atmet sie ein. Danach blickt sie mich an. »Ich wollte nicht mit einer Freundin skypen.«

Für einen Moment stehe ich tatsächlich auf dem Schlauch. Also keine Freundin, sondern ihre Gastschwester. Oder eine Mitschülerin. Doch dann dämmert es mir so langsam. »Warte, redest du von einem Jungen?«

Sie nickt vorsichtig.

»Und was? Seid ihr zusammen?« Das ist doch bescheuert, ich bin ja mit Svea zusammen, da kann sie nicht noch mit einem anderen zusammen sein. Oder möglicherweise doch, nur, sollte ich dann nicht davon wissen? Bespricht man solche Dinge nicht miteinander? So nach dem Motto: Hey, ich finde dich zwar irgendwie ganz gut, aber es gibt halt noch andere heiße Typen, das verstehst du sicher.

»Nein, natürlich nicht. Er wohnt doch in Paris, wie soll denn das funktionieren?«

Wie jetzt?

»Tut mir leid, dass ich dir nicht eher davon erzählt habe. Paris war einfach anders, total speziell, und die Jungs sind auch nicht so wie hier. Megacharmant, die lassen nicht so schnell locker. Und außerdem sind wir noch viel zu jung, um uns zu binden, oder? Du willst sicher auch Erfahrungen mit anderen Mädchen sammeln, das ist völlig okay, finde ich. Also, ich meine, ich bin total gern mit dir zusammen, das ist es nicht, aber andere Jungs sind eben anders, und dann ist es auch anders, mit ihnen zusammen zu sein.«

Manchmal sollte man einfach nicht nachfragen. Mein ganzer Körper kribbelt, und ich habe das Gefühl, dass gleich das Popcorn mitsamt Eis und Milchshake wieder rauskommt. Trotzdem tue ich es. Trotzdem frage ich sie. »Warte mal, hast du mit ihm geschlafen?«

»Was macht das denn für einen Unterschied?«

So langsam komme ich nicht mehr mit. Erzählt mir meine angebliche Freundin gerade, dass sie in Paris mit sonst wem rumgesext hat, während ich ihr völlig ahnungslos hinterhergetrauert habe? Während ich dachte, wenn sie wiederkommt, wird alles wie vorher?

»Gar keinen«, antworte ich. Mit einem Mal bin ich müde, ich könnte mich auf der Stelle auf den Boden werfen und einfach einschlafen. Und die Vorstellung, mit Svea nach Hause zu gehen, in ihrem Zimmer zu sitzen, sie anzufassen, finde ich auf einmal merkwürdig, befremdlich. Weil ich in Wahrheit gar nicht weiß, wer sie eigentlich ist. Wer wir eigentlich sind. Ob wir überhaupt etwas sind.

»Ich meine, ich habe schon mit ihm geschlafen, aber das hat doch nichts mit uns zu tun. Wir sind hier, er ist in Paris.« Sie nimmt meine Hand, und drei, vier Sekunden lang bin ich so überrascht, dass ich sie nicht sofort zurückziehe.

»Was willst du mir überhaupt damit sagen?«

»Nichts weiter. Ich dachte nur, dass du es vielleicht doch wissen solltest. Wir können ja trotzdem einfach da weitermachen, wo wir aufgehört haben. Wahrscheinlich brauche ich noch ein paar Tage, um mich wieder einzugewöhnen, aber dann kann doch alles wie vorher sein.« Sie lächelt wieder.

Mir fehlen einfach die Worte, deshalb schüttle ich lediglich den Kopf und drehe mich um. Hat sie mir gerade tatsächlich erzählt, dass wir schlafen können, mit wem wir wollen, und trotzdem zusammenbleiben? Oder ist in meinem Kopf etwas explodiert und ich höre einfach alles vollkommen falsch? Keine Ahnung, ehrlich. Da ist so ein Hintergrundgefühl, wie Tinnitus. Ich kann es nicht erreichen, nicht festhalten, aber es überlagert alles andere.

Und dann renne ich los, so schnell ich kann. Vielleicht ruft sie meinen Namen, vielleicht auch nicht, ich achte nicht einmal darauf. Weil es vollkommen egal ist.

Mittwoch, 24. Mai

Isabella

Im ganzen Zimmer verstreut liegen Nähutensilien herum. Stoffe, Garnrollen, Paillettenschachteln, Reißverschlüsse, Knöpfe, Bügelbilder. Eigentlich hatte Isabella nur ein bisschen aufräumen wollen. Zum ersten Mal seit Ewigkeiten schwänzte sie den Reiterhof, und es war ihr direkt unangenehm, als sie Ramona anrief, um ihr Bescheid zu sagen. Gleich nach der Schule radelte sie nach Hause, so schnell sie konnte, und auch dafür gab es keinen Grund, denn als sie ankam, war natürlich niemand hier.

Ihre Nähsachen wollte sie schon vor Monaten sortieren, weil sie einfach nicht mehr weiß, was sie besitzt und was nicht. Vor ein paar Wochen hat Linus ihr eine größere Holzkiste mit Zwischenboden und lauter kleinen Fächern geschenkt, die er zusammen mit Opa Lutz gebastelt hat. Sie ist perfekt für Stoffreste und den ganzen Kleinkram, den Isa bisher in Schraubgläsern und Pappkartons gesammelt hat, also zerrte sie alles aus sämtlichen Schubläden und Schränken, und nun liegt das ganze Zeug in ihrem Zimmer herum, viel zu viel, um es einfach so an einem Nachmittag zu sortieren.

»Ich hasse nähen«, sagt sie leise und dann noch einmal lauter, doch als sie wieder schweigt, ist niemand da, der ihr antworten könnte.

»Also gut. Knöpfe hier rein, Reißverschlüsse dort, Nadeln hier.« Irgendwo muss man ja anfangen und so fängt sie an und sammelt alles auf und sortiert es ein, aber immer wieder wird ihr schwindelig. Nicht auf so eine körperliche Art, dass alles verschwimmt oder sie Kopfschmerzen bekommt, sondern leise, tief drinnen, ihre Gedanken flutschen davon, und dann fängt sie an, an Dinge zu denken, an die sie gar nicht denken will.

Nach etwa einer halben Stunde öffnet sie das Fenster. Tief atmet sie die frische Luft ein.

Erstaunlich, wie viel Konzentration sie braucht, nur um ein paar Nähutensilien zu sortieren. Jetzt gerade reicht ihre Energie nicht aus, sie braucht Ablenkung. Etwas, das laut ist.

Also schnappt sich Isabella ihre Kopfhörer und das Handy und geht hinüber in das Zimmer ihres Bruders. Von seinem Balkon aus blickt man über die Felder zum Waldrand, dahinter befindet sich das Meer. Das würde vielleicht helfen, und unter der Woche außerhalb der Ferien sind die Touristen meist erträglich, so von der Anzahl her, doch auch sie wären noch zu viel. Deshalb die Musik und der Balkon im Sonnenschein.

Sie hat sich kaum in den mickrigen Klappstuhl gesetzt, den Linus dort immer lagert, und sich längst noch nicht für die richtige Musik entschieden, als er endlich kommt. Der Lärm.

Paul jagt über den Rasen, Amy ihm hinterher. Wenn die Geschwister Fußball spielen, sieht das immer eher aus wie Fangen, und sie brauchen den gesamten Garten dafür. Die Pflanzen können einem regelrecht leidtun. Andererseits versteht Isa dann auch, weshalb Amys Eltern nicht ganz so leidenschaftlich hübsche Blumenbeete anlegen wie ihre Mutter.

Nach einer Weile machen sie eine Pause auf der Terrasse, jedenfalls vermutet Isabella, dass sie sich dort aufhalten, denn sie kann die beiden immer noch hören, wenn sie die Kopfhörer absetzt, nur eben nicht mehr sehen. Mit einem Mal wird es still, das Haus hat die beiden wieder aufgesogen.

Isa hätte etwas sagen sollen. Fragen, zum Beispiel, ob sie mitspielen kann. Reiten trainiert alles Mögliche, Kondition, Körpergefühl, Muskeln, das wird immer unterschätzt, wie anstrengend dieser Sport ist. Ein bisschen Kinderfußball ist für sie allemal drin.

Und dann kommt die Musik. Klavier, nicht laut, eher zaghaft, doch laut genug, damit man etwas hören kann, auch von Linus' Balkon aus.

Müde legt Isabella die Kopfhörer auf den winzigen Tisch. So oft benutzt Linus den Balkon gar nicht, eigentlich ist es ungerecht, dass er ihn bekommen hat. Wirklich erinnern kann sie sich nicht mehr daran, wie sie die Zimmer aufgeteilt haben, nachdem die Eltern den Dachboden hatten ausbauen lassen. Vielleicht haben sie gewettet oder Streichhölzer gezogen, oder Isa wollte das andere Zimmer haben, weil es ein bisschen größer und die Aussicht spannender ist. Nicht so sehr, dass es sich lohnt, dafür einen Balkon aufzugeben. Oder sie wollte einfach nur nett zu ihrem Bruder sein. Unwahrscheinlich, aber möglich.

Nach einer Weile gibt sie auf. Nicht mal Sonnenbaden ist heute ein Genuss, alles drückt und tut weh, immerzu. Wenn sie ehrlich ist, muss Isa zugeben, dass sie sich selbst auf die

Nerven geht, und zwar gewaltig. Dafür hat es sich nun wirklich nicht gelohnt, einen Ausritt in den Wald und die Hofarbeit aufzugeben, ganz und gar nicht.

Jungs sind einfach mal ätzend. Überflüssig. Sie legen einen komplett lahm.

Isa geht in ihr Zimmer zurück, schmeißt die Kopfhörer auf ihren Schreibtisch und geht die Treppen hinunter, nach draußen bis in Amys Garten. Erst überlegt sie, einfach durch die Terrasse ins Haus zu spazieren, denn so machen sie das manchmal, aber ein bisschen unangenehm ist es ihr meistens doch. Man weiß ja nie, wen man gerade bei was überrascht, auch wenn das höchstens Paul sein würde, der in der Nase bohrt.

Also klingelt sie ordnungsgemäß an der Haustür und kurz darauf wird diese geöffnet. Von Amy und einem schwarzen Hund, der aufgeregt mit dem Schwanz wedelt und an Isas Hosenbein zu schnuppern beginnt. Erst auf den zweiten Blick erkennt sie ihn.

»Keine Sorge, er wird dich nicht anpinkeln«, meint Amy lakonisch und geht ein Stückchen zur Seite, damit Isa das Haus betreten kann.

»Da wäre ich mir nicht so sicher. Ist Melvin hier?«

»Im Wohnzimmer.«

Paul übt noch immer Klavier. Neben ihm sitzt Melvin, er sieht kaum auf, als die beiden Mädchen ins Zimmer treten. Isa setzt sich auf die Terrasse, während Amy Eistee holt.

»Langeweile?«, fragt sie, als sie mit den Gläsern nach draußen kommt.

»Nicht so richtig. Eigentlich sortiere ich gerade mein Nähzeug.«

»Wird schwierig, von hier aus.« Sie setzt sich in den Stuhl gegenüber von Isabella und blickt sie schweigend an. In Amys Augen ist häufig so eine Art Aufmerksamkeit, der man sich schwer entziehen kann. Wie Fragen, die sie nicht ausspricht, aber so laut denkt, dass man sie trotzdem hört.

»Mir geht es gut«, sagt Isabella deshalb, und natürlich merkt sie, wie komisch das klingt, völlig zusammenhangslos.

»Klar. Deshalb sitzt du auch hier, obwohl du Nähzeug sortieren willst, und deshalb willst du an einem Mittwoch auch Nähzeug sortieren, statt den Nachmittag im *Tierparadies* zu verbringen.«

Schweigend nimmt Isabella ihr Glas und trinkt einen Schluck. Der Hibiskusblüteneistee von Amys Mutter ist einfach unschlagbar, fruchtig, intensiv, süß, abgerundet mit einem Schuss Zitrone und etwas Zimt.

»Du weißt, dass du jederzeit herkommen kannst, wenn etwas ist, oder?« Amy beugt sich leicht nach vorn, die Hände auf dem Tisch. »Ich meine, ich bin nicht doof. Ich weiß, dass bei euch zu Hause momentan nicht gerade Karnevalsstimmung herrscht und Svea anders ist, seit sie aus Paris zurückgekommen ist. Genauso wie Salim, der mir aus dem Weg geht. Und ich merke, dass du etwas nicht erzählst. Der Rest ist Mathematik.«

»Du bist nicht so richtig gut in Mathe.«

»Dafür reicht es. Locker.« Sie lächelt auf ihre zurückhaltende Art, doch nur kurz, dann wirken ihre Augen wieder ernst und aufmerksam. »Ist etwas zwischen euch beiden passiert? Zwischen Salim und dir, meine ich?«

»Wir haben uns getrennt.«

»Du weißt, dass ich das nicht meine.« Amélie schiebt ihr halb volles Glas zur Seite, wendet jedoch nicht den Blick von ihrer Freundin. »Nicht dass du es mir erzählen musst. Wir können auch einfach hier in der Sonne sitzen bleiben, wirklich, aber du erzählst immer alles, und ich denke, deshalb bist du nicht –«

»Wir haben miteinander geschlafen.« Schwer atmet Isabella aus, doch tatsächlich, irgendwie fühlt sie sich jetzt leichter. Weil sie es jemandem erzählt hat. Weil sie es Amy erzählt hat.

»Aha. Okay.« Amélie zieht die Augenbrauen zusammen, als müsste sie länger über diese Information nachdenken. »Nachdem ihr euch getrennt habt«, stellt sie dann fest, und Isabella nickt kurz.

»Das ist komisch, weißt du? Ich meine, es war nur ein Mal und wir haben das nicht geplant. Aber ich wusste nicht, dass sich das hinterher so scheiße anfühlt. Man kann nicht mit jemandem schlafen und danach nach Hause gehen und so tun, als wäre es nie passiert oder als hätte es nichts bedeutet.«

»Was dachtest du denn, wie es sich anfühlen würde?«

»Keine Ahnung. Svea hat Sex nie so ernst genommen und mit meinen anderen Freundinnen habe ich darüber nicht gesprochen. Nicht so. Oder sie haben nicht wirklich etwas erzählt, nur so *Bravo*-Gequatsche. Mir war nicht klar, dass das nicht nur eine körperliche Sache ist.« Sie seufzt und schiebt ihr Glas zwischen beiden Händen hin und her.

»Vermutlich fühlt sich das einfach immer anders an. Wenn Salim und du nie etwas miteinander gehabt hättet, würdest du vielleicht auch anders empfinden.«

»Kann sein. Ich würde das nur gern abschalten, es nervt einfach. Vorher bin ich mit der Trennung halbwegs zurechtgekommen. Klar hat es wehgetan, Salim zu sehen, aber wir konnten noch miteinander reden. Ich habe mich immer auf ihn gefreut, und es war auch nicht so, dass ich tagelang an nichts anderes als ihn gedacht habe, wenn wir etwas zusammen unternommen haben. Nur jetzt weiß ich nicht, ob ich ihn so einfach wiedersehen könnte, ohne dass es wehtut. Noch mehr als jetzt. Obwohl das völlig bescheuert ist.«

»Das ist nicht bescheuert.« Amélie erhebt sich von ihrem Stuhl, geht um den Tisch herum und setzt sich neben Isabella. Vorsichtig legt sie ihr einen Arm um die Schultern, dann zieht sie sie an sich, und ihre Stimme wird ganz leise. »Das ist sogar völlig normal. Eigentlich fand ich es vorher eher komisch, dass ihr einfach so wieder Freunde sein konntet.«

Isa legt ihren Kopf auf Amys Schulter. »Ganz so einfach war es ja dann doch nicht. Aber einfacher als jetzt.«

»Ihr braucht nur Zeit, weißt du? Das vergeht wieder. Oder zumindest wird es leichter. Bestimmt.«

»Gut, dass du dich so auskennst.«

Sie sehen sich an und lächeln beide.

»Ich bin heute mit Kochen dran und könnte noch jemanden zum Schnippeln gebrauchen«, sagt Amy dann.

»Sehr gut. Das kriege ich hin.«

Mittlerweile tobt Paul im Wohnzimmer herum, während Melvin die Noten zurück in den Hefter sortiert. »Seine Konzentration ist aufgebraucht«, erklärt er mit einer Kopfbewegung in Pauls Richtung.

»Super, dann kannst du uns beim Kochen helfen.«

Amélie breitet diverse Gemüsesorten auf der Arbeitsfläche aus und erklärt ihren beiden Helfern, was sie wie schneiden sollen. Paul verschwindet im Garten, Isa schaltet das Radio ein, und nur wenig später betritt Amélies Mutter, die im Keller noch ein paar vom Umzug übrig gebliebene Kisten durchforstet hat, die Küche.

»Haben wir Besuch?«, fragt sie lächelnd mit Blick auf Isabella, und noch bevor diese antworten kann, klopft es an der Terrassentür, und Linus kommt herein.

»Drüben war niemand«, bemerkt er vorwurfsvoll in Richtung seiner Schwester.

»Deshalb bin ich ja hier. Wahrscheinlich kocht bei uns auch heute wieder keiner.«

»Dann lasse ich euch mal besser in Ruhe arbeiten.« Mit dem Wäschekorb unter dem Arm geht Karla nach draußen, während Linus sich von Amy ein weiteres Schneidebrett und ein Messer aushändigen lässt.

»Was gibt es denn?«, fragt er.

»Blätterteigtaschen.« Schon brät sie die Champignons mit den Lauchzwiebeln an und rührt eine Crème-fraîche-Soße zusammen. Nach einer halben Stunde gart alles im Ofen. Die vier gehen wieder hinaus auf die Terrasse, von weiter weg hört man ein paar Kinder. Paul baut sämtliche Dinosaurierfiguren, die er besitzt, neben dem Kirschbaum auf.

»Was ist mit dir?«, fragt Amy dann und blickt Linus an, der sich ein bisschen abseits hingesetzt hat und in den Garten starrt, irgendwohin.

»Mit mir?« Erst scheint er zu überlegen, doch für ein »Nichts« war er nicht schnell genug, also zuckt er nur mit den Schultern und antwortet: »Svea und ich sind nicht mehr zusammen.«

»Was?« Überrascht dreht sich Isabella zu ihrem Bruder um.

»Hat sie dir das nicht erzählt?«

»Nein. Nein, hat sie nicht. Dabei habe ich ihr heute noch geschrieben, weil ich nicht auf den Reiterhof gefahren bin.«

»Wieso das nicht? Du fährst doch immer hin.«

Und dann erzählt sie, dass sie mit Salim geschlafen hat, und Linus berichtet von dem Gespräch mit Svea. »Hast du davon gewusst? Von den anderen Jungs, meine ich.«

»Nein, natürlich nicht. Das hätte ich dir erzählt. Ganz sicher.« Für einen Moment nimmt Isabella Linus' Hand in ihre und für einen Moment zieht er sie nicht zurück. »Das weißt du, oder?«

»Hm. Glaub schon.«

»Ich habe schon gemerkt, dass sie mit anderen Jungs rumflirtet und sich ab und zu mal einladen lässt, aber das wirkte nicht so, als würde sie mit einem von ihnen etwas haben. Schon gar nicht mit mehreren. Mir kam das eher harmlos vor, deshalb dachte ich, es wäre völlig unwichtig.« Müde streicht sie sich ein paar Haare aus der Stirn. »Tut mir leid, Linus, wirklich. Ich hätte nicht gedacht, dass sie fremdgehen würde.«

Kurz bevor das Essen fertig ist, kommt Manuela nach Hause, doch sie wünscht ihnen nur einen guten Appetit, als Amélie fragt, ob sie ebenfalls mit bei ihnen essen möchte.

Bald schon ist das erste Blech voller Blätterteigtaschen fertig und Amy schiebt das zweite in den Ofen. Sie essen draußen in der Sonne und spielen anschließend *Carcassonne* mit Paul, bevor er ins Bett muss, und dann geht langsam die Sonne unter, ohne dass es wirklich kühl wird. Melvin und Linus unterhalten sich über Comics.

Irgendwann bemerkt Isa: »Ich bin müde, ich glaube, ich gehe rüber.« Doch sie steht nicht auf, sie bewegt sich kaum, und Amy meint: »Wir haben hier genug Matratzen, das wisst ihr ja. Und morgen ist Himmelfahrt.«

Wenig später schleppen sie Matratzen aus dem Keller in Amys Zimmer, wo eine schon für Melvin bereitliegt, und Isa und Linus holen ihr Bettzeug, und Amélie klaut Schokolade aus dem Süßigkeitenvorrat ihrer Eltern. Obwohl es bereits spät ist, legen sie noch eine DVD in Amys Laptop. Linus schläft nach zwanzig Minuten ein.

Als der Film zu Ende ist, wird es leise im Zimmer. Amy schaltet das Licht aus, und Isa liegt mit geöffneten Augen da und hört die Atemgeräusche ihrer Freunde, leise und beruhigend, ganz nah. Auch wenn es immer noch in ihrem Herzen zieht, sobald sie an Salim denkt, ist es kein Ziehen mehr, das furchtbar schmerzt, sondern eines, das sich fast warm anfühlt.

Leise angelt sie ihr Handy von Amys Nachttisch.

Ich vermisse dich, schreibt sie und denkt kaum nach, bevor sie die Nachricht abschickt. Und eigentlich ist ihr nicht einmal wichtig, ob er antworten wird, denn etwas zu sagen, das man sonst mit sich herumschleppt, ist immer eine Erleichterung. Sie braucht die Worte nicht mehr ständig zu denken, sie braucht nicht mehr traurig zu sein, und sie will ihn auch nicht zu einer Antwort zwingen, sonst hätte sie noch gefragt, wie die schriftlichen Prüfungen gelaufen sind.

Ich dich auch, schreibt Salim zurück. Ohne Emoticons,

ohne Ausrufezeichen, ein einfacher Satz, eine einfache Feststellung, und egal, was sie bedeutet, mehr braucht Isabella nicht. Nicht heute.

»Schlaft gut«, flüstert sie in das stille Zimmer hinein.

»Du auch«, flüstert Amy zurück.

Samstag, 3. Juni

Amélie

Die Konzerte sind anders als noch vor einem halben Jahr. Nicht nur lauter und schneller und stimmungsvoller. Sie sind angefüllt mit einer fremden Atmosphäre, eine, die ich kaum greifen kann, so als stünde ich in einem Raum voller Menschen, von denen kein einziger meine Sprache spricht.

Brar singt und macht Witze, er ist perfekt darin, gute Laune zu verbreiten, überall, die Bühne ist sein Element. Die Jungs überziehen, wie immer, geben zwei Zugaben, bis es keinen einzigen Song mehr gibt, bis ihr gesamtes Repertoire erschöpft ist, und dann singt er noch dieses eine Lied, das sich schon längst nicht mehr so anfühlt, als wäre tatsächlich ich diejenige, für die er es geschrieben hat. Dabei hätte ich nicht gedacht, dass Songs sich abnutzen würden, dass Worte und Melodien sich abnutzen können, wenn sie doch ernst gemeint sind, wenn sie zumindest am Anfang ernst gemeint waren.

Er umarmt mich, nachdem sie ihre Instrumente verpackt haben und an die Bar zurückkehren, um zu feiern, dann gibt er mir ein Bier aus, an dem ich jedoch nur nippe, der schwere, bittere Geschmack verursacht mir Übelkeit.

Ich hatte einmal allein gehen wollen. In der Stadt hingen ein paar Flyer aus, die die anderen wohl nicht gesehen haben, zumindest haben sie mich nicht danach gefragt und sind auch nicht gekommen. Nur Svea steht weiter vorn mit einem Typen, der lange Haare hat und einen hässlichen braunen Pulli trägt. Falls Linus mich einmal nach ihr fragt, werde ich ihm genau das erzählen, dass sie nie wieder einen besseren finden wird als ihn, und vielleicht stimmt das sogar, vielleicht begeht man diesen Fehler, dass man jemanden gehen lässt, der einen glücklich gemacht hätte, vielleicht begehe ich auch gerade diesen Fehler, während ich Brar beobachte und die Jungs und vor allem die Mädchen, die ihn umringen, es gibt immer irgendjemanden, der ihn anhimmelt, und meistens sind es mehrere, obwohl doch gefühltermaßen die ganze Welt voller Bandmitglieder oder Musiker oder zumindest Leute ist, die so tun als ob, alle sind Künstler oder wollen welche sein. Ich trinke das Bier aus und halte die Übelkeit zurück, so schwer ist das gar nicht, wie man möglicherweise denkt, schlucken und warten und sich noch etwas bestellen, diesmal einen Wein, das geht besser, nur beobachtet mich der Barkeeper schon. Er kennt die Leute, er hat sich mein Alter gemerkt und wird bestimmen, wann Schluss ist.

Ab und zu sieht Brar zu mir, aber immer nur kurz, lange wird es nicht mehr dauern, bis er mich vergessen hat, es ist so leicht, mich zu vergessen. Ich sollte nichts mehr trinken, davon werde ich weinerlich und sentimental, aber andererseits, wie sollte man denn sonst sein, wenn man merkt, dass man sich alles nur einbildet, dass man sich an Dinge klammert, die gar nicht wirklich existieren? Liebe. Freundschaft. Dabei ist man immer einsam, jede einzelne Sekunde seines Lebens ist man einsam, nur spürt man es in manchen Momenten weniger als in anderen, manchmal geschieht es, dass sie fast verschwindet, dass man sich ansieht oder berührt und eine Nähe füreinander empfindet, die sonst nicht da ist, vor zehn Tagen war das so, als Isa und Linus und Melvin bei mir übernachtet haben, wir haben dieselbe Luft geatmet und aneinander gedacht, aber dieses Gefühl ist nur geborgt, etwas, das man aus einer Fundkiste gewühlt hat und das man später wieder verliert, denn Dinge, die einmal in Fundkisten landen, finden kein Zuhause mehr, sie verschwinden oder gehen einfach kaputt, sie wurden aus der Gesellschaft geschmissen, einfach so. Vielleicht habe ich auch die Freundschaft zu Salim nur aus einer Fundkiste gewühlt, Secondhand, und wenn ich ihn anrufe, spricht er immer nur kurz mit mir, dabei bin ich nicht diejenige, mit der er zusammen war, wir sind doch immer beste Freunde gewesen.

Und Brar und ich, wir waren bisher noch gar nichts füreinander.

Vermutlich wusste ich das schon, bevor ich hierhergekommen bin. Vermutlich habe ich nur deshalb so lange nach Klamotten gesucht und dieses Shirt mit dem tiefen Ausschnitt von Isa geborgt, weil ich so tun wollte, als wäre ich jemand anders, stark, unabhängig, selbstbewusst, doch trotzdem stehe ich hier mit meinem zweiten Glas Wein, »Das letzte«, hat der Barkeeper gesagt, und dem kurzen Rock und ohne eine Idee, wie ich nach Hause kommen soll, denn meine Eltern denken, Salim wäre mitgekommen, Salim bringt mich immer nach Hause, zumindest hat er das früher getan, aber ich bin kein Kind mehr, auf das man aufpassen muss, ich bin fast volljährig und sollte keine Angst vor der Dunkelheit haben, ich sollte vor gar nichts Angst haben, und deshalb gehe ich auf Brar zu, ich denke gar nicht, dass ich laufen sollte, ich tue es einfach, und als ich bei ihm ankomme, weiß ich für einen Moment nicht, ob ich ihn jetzt küssen will oder was sonst, was ich hier eigentlich mache, und dann sage ich: »Ich gehe. Mach's gut«, und er nickt, und dann sieht er mich an, und irgendetwas passiert, keine Ahnung, was eigentlich, jedenfalls füge ich noch hinzu: »Du kannst dir eine andere Freundin suchen«, aber ich weiß nicht, ob er mich versteht, ob überhaupt irgendjemand versteht, was ich sage, genau genommen verstehe ich selbst nichts mehr, als ich Richtung Tür wandere und gerade so noch an die Garderobe und meine Jacke denke, und dann bin ich draußen, und die frische Luft schlägt mir mit voller Wucht ins Gesicht, hallo Frühling.

Es ist dunkel und warm, man könnte denken, es gäbe etwas umsonst, so viele Leute stehen draußen vor dem kleinen Club, Samstagabend, die Nacht beginnt, zum Glück sind überall Menschen, ich atme tief ein und laufe los, die Arme vor der Brust verschränkt, das bisschen Dunkelheit, was macht die schon, nichts weiter, Wismar ist eine hübsche, kleine Stadt, hier passiert nichts, hier ist man sicher, ich bin ja nicht in Berlin, ich muss nur laufen und lächeln, und dann lande ich vor Salims Haustür, irgendwie muss ich hierhergekommen sein, vielleicht kann ich fliegen, ohne dass ich das wusste, vielleicht können wir alle viel mehr, als uns bewusst ist.

Ingo klingt verschlafen und ungehalten, aber er lässt mich rein und ist nirgendwo zu sehen, als ich die Wohnung betrete, nur Salim steht im Flur, im Schlafanzug, er hat so eine lustige Pyjamahose mit Pinguinen drauf, die ihm Isa mal geschenkt hat, ich muss ihr unbedingt erzählen, dass er sie immer noch trägt.

»Ich habe mit Brar Schluss gemacht«, nuschle ich, obwohl ich mir nicht sicher bin, ob ich das wirklich getan habe, ich bin mir nicht einmal mehr sicher, ob ich wirklich bei seinem Konzert war, vielleicht habe ich das alles nur geträumt, vielleicht schlafe ich immer noch, und Salim hatte nie eine Pyjamahose mit Pinguinen darauf, aber er bringt mich jetzt in die Küche, und ich trete auf etwas, das knackend zerbricht, wahrscheinlich eine von Alessias Playmobilfiguren. Salim kocht mir einen Tee und macht mir ein Sandwich, ich liebe Salims Sandwiches, Käse, Salat, Tomaten.

»Ich war auf Brars Konzert, und da habe ich mit ihm Schluss gemacht, glaube ich zumindest, es war so laut, ich habe gar nicht gehört, was ich gesagt habe, und ich dachte, das müsste wehtun, weißt du, so wie Isa das wehgetan hat, als sie mit dir Schluss gemacht hat, oder Linus, als er mit Svea, na ja, in diesem Jahr machen wir wohl alle Schluss, irgendwie hört immer alles auf. Meinst du nicht, dass jetzt mal ein paar Dinge anfangen sollten?«

»Ich meine, dass du erst mal etwas in den Magen kriegen solltest, und dann verstehe ich vielleicht auch, worum es hier geht.«

Noemi betritt die Küche, sie umarmt mich kurz und drückt Salim etwas in die Hand, und dann geht sie wieder in den Flur, wo sie leise mit jemandem spricht, und wenige Minuten später ist alles ganz still, von draußen das Geräusch eines vorbeifahrenden Autos, dass man die immer hören muss, dass die nie ruhig sein können, selbst hier nicht.

»Was hast du noch mal gesagt?«, frage ich.

Salim stellt den Teller mit dem Sandwich vor mir ab, ich habe tatsächlich Hunger, damit habe ich gar nicht gerechnet, also beiße ich ab, es schmeckt ungewöhnlich, nach etwas, das Salim sonst nicht in ein Sandwich macht, und dann esse ich es komplett auf, Avocado, das ist es, Avocado und ein Spritzer Zitrone, wie meine Mutter, sie macht auch überall Zitrone rein, aber es schmeckt total lecker, das muss einfach mal gesagt werden.

»Dass ich noch nicht ganz verstanden habe, worum es gerade geht.«

»Na, um mich natürlich. Und Brar. Weil, siehst du, Brar und ich, wir waren nie richtig zusammen, also so, wie ich denke, dass man zusammen sein sollte, nicht weil wir nicht miteinander geschlafen haben oder so, sondern weil da sonst auch nicht viel war, ein paar Momente vielleicht, und ich dachte immer, er will die Welt sehen und ich will auch die Welt sehen, das ist doch super, nur irgendwie, na ja, mir war das meistens egal, ob wir uns küssen oder nicht, und manchmal redet er so viel, dass ich nicht mehr zuhören wollte, und man sollte doch Dinge voneinander wissen wollen, oder? Man sollte sich doch kennen. Aber so war das nicht, wir kennen uns gar nicht, wir haben ab und zu was zusammen unternommen, er war ein paar Mal bei mir, einmal auch zum Abendessen, das war furchtbar anstrengend, und es sollte doch nicht anstrengend sein, ich sollte doch nicht das Gefühl haben, dass jemand in meine Familie eindringt, wenn mein Freund zum Essen vorbeikommt, bei dir ist das doch auch nicht so und bei Linus und Isa und Melvin auch nicht, da fühlt sich das nie danach an.« Das Sandwich ist schon alle, ich bin nicht sicher, ob ich es wirklich allein gegessen habe, weil ich doch die ganze Zeit spreche, ich kann nicht gleichzeitig gegessen und geredet haben. Dafür geht es mir schon ein bisschen besser, mir ist ein bisschen weniger schwindlig. »Und dann du. Weil, siehst du, wenn alles auseinandergeht, also Brar und ich und Linus und Svea und du und Isa, dann heißt das doch nicht, dass wir beide auch auseinandergehen sollten, wir sind doch trotzdem noch Freunde, oder? Aber wir sehen uns kaum, und du redest fast gar nicht mehr mit mir, und vielleicht vergisst du sogar manchmal, dass es mich gibt.«

»Ich vergesse nie, dass es dich gibt.« Er setzt sich auf den Stuhl mir gegenüber, seine Hände sind warm, erst als er meine umschließt und festhält, merke ich, wie kalt sie sein müssen. »In den letzten Wochen war nur alles ein bisschen viel. Ich habe wirklich versucht, alles aus diesem Abi rauszuholen, was ich jetzt noch rausholen konnte. Trotzdem war ich das Wochenende vor der Deutsch- und vor der Geschichtsklausur bei dir. Ich meine, ich habe mich schon bemüht, es aber einfach nicht geschafft, auch noch Freundschaften zu pflegen. Zu dem Schulstress kam ja noch die Arbeit für meinen Vater. Du weißt, wie stressig so ein Restaurant ist, und manchmal habe ich das Gefühl, ich habe dort mehr zu sagen als der Geschäftsführer, den mein Vater eingesetzt hat. Das bedeutet nur auch, dass ich viel zu viel Verantwortung trage und eben viel zu viel Zeit damit vergeude.«

»Dann sag halt Nein, dein Vater kommt damit bestimmt zurecht.«

»Natürlich würde er damit zurechtkommen, er hat auch

einen guten Geschäftsführer, nur leider ein kleines Vertrauensproblem. Ich haue ihn jedenfalls nicht übers Ohr. Das scheint ihm wichtiger zu sein als jemand, der Ahnung von Buchhaltung und Personalführung hat.« Für einen Moment schweigt er, doch er atmet anders, wenn er noch etwas sagen will, als würden die Worte in ihm feststecken, und er muss sich konzentrieren, um sie herauszuholen. »Außerdem sind die schriftlichen Prüfungen jetzt eh vorbei. Die mündliche ist erst in einem Monat.«

»Und dann. Was machst du danach? Sobald du das Abi hast?« Bestimmt haben wir uns darüber schon unterhalten, vermutlich sogar mehrmals, trotzdem trifft mich die Erkenntnis wie ein Schlag. Nämlich, dass Salim in zwei Monaten fertig ist mit der Schule und dann etwas anderes machen wird. Studieren. Weggehen. Er wird noch weniger hier sein, vielleicht gar nicht mehr, vielleicht geht er nach Freiburg oder München, in irgendeine Stadt, die sehr weit weg ist von hier, vielleicht sogar ins Ausland, vielleicht besucht er die italienische Familie seiner Mutter und verliebt sich in eine hübsche Italienerin, vielleicht heuert er auf einem Kreuzfahrtschiff an, manche Leute machen das, vielleicht absolviert er eine Ausbildung zum Piloten und wohnt am Ende an gar keinem festen Ort mehr, ist immer irgendwo anders und nie hier, und dann wird es erst recht Zeit, mich zu vergessen, sobald er mit der Schule fertig ist und ich nicht, passe ich nicht mehr in sein Leben, werde zu klein dafür, eine Packung Taschentücher, die immer im Koffer bleibt, an die man aber nie denkt.

»Du bist mein bester Freund, das weißt du, oder?«

»Ja. Das weiß ich. Und das bleibe ich auch, selbst wenn

ich kaum Zeit habe oder weggehe. Ich bin schon einmal umgezogen und trotzdem sind wir beste Freunde geblieben. So leicht verschwindet das nicht.«

Ich lehne mich an ihn, plötzlich bin ich furchtbar müde, ich könnte jetzt sofort einschlafen und in hundert Jahren erst aufwachen, aber ich will nicht von einem Fremden geküsst werden, wirklich nicht, in hundert Jahren sind alle, die ich kenne, bereits tot, und außerdem, so leicht schläft man dann doch nicht ein. »Okay, vielleicht verschwindet das nicht.« Ich atme tief ein, mir kommt es so vor, als hätte ich das die ganze Zeit vergessen. Atmen. »In den letzten Monaten ist alles verschwunden, und wenn das passiert, wenn so viel auseinandergeht, dann muss man aufpassen, dass man ein paar Dinge retten kann, weißt du, man muss dann die wichtigsten Sachen festhalten und warten, bis der Sturm vorbei ist.«

Ich spüre seine Hand auf meinem Kopf und sein Lächeln, ganz sicher lächelt er, nur schaue ich nicht hin, ich schließe die Augen, denn wenn er mich festhält, muss ich das nicht machen, dann verschwindet keiner von uns, selbst wenn ich einschlafe, und er hält mich auch fest, als ich neben ihm durch den Flur in sein Zimmer stolpere und auf irgendetwas lande, seinem Bett vermutlich, es ist weich und warm und riecht nach ihm, und dann denke ich, dass ich meine Eltern anrufen sollte, dass sie sich Sorgen machen werden, nur ist es so schwer, die Augen wieder zu öffnen, es geht einfach nicht. Es ist viel leichter, alle Gedanken einfach loszulassen.

Freitag, 9. Juni

Amélie

Dreimal hat er mich diese Woche angerufen. Zweimal bin ich nicht rangegangen, beim dritten Mal schon, und dann hat es sich doch ein bisschen falsch angefühlt, mich gleichzeitig zu entschuldigen und ihm noch einmal zu sagen, dass ich nicht mehr mit ihm zusammen sein will. Nicht dass er geheult hätte, er ist schließlich ein Junge, ein Bandleader, so jemand heult nicht wegen mir. Ein bisschen sauer und verständnislos war er, doch als ich ihn gefragt habe, ob er denn das Gefühl habe, wir würden einander sonderlich viel bedeuten, fiel ihm auch nichts mehr ein.

Es sollte anders sein als jetzt. Ich sollte wahllos Süßigkeiten in mich stopfen oder gar nichts mehr essen, ich sollte stundenlang Löcher in die Luft starren. Doch alles, was ich jetzt bin, war ich auch davor.

Vielleicht kann ich das gar nicht, jemanden lieben. Ich kann jemanden höchstens mögen und für mehr ist mein Herz nicht groß genug. Andererseits, Liebesfilme sind nichts weiter als Filme, so wie Bücher nur Bücher sind, alles Dinge, die andere erfunden haben, und möglicherweise erfinden sie so etwas wie perfekte Liebesgeschichten, weil es sie in Wirklichkeit nicht gibt, nirgendwo, sie sind nur etwas, woran wir glauben wollen, weil man für irgendetwas ja leben wollen muss. Sicher gibt es Ausnahmen, sicher passiert so etwas wie Liebe auch in der Realität, nur eben nicht jedem, nur manchmal, ganz selten, und auch das nur, damit alle anderen wieder daran glauben können, damit sie weitermachen und sich nicht allzu oft fragen, wozu eigentlich.

Es ist gut, solche Sachen über sich selbst zu wissen. Ich kann mich auf andere Dinge konzentrieren, die Schule, den Reiterhof, den Nobelpreis, irgendeinen.

Die Pfingstfeiertage habe ich mit Linus, Isa und Melvin am Strand verbracht, obwohl es voll war, überall Menschen. Wir wollten alle Meereswasser an den Füßen spüren und Steine sammeln, und Linus und ich wechselten uns mit meiner Kamera ab, und einmal nahmen wir Paul mit und rannten um die Wette, was gar nicht so einfach ist, barfuß im heißen Sand, aber ich gewann ganz knapp vor Linus, und Melvin schlenderte uns hinterher, er rennt nicht, nie.

Der Sommer steht mit gepackten Koffern vor der Tür, eigentlich ist er schon fast da, überall riecht es nach ihm, und immer, wenn man die Sommerferien bereits spürt, wenn sie einem nicht mehr so unerreichbar weit entfernt erscheinen, folgt dieses Kribbeln in der Magengegend, als würde jedes Jahr etwas Aufregendes passieren, als würde etwas auf einen warten. Manchmal ist das jedoch nicht mehr als schöne, leere Tage, Zeit zum Lesen und Musikhören und Zeit, um das Zimmer umzuräumen und die Familie zu besuchen und mit Paul Lesen zu üben, nur diesmal, diesmal wartet vielleicht doch etwas, vielleicht verreisen wir trotzdem zusammen, ohne Brar, nur wir, Linus, Isa, ich, vielleicht Melvin, vielleicht Salim.

Bis zu den Ferien dauert es allerdings noch ein bisschen.

Immerhin ist Freitag, und Freitage bedeuten Englisch und Projektfach und Geschichte, sie bedeuten, dass ich noch eine Weile mit Linus auf dem Schulhof herumstehe, um über unsere Projektarbeiten zu reden oder etwas anderes, und er dann zum Taekwondo geht und ich zum Reiterhof fahre, nur heute nicht, heute bin ich mit Salim verabredet.

Wir treffen uns im Restaurant seines Vaters, und ich helfe ihm ein bisschen dabei, die Hinterhofterrasse zu dekorieren, die vor ein paar Wochen fertig geworden ist, pünktlich zur warmen Jahreszeit. Wir hängen Kerzen und Laternen auf und Blumentöpfe und Lichterketten an die Holzwände, die den Restaurantbereich vom Rest des Hofes trennen.

»Sieht doch gleich viel einladender aus, oder?«, stellt Salim fest, als wir damit fertig sind, und es stimmt, natürlich sieht es einladender aus, obwohl es noch hell ist und die Lichterketten und Kerzen gar nicht im Einsatz sind.

Salim lädt mich auf eine Kichererbsensuppe mit Mango ein. Wir trinken einen alkoholfreien Cocktail dazu, die Sonne erreicht zwar den Hof kaum, dennoch ist es warm und ruhig.

»Entschuldigung für letztes Wochenende«, sage ich. »Ich dachte eigentlich, ich hätte kaum etwas getrunken, aber da habe ich mich wohl geirrt.«

Salim lächelt und schüttelt leicht den Kopf. »Schon okay, wirklich. Du hattest außerdem recht. Eigentlich habe ich alles schleifen lassen. Es war gut, dass du mir das mal gesagt hast.«

»Okay. Gut. Ich will nur nicht … weißt du, ich bin kein kleines Kind mehr, ich weiß, dass sich Freundschaften verändern und dass, bloß weil wir weniger Zeit miteinander verbringen, das nicht bedeutet, dass wir uns egal sind. Ich hätte dir das lieber anders gesagt. Weniger betrunken.«

»Amélie, du bist immer nett und freundlich, es ist nicht schlimm, mal Dinge aus sich rauszulassen.« Nachdem wir die Suppe aufgegessen und die Cocktails ausgetrunken haben, machen wir uns auf den Weg. Beim Frühstück letzten Sonntag bei Salim zu Hause habe ich Ingo und Noemi von meiner Projektarbeit erzählt. Noch immer weiß ich nicht so richtig, wie ich anfangen soll, mir fehlt der praktische Bezug, etwas, um das Thema zu verankern. Irgendwie ist alles Inspiration, irgendwie lässt sich alles damit verbinden, und worauf ich mit meiner Arbeit hinauswill, weiß ich ebenso wenig. Schon mehrmals habe ich überlegt, mir ein anderes Thema zu suchen.

Noemi arbeitet in einem Frauenhaus, wo eine Kollegin von ihr, eine Psychotherapeutin, künstlerische Workshops gibt, Anleitungen, wie die Bewohnerinnen auf künstlerische Weise versuchen können, schreckliche Erlebnisse zu verarbeiten oder sich Gedanken über ihre Zukunft zu machen. Ein merkwürdiger Moment für Inspiration, aber nachdem ich eine Weile darüber nachgedacht hatte, gefiel mir die Idee. Weil Inspiration eben auch oder gerade in dunklen Momenten wartet. Und Noemi meinte, sie können immer ehrenamtliche Helfer gebrauchen, wenn ich wollte, könne ich jederzeit mit ihr hingehen, mich ein wenig umsehen, beim Workshop zuschauen, ihn mit vorbereiten.

»Aber es kann ganz schön tough sein. Nicht alle Frauen dort haben furchtbare Sachen erlebt, die meisten jedoch schon. Überleg dir also, ob du dir das zutraust.« Wenn Noemi mir so einen Job anbietet, traut sie ihn mir zu, das reicht mir. Allerdings brauchte sie die schriftliche Einwilligung meiner Eltern. Und Mama wirkte zwar erst etwas besorgt, unterschrieb das Formular dann aber.

»Du bist so still«, stellt Salim fest. »Alles okay? Bist du nervös?«

»Ein bisschen, glaube ich. Vielleicht wäre es besser gewesen, noch ein paar weitere Künstler und Schriftsteller aus der Umgebung zu googeln und Interviews zu vereinbaren, als so etwas zu machen.«

»Vielleicht, aber das klingt wie ein Ansatz, den jeder andere auch wählen würde, und du willst doch aus dieser Arbeit etwas Besonderes machen, oder?«

»Ich will aus allem etwas Besonderes machen.« Dabei war Christopher wirklich ein guter Anfang.

»Frauenhaus« klingt nicht gerade positiv. Fast wie Gefängnis, weil der Begriff etwas von einer Endstation hat, einer letzten Möglichkeit. Auch wenn mir Noemi erklärt hat, dass die Bewohnerinnen immer nur temporär dort unterkommen und vor allem dabei unterstützt werden, ihr Leben neu auszurichten. Die meisten haben gewalttätige Ehemänner, manchmal sind auch sehr junge Frauen dabei, gerade erst volljährig, die beispielsweise schwanger geworden sind, aber keinerlei Rückhalt vom Vater des Kindes oder den eigenen Eltern erhalten, oder teilweise auch Kinder allein, obwohl es für unbegleitete Minderjährige eine separate Einrichtung gibt.

Tatsächlich bin ich positiv überrascht, als wir das Gebäude erreichen. Es liegt am Stadtrand, ein mehrgeschossiges Haus, das von einem einfachen, nicht allzu bunten, aber sehr gepflegten Garten umgeben ist. So ruhig wirkt es, friedlich, ich kann mir Spielgeräte auf dem Rasen vorstellen, Schaukeln, Buddelkästen, ein Trampolin.

»So, ich darf hier nicht rein.« Salim bleibt auf dem Bürgersteig stehen, als ich gerade die Auffahrt betreten will.

»Wieso nicht?«

»Männer haben keinen Zutritt. Nur mit Erlaubnis. Logisch, oder?«

»So gesehen schon.« Vermutlich hat er geahnt, dass ich gekniffen hätte, hätte ich vorher gewusst, dass ich allein hineingehen muss. »Wartest du hier auf mich?«

»Ach komm.« Er umarmt mich, ich spüre seinen Atem auf meinem Kopf. »Du schaffst das schon. Du musst ja nichts tun. Mama meinte, du kannst dich einfach umsehen, du musst nicht mal mit jemandem reden. Hauptsache, es hilft dir.«

»Um mich geht es hier doch gar nicht.«

Salim zuckt mit den Schultern. »Bis nachher. Ich hole euch ab, sobald die Schicht von meiner Mutter vorbei ist.«

Schon wendet er sich um und läuft die Straße wieder zurück.

Eigentlich weiß ich, dass meine komische Projektarbeit nicht der eigentliche Grund ist, aus dem ich hier bin. Noemi spricht häufig von ihrer Arbeit, sie braucht das, um damit umgehen zu können, was sie jeden Tag mitmacht, auch wenn die Lebensgeschichten der Frauen, die hierherkommen, nur ein kleiner Teil ihrer täglichen Beschäftigung sind.

Die Frau, die die Tür öffnet, kenne ich nicht, doch sie scheint mich zu erwarten. »Amélie?«, fragt sie.

»Ja. Ich wollte …«

»Zu Noemi, ich weiß.«

Ich folge ihr einen Gang entlang. Durch eine geöffnete Tür kann ich in eines der Zimmer spähen, Doppelstockbetten, weiße Wände, ein kleiner Tisch, auf dem eine Vase mit Blumen steht, ein geöffneter Koffer, die Betten sind ordentlich gemacht.

»Warst du schon einmal hier?«, fragt mich die Frau. Sie hat mir ihren Namen genannt, aber ich habe ihn schon wieder vergessen.

»Nein, das ist das erste Mal.« Weiß sie eigentlich, dass ich nicht wegen eines Zimmers hier bin?

Für die Mitarbeiter gibt es einen kleinen Aufenthaltsraum, in dem Noemi gerade an einem Tisch sitzt und sich auf einem Zettel Notizen macht. Als ich den Raum betrete, steht sie sofort auf, kommt auf mich zu und umarmt mich. »Hey, Amélie, schön, dass du hier bist.« Sie gießt mir einen Tee ein und ich setze mich zu ihr an den kleinen Tisch. Die andere Frau hat den Raum schon wieder verlassen.

»Ich notiere gerade, was wir aktuell an Sachspenden brauchen«, erklärt Noemi. »In der Regel bezahlen die Frauen ihren Aufenthalt hier selbst, beziehungsweise das Amt, wenn sie Sozialleistungen empfangen, aber immer wieder kommen auch welche ohne Geld an. Wenn wir Platz haben, nehmen wir sie natürlich trotzdem auf, aber das strapaziert auf Dauer ganz schön unsere Finanzen.«

Bettwäsche, steht auf dem Zettel, *Zahnbürsten, Zahnpasta, Tampons, Handtücher, Gläser, Bücher.*

»Manchmal flüchten sie einfach spontan von zu Hause und nehmen kaum die nötigsten Hygieneartikel mit. Häufig trauen sie sich danach nicht einmal dann zurück, um ihre Sachen zu holen, wenn sie von einem Sozialarbeiter begleitet werden. Manche sind auch einfach zu arm, um sich das Notwendigste zu leisten. Deshalb brauchen wir immer wieder Sachspenden. Gerade in den letzten anderthalb Jahren, seit zunehmend Asylbewerberinnen zu uns kommen. Leider können wir nur kleine Mengen lagern.«

Ich betrachte die Liste, die Noemi erstellt hat. Wenn wir Ramonas Reiterhof zumindest vorerst retten konnten, sollte es doch möglich sein, ein paar Spenden zu organisieren. Vielleicht auf dem Hof oder in der Schule.

»Kurz vor den Sommerferien führt die Theater-AG jetzt doch ihr Stück auf. Ich kann Isa mal fragen, ob die Einnahmen aus Eintritt und Buffet vielleicht als Spende an euch gehen können, oder wir kaufen davon die Sachen, die ihr braucht«, schlage ich vor.

Überrascht blickt Noemi mich an. »Das klingt eigentlich nach einer klasse Idee.«

»Wir können ja auch sammeln, zum Beispiel Kleidung oder Spielzeug für die Kinder, die herkommen.«

Noemis Gesicht glimmt förmlich auf. Man sieht ihr immer an, wie sie sich fühlt. Meistens wirkt sie ausgeglichen, doch auch, wenn sie traurig ist, spiegelt sich dieses Gefühl in ihren Augen, egal, was es ist, es dringt immer aus ihr heraus. »Das wäre wirklich hilfreich. Letztes Jahr konnten wir endlich einmal wieder eine halbwegs vernünftige Weihnachtsfeier auf die Beine stellen, aber das hat einen Großteil unserer Spenden verschluckt. Momentan fehlt es an fast allem, wir sind ständig überbelegt und kommen kaum damit hinterher, die notwendigsten Sachartikel zu organisieren, geschweige denn so etwas wie einen Ausflug umzusetzen. Davon abgesehen, dass wir eigentlich eine zusätzliche Mitarbeiterin bräuchten, die auch Arabisch spricht. Meine Sprachkenntnisse sind ziemlich eingerostet.« Seufzend legt Noemi den Stift auf den Zettel. »Und dann noch all der bürokratische Aufwand. So etwas wie Sommerfeste oder Museumsausflüge sind auch für uns Mitarbeiterinnen eine tolle Abwechslung, nur bleibt von den Geldspenden dafür selten genug übrig. Dabei sind solche positiven Erlebnisse wahnsinnig wichtig für die Bewohnerinnen und auch die Frauen, die gar nicht mehr bei uns wohnen, aber immer noch Anschluss suchen.«

Ich versuche, mir vorzustellen, wie es wäre, nicht so aufgewachsen zu sein, wie ich es bin. Auch wenn wir nie viel Geld hatten, hat es mir an nichts gefehlt. Ich habe sogar ein eigenes Zimmer, meine Eltern haben sich immer darum bemüht, uns schöne Ferien zu ermöglichen, ich musste nie frieren, ich wurde nie geschlagen, ich war immer sicher. Fast immer. Genauso gut hätte ich auch woanders geboren worden sein können, in einer anderen Familie, vielleicht in einem anderen Land, ich hätte mir eine zugige, schmutzige Hütte mit fünf Geschwistern und meinen Eltern teilen, ich hätte in einer Neubausiedlung groß werden können, mit einem alleinerziehenden Vater, der in der Wohnung raucht und nach dem Frühstück mit dem Trinken anfängt, falls es denn überhaupt Frühstück gibt, oder einer Mutter, die mich nicht zur Schule schickt, mit Eltern, die sich anschreien und sich verprügeln und manchmal eben auch mich, ich hätte mit zwölf anfangen können, meine Zeit hauptsächlich auf der Straße zu verbringen, Bier trinkend, rauchend, mit dreizehn hätte ich das erste Mal Sex haben können, möglicherweise nicht einmal freiwillig, ich hätte in einem Land geboren worden sein können, das schon seit Jahren von Diktaturen und Bürgerkriegen zerrüttet wird. Ich hätte im Mittelmeer ertrunken sein können.

Ein Kälteschauer durchfährt meinen Körper. Zwar denke ich nicht zum ersten Mal daran, dass ich trotz allem glücklich sein müsste, aber auf einmal fühlt sich das viel echter und näher an als sonst. Vielleicht, weil zwischen diesen Wänden so oft Menschen sitzen, die kein Glück hatten, die davongeglitten sind oder nie eine Chance erhielten, sich etwas aufzubauen, frei zu sein, unabhängig.

»Komm, ich zeige dir jetzt die Einrichtung«, reißt Noemi mich aus meinen Gedanken. »Der Workshop beginnt in zwanzig Minuten, danach gibt es Abendessen für alle. Um wie viel Uhr musst du zu Hause sein?«

Ich zucke mit den Schultern. »Falls es passt, fahre ich um acht mit Isas Mutter nach Hause, ansonsten mit dem Bus.«

»Dann haben wir ja genügend Zeit.« Sie verstaut den Notizblock in der obersten Schublade einer grünen Kommode mit abblätternder Farbe, die wackelig neben dem Tisch steht.

Vermutlich fehlt es für alles an Geld. Als hätte der Rest der Welt vergessen, dass es solche Orte gibt. Orte für Menschen, die sonst nirgendwohin können. Es ist so leicht, solche Dinge zu vergessen. Weil man sie nicht sehen muss, wenn man einfach die Augen schließt.

Sonntag, 11. Juni

Linus

Kackmistwetter. Ehrlich jetzt.

Den ganzen Tag regnet es. Dicker, hässlicher, klebriger Regen, Fahrrad fahren ist also absolut nicht drin. Echt zum Kotzen.

Isa ist zwar zu Hause, aber so dermaßen mies drauf, dass ich keinen Bock habe, rüber in ihr Zimmer zu gehen. Nicht mal einen Film würde ich mit ihr gucken, obwohl sie dabei ja nicht reden würde, nur ist ihre schlechte Laune wie verschimmeltes Essen, sie stinkt einfach alles voll.

Papa werkelt im Keller, aber ganz ehrlich, das ist schon das fünfunddreißigste Vogelhaus, das er da zusammenzimmert, mindestens. Dass ihm das selbst noch nicht auf die Nerven geht. So viele Meisen gibt es an der ganzen Ostseeküste nicht.

Mama hat sich im Arbeitszimmer verkrochen, echt unglaublich, wie viel Buchhaltungszeug in so einem Friseurgeschäft anfällt. Sie muss Millionen verdienen. Zum Mittag gibt es Gulasch von gestern, jeder macht sich selbst was warm, wenn er Hunger hat. Ich habe natürlich Hunger, bin aber zu faul, nach unten zu gehen. Warum habe ich eigentlich keine eigene Küche? Oder zumindest einen Kühlschrank und eine Mikrowelle, damit fährt man ja schon mal ganz gut.

Saphir schläft auf meinem Bett. Sie lässt sich selten lange streicheln, meist steht sie schnell wieder auf und rollt sich irgendwo anders zusammen, deshalb lasse ich sie lieber in Ruhe. Sonst geht sie noch rüber zu Isa. Oder Amy. Selbst bei Regen würde sie das machen.

Ich schalte den Computer an und surfe nach digitalen Spiegelreflexkameras. Geburtstag wird dafür nicht ausreichen, außer ich finde eine gute günstig gebraucht. Was eine echte Herausforderung ist. Nach zwei Stunden gebe ich wieder auf. Wenigstens habe ich jetzt deutlich mehr Ahnung von dem technischen Kleinkram.

Isa hört mittlerweile megalaut Musik, was nicht gerade ein gutes Zeichen ist. Wenn ihre schlechte Laune zu lange anhält, wird sie gereizt und zickig, da kann man nur noch flüchten.

Ich finde noch ein paar Nougateier in einem Schubfach, hänge sie in einer Tüte an ihre Türklinke und verschwinde dann nach draußen. Komisch, einfach so zu gehen, ohne jemandem Bescheid zu sagen.

Die Luft ist warm und feucht nach dem Regen, richtiges Regenwaldklima ist das, allerdings weht der Meereswind sie rasch davon.

Ich radle ein Stück die Promenade entlang bis zu Opa Lutz. Der werkelt in seinem Schuppen herum und ist auch nicht besser drauf als Isa. Muss ein Virus sein. Wenigstens gibt es Eintopf, diesmal mit Linsen.

»Das Leben wird auch nicht mehr besser, wenn man alt ist«, murmelt Opa Lutz, während er sich Suppe in den Mund schaufelt. Vielleicht hat diese Depristimmung etwas mit dem Wetter zu tun. Oder dem Sommer. Oder irgendwelchen Mondphasen. Oder, in Opas Fall, mit dem Alter.

»Glaub mir, Junge, du solltest die schönen Sachen machen, solange du das noch kannst. Als ich jung war, habe ich mir nichts entgehen lassen. War natürlich eine schwierige Zeit damals, so kurz nach dem Krieg, aber vielleicht gerade deshalb. Da wusste man noch, was wichtig ist. Heute ist ja alles wichtig, kein Wunder, dass ihr jungen Menschen immer so verwirrt seid.«

Ich bin tatsächlich verwirrt, antworte aber lieber nicht. Opa Lutz erzählt jetzt von einer Gruppe Schauspieler, mit denen er durch das Land gereist ist, immer von Dorf zu Dorf. Mir kommt das wie etwas vor, das man vor dreihundert Jahren gemacht hat, nicht vor sechzig, nur ist es besser, seine Geschichten nicht weiter zu hinterfragen. Zu solchen Gelegenheiten kann er sehr grantig werden. Immerhin hellt das In-der-Vergangenheit-Schwelgen Opas Laune auf, so sehr, dass er sogar Nachtisch spendiert. Schokopudding. Fast noch gar nicht abgelaufen.

Sein Kühlschrank wirkt kahl, das ist ja wie zu Hause. Außerdem müsste er dringend mal wieder geputzt werden. Normalerweise geht er in Habichtsburg in dem kleinen Supermarkt einkaufen, dann rumpelt er mit seinem Fahrrad mitsamt Anhänger über die Kopfsteinpflasterstraßen, schafft es aber immer, auf dem Rückweg kein einziges Ei zu zerbrechen.

Jedenfalls scheint er schon länger nicht mehr einkaufen gegangen zu sein. Heute hat der Laden natürlich zu, da ist nichts zu machen, und wenn ich ihm jetzt meine Hilfe anbiete, wird er gleich wieder mürrisch. Also wasche ich nur schnell ab und mache mich dann wieder auf den Weg. Opa braucht seinen Mittagsschlaf und ich ganz dringend frische Luft und Bewegung.

Die Nachmittagssonne lockt sämtliche Urlauber aus ihren Häusern heraus. Fahrradfahren macht nicht mehr besonders viel Spaß, wenn einem lauter Fußgänger den Weg versperren und sich beschweren, wenn man sie vollspritzt, obwohl ich ja nichts für die ganzen Pfützen kann. Zum Umnieten sind es auch viel zu viele Leute. Also radle ich dahin, wo ich eben fast immer hinfahre, wenn es mir draußen zu voll und zu Hause zu leer ist.

Amy ist mir manchmal fast unheimlich. Es gibt nämlich Tage, an denen ich nur zur Habichtsburg gehe, weil mir kein anderer Ort einfällt, und dann gibt es wieder welche, an denen ich herkomme, weil es so schön ruhig ist und einen niemand belästigt. An solchen Tagen taucht Amy fast nie auf und selbst wenn, redet sie kaum. Dann hocken wir nebeneinander im Apfelbaum und glotzen in die Landschaft, als wäre der andere gar nicht da, und das muss man erst mal schaffen. So wenig Anwesenheit ausstrahlen, dass man dem anderen nicht auf die Nerven fällt.

»Was gibt es heute für Kuchen?«, frage ich sie, als ich mein Fahrrad neben ihrem parke.

»Quarkmuffins mit Erdbeeren. Haben Melvin und ich gestern gebacken.«

Wir klettern nacheinander nach oben.

Der Sommer hat die Landschaft mit voller Wucht gepackt. Auf den Feldern steht das Getreide schon echt hoch, keine Ahnung, was für welches, Weizen vielleicht, ein paar Maisfelder auch. Ständig summen Insekten herbei, allerdings ist es hier oben heute ein bisschen windig, das hält die Viecher manchmal ganz gut fern. Außerdem riecht es ganz anders als noch vor ein paar Wochen.

»Dann mal her mit dem Zeug«, sage ich und nehme mir einen der Muffins aus der Dose. Sie sind zwar ein bisschen angematscht, schmecken aber super, so wie immer. Backen scheint in Amys Familie in den Genen zu liegen, ich habe bei ihnen noch nie einen Kuchen gegessen, der nicht megalecker gewesen wäre.

»Also, wie geht es dir jetzt so, zurück in Freiheit?«, frage ich.

Sie lächelt in die Sonne, die Augen geschlossen. »Besser, als ich gedacht hätte. Wenn sich Liebeskummer immer so anfühlt, komme ich gut damit zurecht.«

Ich bin nicht sicher, wie sie das meint. Seit ich mich von Svea getrennt habe, finde ich eigentlich jeden Tag scheiße, auch wenn ich nicht gerade ewig vor mich hin leide. Ich habe nur auf nichts Lust, manchmal nicht mal Appetit, was bei mir bedeutet, dass ich im Prinzip schon tot bin.

»Ich meine, manchmal vermisse ich Brar ein bisschen, aber wirklich immer nur ein bisschen. So viel haben wir ja gar nicht miteinander unternommen, dass er mir groß fehlen könnte.«

»Ist doch super. So kannst du die Jungs reihenweise abarbeiten, ohne dich dabei schlecht fühlen zu müssen.«

Sie öffnet die Augen und sieht mich an. Manchmal kann man Angst haben vor ihrem Blick, wenn sie einen so scharf mustert, dass man sich nackt fühlt. Jetzt sieht sie mich aber anders an, nicht musternd oder beobachtend, eher zurückhaltend und unsicher. »Wie meinst du das?«, fragt sie dann.

»Ach, keine Ahnung, weshalb ich das gesagt habe.« Die miese Stimmung zu Hause muss ansteckend sein, und Amy ist nun wirklich die Letzte, die ich damit belasten will. Sie würde das umgekehrt auch nie machen, sie behält ihre Probleme lieber für sich, anstatt sie anderen vor die Füße zu hauen und zu erwarten, dass sie sie aufsammeln. Hätte Isa vor lauter Sehnsucht nach ihm nicht Salim angerufen, hätten wir wohl erst in ein paar Wochen erfahren, dass sich Amy überhaupt von Brar getrennt hat.

»War ja nicht überraschend«, hat Isa nach dem Telefonat festgestellt. Ich habe da nicht so die Ahnung. Zusammenpassen oder nicht zusammenpassen, das ist doch immer anders, Menschen kommen eben auf unterschiedliche Weise miteinander zurecht. Jedenfalls ist Isabella dann rübergegangen und drei Stunden später wieder zurückgekommen, und ich schätze mal, in der Zwischenzeit haben sie über Jungs oder eben speziell über Brar und Salim geredet und einen Liebesfilm geguckt und Mousse au Chocolat gegessen.

»Ich meinte jedenfalls nicht, dass du Jungs absichtlich das Herz brechen würdest. War nur ein dummer Spruch, sorry.«

»Schon okay.«

Wir essen jeder noch einen Muffin. Der Abend kommt, das ist die schönste Zeit hier oben, weil sich das Licht dann verändert.

»Wie war dein Wochenende bisher?«, fragt Amy. Sie blickt irgendwohin in die Landschaft, vielleicht zu dem Raubvogel weiter hinten. Auf die Entfernung kann ich nicht erkennen, was das für einer ist.

»Langweilig. Ich teile mir das Haus mit drei Fremden. Oder, na gut, mit zwei Fremden und einer momentan sehr launischen Schwester. Ich schätze mal, so ist das, wenn man in einer WG lebt. Jeder macht seins, manchmal trifft man sich in der Küche oder im Wohnzimmer, aber das war's dann schon.«

»Ist das immer so?«

»Hm, keine Ahnung.« Ich versuche, mich an den letzten Abend zu erinnern, den wir gemeinsam verbracht haben. An dem meine Mutter oder mein Vater gekocht haben, an dem wir uns unterhalten, etwas miteinander gespielt oder einen Film gesehen haben. »Wenn ich ehrlich bin, weiß ich häufig nicht mal, wer alles zu Hause ist. Ich meine, an warmen Tagen nimmt man ja nicht mal eine Jacke mit, und meine Mutter hat so viele Schuhe, da habe ich nun echt keinen Überblick. Manchmal komme ich also nach Hause, nirgendwo ist jemand zu sehen, und zwei Stunden später werkelt meine Mutter im Garten, und ich habe keine Ahnung, ob sie schon vorher da war oder in der Zwischenzeit gekommen ist. Und wenn ich dann rausgehe, um mich mit ihr zu unterhalten, antwortet sie total einsilbig.«

»Und dein Vater?«

»Der macht eh, was er will. Die meiste Zeit arbeitet er halt, das war schon immer so, nur nicht so viel wie jetzt.« Amy antwortet nicht, weshalb ich weiterrede, bevor sich meine Gedanken an dem Thema festhängen. »Wie war dein Treffen am Freitag?«

»Ganz gut. Eigentlich sogar sehr interessant. Du hast recht, Interviews kann jeder, das am Freitag war eine ganz andere Sache. Selbst wenn man nicht über Inspiration schreibt, selbst wenn man über gar nichts schreibt, sondern einfach nur da ist. Merkwürdig, dass ich noch nie mit Noemi zur Arbeit gegangen bin, ich habe mir vorher nicht mal groß Gedanken darüber gemacht. Dabei ist das total spannend und traurig und bereichernd.« Sie steckt die Muffindose in ihren Rucksack zurück, nachdem wir nun wohl beide satt sind. »Die meiste Zeit war ich tatsächlich bei diesem Workshop. Alle Bewohnerinnen, die teilnehmen wollten, haben sich in einem Raum versammelt, in dem es Stifte und Farben und Zeichenpapier und Schreibblöcke und Instrumente gab, und dann hat sich jede etwas gesucht, womit sie arbeiten wollte. Die meisten haben gemalt, einige haben auch geschrieben, alle möglichen Sprachen sind da zusammengekommen. Sie hatten die freie Wahl, mit welchem Thema sie sich beschäftigen wollen, viele haben aber ihre eigenen Erlebnisse als Grundlage genommen.« Amy wendet sich zu mir, ihre Wangen sind gerötet, und sie spricht schneller als sonst. »Nur wer wollte, konnte sein Projekt danach vorstellen. Eine Frau hat ein Kind gemalt, ein kleines Mädchen in einem hellblauen Kleid mit dunklen Zöpfen und einer Katze, die neben ihr herlief. Die Frau erzählte, ihr Mann hätte sie geschlagen, auch, als sie schwanger war, und einmal so sehr, dass sie das Kind dadurch verlor. Jede Nacht träumt sie von ihrer Tochter, sie ist sich sicher, dass es ein Mädchen geworden wäre, und in der Nacht, in der sie das Kind verlor, ist auch ihre Katze verschwunden. Sie weiß nicht, wohin, sie wollte nicht wissen, ob ihr Mann etwas damit zu tun hatte, doch in ihrer Fantasie sind sie jetzt zusammen, die Katze und das Kind, und passen aufeinander auf.«

»Eine schöne Vorstellung.«

»Ja, oder? Vor allem, wenn man das schafft. Sich trotz solcher Erlebnisse an so einer winzigen Hoffnung festzuklammern.«

»Wirst du noch mal an dem Workshop teilnehmen?«

Amy lehnt sich an den Stamm und lässt ein Bein von ihrem Ast baumeln. Kurz schließt sie die Augen. »Ich glaube schon«, antwortet sie schließlich, nachdem sie sie wieder geöffnet hat. »Ja, ganz sicher sogar.«

Für eine Weile bleiben wir noch auf unserem Baum sitzen. Keine Wolke ist mehr am Himmel zu sehen, nur der blasse Dunst über den Feldern verrät, dass es bis vor Kurzem geregnet hat.

»Weißt du«, sagt Amélie, »manchmal ist es nicht so schlimm, wenn Dinge zu Ende gehen. Das schafft Raum für Neues.«

Ich nicke langsam, obwohl mir nicht klar ist, was sie damit meint. Vermutlich Brar. Oder Svea. Oder alles. Im Grunde ist das vollkommen egal. Amy ist hier, ich bin hier, die Sonne scheint so, als würde sie das immer tun. Es reicht, sich wenigstens manchmal so zu fühlen, als könnte unmöglich jemals wieder ein Regentag folgen.

Donnerstag, 22. Juni

Linus

Badminton ist eine gute Sportart, um Frust abzulassen. Vielleicht nicht so effektiv wie Taekwondo, aber manchmal ist es besser, auf einen Ball einzudreschen, als gegen einen anderen Menschen zu kämpfen. Außerdem bin ich in letzter Zeit ganz froh, nicht immer so früh zu Hause zu sein.

Amy ist mit ihrer Foto-AG zur gleichen Zeit fertig wie ich mit Badminton. Sie wollte mich schon überreden, da ebenfalls mitzumachen, weil man so viel über handwerkliche Dinge lernt, aber ganz ehrlich, immerzu mit anderen Schülern durch die Gegend zu rennen und irgendwelches Zeug zu fotografieren, ist dann doch nichts für mich. Da bin ich lieber allein unterwegs oder gerade so noch mit Amy, außerdem gibt es Bücher und Zeitschriften, die bringen einem dasselbe bei wie irgendein Lehrer.

»Na, war's anstrengend?« Amy hat bereits unsere Räder aus dem Fahrradständer geschoben. Da wir jeden Tag gleichzeitig Unterrichtsschluss haben, ketten wir sie normalerweise zusammen. Den Schlüssel zu meinem Schloss habe ich ihr schon vor einigen Monaten gegeben und kenne seitdem auch den Zahlencode zu ihrem.

Ich fahre mir durch die Haare, die aber eher vom Duschen als vom Schweiß nass sind. »Ja, geht so. Heute war's ein bisschen lahm, die meisten hatten nicht so richtig Lust.«

»Ist ja auch viel zu heiß. Ich war ganz froh, dass wir unsere Analogaufnahmen von letzter Woche entwickelt haben, in der Dunkelkammer ist es schön kühl.«

Wir steigen auf unsere Räder und verlassen die Stadt. Erst als wir von der Landstraße abbiegen und auf dem Radweg durch den Wald fahren, unterhalten wir uns wieder. Falls man das Unterhaltung nennen kann, eigentlich brüllen wir uns nur gelegentlich etwas zu und versuchen, niemanden umzunieten. Sommer am Meer, voll die Idylle. Ich bin immer wieder froh, dass sich in unserem Dorf nicht ganz so viele Ferienunterkünfte befinden und dementsprechend auch nicht ganz so viele Touristen. Wenn auch immer noch ausreichend.

Es ist schon nach halb sechs, als wir zu Hause ankommen. Die vielen Feriengäste bremsen stellenweise ganz schön das Tempo, selbst nachmittags unter der Woche.

Unsere Straße liegt ruhig und friedlich in der warmen Abendsonne. Amy und ich sind beide ziemlich verschwitzt. Wir halten vor ihrer Einfahrt, im Garten liegt überall Spielzeug herum, und durch ein geöffnetes Fenster hört man Paul Klavier spielen. Als Amy ihren Fahrradhelm abnimmt, sind ihre Haare total zerzaust.

»Du siehst aus wie eine Hexe«, sage ich und streiche ihr eine Strähne aus der Stirn.

»Damit kann ich leben.« Sie lächelt und bindet sich die Haare zusammen, auch wenn das nicht besonders viel hilft. »Willst du bei uns essen?«

Unentschlossen blicke ich zu unserem Haus hinüber. Keine Ahnung, ob jemand da ist. Isa wollte sich mit einer Freundin verabreden, vermutlich treibt sie sich also noch in

Wismar herum oder schläft sogar dort. Unsere Mutter fragt schon gar nicht mehr so viel nach, irgendwann hat sie aufgegeben. Es ist ihr wohl zu anstrengend, ständig Isas Leben zu kontrollieren. »Ich schau erst mal, was so los ist, und sag dir dann Bescheid.«

»Dann bis nachher.«

Für einen Moment stehen wir bewegungslos voreinander, dann umarmt mich Amy kurz, dreht sich um und schiebt ihr Rad in die geöffnete Garage.

Ich laufe langsam hinüber zu unserem Grundstück und blicke ab und an zu Amélie zurück, bis sie im Haus verschwunden ist. Manchmal kommt es mir falsch vor, dass sie woanders wohnt als ich, obwohl nur ein paar Meter zwischen uns liegen. Ich bin echt komisch drauf heute. Es kostet mich richtig Überwindung, das Rad in der Garage zu parken, um dann zum Haus zu gehen. Ich kann ja wenigstens mal schauen, was bei uns so los ist, bevor ich mich wieder drüben zum Essen einlade.

Doch kaum habe ich die Tür geöffnet, wird mir sofort übel, als würde die Luft drinnen nach etwas Ekligem riechen, aber das ist es nicht, was mir volle Kanne in den Magen wuchtet. Die Geräusche sind es, die Stimmen. Sie schreien nicht, aber sie reden ziemlich laut, und die Sätze meiner Mutter werden immer wieder zerfetzt von Schluchzern.

Vorsichtig schließe ich die Tür hinter mir, bleibe aber im Flur stehen. Natürlich könnte ich einfach nach oben in mein Zimmer gehen. Es ist ja nur ein Streit, so was passiert, auch unter Eltern. Nur bei meinen normalerweise nicht. Höchstens giftet unsere Mutter mal unseren Vater an, sehr viel seltener auch umgekehrt.

Bevor ich mich entscheiden kann, fliegt die Wohnzimmertür auf, und mein Vater stürmt heraus. Also, stürmen vielleicht nicht, für seine Verhältnisse läuft er allerdings ziemlich schnell. Sein Gesicht ist knallrot, die Haare sind fast so zerzaust wie Amys vorhin.

Wortlos schlüpft er in seine Schuhe und schnappt sich die Laptoptasche, die im Flur steht. »Ich schlafe heute woanders«, sagt er in einem merkwürdig distanzierten Ton, dann reißt er auch schon die Tür auf und rennt nach draußen.

Was war das denn?

Ich brauche ein paar Momente, um mich von dieser Begegnung zu erholen, erst dann betrete ich das Wohnzimmer. Das hätte ich mal besser bleiben lassen sollen. Meine Mutter hockt auf dem Sofa, das Gesicht in den Händen vergraben. Im Trösten bin ich nicht so der Held und das hier ist meine Mutter. Unsicher gehe ich auf sie zu. »Mama?«

Sie reagiert nicht, also setze ich mich neben sie. Es dauert ewig, bis sie mich endlich mal ansieht. »Wie war die Schule?«, fragt sie.

Hallo? Schule?

»Was ist denn los?« Über mein Leben will sie gerade bestimmt nicht diskutieren. »Worüber habt ihr euch gestritten?«

Sie lacht laut, richtig unheimlich klingt das. »Gestritten? Wir haben uns nicht gestritten. Dein Vater ist gegangen und wird auch nicht wiederkommen.« Dann beginnt sie wieder zu heulen.

Das ist jetzt echt zu viel für mich. Wovon redet sie denn bitte? Ob sie verrückt geworden ist? Haben wir sie verrückt gemacht, weil wir nie aufräumen und unsere Wäsche nicht zusammenlegen?

Kannst du rüberkommen? Mit Karla, wenn es geht?

Keine Ahnung, warum Amy zu schreiben das Einzige ist, was mir momentan einfällt. Auf keinen Fall kann ich hier mit meiner hysterisch gewordenen Mutter allein bleiben, das geht einfach nicht.

Vorsichtig lege ich ihr eine Hand auf den Rücken. Ich habe sie tatsächlich noch nie in meinem Leben heulen sehen, ich wusste nicht mal, dass sie das kann. Oder jemals muss.

Kurz darauf klingelt es an der Haustür. Mama reagiert kaum darauf, und ich stehe rasch auf, erleichtert, den Raum verlassen zu dürfen.

»Was ist denn los?«, fragt Amy, nachdem ich ihr geöffnet habe.

Karla sagt nur rasch »Hallo«, dann läuft sie schon an mir vorbei ins Wohnzimmer. Es wundert mich nicht, dass man ihr nichts erklären muss, sie ist so eine Art Rauchmelder, der ohne große Umstände ein Feuer detektieren kann, bevor sonst jemand weiß, dass es ausgebrochen ist.

»Ich glaube, meine Eltern haben sich gerade getrennt«, antworte ich Amy, die inzwischen den Flur betreten und die Haustür hinter sich geschlossen hat.

Schweigend umarmt sie mich. Atmen, echt, kein Problem. Fühlt sich trotzdem so an, als hätte ich das die letzten Minuten über vergessen.

»Keine Ahnung, was genau passiert ist. Als ich nach Hause kam, haben sie gestritten, und dann ist mein Vater einfach weggegangen.«

»Ja, er ist ziemlich stürmisch davongefahren. Wir saßen gerade im Garten und haben uns schon gewundert, was los ist.« Sie lässt mich wieder los, bleibt aber dicht vor mir stehen und sieht mich an. »Willst du bei uns schlafen? Mama wird deiner Mutter bestimmt dasselbe anbieten.«

Ich nicke unwillkürlich. Die Vorstellung, die Nacht allein hier zu verbringen, vermutlich nicht mal mit Isa in der Nähe, ist mehr als gruselig. Alles wäre so leer und still. Unerträglich.

»Ich fahre Manuela zu einer Freundin nach Lübeck«, sagt Karla, als sie in den Flur zurückkommt. »In dem Zustand sollte sie sich wirklich nicht selbst hinters Steuer setzen.« Was denn für ein Zustand?

Ich gehe nach oben und packe irgendwelche Sachen ein, während Amy im Flur auf mich wartet. Nur so halb bemerke ich, dass Karla und meine Mutter ebenfalls Taschen packen und dann verschwinden.

Vom Rest des Abends kriege ich nicht so wirklich etwas mit. Wir essen etwas mit Quinoa, Paul spielt ein bisschen Klavier, später sitzen wir auf dem Sofa und schauen eine Doku über Wildpferde. Zum Glück gibt es jede Menge Schokolade.

Irgendwie bin ich froh, als Amy und ich endlich allein in ihrem Zimmer sind. Der Tag war so furchtbar laut.

Am Fußende meiner Matratze liegt Saphir. Sie wird nicht lange bleiben. Irgendwann mitten in der Nacht wird sie aufstehen und durch ein geöffnetes Fenster nach draußen verschwinden, weil dort ein anderes Leben auf sie wartet.

Vielleicht schläft mein Vater gar nicht im Büro oder bei

Sven. Vielleicht hat er einen Ort, an den er gehen kann, vielleicht hat er einen anderen Menschen, zu dem er gehen kann. Der dort bereits auf ihn gewartet hat.

»Amy?«, flüstere ich, doch sie antwortet nicht.

Wir haben sicher alle so ein eigenes Leben. Bei manchen ist es größer als bei anderen, bei manchen geheimer als bei anderen, doch es ist da. Ein anderer Ort.

»Danke«, sage ich leise. Einfach, weil ich das gern sagen wollte.

Manchmal kann ich Amy atmen hören, meistens ist sie jedoch so ruhig, dass ich sie kaum wahrnehme, ich kann nur spüren, dass sie da ist. Kein Gerede. Keine Erklärungen. Nur ihre Anwesenheit, mehr nicht.

Samstag, 24. Juni

Isabella

Trotz der Hitze ist jede Menge los. Isabella hat vor zwei Wochen einen eigenen Kurs übernommen, eine kleine Gruppe älterer Kinder mit grundlegender Reiterfahrung. Auch wenn sie sich auf die Arbeit gefreut hat, fällt es ihr jetzt schwer, sich zu konzentrieren.

Momentan ist ihr Leben einfach neben der Spur. Immer dann, wenn sie denkt, dass alles halbwegs gut ist, dass sie höchstens kleine Probleme hat, immer dann schlägt das Leben volle Kanne zu.

Vor drei Monaten hatte sie noch einen tollen Freund, eine beste Freundin, eine, na ja, irgendwie halbwegs intakte Familie. Jetzt ist nichts mehr davon übrig. Sobald sie fertig ist und alles zusammengeräumt hat, wird sie nach Hause fahren, niemand wird Essen zubereiten oder sich mit ihr unterhalten, und sie hat niemanden, den sie anrufen kann. Sturmfreie Bude. Sie könnte eine Party schmeißen.

Isabella wirft einen Blick zu Svea hinüber, die gerade mit Milly am Halfter über den Hof läuft. Natürlich stimmt das nicht, da sind Linus und Amy und Emilia und Ramona, und schließlich hat sie in der Schule noch andere Freunde.

»Meinst du das so?«, reißt sie ein zehnjähriger Junge aus ihren Gedanken, dessen Körperhaltung sie eben korrigiert hat.

»Ja, genau, den Rücken schön gerade halten. Sehr gut.« Schluss mit dem Selbstmitleids-Depri-Kurs, sie trägt hier schließlich Verantwortung. Momentan laufen die Dinge zwar allesamt schief, aber das bedeutet ja nur, dass sie auch irgendwann wieder besser werden müssen.

Die Hitze macht allen zu schaffen, daher hören sie etwas früher auf als geplant. Isabellas Schüler gehen sehr aufmerksam mit den Tieren um und beachten genau ihre Anweisungen. Eigentlich die beste Ablenkung, die sie momentan geboten bekommt.

Erst gegen Abend wird es langsam ruhiger. Karla, die Amy und Isabella heute abholt, hat Eistee mitgebracht und lässt sich gerade mit Ramona unter dem Sonnenschirm nieder. Sie winkt Isabella zu, Isa winkt aber nur verhalten zurück.

Bestimmt hat Karla heute mit ihrer Mutter telefoniert, die sich für ein paar Tage freigenommen hat und bei einer Freundin in Lübeck geblieben ist. Isabella könnte hinübergehen und nachfragen, nur will sie gar nichts wissen. Erst hat ihre Mutter mit ihrem ständigen Herumgemeckere ihren Ehemann vergrault, jetzt spielt sie das zusammenbrechende Opfer. Wer sich um ihre Kinder kümmert, scheint ihr egal zu sein.

»Na, fertig?« Amy verlässt gerade mit zwei kleinen Eimern in den Händen den Stall und kommt auf Isabella zu. »Wir haben hinten auf einer der Ziegenweiden die Himbeersträucher geplündert. Magst du ein paar haben?« Sie hält ihr einen der randvoll gefüllten Eimerchen entgegen, doch Isabella schüttelt den Kopf.

Vorsichtig stellt Amy die Gefäße ab, nähert sich Isa dann um einen weiteren Schritt und umarmt sie. Sehr fest.

»Das ist deine Lösung für alles, oder?«, fragt diese müde und schließt die Augen. Eigentlich ist es viel zu heiß für eine Umarmung. »Danke«, fügt sie flüsternd hinzu.

»Gern geschehen.« Nach einer Weile lösen sie sich voneinander. »Es wird schon bald wieder besser werden. Du musst nur bis dahin aushalten.«

»Ich weiß. Kein Problem.«

Sie lächeln sich an und laufen dann nebeneinander zu Karla und Ramona, die bereits die Hälfte des Eistees ausgetrunken haben.

Etwa eine Stunde später schließt Isabella die Haustür auf. Linus ist nicht da, auch wenn sie keine Ahnung hat, wo er sich herumtreibt. Wahrscheinlich ist er geflüchtet, also schreibt Isa ihm, dass sie jetzt zu Hause ist, und geht dann in die Küche, um den Kühlschrank zu inspizieren.

Er ist erstaunlich gut gefüllt. Wurst und Käse, Tomaten, Brokkoli, Möhren, Zucchini, Butter, Brotaufstrich, Joghurt, Quark, Sahne, Milch. In den Obstschalen auf der Arbeitsfläche lagern ein paar Äpfel, Pfirsiche und Bananen, selbst Kartoffel- und Nudelvorräte wurden aufgefüllt. Alles aus dem Bio-Laden.

Isabella nimmt sich einen Erdbeerjoghurt und setzt sich draußen auf die Terrasse. Kurze Zeit später rast Linus um die Kurve und in vollem Tempo auf den Rasen. Das macht er nie, wenn ihre Eltern zu Hause sind.

»Karla hat für uns eingekauft«, sagt sie.

»Ja, ich weiß. Sogar Eiscreme, Cornflakes und Schokolade.« Er lässt das Rad einfach auf dem Boden liegen und setzt sich neben seine Schwester. »Weißt du, wann Mama zurückkommt?«

»Keine Ahnung, wahrscheinlich nie.«

»Sei nicht so fies. Du hättest sie sehen müssen, ich dachte ernsthaft, sie stünde so unter Schock, dass sie gleich ins Koma fällt.«

»Das geht doch gar nicht.« Zum bestimmt hundertsten Mal an diesem Tag kontrolliert Isa ihr Handy. Gestern Abend hat sie ihrem Vater eine ziemlich lange WhatsApp-Nachricht geschrieben, auf die er jedoch nicht geantwortet hat. »Was machen wir jetzt?«

Linus, der den Kopf nach hinten gelegt und die Augen geschlossen hat, richtet sich wieder auf und blickt Isabella an. »Ganz ehrlich, ich weiß es nicht.«

»Lassen sie sich scheiden?«

»Vermutlich.« Er zuckt mit den Schultern. »Ist vielleicht besser so.«

»Dieser Sommer wird der beschissenste meines Lebens.«

»Schlimmer als der nach unserem achten Geburtstag, als du ständig mit Angina zu Hause herumlagst?«

»Ja. Definitiv schlimmer. Damals durfte ich wenigstens fernsehen.«

»Jetzt darfst du auch fernsehen, es ist ja niemand hier, der sich beschweren würde.«

»Schon, aber jetzt macht es keinen Spaß mehr.«

Und dann hört sie es. Das Knattern eines Motorrads.

Wenige Sekunden später biegt Salim auf seinem Marienkäfergefährt, das ihm Ingo geschenkt hat, um die Ecke und parkt es vor der Garage.

»Wieso ist er hier?«, fragt sie leise, doch Linus antwortet nicht.

»Hallo, ihr beiden.« Lächelnd kommt Salim auf sie zu

und, ja, Isabella würde diesen Fakt gern ignorieren, sieht verdammt sexy dabei aus. Er schält sich aus der Lederjacke, das Hemd, das er darunter trägt, klebt an seinem Körper.

Seit sie miteinander geschlafen haben, haben sie sich nicht mehr gesehen. Obwohl es nicht einmal merkwürdig war, nicht in jenem Moment, die ganze Nacht nicht, am nächsten Tag nicht. Sie haben sich unterhalten, zwischendurch geschlafen, irgendwann gegen Morgen noch ein zweites Mal Sex gehabt. Dann hat sich Isa bei Salim dafür bedankt, dass er für sie da war, er hat ihr gesagt, dass sie ihm trotz allem wichtig ist, und sie nach Hause gefahren.

Die paar Textnachrichten und das eine Telefonat, die sie danach miteinander ausgetauscht haben, zählen ja kaum. Nicht genug.

Reiß dich zusammen, denkt Isa. Das kann sie jetzt wirklich nicht gebrauchen, zu all dem anderen schon wieder Liebeskummer. Der sollte jetzt endlich mal überwunden sein.

»Willst du was trinken?«, fragt Linus gerade und steht bereits auf, um etwas aus der Küche zu holen.

»Was immer ihr dahabt.« Salim sieht sie an. Natürlich sind seine Augen noch genauso dunkel und verführerisch wie immer, aber letztlich ist sie diejenige, die mit ihm Schluss gemacht hat, und sie weiß auch noch, weshalb.

»Amy hat mich angerufen«, sagt er leise. »Tut mir leid, dass sich deine Eltern getrennt haben.«

»Ja. Na ja. Man hätte das wohl ahnen können. Danke.«

»Hey ihr, feiert ihr etwa eine Party ohne uns?« Amy hat die frischen Himbeeren zu einer wundervoll cremigen Tarte verarbeitet, über die sie sich gleich hermachen. Wo auch immer Melvin plötzlich herkommt. Isabella hat manchmal das Gefühl, er wohnt schon halb dort drüben.

Später versorgt Karla sie mit Kartoffelsalat und Würstchen und einer weiteren Ladung Eistee, der, wie Isa bald feststellt, auch mit Wodka gar nicht so schlecht schmeckt. Melvins Hund spielt mit einem Ball, den er wohl Paul geklaut hat, aus dem Wohnzimmer dringt Musik, und irgendwann beginnen sie zu tanzen. Zumindest Isa, Salim, Melvin und Amy, Linus ziert sich immer, wenn ihm jemand dabei zusieht.

Und dann verschwinden die anderen im Haus, um die Spiele zu sondieren, und Isa und Salim bleiben allein zurück.

»Tut mir leid, dass ich mich so selten gemeldet habe.«

Sie stehen dicht voreinander und bewegen sich kaum noch, jedenfalls nicht mehr zum Takt der Musik.

»Ja, mir auch.«

»Und es tut mir leid, dass ich dich so oft versetzt habe. Abi und Arbeit waren wohl zu viel.«

»Ich weiß.«

Er umarmt sie, so wie Amy sie vorhin umarmt hat. Eng, wärmend, aber freundschaftlich. »Ich bin trotzdem für dich da, okay? Nur, damit du das weißt.«

»Okay.«

»Hey, jetzt wird nicht gekuschelt, sondern *Ligretto* gespielt«, unterbricht Amy sie munter.

»Ach nö, dafür bin ich schon zu betrunken.«

»Nichts da, wir spielen alle mit.« Sie lächelt und zerrt Isa dann zu einem der Stühle. »Es ist Samstagabend und wir haben jetzt gefälligst alle Spaß.«

»Du bist mir irgendwie lieber, wenn du nicht betrunken bist.«

Aber natürlich hat sie recht. Sie haben alle Spaß. Eine halbe Stunde lang spielen sie *Ligretto* und schaffen es irgendwie, dabei keine Gläser umzuschmeißen, dann ziehen sie sich ins Haus zurück und schauen einen Tarantino-Film, bei dem Amy sich immer die Augen zuhält, wenn es blutig wird. Im Prinzip also die Hälfte der Zeit.

»Eigentlich kommen wir doch ganz gut ohne Eltern klar, oder?«, nuschelt Isabella ihrem Bruder zu und lehnt den Kopf an seine Schulter.

»Ja, eigentlich schon.«

»Dann hätten sie sich auch schon viel früher trennen können. Das hätte uns bestimmt eine Menge erspart.«

»Weiß nicht.«

»Aber ich.« Sie angelt das Handy aus ihrer Hosentasche. Noch immer keine Nachricht. Weder von ihrem Vater noch von ihrer Mutter. Vielleicht kommen die beiden auch ganz gut ohne ihre Kinder zurecht.

Uns geht's gut, danke der Nachfrage, schreibt Isabella an beide. Dann steht sie auf und nimmt sich noch ein Stück Himbeertarte, diesmal ein extra großes. Mit Sahne.

Sollen sie doch mit ihrer Trennung glücklich werden. Solange Linus und sie das Haus bekommen.

Mittwoch, 5. Juli

Amélie

»Du musst die Hand anders halten.«

»Was?«

»Deine Hand.« Melvin umfasst mein rechtes Handgelenk und drückt es auf den Tisch. »So hast du mehr Kontrolle.«

Ich zeichne einen zweiten Strich auf das ansonsten leere Blatt Papier. Tatsächlich, er wirkt gerader, weniger verwackelt als mein erster Versuch.

»Danke.«

Da Vinci werde ich wohl trotzdem nicht. Gibt es eigentlich auch weltberühmte Malerinnen? Von Frida Kahlo einmal abgesehen? Ich sollte Christopher danach fragen. Seitdem ich ihm ein Foto geschickt habe, schreiben wir uns ab und zu Mails. Meist sind sie nur kurz, vor allem er schreibt gern kryptisch in Halbsätzen, die schon fast ein bisschen wie Gedichte sind, und ab und zu lädt er mich zu sich ein und meint, ich solle meine Freunde mitbringen, und ab und zu antworte ich ihm, dass ich das auf jeden Fall machen werde. Irgendwann diesen Sommer.

Es war ein Schwarz-Weiß-Foto, das ich für die Foto-AG aufgenommen habe, eine leere Straße, an deren Ende verschwommen ein Pärchen, Hand in Hand. Ich habe sehr lange gebraucht, um eines auszuwählen, vielleicht, weil es so verlockend gewesen wäre, ihm ein Meeresfoto zu schicken. Es ist so einfach, das Meer aufzunehmen, immer gibt es sich gefällig und fotogen, aber ich wollte Christopher etwas zeigen, woran ich gearbeitet habe. Worüber ich länger nachdenken musste.

Guter Anfang, war seine Reaktion. *Gehe einfach immer weiter.* Was auch immer er damit meint.

Die Schulklingel unterbricht meine Gedanken.

Heute ist es trübe und schwül, das Gewitter wartet nicht mehr weit entfernt. Vermutlich wird es stürmen und richtig dicke Tropfen regnen, die die Blätter von den Bäumen reißen.

»Deine Mutter arbeitet heute länger, oder?« Melvin packt seine Federtasche ein, dann ist auch er fertig.

»Ja, wir sollen sie gegen fünf abholen. Ich wollte so lange Hausaufgaben machen.«

»Hier in der Schule?«

»Eigentlich im Park, aber so, wie es draußen aussieht, bleibe ich wohl doch lieber hier. Irgendjemand muss ja den Computerraum wenigstens ab und an benutzen, sonst wird er wieder abgeschafft.« Dabei habe ich gar keine Lust, im muffigen Schulgebäude zu bleiben und für die Physikklausur zu lernen. Das habe ich nämlich schon vorgestern mit Linus versucht, ohne dass wir weit gekommen sind.

»Mir ist echt nicht klar, wie man mit Physik nicht zurechtkommen kann, aber Astronomie super findet. Das ist doch auch Physik«, hat er nach einer Stunde völlig entnervt festgestellt.

»Ja, aber Physik im Weltraum. Da funktioniert alles ganz anders und deshalb kann ich das auch besser nachvollziehen. Mal davon abgesehen, dass ich nur zweimal die Woche

Astro habe, aber viermal Physik. Also muss ich da viel mehr verstehen.«

»Ja, nee. Ist klar.«

Nach diesem Gespräch gaben wir auf und setzten uns lieber mit jeweils einer Riesenportion Eis in den Garten.

»Gehen wir halt so lange zu mir und holen dann Paul ab.«

Überrascht blicke ich zu Melvin hinüber, der mit gesenktem Kopf neben mir die Treppe hinuntergeht. Bisher hat er mich nicht ein einziges Mal zu sich eingeladen, ich bin immer davon ausgegangen, dass er das nie tun wird. Vielleicht nicht mal so richtig irgendwo lebt. Also, nicht in dem Sinne, dass er obdachlos wäre, sondern einfach nur nicht wirklich zu Hause ist. Auch wenn ich natürlich weiß, dass das Quatsch ist, ich weiß, dass er einen Vater hat und ein eigenes Zimmer und einen Hundekorb und eine Mutter, die fast nie da ist, aber all das sind nur zusammenhanglose Worte ohne Bilder in meinem Kopf.

»Paul ist heute Nachmittag bei einem Freund«, antworte ich schließlich. »Ich würde gern mit zu dir kommen.«

»Okay.« Er sieht aus wie immer, als würde er ständig Leute mit sich mitnehmen. Dabei redet er normalerweise maximal mit den Lehrern, wenn sie ihn etwas fragen.

Wir laufen die Straße hinunter und kaufen uns in der Nähe des Hafens zwei Fischbrötchen. Melvin muss zwar nicht ständig mit Kalorien vollgestopft werden, doch wenn er Hunger hat, besorgt man ihm lieber etwas Essbares, sonst wird er unausstehlich. Oder besser: unsichtbar. Unhörbar. Meist antwortet er dann nicht mal mehr, wenn man ihm lebenswichtige Fragen stellt, als würde er in ein Koma fallen, ein Wachkoma, das ihn zwar lebendig aussehen lässt, aber jede Kommunikation mit der Außenwelt sabotiert.

Gut, vielleicht übertreibe ich ein wenig. Der Unterschied ist nicht besonders eklatant, wenn jemand sowieso selten spricht.

Jedenfalls essen wir unsere Fischbrötchen, während der Wind schon richtig wütend an Kleidung und Wimpeln und Bäumen zu zerren beginnt, und laufen danach durch die Innenstadt. Die Läden stellen sich auf Unwetter ein, Sonnenschirme werden zusammengeklappt, Auslagen abgedeckt oder in die Geschäfte geräumt, Stühle und Tische aneinandergekettet.

Wir gehen am Mühlenteich vorbei und dann noch ein ganzes Stück nach links, bis wir bei Melvin ankommen. Eine breite Kopfsteinpflasterstraße, flache Mehrfamilienbauten, wenig Grün.

»Nicht die schönste Gegend«, bemerkt er, während er die Haustür aufschließt.

»Es gibt schlimmere.«

Sie wohnen in der zweiten Etage, an der Tür hängt ein Holzschild mit der Aufschrift *Willkommen*.

»Haben wir in der Vierten gebastelt«, erklärt Melvin.

»Das ist ja nett, dass deine Eltern es immer noch haben.«

»Ich glaube, sie bemerken einfach nur nicht mehr, dass es hier hängt.«

Wir betreten einen schmalen, dunklen Flur, eine Garderobe, an der auch Schals und Mützen hängen, auf dem Boden verstreute Schuhe, hauptsächlich Männerschuhe.

»Meine Mutter hat all ihre Klamotten in ihrem Zimmer«, sagt Melvin, obwohl ich nicht danach gefragt habe.

Blake kommt angerannt, er bellt nicht, wedelt aber ausgiebig mit dem Schwanz und springt erst an Melvin, dann an mir hoch, als wäre er schon seit Tagen eingesperrt.

»Armer Hund.« Melvin krault ihn ausführlich, vor allem am Hals, bevor er mich ins Wohnzimmer führt. Auch das ist nicht groß, aber überraschend hell und freundlich eingerichtet. Glatte Flächen, eine dekorative Obstschale auf dem Couchtisch, sonst steht nirgendwo etwas herum.

»Einmal die Woche kommt die Putzfrau, aber wir benutzen das Zimmer kaum.«

Durch eine Tür gelangt man in die Küche, durch eine zweite ins Arbeits- und Schlafzimmer von Melvins Vater, doch das ist abgeschlossen. »Meistens arbeitet er zu Hause, kann aber sein, dass er heute ins Büro musste«, erklärt Melvin. »Besser so.«

Das Bad und Melvins Zimmer gehen vom Flur ab. Die Tür zum Zimmer seiner Mutter ist ebenfalls abgeschlossen.

»Ihr habt wohl viele Geheimnisse voreinander«, sage ich, eigentlich, weil ich die Stimmung ein bisschen auflockern wollte, doch Melvin lacht nicht. Er lächelt nicht einmal.

»Kann sein. Hier macht halt jeder seins.«

Seine Wände sind in einem dunklen Türkisgrün gestrichen, auf Regalen verteilt stehen Bücher unterschiedlichster Genres, Krimis, Fantasywälzer, Biografien, Philosophieabhandlungen, Sachbücher über Mathe und Physik, historische Romane.

Sein Bett ist unordentlich, auf einem Stuhl wartet ein Berg Klamotten, nur sein Schreibtisch ist ordentlich und sauber.

»'tschuldige, wenn ich gewusst hätte, dass du mitkommst, hätte ich heute Morgen aufgeräumt.«

»Ich werde es überleben. Glaub mir, bei Isa und Salim sieht es nicht besser aus.«

Jetzt lächelt er doch, räumt die Klamotten vom Stuhl und lässt mich darauf Platz nehmen.

Blake rollt sich auf einer Decke unter dem Schreibtisch zusammen.

»Dann zeig mal her.«

»Was denn?«

»Die Physikhausaufgaben.«

Ich ziehe eine Grimasse, packe dann aber doch Buch und Hefter aus. Ein paar Minuten lang ist Melvin damit beschäftigt, sich die Aufgaben anzusehen.

Pferdebettwäsche. Er benutzt tatsächlich Pferdebettwäsche.

»Was hast du denn verstanden?«, fragt er schließlich.

Also versuche ich, die richtigen Worte für die paar Dinge zu finden, die ich glaube verstanden zu haben, und er nickt und wartet, bis ich fertig bin, dann erklärt er etwas und wiederholt es noch einmal, in anderen Formulierungen, und gemeinsam gehen wir die Aufgaben durch, und ich rechne und überlege, und etwa eine Stunde später sind wir endlich fertig.

»War das jetzt so schwer?«

»Ja, ziemlich. Aber vermutlich bin ich morgen noch in der Lage zu erklären, was ich gerade gerechnet habe. Das ist schon mehr, als ich sonst von meinen Physikhausaufgaben behaupten kann.«

Eilig packe ich den Hefter wieder ein. Wer weiß, auf was

für Ideen Melvin sonst kommt. Womöglich glaubt er, ich würde gern freiwillig weiterlernen, bei ihm weiß man ja nie.

»Was machst du sonst den ganzen Nachmittag über?«, frage ich.

Er zuckt mit den Schultern und lässt sich rückwärts aufs Bett fallen. »Mit dem Hund rausgehen. Lesen. Fernsehen. Wii spielen.«

»Das ist alles?«

»Das ist alles.«

»Was ist mit deinen Zeichnungen?«

»Na gut, die auch.«

»Zeigst du mir welche?«

Melvin richtet sich wieder auf. Er sieht mich an, ein dunkler, tiefer Blick, er wirkt wahnsinnig traurig, wie jemand, der noch nie in seinem Leben glücklich gewesen ist. Am liebsten würde ich mich neben ihn setzen und ihn umarmen, aber ich weiß nicht, wie er auf solche Berührungen reagiert. Trotzdem mache ich es. Trotzdem stehe ich auf, setze mich neben ihn und umarme ihn, nicht lange, nicht allzu fest, und als ich ihn loslasse, sieht er mich an, und vielleicht irre ich mich auch, aber etwas in seinem Gesicht ist weicher geworden, sanfter.

»Was war das denn?«

»Nur so. Kann ich jetzt die Zeichnungen sehen?«

Er geht zu dem breiten Kleiderschrank, öffnet die linke Tür und holt einen dicken Ordner hervor, den er neben mir auf dem Bett ablegt.

»Kannst dir ansehen, was du willst. Ich hole uns was zu trinken.«

Langsam klappe ich den Deckel um. Mit Pappeinlagen voneinander getrennt, hat er die Zeichnungen sortiert. *In Love's Hell* heißt die erste Serie, dunkle Bleistiftskizzen, die meisten von einer schlanken, zierlichen Frau in einer Art schwarzem Kostüm, unter ihrem rechten Auge schimmert eine tiefe Narbe, und die schulterlangen Haare wehen ihr ins Gesicht. *Scorpion Boy* scheint ein Comic zu sein, auf ein paar Figurenskizzen folgen richtige Bleistiftzeichnungen, fortlaufende Bilder, die den Anfang einer Geschichte ergeben. Auch diese wirkt düster, fast unheimlich, scharfkantig gezeichnet, aber mit einer dunklen Tiefe.

»Sind das Comics?«, frage ich Melvin, als er mit einer Flasche Wasser und zwei Gläsern zurückkehrt.

»Graphic Novels.« Er stellt beides auf dem Schreibtisch ab und setzt sich wieder neben mich. »Die Story und die Figurenbios entwickle ich am Computer, dann fertige ich Skizzen von den wichtigsten Charakteren und Orten aus verschiedenen Perspektiven an. Sobald ich das erledigt habe, ist in meinem Kopf meist schon alles fertig. In der Regel verliere ich dann die Lust, die Geschichten von vorn bis hinten zu zeichnen, deshalb sind das alles nur Ausschnitte.«

»Du brauchst mehr Ausdauer.«

»Klar. Ist für dich einfach zu sagen, du musst nur auf den Auslöser drücken. Ich weiß nie, wie viele Geschichten ich überhaupt noch schreiben und zeichnen kann.«

Betreten blicke ich auf den Ordner, den ich mittlerweile schon wieder zugeklappt habe. Was soll ich darauf auch antworten? Dass er die Hoffnung nicht aufgeben darf? Dass man Dinge auch zu Ende bringen muss, wenn man nicht weiß, wie viele man danach noch anfangen kann? Dass niemand so etwas weiß?

»Sorry, war nicht so gemeint.« Er nimmt mir den Ordner ab und verstaut ihn wieder an seinem Platz. »Lass uns nicht mehr darüber sprechen.«

»Na gut.« Ich trinke einen Schluck Wasser und schiele dabei immer wieder zu Melvin hinüber.

Er hat gute und schlechte Tage, das weiß ich inzwischen. Welche, an denen er alles besser weiß, an denen er fast fröhlich ist oder zumindest halbwegs zufrieden, welche, an denen er mit meiner Mutter Mousse au Chocolat zubereitet. Und dann sind da die anderen, die, an denen seine Augen dunkel werden, an denen sein Mund nicht so aussieht, als könne er lächeln.

»Wir müssen los«, sage ich leise.

»Ich weiß.« Er wischt sich mit dem Ärmel über die Stirn, dabei ist es gar nicht heiß, im Gegenteil, der Wind fährt durchs Zimmer, wir sollten wirklich aufbrechen, um vor dem Unwetter zu Hause zu sein, aber Melvin ist so blass, so unheimlich blass, er atmet irgendwie schwer und vielleicht sieht er so an den Tagen aus, an denen er nicht zur Schule kommt.

Ich rufe meine Mutter an und frage sie, ob sie uns hier abholen kann, und sie fragt nicht, wieso, vielleicht weiß sie das bereits, vielleicht spürt sie das durch das Telefon hindurch in meiner Stimme.

Melvin sagt kein Wort, während er ein paar Klamotten zusammenpackt, ein ausgeleiertes, viel zu großes T-Shirt, wie er es häufig trägt, ein Paar Socken, eine Unterhose, Hundefutter. Schlafsachen hat er bereits bei mir, ebenso eine Zahnbürste, ein Deo, einen Kamm, den er aber nie benutzt.

Kurz darauf klingelt meine Mutter.

Der Wind ist wütend geworden, Regentropfen klatschen uns ins Gesicht. Eilig verkriechen wir uns im Auto.

Paul umklammert meinen Arm, während wir fahren, er mag Gewitter nicht, er hasst sie. Noch sind die Straßen frei, wir kommen rasch und heil nach Hause.

Im Wohnzimmer nebenan brennt Licht. Manuela, die seit einer Woche wieder zu Hause ist, sitzt auf dem Sofa und liest etwas, eine Zeitschrift oder ein Buch, der Fernseher läuft, alles sieht so normal aus, so ungetrübt, aber so ist das ja immer, jeder hat seine eigene Einsamkeit.

»Paul hat heute bestimmt keine Lust zum Üben«, sage ich zu Melvin, nachdem wir unser Haus betreten haben. Er nickt schweigend.

Wir gehen hoch in mein Zimmer, während meine Mutter telefoniert, die Matratze liegt bereits auf dem Boden, und Melvin rollt sich sofort darauf zusammen. Ich könnte wieder nach unten gehen, ich könnte meinen Eltern dabei helfen, das Abendessen zuzubereiten, ich könnte mir Pauls Hausaufgaben ansehen oder mit ihm *UNO* spielen, nur geht das nicht, es ist unmöglich, jetzt hinunterzugehen und so zu tun, als liege hier niemand, der leise und schwer atmet. Er hat eine Tablette genommen, die auch nichts reparieren wird. Meine Mutter hat vorsichtshalber Melvins Vater angerufen, schon als sie uns abgeholt hat. Er war nicht sehr gesprächig.

Ich trete ans Fenster, um die Jalousien herunterzulassen. Im Haus gegenüber steht Linus auf dem Balkon, den Blick nach oben gerichtet. Möglicherweise sind seine Augen geschlossen, von hier aus kann ich das nicht erkennen, doch es sieht so aus, als würde er den Sturm einatmen. Als würde ihm das Kraft geben. Er merkt nicht, dass ich ihn fotografiere.

Gerade als ich die Jalousien herunterlassen will, blickt er zu mir und winkt mir vorsichtig zu.

Samstag, 15. Juli

Amélie

Vermutlich hatte sein Vater ein schlechtes Gewissen. Knapp einen Monat ist es her, dass er einfach verschwunden ist, davongestürmt, wie Linus sagt, ohne dass er sich in der Zwischenzeit häufig gemeldet hätte. Fast gar nicht, genau genommen. Immerhin hat er seinen Kindern schon mal ihre Geburtstagsgeschenke geschickt. Isa hat einen zweiwöchigen Feriensprachkurs in irgendeiner französischen Stadt am Meer bekommen und Linus eine digitale Vollformat-Spiegelreflexkamera mit einem Weitwinkelobjektiv. Er hat ihnen beides geschickt, Isa die Unterlagen, Linus die Kamera, dazu eine kleine Karte, *Alles Gute*, sehr viel mehr stand nicht darauf. Zwei Wochen, bevor sie überhaupt Geburtstag haben.

»Also ich beschwere mich nicht«, meint Linus, als ich ihn für unsere Fototour abhole. Eine Runde am Strand entlang. »Die ist so was von cool. Nach Profikameras habe ich selbst kaum geschaut, weil ich dachte, dass die ja viel zu viel kosten. Jetzt muss ich mich nur noch durch die Anleitung durcharbeiten.« Er wirkt tatsächlich ziemlich zufrieden. Nicht so wie Isa. Natürlich hat sie sich gefreut, trotzdem, ein Sprachkurs und eine nichtssagende Karte dazu. Mehr nicht.

Wir laufen zuerst zur Habichtsburg. Linus hat einen Pflanzen- und einen Vogelführer dabei, damit wir wissen, was genau wir eigentlich fotografieren. Immer wieder schieben sich Wolken vor die Sonne, eigentlich ideales Licht für Außenaufnahmen.

»Was ist eigentlich mit Melvin los? Der war die letzten zwei Wochen gar nicht in der Schule.«

»Er liegt im Krankenhaus. Kommt manchmal vor.«

Linus sieht mich überrascht an. »Im Krankenhaus? Du sagst das so, als wäre das nichts Besonderes.«

Ich zögere einen Moment, schließlich ist Melvins Geschichte keine, die er selbst jeden Tag erzählt, sondern etwas, das er in dunkle, schattige Bilder bannt. »Für ihn ist es das auch nicht.«

»Habe ich mir irgendwie schon gedacht.«

Wir steigen den Hügel hinauf, auf dem sich die Burg befindet, trotz der Wolken und des leichten Windes vom Meer ist es warm.

Ich liebe den Ausblick von hier oben, die Felder, die Häuser, die unser Dorf bilden, der Baumgürtel, der den Strand abschottet. Manchmal verirren sich Touristen bis hierher, doch erstaunlicherweise nur selten. Vermutlich, weil von der Habichtsburg kaum noch etwas übrig geblieben ist, eine schmale, von Hecken umwucherte Ruine, die wir irgendwann einmal, haben wir uns vorgenommen, genauer erkunden werden.

Nicht heute. Heute setzen wir uns für eine Weile unter unseren Apfelbaum und lauschen dem Wind, und ich denke an Melvin, den ich erst zweimal im Krankenhaus besucht habe, er wollte nicht, dass ich komme. Das erste Mal, das ich dort war, sah er blass und müde aus, aber er sagte, ihm gehe es gut, er hätte schon schlechtere Phasen gehabt. Also kam ich nur noch einmal, um ihm Bücher vorbeizubringen, und bald wird er mich anrufen oder mir schreiben und so tun, als wäre nichts gewesen, weil dieser Teil seines Lebens, der, an dem er eben fast nicht mehr lebt, nicht zu unserer Freundschaft gehört.

»Du solltest dir nicht ständig Sorgen um alle machen«, sagt Linus.

»Mache ich ja auch nicht.«

»Doch. Das sieht man. Du machst dir Sorgen um Melvin, was auch immer mit ihm los ist. Du machst dir Sorgen um den Reiterhof. Du machst dir Sorgen um Isa. Manchmal, habe ich das Gefühl, machst du dir sogar Sorgen um unsere Mutter.«

»Irgendwer muss das ja tun. Auch Isa ist nicht immer so gut drauf, wie sie gern vorgibt zu sein.«

»Glaub mir, ich weiß das. Ich bin der Letzte, dem sie gute Laune vorspielt.«

Fahrradausflügler bevölkern die Uferpromenade, Spaziergänger. Wie normal dieser Anblick geworden ist. Wie normal es sich anfühlt, hinter den Bäumen das Meer zu wissen, als hätte ich schon immer hier gelebt. Dabei war die Ostsee bis vor nicht mal einem Jahr für mich auch nur ein Ort, den wir besucht haben, ab und zu, wenn es eben ging. Kein Zuhause. Schön, ja, aber fremd.

»Manchmal mache ich mir auch Sorgen um dich«, sage ich leise.

»Warum?«

Ich sehe ihn an, der Wind in seinen Haaren, die Falten auf seiner Stirn, als müsse er über die Antwort auf diese Frage tatsächlich ernsthaft nachdenken.

»Aus tausend Gründen. Siehst du, Isa spielt einem manchmal vielleicht bessere Laune vor, als sie tatsächlich hat, aber man kann sie auch schnell aufmuntern, sie kämpft sich immer wieder hoch und vor allem erzählt sie einem, was sie beschäftigt. Häufiger, als einem lieb ist. Du schweigst alles vor dir her. Was auch immer dir passiert, es passiert nur dir, obwohl es manchmal leichter ist, solche Dinge zu teilen.«

»Was für Dinge?«

»Nun stell dich nicht dumm. So was wie die Trennung von Svea, zum Beispiel. Oder die deiner Eltern.«

»Ich habe dir doch davon erzählt.«

»Ja, schon, aber immer nur in Bruchstücken, und du sagst nicht, wie du dich damit fühlst. Deine Eltern wollen sich scheiden lassen und du freust dich über deine neue Kamera. Nicht dass das schlecht wäre, aber das ist doch nicht alles, oder? Das können doch nicht all deine Gefühle zu diesem Thema sein.«

»Ach komm, was bringt es denn, sein Inneres umzuwälzen und bis ins kleinste Detail zu beleuchten? Klar, ich bin sauer, ich bin verletzt, vielleicht sogar traurig. Na und? Davon geht die Welt nicht unter. Ich hatte für ein paar Monate ein sehr hübsches Mädchen als Freundin. Wir hatten unsere Zeit und die ist jetzt vorbei. Weiter geht's. Auch für meine Eltern geht es irgendwie weiter.« Er steht auf und blickt auf mich herunter, und vielleicht ist es der Wind, der seine Augen wütend aussehen lässt, vielleicht der Schatten hier unter dem Baum, vielleicht ist es auch echte, unverstellte Wut.

Ich erhebe mich ebenfalls und lege vorsichtig meine Hand auf seinen Oberarm. »Klar, die meisten Dinge gehen irgendwann vorbei. Aber man kann doch trotzdem deshalb traurig sein.«

Mit einer raschen Bewegung dreht er den Kopf zur Seite, sieht hinüber zum Meer. »Lass uns an den Strand gehen«, sagt er und läuft bereits los.

Ich folge ihm mit einigen Metern Abstand. Manchmal ist es so schwer, zu jemand anderem zu gehören, manchmal ist es so schwer, einen anderen Menschen wirklich zu verstehen. Dabei machen wir das alle so. Wir alle verstecken einen Teil von uns selbst, Charakterzüge, Gedanken, Eigenschaften, die wir selbst nicht haben wollen, die einfach da sind, unmöglich wieder loszuwerden, sie sind genauso ein Teil von uns wie alles andere, nur früher wusste ich das nicht. Früher wusste ich nicht, dass es Menschen gibt, die man auch an solchen Tagen kennen will, wenn sie traurig sind und leer, dass man gerade dann auch in ihr Leben gehören möchte.

Plötzlich bleibt Linus stehen und wartet, bis ich neben ihm angekommen bin. »Tut mir leid«, murmelt er in Richtung Boden. »Ich finde nur nicht, dass es etwas bringt, ständig über so was zu reden.«

»Schon okay.«

Langsam laufen wir weiter, diesmal nebeneinander, und ab und zu berühren sich unsere Hände, immer nur kurz.

»Worüber redest du denn nicht?«, fragt er nach einer Weile, als wir schon den Strandzugang betreten.

»Wie meinst du das?«

»So, wie ich es sage. Worüber redest du nicht? Du hast auch nicht gerade viel von Brar und dir erzählt, von eurer Trennung schon mal gleich gar nicht.«

Ich seufze leise. »Weil das einfach uninteressant ist. Brar ist ein toller Typ, ich fand ihn irgendwie faszinierend, aber nicht besonders lange. Er redet viel, er hat viele Träume, nur glaube ich nicht, dass er sie jemals verwirklichen wird. Er wird immer nur davon reden.«

»Aber er spielt doch in einer Band und sie sind hier in der Gegend nicht gerade unbekannt. Meinst du nicht, dass das dem Verwirklichen seiner Träume schon ziemlich nahe kommt?«

»Ja, so sieht das aus. Aber um weiterzukommen, muss man viel mehr Zeit und Energie in die Musik stecken. Mehr üben. Mehr auftreten. Ein bisschen reisen. Das wollen sie alles schon seit Ewigkeiten, aber sie machen es nicht. Sie experimentieren nicht herum, sie schrabbeln immer wieder das gleiche Zeug. So entwickelt man sich nicht weiter.«

»Gut, dass du so eine Expertin bist.« Linus lächelt mich an, und jetzt ist er nicht mehr weit entfernt, jetzt läuft er neben mir, und sein Lächeln ist etwas, das ich spüren kann.

»Ja, bin ich. In der Theorie. Mit der Praxis kenne ich mich auch nicht aus.«

»Die Theorie ist immerhin ein Anfang.«

Ein paar Möwen kreisen über dem Wasser, am Strand gehen Menschen spazieren, breiten sich auf Handtüchern aus, Sommergäste. Natürlich wäre es schöner und ruhiger ohne sie, aber man kann nicht immer alles für sich haben wollen.

»Du könntest auch mehr fotografieren«, meint Linus dann. »Oder was immer du machen willst.«

»Für mehr Fotografie habe ich kein Geld. Und für eine digitale Spiegelreflex schon gar nicht.«

»Du kannst dir meine ausleihen.«

»Ich weiß.«

Halb im Sand vergraben liegt eine wirklich hübsche rosa Muschel. Gerade will ich stehen bleiben, um sie aufzuheben, doch dann gehe ich weiter, neben Linus, und lasse sie zurück. »Keine Ahnung, was ich machen will«, sage ich leise.

»Gar keine?«

»Na ja, ein bisschen. Ich würde gern Psychologie studieren, aber seit ich in dem Frauenhaus arbeite, weiß ich nicht mehr, ob ich das aushalten würde. Zumindest nicht als Therapeutin.«

»Wieso nicht? Wieso meinst du, dass du das nicht aushalten würdest?«

»Ach, keine Ahnung. Wegen all der Geschichten, die man so hört. Es ist unglaublich, was Menschen einander antun, weißt du? Manchmal kann ich abends nicht einschlafen, weil ich denke, dass die Welt kein Ort ist, an dem man leben möchte. Nirgendwo ist man sicher, erst recht nicht dort, wo andere Menschen wohnen, am wenigsten, wenn man jemandem vertraut. Manchmal habe ich das Gefühl, sie warten nur darauf, einander wehzutun. Vor allem Männer den Frauen. Vermutlich passiert das andersherum auch, irgendjemand ist immer der Schwächere, und das muss nicht immer eine Frau sein, das können auch Kinder sein, Ausländer, religiöse Minderheiten, Blinde, Männer, du, ich, wer auch immer. Aber es wird immer jemanden geben, der stärker ist als man selbst, und dieser jemand wird einen immer finden.«

Algen, dazwischen Muscheln, wie festgehalten von dunkelgrünen Fingern. Seichte Wellen spülen einen Blumenstrauß gegen den steinigen Untergrund, Rosen, rote, gelbe. Ich hocke mich hin und halte ihn fest, ein Foto von einem Blumenstrauß im Meer.

»Wo der wohl herkommt?«, frage ich laut.

Linus zuckt mit den Schultern. »Vielleicht von jemandem nach einem miserablen Date ins Wasser geworfen.«

»Oder als Gedenken an einen Ertrunkenen.«

Wir verlassen den Strand, laufen auf der Promenade weiter, wo etwas weniger los ist. Fotografieren einen Marienkäfer am Wegesrand. Eine intensiv lilafarbene Blume, die wir in Linus' Pflanzenführer nicht finden.

Die ganze Zeit über schweigen wir.

»Wenn man zu lange über so was nachdenkt, macht man sich nur unglücklich«, sagt Linus dann. »Das bringt dich nirgendwohin. Natürlich ist die Welt scheiße. Natürlich sind wir Menschen scheiße. Aber nicht nur. Es gibt doch auch Ausnahmen und schöne Momente. Wenn du das nicht wüsstest, würdest du nicht fotografieren.«

»Ja, kann sein.«

Auf einem schmalen Weg biegen wir ab ins Landesinnere, wo weniger Touristen herumspazieren.

»Ich könnte dir Taekwondo beibringen. Zumindest die Grundlagen«, schlägt Linus vor.

Von Osten her ziehen immer dickere Wolken heran, schwer, dunkel. Drohender Regen.

»Und dann?«

»Dann würdest du dich vielleicht sicherer fühlen. Solche Sportarten trainieren Gleichgewicht, Körpergefühl und Selbstbewusstsein. Manchmal muss man nur stärker wirken als der andere. Vielleicht reicht so ein Selbstverteidigungskurs einfach nicht.«

Der Wind frischt auf, er scheint etwas zu suchen, hastig fährt er in alle Ecken. Hätten wir Hüte getragen, würden sie nun munter in der Luft tanzen.

»Danke«, sage ich nur.

Langsam kehren wir zurück. Der Regen beginnt erst, als wir unser Zuhause sicher erreicht haben.

Samstag, 29. Juli

Linus

Isa hat ihre Stereoanlage voll aufgedreht und singt einen Song mit. Klingt nach eingängigem, kitschigem Liebespop. Manchmal verstehe ich ja, wieso sie auf so was abfährt. Wenn ich so drauf wäre wie Isa und solche Musik zum Beispiel nach der Trennung von Svea hätte hören können, vermutlich hätte es einiges vereinfacht.

»Alles okay?«, brülle ich in ihr Zimmer.

»Natürlich ist alles okay. Wir sind jetzt siebzehn Jahre alt und damit fast volljährig, ich habe mich gestern in einer Fahrschule angemeldet, heute fangen die Sommerferien an, wieso sollte ich nicht okay sein?«

»Vielleicht, weil unser Vater einfach verschwunden ist und uns kaum anruft, vielleicht, weil meine Ex-Freundin deine beste Freundin war und ihr gerade nicht mehr miteinander redet, vielleicht, weil du immer noch in deinen Ex-Freund verknallt bist?«

Sie schaltet die Musik aus und blickt mich wütend an. »Du hast es wirklich drauf, einem die gute Laune zu verderben.«

»Du warst nicht gut gelaunt.«

Mit einem Seufzer, der eher wie ein beleidigtes Grunzen klingt, lässt sie sich auf ihr Bett fallen. »Okay, zugegeben, ich war nicht gut gelaunt. Aber wir haben heute Geburtstag, schon vergessen? Ich bin fest entschlossen, das zu ändern. Also das mit meiner Laune, meine ich, den Geburtstag würde ich gern behalten.«

»Das ist gut. Euer Frühstück ist nämlich fertig.«

Wir haben wohl beide nicht gemerkt, dass unsere Mutter die Treppe heraufgekommen ist und nun vor Isas Zimmertür steht. Sie hat sich etwas Schickes angezogen, geschminkt, die Haare frisiert.

Isa richtet sich wieder auf. Für einen Moment mustern sich die beiden schweigend und ich begebe mich schon mal in Fluchtposition. Diesmal habe ich jedoch Glück.

»Frühstück klingt super. Ich habe einen Bärenhunger.«

Wir folgen unserer Mutter nach unten. Tatsächlich, sie hat Eierkuchen gebacken, mit frischen Heidelbeeren, Ahornsirup und Sahne, Brötchen geholt, den Tisch gedeckt, so richtig mit Kerzen und Servietten, sogar eine Flasche Sekt geöffnet. Da kommt ja richtig Partystimmung auf.

»Wie, Alkohol zum Frühstück?«, fragt Isa überrascht.

»Ausnahmsweise. Wollt ihr ein Glas?«

»Unbedingt!«

Ich lehne ab, Orangensaft ist mir lieber.

Wir setzen uns, Isa belegt ihr Brötchen sorgsam mit Tomaten und Mozzarella, ich fange lieber mit den Eierkuchen an. Man weiß ja nie, ob die reichen.

»Also, was habt ihr heute vor?«

»Nichts.« Isa beißt einen Riesenhappen von ihrem Brötchen ab, also muss ich auf den fragenden Blick unserer Mutter antworten.

»Wir wollten einfach nur das schöne Wetter genießen, vielleicht zum Strand gehen.«

»Mehr nicht?«

»Na ja, Amy kommt sicher gleich vorbei, vielleicht ist auch Melvin da.«

»Geht es ihm wieder besser?«

Isa und ich wechseln einen überraschten Blick. Wir haben wohl beide nicht damit gerechnet, dass unsere Mutter überhaupt weiß, wer Melvin ist. Anscheinend hat sie eine Menge Zeit drüben bei Karla verbracht.

»Svea kommt nicht?«

Isa schüttelt den Kopf. »Hallo, sie hat meinen Bruder betrogen. Die Schlampe hat hier nichts zu suchen.«

Zwar zuckt meine Mutter zusammen, reagiert aber sonst nicht auf Isas Sprachgebrauch.

Schweigend essen wir weiter. Kurze Zeit später klopft Amy gegen den Rahmen der offen stehenden Terrassentür. »Guten Morgen, ihr seid ja schon wach.«

Es ist bestimmt fast Mittag. Na gut, an einem Ferientag kann man das noch als Morgen bezeichnen, und unter anderen Umständen würden Isa und ich möglicherweise tatsächlich noch in unseren Betten liegen, nur wer will schon seinen halben Geburtstag verschlafen?

»Sehr witzig. Hunger?« Isa rückt den Stuhl neben sich ein Stückchen nach hinten.

»Nein, wir haben auch vorhin erst gegessen. Aber das sieht lecker aus.« Sie betritt den Raum, läuft allerdings ungewöhnlich, irgendwie steifer als sonst. Zielstrebig klaut sie Isa ein Stückchen Eierkuchen vom Teller, bevor sie sich neben sie setzt.

»Ich lasse euch mal allein, hab noch ein bisschen zu tun.« Unsere Mutter steht auf und verlässt das Wohnzimmer.

Für einen Moment bin ich unsicher, ob ich ihr nicht folgen sollte. Sie sah traurig aus. Allerdings sieht sie schon seit Ewigkeiten immerzu traurig aus.

»Ist Melvin bei euch?«, frage ich schließlich.

»Ja, Paul sollte ein bisschen Klavier üben, bevor wir an den Strand gehen. Falls ihr dazu noch Lust habt.«

»Sicher. Wir essen schnell auf, dann holen wir unsere Badesachen.« Isa verteilt Heidelbeeren auf ihrem zweiten Eierkuchen, ich bin erstaunlicherweise bereits satt. »Wie viele Spenden hat das Theaterstück denn gebracht?«

»Einhundertvierundsechzig Euro und dreiundsiebzig Cent.« Amy lächelt stolz. »Außerdem dreiundzwanzig Zahnbürsten, vier Tuben Zahnpasta und noch ein paar andere Kosmetikartikel.«

»Wo kommen denn die dreiundsiebzig Cent her?«, frage ich.

»Ich glaube, von einem Sechstklässler, der ohne Eltern kam und nicht mehr Taschengeld dabeihatte.«

»Cool, dass ihr ein bisschen was einsammeln konntet. Als Ausgleich für unser mieses Stück.«

»So mies war es doch gar nicht. Ihr hättet nur mehr Zeit zum Proben gebraucht.«

»Nächstes Jahr dann.«

Amy steht wieder auf. »Jetzt quatsch mal nicht so viel, sonst geht die Sonne unter, bevor wir am Strand sind.« Sie sieht richtig sommerlich aus, mit Jeansshorts und Bikini unter dem Top, man sieht das Oberteil durchschimmern.

»Hast du abgenommen?«, fragt Isa.

»Keine Ahnung. Aber heute ist wirklich nicht der richtige Tag, über so was nachzudenken, wir haben euch einen

Schokokuchen gebacken.« Sie lächelt fröhlich. »Und Mama hat ihren Eistee gemacht. Bist du jetzt endlich mal fertig?«

»Ja, ja, wir kommen ja schon.«

Während Isa sich oben umzieht, räume ich mit Amys Hilfe die Küche auf.

»Alles okay bei dir?«, frage ich.

»Ja, klar. Wieso?«

»Du läufst so komisch.«

»Ach das. Muskelkater. Dein Training gestern war ganz schön hart, vor allem nach dem Reiten nachmittags.«

Wir haben den halben Abend draußen im Garten verbracht und noch nicht mal wirklich mit Taekwondo begonnen. Eigentlich waren das nur ein paar Gleichgewichtsübungen und, da Amy durch ihre Reitpraxis darin schon ziemlich gut ist, ein bisschen Muskeltraining. Sie hat echt lange durchgehalten. Wahrscheinlich traut man ihr eine Menge gar nicht zu.

»Ja, war vielleicht ein bisschen viel.«

Wir setzen uns draußen in die Sonne. Ich habe schon heute Morgen meine Strandsachen zusammengepackt, so viel ist das ja nun auch wieder nicht. Zwei Handtücher, eine Fotografiezeitschrift, die aktuelle *Geo*, meine Sonnenbrille, meine Kamera. Die Sonnencreme wird hoffentlich Isa einstecken.

Wir verbringen den ganzen Tag am Wasser. Amy hat sogar einen Sonnenschirm mitgebracht, den aber hauptsächlich Melvin beschlagnahmt, weil er angeblich megaschnell Sonnenbrand bekommt.

Irgendwann später stößt Salim zu uns. Wie selbstverständlich setzt er sich neben Isa. Ich stürze mich ins Wasser und versuche, Paul zu fangen, der für seine sechseinhalb Jahre echt gut schwimmen kann.

Amys Kuchen ist wahnsinnig lecker, der Eistee natürlich auch und die gegrillten Sandwiches sowieso.

Es ist bereits später Nachmittag, als wir uns langsam auf den Rückweg begeben. Wolkenschleier ziehen auf, aber nicht viele, bald werden sie wieder verschwinden. Wir haben alle salzverklebte Haare und sind vollgestopft mit den leckeren Picknicksachen, trotzdem haben Amys Eltern den Grill aufgebaut und bereits die ersten Steaks draufgeschmissen.

Mama kommt ebenfalls. Wir sitzen bis spätabends draußen, irgendwann verschwindet die Sonne, und die Sterne kommen hervor. Erst geht Paul schlafen, dann Mama und anschließend Amys Eltern, bis wir nur noch zu fünft draußen sitzen. Wir haben Decken und Handtücher auf dem Rasen ausgebreitet und blicken in den Himmel, Isa ist ein bisschen betrunken von dem Bier, das sie zum Essen haben durfte.

»Meint ihr«, fragt sie, »es gibt irgendwo in den Weiten des Weltalls noch andere Lebewesen?«

»Bestimmt«, antwortet Salim sofort. »Aber sie sind zu intelligent, um auf sich aufmerksam zu machen.«

»Du bist bescheuert. Ich meinte die Frage ernst.«

»Ich meinte meine Antwort auch ernst.«

»Ich glaube nicht«, sage ich. »Auch wenn das Weltall riesig ist, all die Komponenten, die dazu führen, dass Leben überhaupt möglich ist, müssen ja erst einmal aufeinandertreffen.«

»Aber es kann doch eine ganz andere Form von Leben

sein«, mischt Amy sich ein. »Wieso muss es so ähnlich sein wie unser Verständnis davon? Vielleicht ist es ja nicht einmal organisches Leben?«

»Was denn sonst für welches?« Melvins Stimme klingt schläfrig.

»Keine Ahnung. Es gibt doch tausend Theorien über dieses Thema. Zum Beispiel von Spiegelwelten, in denen alles, was hier organisch ist, aus Energie besteht, und umgekehrt. Oder so ähnlich. Das habe ich in einer von Linus' Zeitschriften gelesen, aber so richtig erinnern kann ich mich nicht mehr.«

»Ist doch auch egal, woraus dieses Leben besteht. Aber ich kann mir auch nicht vorstellen, dass wir vollkommen allein sind.« Isa kichert leise. »Vielleicht werden wir ja auch gerade beobachtet.«

»Das kann nicht besonders spannend sein.« Salim gähnt laut. »So, Leute, ich bin müde. Wo schlafen wir eigentlich?«

»Im Wohnzimmer. Meine Eltern haben schon alles aufgebaut.«

Tatsächlich, das Wohnzimmer liegt wieder voller Matratzen und Decken, fast wie im Ferienlager. Nicht dass ich jemals in einem gewesen wäre, aber André hat mir davon erzählt. Er wurde von seinen Eltern zwei- oder dreimal in Sommercamps verschifft, als er so acht bis zehn war, fand sie aber alle megaätzend.

Wir gehen Zähne putzen und versuchen, so leise wie möglich zu sein. Was schwierig ist, weil Isa dauernd kichert und das mit einem Foto bedruckte Kissen von Amy und sich auf Ramonas Hof, das Amy ihr heute geschenkt hat, ständig irgendwo hinlegt und dann wieder sucht und weil

Melvin wirklich nicht in der Lage ist, leise zu laufen. Obwohl er sonst kaum auffällt.

Ich verlasse als Letzter das Bad. Melvin hat sich schon in eine Ecke verkrochen und schnarcht leise, der Hund hat sich vor der Terrassentür zusammengerollt. Salim und Isa liegen dicht nebeneinander und unterhalten sich flüsternd. So müde bin ich gar nicht, deshalb gehe ich noch mal nach draußen in den Garten.

Amy sitzt auf einem der Terrassenstühle und blickt zu den Sternen hinauf.

»Manchmal weiß ich nicht, ob die Vorstellung, es könnte noch anderes Leben existieren, beruhigend oder beängstigend ist.«

»Wie meinst du das?«

Sie sieht mich an, im Dunkeln kann ich ihre Augen kaum erkennen, aber ich weiß ja, wie sie aussehen. Ich weiß das immer.

»Na ja, sieh dir an, was wir Menschen allein schon zustande bringen. Wir halten uns für furchtbar intelligent, wählen aber bescheuerte Parteien und arrogante Präsidenten. Und wir sind nicht mal in der Lage, vernünftig zusammenzuleben. Im Kleinen und im Großen nicht.«

»Im Kleinen und im Großen?«

»Ja, im Großen so gesellschaftlich gesehen und im Kleinen im Alltag, in der Familie, mit Freunden.« Ihr Blick wandert durch den Garten und dann wieder Richtung Himmel. »Etwas funktioniert immer nicht, wir sind fies zu Leuten, die uns nichts getan haben, wir verletzen die Menschen, die wir lieben. Das ist doch ziemlich traurig, oder? Kein Wunder, dass wir es auch nicht schaffen, eine vernünftige globale Gesellschaft aufzubauen, in der wir einander akzeptieren und keiner den anderen ausbeutet.«

»Aber andere Lebewesen könnten doch viel besser sein. Viel, na ja, menschlicher im positiven Sinne.«

»Schon, aber wenn man sich all die Fortschritte der letzten Jahrhunderte anschaut, all die Entwicklungen in der Technik und der Industrie und eben auch in der Forschung, das wäre doch ohne menschliche Ausbeutung gar nicht möglich gewesen. Für Fortschritt muss immer jemand leiden. Und ich behaupte ja nicht, dass Tiere besser sind, die Natur kann auch echt grausam sein. Gerade bei intelligenten Tieren, die in Herden oder Gruppen leben, gehört Unterdrückung häufig zur Sozialstruktur. Oder eben Ausbeutung.«

»Hast du das auch in einem meiner Magazine gelesen?«

»Ja. Die können echte Downer sein, diese wissenschaftlichen Zeitschriften.« Sie lächelt, zumindest glaube ich, dass sie das tut, ich höre nur die winzige Veränderung in ihrer Stimme.

»Ich weiß. Deshalb muss man eben ab und zu etwas Schönes machen.«

Wieder sieht sie mich an. »Ich habe dir dein Geschenk noch gar nicht gegeben, oder?«

Wortlos schüttle ich den Kopf. Mit einem Geschenk habe ich gar nicht gerechnet. Soweit ich mich erinnere, habe ich ihr zu ihrem Geburtstag letztes Jahr auch nichts geschenkt.

»Warte kurz.« Sie läuft ins Haus und kehrt ein paar Minuten später wieder zurück. »Isa und Salim schlafen nebeneinander. Mit Umarmung und so.« Mit einem Streichholz zündet sie die Kerze an, die sie mitgebracht hat.

»Ja, ich habe sie vorhin schon gesehen. Meinst du, das ist gut für die beiden?«

»Keine Ahnung. Aber sie können das für sich selbst entscheiden. Ich fand sowieso, dass Isa ein bisschen voreilig mit Salim Schluss gemacht hat.« Amy flüstert, als hätte sie Angst, die beiden könnten sie hören, dabei hat sie die Terrassentür hinter sich zugezogen. Melvins Hund schläft jetzt bei uns unter dem Tisch. »So, hier. Dein Geschenk.« Sie reicht mir einen Umschlag, dunkelblau oder dunkelgrün oder schwarz, bei dem Licht schwer zu erkennen.

Ich öffne ihn langsam, ich habe schon immer Geschenke gern langsam aufgemacht, weil ich diese Aufregung davor mag, nicht zu wissen, was es ist.

Eine Karte. Eine Eintrittskarte für eine Fotoausstellung zum Thema »Naturfotografie« in Rostock.

»Ich habe schon meine Eltern gefragt, sie würden uns hinfahren. Oder wir nehmen den Zug.«

»Uns?«

»Na ja, ich würde natürlich mitkommen. Die Ausstellung geht noch bis Mitte September.«

Das Flackern der Kerze lässt Schatten über Amys Gesicht huschen, ganz leichte, feine Schatten.

»Das klingt super.«

Ich erhebe mich, um sie zu umarmen, und für einen Moment stehen wir dicht voreinander. Sie riecht nach Sonnencreme und dem Salz des Meereswassers und darunter nach etwas anderem, etwas, das nichts mit Blumen oder Honig oder Vanille zu tun hat, ein ganz eigener, leichter Geruch.

»Danke«, sage ich, als ich die Arme um sie schließe. »Das

ist wirklich eine tolle Idee.« Den ganzen Tag lang habe ich nicht an Svea gedacht, seit dem Frühstück nicht ein einziges Mal. Ich habe nicht über meinen Vater nachgedacht, nicht über die Schule und die Zeugnisse und das Abi und was danach kommen wird, alles war einfach verschwunden, und auch jetzt fühlen sich diese Dinge weit weg an, wie etwas, das jemand anderem geschieht. »Du bist die beste Freundin der Welt.« Langsam lasse ich sie wieder los.

»Ich weiß.« Sie lächelt. »Wir sollten schlafen gehen. Paul ist bestimmt früh wach und er wird ganz sicher nicht leise in seinem Zimmer spielen.«

»Ja, stimmt.«

Wir gehen hinein, Melvin schnarcht nicht mehr, aber Isa und Salim liegen noch immer dicht beieinander. Ich hatte nie eine beste Freundin. Vielleicht hilft es einfach, jemanden neben sich zu wissen, dem man vertraut, egal, was für eine Geschichte man miteinander hat.

Amy öffnet ein Fenster, um den Sommerabend hereinzulassen, und huscht dann unter ihre Decke. Blake platziert sich zwischen ihr und Melvin.

»Gute Nacht«, flüstert sie mir zu.

»Schlaf gut.« Ich lege mich neben sie. Ihre Finger berühren meine, und ich warte darauf, dass sie ihre Hand wieder zurückzieht, doch das tut sie nicht.

Ja, es hilft tatsächlich. Jemanden neben sich zu wissen, dem man vertraut. Der zuhört, wenn man reden will, und auch, wenn man das nicht will.

Ich drehe den Kopf in Amys Richtung. Sie liegt auf der Seite, die Augen geschlossen, und atmet langsam und tief. Vielleicht schläft sie schon. Ich hoffe, ich bin das auch für sie. Jemand, dem sie vertraut. Der ihr hilft, einfach nur, weil er da ist. Jemand, an den sie ab und an denkt.

Hätte ich einen Wunsch frei, nur heute, weil mein Geburtstag ist, das wäre alles, was ich wollte. Diesen einen Augenblick.

Franziska Fischer

Himmelhoch – Alles neu für Amelie

ca. 320 Seiten, ISBN 978-3-570-31050-2

Amelie braucht das Rauschen der Ostsee-Brandung und den Wind in ihren Haaren. Der Umzug in den kleinen Küstenort hat ihr gut getan – langsam vergisst sie, was in Berlin war. Sie genießt den Sommer auf dem Pferdehof mit Isabella, die Gespräche mit Isas Bruder Linus, dem sie Tipps für sein erstes Date gibt, und die Vespa-Ausflüge mit ihrem besten Kumpel Salim. Es geht doch nichts über beste Freunde. Und dann ist da auch noch diese Party, auf der sie den süßen Musiker Brar kennenlernt ...